本书系湖北省社科基金资助成果

珞珈语言文学丛书

十七年文学批评史论

李　松◎著

中国社会科学出版社

图书在版编目（CIP）数据

十七年文学批评史论／李松著．—北京：中国社会科学出版社，2017.8

ISBN 978－7－5161－3513－6

Ⅰ.①十…　Ⅱ.①李…　Ⅲ.①世界文学—文学批评史—研究　Ⅳ.①I109

中国版本图书馆CIP数据核字（2017）第169863号

出 版 人　赵剑英
责任编辑　李炳青
责任校对　石春梅
责任印制　李寡寡

出　　版　中国社会科学出版社
社　　址　北京鼓楼西大街甲158号
邮　　编　100720
网　　址　http://www.csspw.cn
发 行 部　010－84083685
门 市 部　010－84029450
经　　销　新华书店及其他书店

印　　刷　北京明恒达印务有限公司
装　　订　廊坊市广阳区广增装订厂
版　　次　2017年8月第1版
印　　次　2017年8月第1次印刷

开　　本　710×1000　1/16
印　　张　16.5
插　　页　2
字　　数　271千字
定　　价　60.00元

凡购买中国社会科学出版社图书，如有质量问题请与本社营销中心联系调换
电话：010－84083683

目　录

前　言

开卷明义，本书主要有如下三个特点：第一，它并不是一本体例周密、包罗万象的文学批评史教科书，而是表达一孔之见的叙史性专著。第二，全书基本不涉及“十七年”时期文学作品的评论，而是考察这一时期国家意识形态与学术界关于外国文学经典、中国现代文学经典、中国古代文学经典的批评观念，并且追踪文学观念流变的过程及其原因。第三，以史料为基础，对“十七年”期间大量关于文学经典的第一手批评资料进行细致的整理和分析，描述其批评观念的本质特征、表现形态、内在逻辑，同时对一些重要的批判个案进行重新解读。

一　研究思路

1949 年中华人民共和国成立后，中国内地的当代文学经历着时空转换和时代主题的变迁，但是毛泽东在解放区发表的《在延安文艺座谈会上的讲话》依然是指导文学发展的根本方针。同样，文学理论和文学批评也和延安时期关于文学的性质、意义、生产、功能的规定有着直接的渊源关系。为了使新政权的建立获得意识形态的强大支持和政治保证，中国共产党必须充分强化文学批评维护政治意识形态在文学上的统治地位，于是寻找更为牢固的文学批评理论的支撑成为加强新中国文学批评意识形态功能的题中应有之义。由于文学经典具有权威性和示范性，因此经典的选择从来就包含着一种意识形态的动机，实质上是社会维持其自身利益的战略性构筑。

本书的选题涉及三个关键词：历史记忆、文学经典与文学政治。这里的“历史记忆”意味着研究对象属于时间上的过去式范畴，批评者在“十七年”时期回过头去重新评价两千多年来的中外文学遗产，这种重新评价包含着国家意识形态主体对于历史记忆的认知，以及在认知中体现出来的情感和立场。关于文学经典的批评则浓缩了上述三个关键词的意义与相互关系。文学是某一时期人们思想感情的凝聚，它是一种社会集体记忆的积存。因此，如果要通过情感的、审美的方式为现存权力提供合法性证明的话，需要通过文学经典延续权力所许可的历史记忆，删除不能容忍的历史记忆。历史是权力掌握者建构的产物，他们根据现实的需要对过去的历史以及历史记忆进行改写，重新命名何为真实、客观的历史。我们可以通过分析关于何为文学经典、文学经典的批评观念，来探讨主流意识形态历史记忆的构成机制。

本书截取 1949—1966 年这一时段，考察新中国成立之初到 1966 年前后的历史转折期文学批评范式转移的复杂过程，分析外国文学经典、中国现代文学经典与中国古代文学经典作品的批评中出现的核心问题，以及这种批评的现代性追求与悖论。笔者拟攻破的难题是，对 1949—1966 年大量关于文学经典的批评的第一手资料进行细致的整理和分析，描述批评观念的本质特征、表现形态、内在逻辑。通过梳理外国、现代、古代的文学经典的批评与意识形态之间的关系，可以揭示主流意识形态文学批评标准与批评规范建立的历史缘起；考察意识形态的作用方式及其内部的协调和冲突，可以为正确认识和处理文艺与意识形态之间的关系提供具有现实意义的启示；揭示主流意识形态文学批评话语在理论和实践中面临的困境，总结文学批评的经验教训。

笔者试图以问题史的结构方式对“十七年”文学经典的批评状况作一个学术史的考察，其中的某些问题在已经出版的文学史、文学批评史和文学学术史著作里有所论述，但论述的角度各不相同，有的从文学批评产生的灾难性的后果片面批判其消极面，有的脱离具体的历史语境将一个个批评个案做成展示苦难的“木乃伊”。笔者试图尽量以客观、辩证的态度研究这一选题，并且将研究对象历史化。

二 研究角度

文学经典化，简单而言，指文学作品通过什么样的方式和途径熔炼为经典的过程。在中西历史中，文学作品或文化典籍从产生、定型到产生或大或小的影响，离不开外部评价标准参与建构的过程，可见经典化（Canonization）作为一种历史现象是客观存在的。探讨文本在传播、批评中的意义建构与地位变迁，可以从文本与世界、读者、作家的互动关系中立体地考察文本的内涵以及价值的实现。因此，对文学作品“经典化”过程的考察就可以成为一种研究方法。在本书中，笔者自觉地运用了“经典化”这一研究方法，这一研究方法具有一定的普适性和兼容性。进一步说，经典化还不仅仅是一种客观事实和研究方法，它的历史生成过程涉及当时批评者对文学作品是否可以成为经典的“叙述”。笔者在本书中要做的就是考察这一历史叙述是如何形成的。根据笔者对“十七年”文学批评的理解，笔者认为，在文学批评中围绕文学经典的废与立，实际上形成了一种关于经典批评（Canonization criticism）的思路与方法。在某一历史时期内，批评者以文学经典作为阐释对象，通过以预设的政治原则或艺术标准对经典进行解读，从而实现维护或颠覆某种文学观念的目的。笔者想探究的是在这一经典化批评的过程中，文学经典的构造目的、手段、途径和实际效果，以及这种“一体化”思路的矛盾和裂痕。

本书的研究对象主要是“十七年”期间文学批评者关于文学经典的批评观念，因而属于批评的批评。从文学本体来看，经典具有独创性、典范性与历史持久性；从历史评价的过程来看，经典又是一个处于流变之中的概念，对真理的认定标准因批评者价值立场的差异而不同；从文化权力角度看，文学作品的经典化还是一种意识形态的权力建构，同时也往往附带获取了一种意识形态的话语霸权。本书的主要内容可概括为文学批评的经典化与主流意识形态文学批评。文学批评的经典化既是一种批评现象，也是笔者的考察对象。经典化批评具有特定的指导思想、理论基础与相应的特点及方法，它的总体特征表现为现代性历史元叙事。从文学经典批评的历史过程来看，历史转型期（新中国成立前后）的批评包括中国传统文学批评方法的转折与文学经典批评权力话语格局的形成。文学经典的批评按其政治敏感程度可以分为外国文学经典的批评、中国现代文学经典的批评与中国古代文学经典的批评三个部类。本书通过归纳“十七年”文学经典的批评个案涉及的核心问题，从而揭示具体历史语境下批评观念的内涵与演变轨迹。外国文学经典的批评涉及政治意识形态标准等主要问题；中国现代文学经典的批评包括批评者对“当代文学”与“五四”关系的不同阐释、文学史写作的叙史线索与经典变迁、文化权力网络中的鲁迅研究以及通俗文学的贬黜等；中国古代文学经典的批评包括文学遗产的评价、《中国文学史》的叙史观念、文学批评的阶级性标准等问题。文学经典的批评标准并非静止不变的，在调整的过程中既有外部影响又有内部调适。今天看来，我们必须认识到这一时期批评的现代性境遇以及批评观念的历史定位。笔者试图了解主流意识形态文学批评的内在思路、形成原因、潜在矛盾以及社会影响，揭示文学经典的批评观念形成的背后其意识形态的根源，从而对中国当代文学批评观念的演进给予更为完整的历史认识。在总结主流意识形态文学批评的经验教训这一基础上，笔者试图把握文学批评观念的嬗变规律和内在理路，从而为找到既适应社会现实又具有思想创新精神的批评思路提供某种启示。

笔者通过对文学经典作品的批评来探寻“十七年”文学批评观念的内涵与嬗变规律，从而有利于将它与同时代的文学作品有机结合、整体综观，全面认识该时代文学观念的内涵与特征。

以上梳理的三个主要问题，它们之间有着深刻的逻辑联系。各位学者的发现与创见为本书的写作提供了重要的参照，尤其是洪子诚关于当代文学的“经典”问题，其全面而深刻的论述体系直接成为笔者选择本论题的依据与契机。

三　研究方法

从文学批评的范围来看，包括对历代文学和当时代文学作品的评论（跟踪批评与批评综论）两个方面。而就“十七年”（1949—1966）文学批评的学术史来看，这一时期对于外国文学、中国现代和中国古代文学经典的批评观念的考察，当前学术界关注较少。本书在汲取、总结已有研究成果的基础上，试图以“十七年”的文学经典的批评为对象，从当今人文科学发展的前沿来审视批评观念的内涵与线索。在古今与中外的时空互动中揭示规范与观念的历史流变脉络，从而使中国当代文学史的批评研究具备一种世界性和历史性的视野。笔者在遵循历史线索的前提下，以问题史的论述方式结构全书。既考虑到问题之间的历史与逻辑联系，又体现某一问题所包含的历史内容和思想深度，从而考察近二十年里中国当代文学现代性追求中批评观念的变迁。文学经典的讨论中，争论的起因在于有时遭遇了批评中的关键理论问题和现实困难，有时力图捍卫某种权威标准和理论，有时某种文学观念要求顽强地延续。争论的焦点问题，或体现为观点总体上的同一性，抑或观点的歧义以致标志着另一种理论创生的可能。争论的解决结果，或是困境中折中的解决，或是某种权威理论的恶性发展。笔者试图揭示文学批评面临的一个共同的历史困境：在激进的革命主义现代性氛围中，文学批评主体既保护这些作品的“经典”地位，又如何勉为其难地使关于经典的阐释符合当时的“经典”尺度。对于这种阐释的艰难、尴尬与犹疑的揭示，有利于去除对这段文学批评历史的绝对性的片面否定，并引出文学批评可能走向的另一思路。

立足于1966年这一历史拐点，回首“十七年”关于文学经典的批评，我们发现，它是整个左翼文艺运动的一个有机组成部分，[①] 既有作为文学批评历程的过渡性，又反映了历史上批评观念伴随国家政权建立而随之变迁以致具有的共同性规律。其过渡性含义体现在它既是延安文艺思想的继续，又是“文化大革命”文艺思想的肇始；既具有革命文学激进的先锋性和实验性，又具有阶级论文艺观的封闭性和保守性。这一阶段的文学批评观念凸显了左翼文学或革命文学内在的矛盾和分裂，从而陷入不可复返的自我否定。革命历史的辩证法就是如此，促成革命成功的因素在新的时空条件下有可能成为障碍性的因素，对此问题认识不清，必然大大增加从革命向执政转化的困难。而这种转化的迟滞一定会给国家的发展和人民的生活带来消极的影响。这种革命历史的辩证法也可以用历史理性的悖论来解释。也就是说，历史的合规律性和历史的合目的性的矛盾，亦即事实与价值的悖论。

在对“十七年”文学经典的批评进行学术史考察之后，笔者认为，任何一种简单肯定或否定这段历史的看法都是有失偏颇的，如下两点认识有助于我们合理考量这段批评历史。

（一）深入历史语境研究文学批评

本书写作过程中最大的困惑是，从思想观念来看，“十七年”文学批评的研究很难有多少新的结论；即便只是做史实梳理，要超越现有成果也

① 关于当代文学作为左翼文艺的一个组成部分的观点，可以参见洪子诚的论述。他认为：“所谓50—70年代的‘当代文学’，其实就是中国的‘左翼文学’（广义上的使用），或者说中国的‘革命文学’的一种‘当代形态’。”（洪子诚：《问题与方法：中国当代文学史研究讲稿》，生活·读书·新知三联书店2002年版，第282页。）

很难。笔者估计这是该领域的学者共有的困惑。大致的结论不过是，文学批评在国家最高意志的威压下，不得不在政治与审美之间寻求紧张的平衡。相对于史实爬梳而言，如果做观念史的清理与建构的话，开拓的空间更加有限。因为这个时段的一些理论问题现在看来创造性并不大，这绝非从后见之明妄加否定前人的艰难突围，而是应该承认这几代人有他们的时代局限。也正因为这样来看待，作为后来者更应该对他们的批评观念多一些理解的同情。在修改过程中，笔者从原先偏重文学批评观念，转向了文学批评的史实发展与逻辑的研究，也就是从具体的历史语境来研究文学批评的观念及其变化。“如果我们把视野转向历史，我们就会发现，文学研究与历史有着深厚的联系。一部作品是怎样产生的？一个文学问题是怎样被提出来？它们是在怎样的环境中得到解释的？这些都与历史有关。文学问题总是在一定的时代被提出来的，也总是在一定的历史语境中得到了解释。因此我们甚至可以说，无论文学问题的提出，还是文学问题的解答，都与历史语境相关。离开历史语境，孤立地运用概念进行逻辑的推理，不但显得空洞，而且得不到真实的具体的回答。这一切都有赖于我们回到历史语境。”① 研究毛泽东时代的文学，很容易套用政治化的概念框架去剪裁历史事实，从而被研究对象所束缚，以致得出同样偏执的政治判断。深入挖掘这一时期的文学史料，深入解读文学观念与事实背后的观念裂隙，才有可能获得丰富生动的认知。虽然“十七年”期间政治意识形态的变动总体而言并不明显，但是毕竟创造、执行某一观念的是活生生的、历史存在中的人，从主流刊物发表的文学作品和文学批评的文章，我们很难看到文学观念太大的变化，但是，如果从人的历史的、真实的存在去考察，则可以看到文学批评观念艰难突围的过程中，人性的复杂多面性。因此，本书在梳理文学批评史实的同时，也力求考察文学观念演变中人性的深层面目。历史是了解人性的关键，从历史中可以看出当事人种种不同的反应和人性的复杂。童庆炳说：“我之所以强调历史语境，是因为只有揭示作家和作品所产生的具体的历史契机、文化变化、情境转换、遭遇突变、心理状态等，才能具体地深入地了解这个作家为何成为具有这种特色的作家，这部作品为何成为具有如此思想和艺术风貌的作品。这样的作家和作

---

① 童庆炳：《文学研究如何深入历史语境——对当下文艺理论困局的反思》，《探索与争鸣》2012 年第 10 期。

品分析才可以说是历史的、具体性和深刻性的。”① 如果说文学作品着重再现“人的历史”的话，那么，作为文学批评史的考察来说，更强调20世纪中国“历史中的人”，也就是始终将人的存在及其观念与时代历史的土壤紧密联系起来，从而避免抽象出悬空历史的人性与意识。

当代文学的参与者邵燕祥认为，要真正了解一个人的经历，以及他身后大的历史背景的话，需要有足够的资料准备。“当我们试图通过这些可见的材料来追溯历史，难免容易全信或偏信。要搞清楚真实的历史，一定要找尽可能丰富的材料互相对证，还有一个人写的东西的前后对照，这样才能独立思考。得站在比你研究的对象更高一点的历史角度，才能做出真正成熟的判断，而不是简单的印象式的思考。现在报纸上有很多报道，包括一些年轻学者写的文章都有这个毛病，非此即彼，从一个人的优点方面立论就看不到他的不足，而抓住一个人的片言只语就把整个人给否定了。”② 除此之外，理解研究对象所处的历史处境也是十分必要的。“今天这样一个社会生活相对具有一定宽松度的环境下，去指责他们缺少气节、放弃了个人尊严、像太监阉割了似的苟活于世，这样的言论具有一定的道义色彩，但是它不是实事求是的，不是还原到历史语境中的判断，顶多只能算是一种感情的宣泄，而不是真正的认识历史。”③ 历史运动的背后，除了个人意志，还有时代趋势。邓小平论毛泽东晚年的错误时指出：“在分析他的缺点和错误时，我们当然要承认个人的责任，但是更重要的是要分析历史的复杂的背景。只有这样，我们才是公正地、科学地、也就是马克思主义地对待历史，对待历史人物。”④ 作为研究者的后来人，除了基本的史实与史识之外，还需必要的史德，也就是设身处地地回到当事人的处境，设想驱动当事人各种选择的可能的复杂因素。

上面所说的是要从具体历史情境来理解人这一研究对象，除此之外，对于思想观念的形成也当是如是观，也应该从历史过程反思某种文学观念的内涵并非不言自明的，而是有一个不断在历史事件中赋予意义的过程。

---

① 童庆炳：《文学研究如何深入历史语境——对当下文艺理论困局的反思》，《探索与争鸣》2012年第10期。

② 邵燕祥、曹乐溪采：《我也曾是政治童工》，2015年10月14日，共识网，http://www.21ccom.net/articles/history/xiandai/20151010129536_all.html。

③ 同上。

④ 邓小平：《邓小平文选》第2卷，人民出版社1994年版，第172页。

正如洪子诚对“当代文学”这一概念所作的反思，他指出，1949年中华人民共和国的成立意味着“历史的巨手同时揭开了我国社会主义当代文学的篇章”，他对此提出的问题是：“为什么共和国一成立，当代文学就开始？‘当代文学’是怎么回事？揭开它的‘历史巨手’又是什么？”①正是这一与众不同的反思性追问，开创了他个人在当代文学研究上一个具有质变意义的起点，“也就是从评价、价值判断，转到对将概念、叙述方式放置在产生它的历史语境中去清理的思路。这个思路，刚开始在当代文学研究界，不是很容易被理解、被承认的”。② 回到历史现场，尊重历史事实，这些观点是学术界的共识，但是，困难不在于秉持这种历史主义的观念，而在于从史料中根据问题意识找到解释的视角与方法。也就是说，人与历史的关系是，既要能够“走得进去”，又要能够“走得出来”，而不是为史料所淹没。从这一点来说，研究者进入历史语境并非一块“意识的白板”，其本人的人格修养、人文情怀、思想境界也是在个人的生存历史之中发展起来的，研究的过程就是个人的历史积淀与对象的历史存在之间的视域融合。

“十七年”文学批评的发展受到国家政治理念的制约，与中国当代政治生活的变迁完全同步，可以这么说，“十七年”文学批评史完全就是一部高度政治化的文学批评史，文学批评的客观历史决定了我们无法脱离当时严酷的政治语境来谈文学批评观念。因而，研究文学批评观念变迁，不得不去探索其政治基础，谈文学问题的时候，肯定提到政治学，从文学、政治的互动关系，或者从文学政治学、政治美学的角度来看待这时期的文学史。总体而言，“十七年”时期的文艺政策有一个逐渐激进化的过程，其中有两个非常短暂的调整期：一个是1956年上半年到1957年下半年的双百方针时期。另一个是1961年到1963年大跃进之后文艺政策的调整期。1966年2月，江青主持的部队文艺工作座谈会标志着文艺思想与路线的极左转折。正如有的文章所说，《纪要》是“文化大革命”的先声。

---

① 贺桂梅：《穿越当代的文学史写作——洪子诚教授访谈录》，《文艺研究》2010年第6期。

② 同上。

（二）内部研究与外部研究的结合

文学研究的内部方法关注作为知识的文学批评的实质；而外部方法则关注更大的文化圈中批评家的活动。很显然，内部方法是一种从思想的角度出发，研究批评思想和批评概念的发展、变化及其逻辑结构的编史学方法；外部方法是一种从社会角度出发，研究批评家的社会活动、文学作为一种社会建制（institution）与其他社会建制相互作用的编史学方法。相应的，具体运用这两种方法于历史材料之上而得到的文学史则分别称为内部历史和外部历史，并由此形成了互相对立的两种文学史学研究传统和研究维度。就本书的研究命题来看，主要以内部方法关注阶级论、社会主义现实主义等文学经典批评核心问题。

作为一部文学批评史，应该力求发现某一历史时期的文学批评观念，及其变迁过程的真相，但是，何为真相？何以发现真相？笔者认为，历史是有真相，但是不存在一个本质主义的真相。我们能够做到的是尽可能摆出有说服力，有阐释价值的文学事实，同时明确亮出解读事实的角度。事实和角度将给出所谓真相的答案，虽然每个人所得出的答案不尽相同，但是事实是否真实和角度是否合适，是可以讨论的。

在研究“某个问题”的时候，需要反思“如何研究某个问题”，还需要进一步考虑“如何研究‘如何研究某个问题’”。

与一般的文学史著作以作家、作品作为主要的叙述框架不同的是，洪子诚以“问题型”作为他的《中国当代文学史》的逻辑架构。面对写作过程中如何处理“文学体制和文学经典之间的关系”问题，洪子诚道出了没有选择作家作品“排座次分果果”模式的原因：“文学史当然有一个‘经典化’问题，也就是作家作品的筛选，当代文学也不例外。但是我考虑有这样两个因素，一个是‘十七年’、‘文革’时期的总体文学成就并不高，‘十七年’没有非常重要的作家；另一个因素是毕竟写的事情离我们还很近，所以，基本上还是处理成以问题带作家、作品的方式。”① 通常，人们以审美性、文学性作为文学经典的判别标准，但是，这一标准对于“十七年”文学史未必适用。“有一些文学现象，一些作品，虽然‘文

① 贺桂梅：《穿越当代的文学史写作——洪子诚教授访谈录》，《文艺研究》2010 年第 6 期。

学性’不高，但当年影响很大，而且对考察这个时期的文学状况很重要，我还是尽量不过早删除它们。在文学‘经典’的问题上，我在处理上的变化，主要是关注点上的一些转移，也就是从去评判哪些作品能成为‘经典’（有价值的作品），转移到去解释这些作品当时为何能被确立为‘经典’。”[①] 也就是说，洪子诚的处理方法是，不讨论何为经典，而是探讨经典形成（canon formation）的原因，这实际上是一种“问题史”的考察方式。

新中国“十七年”的文学批评在一体化的文学政策统摄之下，似乎是一种直线型的单一局面。而本书通过归纳这一时段文学经典的批评个案涉及的核心问题，来审视具体历史语境下批评的内涵和规范，发现历史的实际情况要复杂得多。纵观20世纪中国文学批评理论的嬗变过程，从五四前后开始，在本土的现代化渴盼和西方思想的冲击下，中国学界经历了一个现代性西学东渐的复杂过程。“十七年”期间，中国古典文论、现代文论在特定历史条件下经过时代的选择和思想的内部冲突，其文论体系实现了艰难的决裂；新中国成立前后以马克思列宁主义为指导思想，以《在延安文艺座谈会上的讲话》为指针的文学批评观念渐次在批评实践中成型。本书力求超越学界对于“十七年”文学批评的简单否定，追问现象背后的历史根源；始终以经典为中心透视批评观念的演进；给历史以同情之理解，对于批评事件的考察尽量予以不断的语境化。

笔者侧重于通过文本细读的方法，把某些特征的批评文本置于特定历史语境中，一方面要考察它与总的“历史文本”之间的动力学关系；另一方面要考察总的历史文本与特殊的历史事件之间的动力学关系。这种批评方法强调政治、经济、文化对某部具体的批评文本的制约和影响，但它同时强调批评文本与社会间的“动力学”关系，即文本并非被动地“反映”社会，它同时可能是这种社会情境的一种建构性的力量，至少是对社会意识形态的再生产。关注批评文本的“形式”，不仅关心它讲述了什么，更关心它是如何被讲述的。从历史唯物主义和辩证唯物主义的哲学观出发，深入阅读《人民日报》《光明日报》《红旗》《半月谈》《文艺报》《人民文学》等第一手资料和重要批评家的文献，重视史料整理，尊重历

① 贺桂梅：《穿越当代的文学史写作——洪子诚教授访谈录》，《文艺研究》2010年第6期。

史事实，坚持论从史出、史论结合。本书的资料来源有，自20世纪40年代至60年代中期的《文艺报》《人民日报》《解放军报》《红旗》《光明日报》《人民文学》《文学研究》《文学评论》《新港》、大学学报、科研机构的学术刊物上的研究论文以及相关的研究著作。

在本书的第三、第四、第五章里，根据文学批评的经典化取向、国家意识形态的文学批评逻辑，笔者对外国文学、中国现代文学、中国古代文学的批评特点以及内在理路进行了梳理、分析。从现代性历史元叙事的思维演进来看，总体性的历史观、二元对立的思维方式、不断革命的循环论是其中潜隐的主线，但是笔者并非简单地以整体性的一元化思路来看待文学批评与文学思潮的复杂事实。在文学经典的批评实践中，不同时期占据优势地位的话语类型可能完全不同，不同的权力制度支持不同的价值标准，一个时期被当作真理标准的话语类型在另一个时期可能被当作谬误受到排斥，因此同一文本或事件能否成为经典范型往往变动不居，即使获准进入，叙述的方式也不一定相同。在特定的历史语境下，"十七年"的文学批评与运动呈现出四个特点：第一，周期性。有时同一部文学作品经历着正—反—正的评价历史。第二，阶段性。有的文学作品在不同的历史时期具有褒贬判然的评价。第三，侧重性。在不同的历史时期同样是肯定一部作品，但肯定的角度、重心有所差别。第四，自足性。每一种批评范式其批评标准、方法有着确定的理论资源与独立自足的思想体系。

既有不同文学批评话语之间的争斗、征服或者互动、互补，又有同一批评话语内部自身的反思与调整。因此，在上述章节对文学经典批评的内在规律进行梳理之后，我们有必要结合国际国内时局变动、文艺政策调整等外部因素来动态考察文艺批评观念的起伏、消长轨迹。

列宁指出："在社会现象领域，没有哪种方法比胡乱抽出一些个别事实和玩弄实例更普遍、更站不住脚的了。挑选任何例子是毫不费劲的，但这没有任何意义，或者有纯粹消极的意义，因为问题完全在于，每一个别情况都有具体的历史环境。……如果不是从整体上、不是从联系中去掌握事实，如果事实是零碎的和随意挑出来的，那么它们就只能是一种儿戏，或者连儿戏也不如。"① 列宁强调思考问题应坚持整体的观点与联系的观点。鲁迅说："倘有取舍，即非全人，再加抑扬，更离真实。譬如勇士，

① 列宁：《列宁全集》第28卷，人民出版社1990年版，第364页。

也战斗，也休息，也饮食，自然也性交，如果只取他末一点，画起像来，挂在妓院里，尊为性交大师，那自然也不能说是毫无根据的，然而，岂不冤哉!”[①] 研究者没有办法不作“取舍”与“抑扬”，关键是要为这种做法提供反思的依据。

关于文学的评价，最容易落入概念化的刻板印象，或者道德的、情感的判断的思维定式。这种评价方式往往先入为主笼统概括，而忽略历史的、具体的事件分析。因此，在搜集历史人物的材料时，需要寻找正、反两面不同评价的资料，尤其是第一手的原始文献。一切判断都要在对于历史人物整体理解的基础，在对史料竭泽而渔的基础上，来得出相应的结果。如果没有更新的资料来修正、推翻现有的结论的话，则原有的研究结论可以经得起时间的考验。

文学批评史研究首先是一种历史研究，因而梳理清楚历史事实是研究的基础。在大量占有材料的基础上，通过叙述事实来表达观点，总体评价事实的性质、倾向、结构、逻辑与过程。

① 鲁迅：《鲁迅全集》第6卷，人民文学出版社2005年版，第436页。

研究综述

就本书的研究对象来看，与之相关的主要问题有新中国成立前后的文学转折、“十七年”文学批评史及其叙述、中国当代文学的现代性问题以及“十七年”文学经典批评的现状。下面拟逐一对这些问题的研究历史与现状进行梳理。

一　中国当代文学转折的具体历史状况的研究

对于受延安文艺路线的影响而形成的20世纪50—70年代的文学，当前学术界的评价普遍不高。20世纪80年代“20世纪中国文学史”与“重写文学史”的研究思路里，学界根据文学的审美自律性标准，通常将20世纪中国文学描述为“五四”文学革命—革命文学—新时期文学这样一个线性发展轨迹。“十七年”文学与“文革文学”成了哑言的空白，那么，这近三十年的文学史是否因为精神的断裂而失去了研究价值呢？笔者认为，不能因为审美性、自律性线索的断裂而忽视这一时期文学批评的学术史价值。

洪子诚认为，不能简单割裂毛泽东时代的文学与前后文学史的关系，他从文学发展的连续性关系指出：“这三十年的文学，从总体性质上看，仍属‘新文学’的范畴。它是发生于本世纪初的推动中国文学‘现代化’的运动的产物，是以现代白话文取代文言文作为运载工具，来表达20世纪中国人在社会变革进程中的矛盾、焦虑和希冀的文学。20世纪50—70年代的文学，是‘五四’诞生和孕育的充满浪漫情怀的知识者所作出的选择，它与‘五四’新文学的精神，应该说具有一种深层的延续性。”①

① 洪子诚：《关于五十至七十年代的中国文学》，《文学评论》1996年第2期。

洪子诚关于50—70年代文学是连接“五四”文学与新时期文学的中间一环的观点，开启了这一时期文学研究的新视域。洪子诚的这一观点深刻影响了当代文学研究者的思路，其意义不可低估。谢冕的看法与洪子诚有相似之处，他指出文学转折时期文学被忽视的原因是“受当时流行的观念影响过深，易于从单纯的政治层面作绝对的肯定或绝对的否定的判断，而往往忽略对文学现象作具体切实的分析”。[①] 他进而认为：“在诸多的忽略中，最大的忽略则是不重视、甚而轻视对50年代文学的研究。”[②] 这一时期的文学研究的意义在于，从文学观念上来看，“50年代的文学现象是一种历史发展的结果。它直接继承了40年代初期工农兵文学的全部理念，并且在理论上有更为完备和系统化的表述。用工农兵喜见乐闻的形式来表现新的时代和新的人物，在当时已是不言而喻的道理。它业已形成一个确定的目标，以及到达这一目标所需要的策略和手段。而所有的问题似乎只在于把这个理论付诸实践”。[③] 从文学创作的实践方面来看，“强大的行政力量有可能通过社会性的‘运动’或‘准运动’的方式推进它的文学理想。这种推进业已取得成效，有时表现为正面的，更多的时候则表现为负面的”。[④] 从文学的后续性影响来看，“50年代文学还是文革文学的准备，而这一切，又是在为以后的新时期文学作更大、更长远的准备”。[⑤] 谢冕从历史与逻辑相统一所形成的见解，是对这一时期文学发展历史的深刻洞见。

洪子诚对自己的研究思路进行过总结，笔者认为可以做如下梳理。首先，他认为：“面对过去的那种‘现代文学’和‘当代文学’的断裂性处理，揭示这种处理的‘文化政治’内涵；并进而辨析文学‘转折’的实际状况。”[⑥] 其次，他认为要解决的问题是，“‘当代’的文学体制、文学生产方式和作家的存在方式，发生了哪些重要的变化，这种变化如何影响、决定了‘当代’的文学写作”。[⑦] 第三，“新文学的文类、题材，诗

① 谢冕：《重视对五十年代文学的研究》，《南方日报》2000年10月29日。
② 同上。
③ 同上。
④ 同上。
⑤ 同上。
⑥ 洪子诚：《当代文学史写作及相关问题的通信》，《文学评论》2002年第3期。
⑦ 同上。

和小说等的形态在‘当代’的演化状况，这种演化的轨迹和现实依据”。[①]第四，洪子诚试图进一步反思“在20世纪中国文学中占有重要地位的‘左翼文学’在当代的命运”。[②]左翼文学的制度化过程中，其“‘制度’，除了包括对创作和批评的规约外，当然还应当包括出版机构、文学社团、大学研究部门有关学科和课程以及教材的规定等。其中，文学史的写作、经典的确立、统一评奖活动都扮演了极为重要的角色”。[③]洪子诚追问历史断裂深处的文学发展的成因，实际上是一种知识考古的方法——在延续中发现裂隙，在裂隙中寻找延续。通过对断裂与延续二者张力的分析，他避免了文学史价值判断的偏颇，即仅仅以审美性作为文学研究的唯一准则。如果说以文学的审美性作为单一的批评标准去研究20世纪中国文学难免有二元对立的简单化之嫌的话，那么，洪子诚指出，我们具体考察50—70年代文学时也应该注意避免陷入这一思维定式的陷阱。当我们把作家简单区分为“依附”、“奴性”的，与坚持“独立精神”、“反抗”的两类；以“官方”与“民间”，“主流意识形态”与“非主流意识形态”，“国家权力话语”与“个人话语”等“对立项”的概念作为分类尺度时，“出现的问题是，我们在使用的时候，有时是不加限定的，不说明这些分类、概念的具体历史内涵，更不揭示这些分类、概念实际存在的‘流动性’与‘不确定性’。这样的观察和描述方法，对于我们深入地把握这一时期的文学，会带来很大的妨碍”。[④]洪子诚作为中华人民共和国历史的亲历者，他的反思既有基于史实的历史感，也有个人的体验性。他提出的“一体化”的说法也并不意味着简单片面地看待复杂的文学史现象，而是充分考虑到政治意识形态的表象之下其实存在着复杂的精神潜流。他解释道：“这个说法不是意味着这个时期的文化、文学的单一性，事实上仍存在复杂的，多种文化成分、力量互相渗透、摩擦、调整、转换、冲突的情况。这种僵硬的研究思路与描述方法之所以有问题，还因为从文化、文学的性质上说，它们在大多数情况下，都不能被简化为某种‘意识形态’，

① 洪子诚：《当代文学史写作及相关问题的通信》，《文学评论》2002年第3期。

② 同上。

③ 李杨：《当代文学史写作及相关问题的通信》，《文学评论》2002年第3期。

④ 洪子诚：《20世纪40至70年代文学研究：问题与方法》，《中国现代文学研究丛刊》2004年第2期。

特别是那些优秀的艺术作品，不可能被单一、纯粹的意识形态所减缩和概括。”① 在学术研究中，将复杂问题简单化，显得浅薄；在简单中看出复杂性，则需要深刻与高明。

发掘20世纪50—70年代文学还不仅仅是找出历史断岩深处的裂隙，重新追踪文学史的发展轨迹，其更大的价值在于，在21世纪走向全球化的路途中，大众的生存状况、大众文学的价值诉求由于与左翼文学的某些历史相关性，而使20世纪50—70年代文学这一研究对象具有强烈的现实性。洪子诚认为，20世纪80年代中期以来，受到贬抑、忽略的“左翼”线索是20世纪中国文学中非常重要的线索，特别是“在当前和未来的文学创造中，可以继续提供给我们重要的‘资源性’的东西。特别是在‘全球化’的历史语境，这种‘异质化’，这种‘异类’的声音，更表现出它的意义和价值。”② 洪子诚从更为宽广的历史视界来重新界定“左翼文学”的内涵，并为20世纪与21世纪文学的发展寻找思想史线索以及合理的解释框架。他进一步追问，“它的研究的魅力来自什么地方？一方面，就像前面说到的，现代中国的革命及其文化问题与成果，并未为‘历史’所尘封，仍具有现实的急迫意义。另一方面，这种研究将可能尖锐地检验我们在处理存在争议、也让研究者困惑的历史和文学问题时的能力；这包括理论和方法的选取，以及应用上的有效性”。③ 接着，洪子诚提出的重要问题有：“以过去形成的观念，是否能有效解释、处理被我们所称的‘左翼’文化与‘社会主义经验’？是否有必要探索、形成新的思想基点？如何挣脱既定的概念与既定的理论框架的束缚，而揭发、展开这个时期‘左翼’文化、文学探索的难题与悖论？从‘研究主体’方面说，对待、处理自身的思想、情感经验时，是否有能力面对诸多复杂纠葛，是否有自我否定的勇气，来建立深入思考问题的‘个体经验’空间？这都是摆在我们面前的挑战性的问题。”④ 上述这些发问具有重要的启示价值，这也是本书的提问对象，以及试图给予回答的目标。

受此启发，本书以文学史的写作、文学经典的确立作为切入口，考察

---

① 洪子诚：《20世纪40至70年代文学研究：问题与方法》，《中国现代文学研究丛刊》2004年第2期。

② 同上。

③ 同上。

④ 同上。

十七年期间文学批评观念的内在紧张与嬗变。

二 “十七年”文学批评史及其叙述

学术界关于“十七年”文学批评的研究，无论是宏观的思潮、现象的扫描，还是微观的事件、人物的论述，都取得了许多成就。由于涉及很多具体的人物、事件、运动、思潮、社团等问题，因而本书删繁就简，概要介绍与“十七年文学批评史”相关的专著的情况。

朱寨主编的《中国当代文学思潮史》以1949年7月召开的全国第一次文代会到1979年10月召开的全国第四次文代会为界，紧扣时代的政治语境，展示了文学思潮的嬗变过程。[①] 吴三元、季桂起的《中国当代文学批评概观》介绍当代文学批评的历史走向、基本特征及当代重要文学批评家述评。[②] 黄曼君主编的《中国20世纪文学理论批评史》下册部分，以“定位与曲折”为标题梳理了20世纪50—70年代的文学批评。涉及的主要问题有：新中国成立初期文学理论批评的建设、马克思主义的文学理论批评家与毛泽东文艺思想的发展、“双百”方针的贯彻与文学理论批评的活跃、现实主义理论的演化与范畴建设等问题。[③] 许道明的《中国现代文学批评史新编》以“现代文学批评的‘一体化’”为题，统领十七年期间的文学批评史，对重要的会议和批评家进行了深入分析。[④] 方兢的《中国当代文学理论潮流三十年：1949—1978》，其“理论渊源”篇论述了毛泽东的文艺思想、革命实践和马克思主义基础、文学理论基础、文学理论问题。其“理论潮流”篇介绍了人物、题材、为政治服务、创作方法、真实性、人性与阶级性等专题。[⑤] 方兢还在《中国当代文学理论体系研究》一书中，论述了当代文论的体系性和内在逻辑关系；分析了当代文学理论体系的哲学基础、文学原理、基本概念、主要范畴，通过梳理这些概念、范畴之间的关系，提出了基本概念中的“概念群”和“概念

① 朱寨：《中国当代文学思潮史》，人民文学出版社1987年版。

② 吴三元、季桂起：《中国当代文学批评概观》，知识出版社1994年版。

③ 黄曼君主编：《中国20世纪文学理论批评史》（上、下册），中国文联出版社2002年版。

④ 许道明：《中国现代文学批评史新编》，复旦大学出版社2002年版。

⑤ 方兢：《中国当代文学理论潮流三十年：1949—1978》，中国文联出版社2004年版。

族”，以及“范畴系列”等说法。[①] 古远清的《中国当代文学理论批评史》（1949—1989）论述的主要问题有：政治压顶与文学论争的异化、群芳荟萃的美学领域、政治的倾斜和评论家的二元理论、在反规范化中崛起、以现实主义为基础的小说评论、在颂歌和战歌笼罩下的诗歌评论、散文评论的断裂与延续、富于建设性的戏剧理论批评、视野单一的电影评论。既有批评线索的清理，又有个案的解读；既有宏观的分析，又有微观的细读；体例周全、内容丰富。[②] 上述研究成果材料丰富、线索清晰、观点稳妥、论证有力，为本书写作提供了良好的示范。

三　“十七年”文学批评的现代性

学界已有的研究成果为本书的写作提供了研究思路和理论资源。新中国成立后，社会主义建设与革命运动以政治、经济、军事和科技的现代化作为主要目标，“不仅仅是中国民族国家及现代官僚体制的形成，而且还意味着一种目的论的历史观和世界观，一种把自己的社会实践理解为通达这一终极目标的途径的思维方式，一种将自己存在的意义与自己所属的特定时代相关联的态度。正因为这样，社会主义现代化概念不仅指明了中国现代化的制度形式与资本主义现代化的差别，而且也提供了一整套的价值观”。[③] 这一套价值观在文学批评上表现为“文学批评的现代性”与“现代性的文学批评”。“文学批评的现代性”是把“文学批评”作为现代性的一种再现方式，通过对文学批评文本的讨论来反思、解构现代性。“现代性的文学批评”是指被现代性话语所规范或规划的批评视野，这不仅涉及文学作为一种现代性叙述的实践方式，而且涉及“现代”文学制度的建立。

从现代性的视角研究中国现当代文学应该说是20世纪90年代以来主要的趋向。反省“现代性”的维度之一，是对“现代性”内部差异的关注。表现在20世纪中国文学的研究中，则是中国当代文学转折的具体历

① 方兢：《中国当代文学理论体系研究》，中国文联出版社2005年版。

② 古远清：《中国当代文学理论批评史·（1949—1989）·大陆部分》，山东文艺出版社2005年版。

③ 汪晖：《死火重温》，人民文学出版社2000年版，第48—49页。

史状况的研究，即关注现代文学中互相冲突的文学形态、文学规范得以产生的前提，以及其中包含的对“现代”的特定理解方式。如果说20世纪80年代新文学史观所谓的“现代”，主要指的是社会物质层面的现代化（即社会组织、经济技术等的现代化）及其在文学上的反映的话，那么，左翼文学及其当代形态不断地追求“新质”的革命性，同样是“现代性”中值得注意的内容。因而，20世纪50—70年代的“当代文学”也是“现代”性质的文学。20世纪90年代比较有代表性的是“再解读”思路，它尝试从文化分析的角度显现“当代文学”（尤其是20世纪40—70年代的左翼文学）的复杂文化内涵。这一研究思路以唐小兵编选的论文集《再解读——大众文艺与意识形态》① 而得名。40—70年代文学表现的现代性质被称为“反现代的现代性”。② 洪子诚在90年代完成的《中国当代文学史》以及多篇论文，则从清理既有文学概念入手，试图进入当代文学复杂的历史情境中。他描述了在40—50年代“转折”中“当代文学”的生成过程，并在此基础上建构了一条当代文学规范产生、确立其主导位置、在矛盾中持续推进直至崩解的文学史线索。这种研究对不同文学规范及其冲突关系的重视，对通常被视为“一体化”的50—70年代文学中复杂文学因素及其运作过程的呈现，也主要得益于对“现代”内部差异性的自觉关注。③ 洪子诚认为：“对五四的许多作家而言，新文学不是意味着包含多种可能性的开放格局，而是意味着对多种可能性中偏离或悖逆理想形态部分的挤压、剥夺，最终达到对最有价值的文学形态的确立。正是在这个意义上，50—70年代的政治文学时代，并不是五四文学的背离和中断，而是它的发展的合乎逻辑的结果。”④ 王晓明也作了相近的阐述。他认为五四文学并不仅仅表现为“崇尚个性”，“那种轻视文学自身特点和价值的观念，那种文学应该有主流和中心的观念，那种文学进程是可以设计和制造的观念”也组成了“五四”的一部分，并且在40—70年代文学中发

① 唐小兵主编：《再解读——大众文艺与意识形态》，香港牛津大学出版社1993年版。

② 唐小兵：《我们怎样想象历史》，《再解读——大众文艺与意识形态》，香港牛津大学出版社1993年版，第19页。

③ 洪子诚的这些研究成果主要包括：《中国当代文学概说》，香港青文书屋1997年版；《中国当代文学史》，北京大学出版社1999年版；《关于五十—七十年代的中国文学》，《文学评论》1996年第2期；《“当代文学”的概念》，《文学评论》1998年第6期等。

④ 洪子诚：《关于五十—七十年代的中国文学》，《文学评论》1996年第2期。

挥到极致。[①] 上述评价说明，“五四”为20世纪中国文学提供了充满活力的现代资源，但它本身并不是单质的，而是包含了复杂冲突和悖论的现代性矛盾统一体。这种思路提示我们重新审视“五四”现代性的多重内涵，进而探讨不同脉络的现代想象在“五四”之后的展开过程。

杨春时认为：“由于民族危亡的迫切性，建立现代民族国家的任务压倒了实现现代性的任务，为了建设现代民族国家不得不牺牲现代性，甚至反现代性。这就是说，20世纪中国面临的任务首先不是实现现代性，而是建立现代民族国家；为了建设现代民族国家又必须采取反（西方）现代性的立场。”[②] 现代性的努力与民族国家是否处于这样简单的二元对立的情形呢？笔者认为，如果说民族国家是指国家主权、领土的独立和统一的话，这不正是现代性的题中之义吗？现代性是一种时代转型的历史潮流和语境，而民族国家的建立是现代性的重要表征之一。由于现代性的趋向本身或现代性这一术语充满着冲突与歧义，社会现代性与审美现代性追求构成了社会发展的内在张力。将“五四”启蒙文学与新时期文学人为割裂开来，从而使“十七年”文学与“文革”文学成为文学史的空白，其根据是：第一，将“五四”文学对个性精神、人道主义、审美品格的追求看作文学的固有本质，并罩上了神圣的光环。第二，忽略了“五四”前后、新中国成立前后、“文化大革命”前后、新时期前后在思维方式、价值追求上的内在线索。其荒谬之处在于割断了文学传统的内在联系，称之为历史虚无主义的看法并不过分。董之林则提出中国“十七年文学”区别于西方现代性路径的另一种可能性。“如果把十七年小说放在一个现代性平台，放在20世纪受西方以个人主义为基准的文学思潮影响的背景下，那么它所反映的战争生活、合作化运动、工商业改造，以及知识分子思想改造等作品题材，由于与西方启蒙运动以来的欧美现代化进程不同，也就与在此基础上文学倡导的个性精神迥然相异；换言之，如果它没有按照西方启蒙运动以来的现代性意识形态发展，是否就应该排除在五四新文学到80年代‘新时期文学’的单一发展线索之外？”[③] 董之林的驳诘颇有

---

① 王晓明：《一份杂志和一个“社团”——重评五四文学传统》，收入《刺丛里的求索》，上海远东出版社1995年版。

② 杨春时：《现代民族国家与中国新古典主义》，《文艺理论研究》2004年第3期。

③ 董之林：《史与言——“当代小说十七年”纵论》，《江海学刊》2003年第6期。

见地。

董之林试图解答“十七年文学”置身于非西方化的现代性发展路径可能所具有的独特的价值与品质。余虹在研究中首先对现代性的本质进行了界定。他认为：“现代性”术语被用来指述一种本体论的、目的论的、决定论的元话语品质，以及由此推论派生的其他话语实践的品质。现代性话语实践的背后是历史理性信仰（相信历史是一种有本质的、有目的的、被决定的时间序列）和语言理性信仰（相信语言能客观地再现这一历史），其表现形态是意识形态化的历史大叙事。[①] 其次，他也同董之林一样，站在中国现实的历史语境来认识文学的“现代”内涵。与西方不同，中国“现代”的动力基础是中国式政党实践，“指的就是以列宁主义政党方式行动的政党实践。而就中国‘现代’的生成而言，共产党的实践尤为重要，因为中国式‘现代’的现实样式就是共产党 1949 年革命成功所建立的‘新中国’。由中国式政党实践导致的全方位的高度整合（社会、观念、心性的被组织化）乃中国式‘现代’的根本规定性，如此之‘现代境遇’是理解一切中国式‘现代现象’（包括文学理论的现代性问题）和‘后现代现象’（包括文学理论的后现代性问题）的起点与基础。”[②] 笔者提出的现代性历史元叙事便是对国家意识形态文学批评思维逻辑的概括。

李杨是从现代性反思的角度来切入的。在 80 年代建构的知识语境中，有人认为，无论是对“50—70 年代文学”的“现代性”的讨论，还是对 80 年代主流文学的权力机制的揭示，常常被贴上“左派”的标签，甚至被理解为对盖棺论定的“文化大革命”的肯定。李杨指出，将“50—70 年代文学”置于“现代性”范畴中进行认识，“根本不是对这一时期文学的重新‘肯定’，而是对包括‘50—70 年代文学’在内的 20 世纪中国文学的现代性的‘反思’”。“在现代性环境中‘反思’社会主义与革命的历史，意味着对一种历史意识的确认：如果不充分展开对现代性的‘反思’，我们根本无法真正‘反思’激进主义，‘反思’革命。”[③] 从现代性

---

① 余虹：《绪论：中国语境与思想的路标》，《革命·审美·解构——20 世纪中国文学理论的现代性与后现代性》，广西师范大学出版社 2001 年版。

② 同上。

③ 李杨：《当代文学史写作及相关问题的通信》，《文学评论》2002 年第 3 期。

角度反思革命，其结果是什么呢？洪子诚做了极为可贵的探索，“‘革命文学’在‘当代’处在一种‘制度化’的过程中”。它的困境的形成，“是一种在特定的社会环境中的‘自我损害’”。这种“自我损害”，好像带有一种不可抗拒的趋势。如果按照毛泽东的说法，这是一种“辩证法”，换一种说法，那就是难以抗拒的“宿命”。[①] 如果称之为革命的辩证法的话，“这个过程包含着一种矛盾性和悖谬的东西。要求‘纯粹’，要求‘绝对’，可能包含对一个完整世界的渴求。参加革命的人，包括参加革命的文学家，大都有对一个‘完整世界’和‘大同世界’的渴求与想象，对‘绝对’、‘纯粹’的强调，对自己所坚持的信仰和概念的强调，而且不同程度地产生对经验，包括对自身经验的不信任感。这就导致了这样一种冲动，一种欲求，不断从经验，从感性中抽离”。所以，矛盾也就在这个地方：“革命文学如果要跟‘传统’的文学形态划清界限的话，就要以变革的面目出现，这是它存在的理由，也是它活力的来源；但是这种坚持与‘传统’文学划清界限的限制的活动，无限地对一切‘不纯’的因素的划分，最终又导致它的活力的丧失。”[②] 这种革命辩证法的困境也同样反映了关于文学经典的批评的处境。经典的构造直接影响了文学的制作与评论机制，这种文学批评的“一体化”、规范化的影响直接导致不良结果，例如，文学中人性僵化而阶级性的加强，私人话语的消失而集体话语的加强，批评方法统一于现实主义的旗下，对现代性追求的中断，有创造力的焦虑及批判精神的消失，忧患沉郁的美学风格让位于明朗激昂的斗争旋律。总之，一元代替多元，机械唯物主义与庸俗社会学大行其道。洪子诚对革命文学的“自我损害”、“革命的辩证法”宿命的提出，可见他从法兰克福学派对资本主义制度的批判中受到了启迪，并巧妙地汲取了他们的理论资源。

正如许多批评家所指出的，中国的现代性方案的出现，应归功于西方资本主义对东亚的帝国主义的凝视或霸权化窥探。它总是被想象成与时间意义上的他者——中国的过去以及空间意义上的他者——西方之间的相互对立。“毛泽东的社会主义一方面是一种现代化的意识形态，另一方面是对欧洲和美国的资本主义现代化的批判；但是，这个批判不是对现代化本

① 洪子诚：《问题与方法》，生活·读书·新知三联书店2002年版，第283页。

② 同上书，第287页。

身的批判，恰恰相反，它是基于革命的意识形态和民族主义的立场而产生的对于现代化的资本主义形式或阶段的批判。”这也是毛泽东的非西方化立场的基本内涵，即反抗帝国主义的侵略与压迫。因此，“从价值观和历史观的层面说，毛泽东的社会主义思想是一种反资本主义现代性的现代性理论。从政治后果方面来看，毛泽东消灭三大差别的社会实践消灭了独立于国家的社会范畴存在的可能性，不仅造成了一个前所未有、笼罩一切的庞大的国家体制，而且把社会生活的各个方面组织到先锋政党的周围。”[①]近一个半世纪以来，中国经历了外敌入侵的凌辱与压迫，因此，被边缘化的、受压迫的臣属人（sub-humans）变成了富有战斗力的和自我意识的历史主体。

研究者从什么样的立场来看待毛泽东的文艺思想这一敏感话题，很大程度上决定了对象的实际意义。笔者认为，革命现代性的思路可以成为考察毛泽东文艺思想的一条路径。“革命”作为一种“主义”，它有内在的哲学依据。毛泽东的哲学思想是革命战争的实际和传统实用理性的实际相结合的产物，毛泽东的辩证法哲学“完全不同于自黑格尔以来的以‘否定之否定’为核心的过程系统，而是与中国的《老子》、《孙子》有着更多承继关系的‘矛盾论’。矛盾论是毛泽东的宇宙观、世界观，也是他推行社会主义建设的理论依据。总之，它是以革命为最高表征的‘斗争哲学’”。[②]毛泽东宣布刚刚完成社会主义改造的新中国结束新民主主义阶段，进入社会主义社会。然而，他在1949年9月政协会议上谈的新民主主义阶段论至少要搞15年以后才能来搞社会主义。

毛泽东的文艺思想的革命主义现代性之“现代性”特质在于，它植根于中国特定的历史语境，服务于他对建立独立、自由、平等、富强的现代民族国家的宏大构想。“第一步，改变这个殖民地、半殖民地半封建的社会形态，使之变成一个独立的民主主义的社会。第二步，使革命向前发展，建立一个社会主义的社会。”[③]在壁垒森严的冷战时期毛泽东现代性的文化构想暗含着一种乌托邦的焦虑，即如何挣脱传统上居统治地位的西

---

① 汪晖：《当代中国的思想状况与现代性问题》，《死火重温》，人民文学出版社2000年版，第49—50页。

② 李泽厚：《中国现代思想史论》，天津社会科学院出版社2003年版，第174页。

③ 毛泽东：《新民主主义论》，《毛泽东选集》第2卷，人民出版社1991年版，第637页。

方现代性的束缚，建立一种具有独特中国民族风格的文学形式。在这样的时代里，所有的传统和知识都要被揭开以供批判，文学艺术、社会关系、政府机构等都经历着改造与新生。毛泽东的文艺思想是在革命与战争的实践经验中抽象总结出来的，具体表现为文学的阶级斗争工具性、民族主义以及现代性的悖论。

四　“十七年”文学经典批评研究的现状

文学史是文学发展的历史，但并不是无限延长没有边界的，文学史的分期便是界标的树立。在文学史是文学的经典化的历史这一观念的支配下，众多学者纷纷对20世纪50—70年代文学经典进行解读，一时成为学界热潮。代表性的有唐小兵主编的《再解读——大众文艺与意识形态》①，黄子平的《革命·历史·小说》②，余岱宗的《被规训的激情：论1950、1960年代的红色小说》③，董之林的《旧梦新知：“十七年”小说论稿》④《追忆燃情岁月——五十年代小说艺术类型论》⑤，李杨的《50—70年代中国文学经典再解读》⑥，等等。文学史既是文学历史的延续，同时自然包括着断裂的转折，集中对于文学史主流“红色经典”的研究固然是一条行之有效的思路，然而，传统经典是如何在文学转折关头接受历史的重新塑造而进入新的文学史叙述呢？对传统经典的理解是如何参与着“当代文学”文化政治的建构目标的呢？这其中每一种文学形态嬗递的转折过程，都值得对历史细节进行深入的考辨和理论总结。程光炜认为，如果不把鲁迅、郭沫若、茅盾、巴金、老舍、曹禺等文学大师在“当代”的思想、文学活动和研究活动考虑在内，这就会使文学的“当代”转折显得突兀。他的《文化的转轨——“鲁郭茅巴老曹”在中国1949—1976》⑦

① 唐小兵主编：《再解读——大众文艺与意识形态》，香港牛津大学出版社1993年版。

② 黄子平：《革命·历史·小说》，香港牛津大学出版社1996年版。

③ 余岱宗：《被规训的激情：论1950、1960年代的红色小说》，上海三联书店2004年版。

④ 董之林：《旧梦新知：“十七年”小说论稿》，广西师范大学出版社2004年版。

⑤ 董之林：《追忆燃情岁月——五十年代小说艺术类型论》，河南人民出版社2001年版。

⑥ 李杨：《50—70年代中国文学经典再解读》，山东教育出版社2003年版。

⑦ 程光炜：《文化的转轨——“鲁郭茅巴老曹”在中国1949—1976》，光明日报出版社2004年版。

正是对这一问题的解决。与程光炜思路相似的是贺桂梅的《转折的年代——40—50年代作家研究》[①]，作者借助了丸山昇所说的“大环境小环境”的方法论，尝试在具体对象的描述中抓住问题，以使思想命题具体化和复杂化，在40—50年代，意识形态话语转型过程中中国现代作家遭遇的问题及其历史回应，揭示出此中复杂的精神史层面。在解决1948—1949年政权更替期面对“大十字路口”时知识分子的去留问题时，作者选取的典型个案是萧乾；而关于国统区“中间立场”的作家应对时局变化的有冯至和沈从文两种不同的方式；面对现代中国知识分子的“革命”诉求问题，选取的是丁玲；探询革命新话语秩序、当代文学规范的确立及内部矛盾时，选取的是赵树理。这些作家的文学创作、价值选择隐含着各自的文学观念，从中也可以找到文学批评的线索。

关于文学转折的理论根据，张荣翼揭示了文学史延续与断裂的双重构造的规律，他的观点为我们提供了有益的启示。他认为文学断裂与延续的“合奏”的内涵在于：“一重意思是说，在各个不同时代及其文学氛围下，文学有着不同的追求和实绩，后一时代力图反叛前代的影响。但是在这种反叛中，后代也不会只是以一己执著的信念作为思想武器，它在反叛传统的斗争中，为了取得反叛行为的成功，往往会祭起另一种传统来作为自己的依恃。”“‘合奏’效应的另一重意思是指，后来的文学潮流在反拨前代文学传统后，它可以逐渐取代前代文学的主潮地位，但是被取代了的文学潮流并不会被完全取消，它只是处于蛰伏状态，成为一种背景材料，在日后新的时机，又有可能以新的方式、面貌重新出现。”[②] 张荣翼的论述对我们清理文学转折的断裂与延续的历史关系具有方法论的启示。

前文关于文学转折的研究主要是就文学创作而言的，就当代文学的实际情况而言，文学应该创作什么、如何创作以及与之相关的评价机制，其权威的训诫者与规约者是通过文学批评作出规范的。而且，文学批评关注的主要对象不是一般的流行作品，而是通过对前代的文学经典进行重评、对当时代的文学作品进行经典化的建构进行的。就笔者所见，国内学者张荣翼首次从文学批评机制的角度提出了文学经典的问题。他认为，经典机制“可概括为是以之来引导、评价整个文学活动的一种秩序和规则”。文

① 贺桂梅：《转折的年代——40—50年代作家研究》，山东教育出版社2003年版。

② 张荣翼：《文学史：延续与断裂的双重构造》，《学术研究》1996年第1期。

学经典机制的建立在于客观性的批评标准，“权威的拟定”以及文化惯例的认可。经典机制的功能，在于“既可以圭臬创作，也可以引导阅读，它的作用是文学活动在保持个性特征的前提下也有统一性”。[①] 后来，张荣翼又从文学史理论的角度提出了文学经典化机制在历史过程中体现的规律。他指出：“文学史作为经典化了的文学的历史，它的经典化在形式上是对文学本文的经典化，而在它的实质蕴含上还包含着对某种观念、某种思想的经典化……”文学经典化的形成过程中，“文学史通过对过去文学本文的经典化，就在接受过去文学影响的现实性的一面外，还展示了它自觉筛选、接受这些影响的可能性的一面”。[②] 张荣翼揭示了经典机制作为文化权力对文学史写作造成的深刻影响，而文学批评也同样存在着文学批评经典化与经典化的文学批评史的问题。他的结论为本书探讨“十七年”文学经典的批评问题，即主流意识形态文学批评及其悖论提供了有益的理论依据。

以前代和国外的文学经典的批评观念作为考察对象。文学批评研究中的历史意识不仅仅指批评者与批评观念的进化关系的考察，还指向当时代批评观念的历史来源。对于这一“历史来源”的忽视，在当前的文学批评研究中尤其突出。通常的叙史观念将20世纪80年代文学与左翼文学相对立而与“五四”的启蒙文学沟通血脉，从而造成了对20世纪50—70年代文学批评现代性追求得失的盲视。20世纪50—70年代中国内地文学经典重评行为的讨论，必然涉及许多复杂问题。而率先提出20世纪中国文学经典的批评问题及其阶段的划分，首先是佛克马、蚁布思《文学研究与文化参与》一书。“在中国，现代经典讨论或许可以说是开始于1919年，而在1949年、1966年和1978年这些和政治路线的变化密切相关的年份里获得了新的动力。”[③] 这种将文学经典的批评划分为四个转折、五个时期的做法，基本上吻合了历史转折关头文学批评随政治路线而变更的特点。文学经典是什么？是谁的经典？文学经典何以形成？文学经典在历史转折前后的评价发生了什么变化？佛克马、蚁布思对这些问题的一步步

① 张荣翼：《文学经典机制的失落与后文学经典机制的崛起》，《四川大学学报》（哲学社会科学版）1996年第3期。

② 张荣翼：《文学史，文学经典化的历史》，《河北学刊》1997年第4期。

③ 佛克马、蚁布思：《文学研究与文化参与》，北京大学出版社1996年版，第45页。

叩问，掀开了历史复杂面目的一角。

从董瑾的《50年代初文学经典的颠覆与重构》中可以看出，她的研究思路是对佛克马、蚁布思研究思想的延伸和深化。董瑾探讨文学经典在20世纪中叶中国的变化情况，考察经典的构成方式及其依据与意义，并进一步了解与辨析文学观念与思潮的嬗变过程。其研究方式主要不在于指出应该怎样做而在于指出已经做了些什么，这些工作的内在动因，它对于中国当代文学创作、批评标准的界定与影响；它如何改变了当代文学的观念与风貌。意识形态的文学价值观念是怎样体现在对经典的批评过程之中的？意识形态是怎样参与经典的建构的？作者就这个时期经典问题的讨论提出下列三个问题："第一个问题：谁有权力选择和确立经典？是权力机构还是个人？如果是权力机构，那么这个机构是大学或研究所等学术机构抑或政治权力机构？第二个问题：选择（或不选）经典的依据是什么？换言之，经典构成的依据是什么？这种（重新）选择与阐释在四五十年代有什么突出的变化？就此问题可以从以下角度进行分析与梳理：一、在1949年前被视为经典的遭到颠覆；二、在1949年之前未进入经典行列的被确认为经典；三、在1949年之前被确立为经典的得到重新阐释，这种阐释包括对新文学传统的重新评价的理论阐释与对作品的再解读。这种颠覆、重立与重构反映了一体化与阶级论占主导的文学观念的确立。第三个问题：经典重构的理论来源与影响。四五十年代是中国社会大变动的时代。相对于'五四'时期，这场大变动更早地是以领导统治作为特征的。围绕一个政权灭亡了，另一个新政权诞生了的权力更迭，在意识形态领域发生的变革形式较之'五四'更为突出。但严格来说，这个新的文学范式从1942年以来就逐步确立了。认识50年代对经典的选择、重新确立与选择确立依据，必然对《在延安文艺座谈会上的讲话》有足够的了解。"①董瑾曾经是洪子诚在北大的硕士研究生，估计她的不少看法来自洪子诚的著述和课堂上的讲述。

洪子诚之所以在当代文学史研究领域取得了开创性的成就，其思路、观念和方法影响了许多后辈学者，这与他自20世纪80年代初开始广泛、

① 董瑾：《50年代初文学经典的颠覆与重构》，《文艺评论》1999年第3期。

深入吸收西方哲学、文学、美学方面的重要成果是有必然关系的。[①] 正因为他的根子扎得深、思想吃得透、方法用得活，洪子诚直接套用或者搬用西方术语的情况极为少见，而他对问题的分析体现了西方理论与中国经验的融会贯通。洪子诚说："在文学史研究方面，韦勒克和伊格尔顿的书给我直接的启发，还有佛克马的。"他对佛克马、蚁布思文学经典问题进行了更为深刻的实践与阐释。洪子诚《问题与方法》的第六章"当代的文学'经典'"[②] 承接当代文学的文学体制与文学生产的研究，认为讨论当代文学的文化体制还必须涉及文学的评价体制问题，而其中较为核心的问题是对文学经典的审定和确立。洪子诚将文学经典的考察作为研究的中心对象，其理论意义在于，"'经典'问题涉及的是对文学作品的价值等级的评定。'经典'是帮助我们形成一个文化序列的那些文本。某个时期确立哪一种文学'经典'，实际上提出了思想秩序与艺术秩序确立的范本，从'范例'角度来参与左右一个时期的文学走向"。[③] 他认为首先需要解决的问题是："当代是否存在文学经典的认定事实？如果存在，这一'事实'从哪里得知？"其次，"当代对于经典的认定的程序，和这种'认定'是由谁做出的，怎样做出的？""当代的经典认定在'管制'和'放开'之间的关系。这后一问题，讨论的是政治和文学管理机构对于文学经典重要性的认定程度"。[④] 关于当代是否存在文学经典的认定事实的问题，我们可以考察文学书籍的出版、文学选本的确认、文科教材的编写情况。关于当代文学经典认定程序、认定的主体以及认定的标准问题，可以探讨某一时期文学批评和研究的情况。当代围绕文学经典发生的讨论，例如，1954 年关于《红楼梦》的讨论，1955—1956 年关于李煜词的讨论，1958—1959 年关于巴金作品和陶渊明的讨论，1959 年关于李清照的讨论，20 世纪 60 年代初关于中国古代"山水诗"的讨论，以及鲁迅、郭沫若、

---

① 关于洪子诚的西学阅读方面的具体情况，可以参见洪子诚《穿越当代的文学史写作——洪子诚教授访谈录》，《文艺研究》2010 年第 6 期。李云雷《关于当代文学史的答问——文学史家洪子诚访谈》，《文艺报》2013 年 8 月 12 日第 3 版。

② 洪子诚：《问题与方法》，生活 · 读书 · 新知三联书店 2002 年版。该书是根据洪子诚在北京大学上课的录音整理而成，课程的名称为"当代文学史问题"，上课时间从 1999 年 9 月开始。

③ 洪子诚：《问题与方法》，生活 · 读书 · 新知三联书店 2002 年版，第 233 页。

④ 同上书，第 233—234 页。

茅盾等重要作家的研究，等等。洪子诚发现，在对这些经典作品的讨论中，批评者面临的普遍性难题是：如何既保护这些作品的“经典”地位，但在阐释上又符合当时确立的经典尺度。概而言之，当代文学批评视野中的文学“经典”具有三个基本特征：第一，文学经典的选择与确立在各个时期是流动变化的；第二，文学经典问题在当代的尖锐程度是不同的，依次是外国文学、中国现代文学与中国古代文学。第三，文学经典批评的思想标准为“民主”精神、“人民性”，而创作方法则以“现实主义”为主要标尺。对比董瑾与洪子诚的研究，前者偏重于1949年前后经典确认的变动过程以及理论资源，洪子诚则进一步探讨经典确认的方式、经典问题的具体讨论以及文学经典的批评的基本特征等。洪子诚掌握了丰富的史料，提纲挈领地提出了许多极富创见的观点和研究思路，但正如他自己承认的，这些思路还有待进一步具体、细致的探究，而如何在洪子诚等研究者的基础上“接着说”，并有所发现，正是本书的立意所在。

第一章

“十七年”文学批评与文学经典

经典、批评是本书涉及的两个核心概念，因此在第一章就要根据论题分别予以解析。经典的内涵既具有实在本体的意义，又必须在文化政治等外在因素参与建构的关系之中去认识。文学批评的经典化与国家意识形态文学批评是“十七年”文学批评的突出特点。笔者试图考察在历史转折关头，文学批评面临批评观念断裂与延续的两难处境，并指出现代性历史元叙事是国家意识形态文学批评的总体特征。

第一节 “十七年”作为当代文学史概念的历史内涵

从时间属性来看，如果说“古代文学”、“现代文学”属于过去时态的文学存在的话，自1949年至今的“当代文学”则既有历史性，也有动态性和当下性，或者说是完成性、未完成性和未来性的融合。将近七十年的当代文学在时间的淘洗、文学接受与评价中不断完成经典化的淘汰、选择与正典化的过程，同时研究者也逐渐形成了关于当代文学论述的概念、范畴、体系与理论。

洪子诚在1998年曾经提出：“加强当代文学学科建设，首先遇到的是对‘当代文学’概念的辨析。”他认为，“应从概念的相互关系上，从文学史研究与文学运动开展的关联上，清理其生成的过程”。[①] 也就是“想看看‘当代文学’这个概念是如何被‘构造’出来和如何被描述的”。[②]

---

① 洪子诚：《“当代文学”的概念》，《文学评论》1998年第6期。

② 同上。

承续洪子诚清理当代文学概念缘起、演变及其结果的思路，本书抓住当代文学的重要时段——“十七年”，亦即1949—1966年这一时期来清理其能指命名背后的所指本质。[①] 正如洪子诚所说明的：“由于参予这种构造、描述的，不仅是文学史家对一种存在的‘文学事实’的归纳，因而，这里涉及的，也不会只限于（甚至主要不是）文学史学科的范围。”[②]从这一时期文学史的性质来看，更多与时代的政策、路线、运动、思潮、事件等相关。

一 “十七年”是一个时间概念

自1966年以来，“十七年”文学这一说法在中国当代史学与文学研究领域通过官方权威表述与学界学术命名，已经成为固定的术语与概念。学界通常认为，“十七年”是指1949年10月1日中华人民共和国成立至1966年5月16日《中国共产党中央委员会通知》出台之间这一时期。后面这一文件的发布意味着中共中央在舆论上正式宣告了“文化大革命”的开始。“中央决定撤销一九六六年二月十二日批转的《文化革命五人小组关于当前学术讨论的汇报提纲》，撤销原来的‘文化革命五人小组’及其办事机构，重新设立文化革命小组，隶属于政治局常委之下。所谓‘五人小组’的汇报提纲是根本错误的，是违反中央和毛泽东同志提出的社会主义文化革命的路线的，是违反一九六二年党的八届十中全会关于社会主义社会阶级和阶级斗争问题的指导方针的。这个提纲，对毛泽东同志亲自领导和发动的这场文化大革命，对毛泽东同志在一九六五年九月至十月间中央工作会议上（即在一次有各中央局负责同志参加的中央政治局常委会议上）关于批判吴晗的指示，阳奉阴违，竭力抗拒。”[③] “五一六通知”不仅撤销了一个坚持学术立场的政治报告，而且将文化革命的班子、机构一并撤换；不仅如此，重新设立的文化革命小组隶属于政治局常委，

---

① 关于“十七年”的具体划分，《关于建国以来党的若干历史问题的决议》有一种更细化的处理方式，也就是将新中国1949—1976年的27年分为三个阶段，第一阶段：“基本完成社会主义改造的七年”；第二阶段：“开始全面建设社会主义的十年”；第三阶段：“文化大革命”的十年。

② 洪子诚：《“当代文学”的概念》，《文学评论》1998年第6期。

③ 《中国共产党中央委员会通知》，《人民日报》1966年5月17日。

后来实际上承担了中央办公厅的功能。原本力图将学术讨论控制在学术范围的《二月提纲》，被八届十中全会的阶级斗争狂流摧毁了。

“十七年”文学创作与批评取得了很多成就，也走过很多弯路，这段历史本身就具有极其复杂的多重因素，需要从不同层面进行剖析和反思。本书之所以探讨“十七年”文学的时间分界，意在对这一人们习惯性使用却未必反思其思想内涵的概念进行一番知识学考古。

实际上，“十七年”这一说法不仅仅是后“文化大革命”时期学术界划分文学发展的阶段而出现的历史界标，据笔者查考《人民日报》，自“五一六通知”发布之后，国家领导人的报告和主流媒体的文章都经常以“十七年”为时间段，来区分中国当代社会的不同阶段。①

“五一六通知”发布不久，《人民日报》编辑部发表社论《我们是旧世界的批判者》，该文批判的对象是：“批判旧世界，批判帝国主义和一切剥削阶级用来毒害劳动人民的旧思想、旧文化、旧风俗、旧习惯，批判一切非无产阶级思想，批判一切同马克思列宁主义、毛泽东思想相对抗的反动思想。”② 进行这一切批判的原因是：“我国解放十七年来，在思想文化战线上两个阶级、两条道路长期激烈的斗争，特别是最近一个时期突出出来的资产阶级阴谋复辟和无产阶级反复辟的斗争，充分说明了这个问题。”批判的目的是重建，要重建新中国的“新世界”。“我们要建设新世界，就必须破坏旧世界，我们要建设社会主义和共产主义的新思想、新文化，就必须彻底批判和肃清资产阶级的旧思想、旧文化及其影响。”③ 意识形态领域的革命论战是政治运动的先导。“在无产阶级革命的历史上，每一次大论战，都是一次革命跃进的序幕和信号。我国解放十七年来所经历的多次思想大论战，每一次都为革命的火车头开辟了前进的道路。当前这场空前规模的文化大革命，必然预示着我国社会主义革命的飞跃发展和社会主义建设的新的大跃进。”④ 上面的论述不仅说明了“十七年”是“文化大革命”路线的准备、酝酿与逐步推进的阶

① 可以参见如下文献：《人民日报》编辑部《我们是旧世界的批判者》，《人民日报》1966年6月8日；新华社记者《在无产阶级“文化大革命”高潮中热烈庆祝建国十七周年 毛主席检阅一百五十万游行大军》，《人民日报》1966年10月2日。

② 《人民日报》编辑部：《我们是旧世界的批判者》，《人民日报》1966年6月8日。

③ 同上。

④ 同上。

段，而且进一步肯定了“文化大革命”是社会主义革命和建设的“新的大跃进”。

二 “十七年”是一个政治概念

将“十七年”作为一个独立的时间段抽取出来，是因为它与前后的历史时期相比，具有独特的政治思想特征。其起点 1949 年意味着旧中国的消亡和新中国的成立，其终点 1966 年意味着资产阶级与无产阶级两个阶级、两条道路的斗争暂时告一段落，无产阶级“文化大革命”被视为新的历史时期的肇始。

1949 年与 1966 年被视为不同思想路线、新旧两个世界的分界点。1966 年国庆节，毛泽东在天安门广场检阅了 150 万人的游行队伍，也进行了发动红卫兵的政治总动员。他在 10 月下旬中央工作会议上批评道：“十七年来，有些事情，我看是做得不好，比如文化意识方面的事情。”不仅如此，他认为更严重的问题是，“出了相当多的独立王国”。[①] 此次中央工作会议结束之后，“文化大革命”进入“资产阶级反动路线”的阶段，不久刘少奇遭到政治批判。

1966 年是当代中国历史的重要节点。虽然十七年与“文化大革命”十年之间，文学批评、观念、运动具有一定的内在连续性，但是二者的性质也是十分明显的，这一点可以从林彪 1966 年的国庆谈话看出。林彪在集会上指出：“中华人民共和国成立的十七周年，在我国是翻天覆地的十七年，在世界也是翻天覆地的十七年。”[②] 林彪肯定了十七年的发展成就，但是，更加强调了无产阶级“文化大革命”的伟大意义和胜利形势。他说：“这场无产阶级文化大革命，是在无产阶级夺取政权以后进行的一种崭新的创造性的大革命。”[③] 这场大革命的目的“是为着进一步巩固无产阶级专政，发展社会主义制度”。这场革命之所以势在必行，非此不可，是因为“国际无产阶级专政的历史经验告诉我们，如果我们不这样做，

① 中共中央文献出版社编：《建国以来毛泽东文稿》第 12 册，中央文献出版社 1998 年版，第 143 页。

② 新华社记者：《在无产阶级“文化大革命”高潮中热烈庆祝建国十七周年 毛主席检阅一百五十万游行大军》，《人民日报》1966 年 10 月 2 日。

③ 同上。

就会出现修正主义的统治，就会发生资本主义的复辟。”①《人民日报》的国庆社论写道：“十七年来，我国人民在以毛泽东同志为首的党中央的英明领导下，在社会主义革命和社会主义建设的各个战线上，都取得了突飞猛进的胜利。”② 1966 年是当代中国社会主义革命与建设的转折点，无疑也是中国文艺事业的转折点。

如果说上面对“十七年”作了正面肯定的话，那么，“文化大革命”风暴骤起之后，“十七年”被视为一条与“无产阶级革命路线”相对立的“资产阶级反动路线”而加以颠覆。这两条路线的代表人物，是毛泽东与“党内头号走资本主义道路当权派为代表的”刘少奇。

1967 年 3 月，刘少奇被视为“党内最大的走资本主义道路的当权派”不点名批判，出现在由戚本禹执笔，经毛泽东审阅的《爱国主义还是卖国主义?》一文，该文写道：“十七年来，一小撮反革命修正主义分子在党内最大的走资本主义道路的当权派的支持下，向无产阶级发动了一个全面性的猖狂进攻，在政治、经济、文化、教育各个领域里放了大量的毒。”③ 1967 年 4 月上旬，《人民日报》攻击刘少奇是“资产阶级反动路线”。“十七年来，正是这个中国的赫鲁晓夫，在文学、史学、哲学、政治经济学、教育学、新闻学等各个领域，在党、政、军、工、农、商、学各界，扶植和保护了党内一小撮走资本主义道路当权派和一小撮资产阶级反动学术‘权威’，散布了大量的修正主义毒素。”④ “十七年来，一条以毛主席为代表的无产阶级革命路线，一条以党内头号走资本主义道路当权派为代表的资产阶级反动路线，在党内进行着尖锐复杂的斗争。”⑤ 上述批判，直接从政治角度否定了“走资派”所领导的“十七年”。

---

① 新华社记者：《在无产阶级“文化大革命”高潮中热烈庆祝建国十七周年 毛主席检阅一百五十万游行大军》，《人民日报》1966 年 10 月 2 日。

② 《工农群众和革命学生在毛泽东思想旗帜下团结起来》，《人民日报》1966 年 10 月 1 日。

③ 戚本禹：《爱国主义还是卖国主义?》，《红旗》1967 年第 5 期。

④ 《人民日报》编辑部：《高举无产阶级的革命的批判旗帜》，《人民日报》1967 年 4 月 8 日。

⑤ 同上。

三 “十七年”是一个政治符号

在后来的历史叙述中，“十七年”被视为一个具有特定意义的时间符号，从“文化大革命”结束之后国家意识形态机器对“四人帮”的批判叙述中可以看出来。《人民日报》认为“十七年”是四人帮提出的“一个地地道道的极右派口号”。“‘四人帮’恶毒攻击‘十七年’，我们就要热情歌颂‘十七年’。“文化大革命前的”十七年，是我国社会主义历史阶段中的重要时期。这十七年，是我国社会主义革命和建设事业蓬勃发展的十七年，是无产阶级专政日益巩固的十七年，是毛主席的革命路线不断取得胜利的十七年。”[①] 如何评价“十七年”？如何将“十七年”与“文化大革命”划开界限，而与后“文化大革命”时期，也就是新时期相对接？这是国家意识形态部门要解决的历史叙述的延续性问题，因为“对十七年的历史能否给以正确的估价，对于我们来说，这是一个关系到要不要坚持毛主席的革命路线，要不要坚持无产阶级专政和社会主义制度的大是大非问题”。[②] 人们在不同的历史时期对于“十七年”的否定与肯定，反映了历史的复杂性与幽暗面，也体现了历史判断一定程度的无奈与妥协。

第二节 文学经典的界定

由于文学经典是一种思想和艺术方面的典范形态，因此围绕它而进行价值评判通常是文学批评界关注的焦点与争执的热点。文学批评的国家意识形态话语通过掌握文学经典的解释权力而取得了主导地位，为了清楚认识这一问题，我们有必要界定文学经典的内涵，分析具体历史语境下文学经典的建构类型，文学批评取得经典化权力的成因，以及文学经典与非经典的流变规律。本书对文学经典的界定，与当下的热点问题“红色经典”的概念是有区别的。“红色经典”的“红色”带有特定时代的颜色政治的象征意味，该词指新中国成立后取得了主流的统治地位，具有激进的革命

---

① 《一个地地道道的极右派口号》，《人民日报》1977年11月25日。

② 同上。

政治色彩的作品。而本书涉及的文学经典则通常具有如下三个特点。

一 文学经典的独创性、典范性与历史持久性

“经典”（classic）的概念，来自拉丁文 classicus，意为“第一流的”，指“公认的、堪称楷模的优秀文学和艺术作品，对本国和世界文化具有永恒的价值”。[①] 关于经典的含义，佛克马和蚁布思的《文学研究与文化参与》在不同的语境中有不尽相同的诠释。第一种含义是就一般意义而言的，认为经典是：“精选出来的一些著名作品，很有价值，用于教育，而且起到了为文学批评提供参照系的作用。”[②] 第二种含义强调经典在文化主流圈的影响，他转述了罗森格伦的观点：“经典包括那些在讨论其他作家作品的文学批评中经常被提及的作家作品”，而“只有知名的作家才可以因比较或解释而被提及”。[③] 第三种含义是从霍兰德的读者—反应批评的观点出发，认为经典“是指一个文化拥有的我们可以从中进行选择的全部精神宝藏”。[④] 这三种诠释都言之成理，但它们所指涉的经典的侧重点显然有别。黄曼君“倾向于认为经典既是一种实在本体又是一种关系本体的特殊本体，亦即是那些能够产生持久影响的伟大作品，它具有原创性、典范性和历史穿透性，并且包含着巨大的阐释空间”。[⑤] 这一定义具有很强的涵盖力，本文采用的是这一观点。依上述释义，对应时空关系，我们可以发现：文学经典是指那种能经得住（纵向的）时间考验的文学作品。能否经得住时间的检验与历史的涤荡，是检验文本能否称得上经典的标尺。经典包含着历史与文化的信息，人们通过经典进行对话从而达成相互理解与视域融合。穿越时间，即超时间性是文学经典的最基本含义。哪种文本能够经受时间的洗礼，哪种文本就够资格享受这种尊荣。因此，艾略特有这样的看法：“他们（指作家——引者注）唯独不能指望自己写一部经典作品，或者知道自己正在做的就是写一部经典作品。经典作

---

① 普罗霍罗夫总编：《苏联百科词典》，中国大百科全书出版社 1986 年版，第 625 页。

② 佛克马、蚁布思：《文学研究与文化参与》，北京大学出版社 1996 年版，第 50 页。

③ 同上书，第 51 页。

④ 同上书，第 36 页。

⑤ 黄曼君：《中国现代文学经典的诞生与延传》，《中国社会科学》2004 年第 3 期，第 149—150 页。

品只是在事后从历史的视角才被看作是经典作品的。”[①] 也就是说，经典是指那种能够穿越具体时代的价值观念、美学观念，在价值与美学维度上呈现一定普适性的文学文本。曹丕在《典论·论文》中指出：“盖文章，经国之大业，不朽之盛事。年寿有时而尽，荣辱止乎其身，二者必至之常期，未若文章之无穷。是以古之作者，寄身于翰墨，见意于篇籍，不假良史之辞，不托飞驰之势，而声名自传于后。”文学具有不朽的经典性价值，而作家也可以凭借文学作品流传万世而声名远播。它体现了文学文本作为历史事件对当下生存主体在美学维度上产生的重大影响，体现了作为个体的文学文本对历史的穿越；在具体的历史语境与文化语境中，那些文学文本在该语境中处于中心地位，具有权威性、神圣性、根本性、典范性。

二 文学经典的流变性

经典是一个处于流变之中的概念，对真理的认定标准因批评者价值立场的差异而不同。本书所限定的经典，不是指传统文化意义上的“四书五经”之类的典籍或宗教意义上的《圣经》，对经典界定是从如下几个方面考虑的：第一，并不存在一个本质主义的文学经典的概念，它具有不同的存在形态，例如，民间文化形态、大众文化形态、主流文化形态、精英文化形态。第二，“经典”有着流变的命运与历史，是一个在各种价值体系中不断被建构的概念。并不见得一定是时间在淘洗经典，因为经过漫长时间流传到今天的很多作品之所以是经典，是文化建构的产物。就本书的研究目的来看，“主要不是讨论‘经典’的定义，讨论哪些文本应该成为‘经典’。而是关注当代的文学经典重评这一现象，关注‘经典’评定的不稳定性，它的变动，这种变动所表现的文学变迁”。[②] 例如，在解放区，毛泽东《在延安文艺座谈会上的讲话》对文艺大众化的肯定，使得乡土作家赵树理等人享受文学“经典”的殊荣。“文化大革命”中，根据文学为政治服务的政策，经典之界定完全以作家的政治动机为主，《金光大道》及样板戏等几部思想“正确”的作品被尊为经典。

---

① ［英］艾略特：《艾略特诗学文集》，国际文化出版公司 1989 年版，第 189—190 页。

② 洪子诚：《问题与方法》，生活·读书·新知三联书店 2002 年版，第 233 页。

三　文学经典的他律性

文学作品的经典化是一种意识形态的权力建构，同时也往往附带获取了一种意识形态的权力。“经典的功能之一是教化性的（curatorial）：文学经典蕴藏着丰富的、充满复杂对照的准则，它创造用以阐释经验的文化语法。但是，考虑到典范性的材料的本质，我们不能将教化性的功能仅仅看作是纯粹语言表面的，因为经典还包括价值——这种价值既存在于被保存的内容也存在于保存的原则。因而，经典的另一基本功能必须是规范性的。因为上述功能是彼此关联的，所以经典不能被表达为简单的教条。相反，作为辩证的来源，经典辨明了我们为了获取富于对比色彩的语言所需的差异并提供了当我们支配这语言时我们自身所形成的模式。”① 文学经典的构成因素除了上述条件以外，童庆炳提出了如下几种情况：（1）文学作品的艺术价值；（2）文学作品可阐释的空间；（3）意识形态和文化权力变动；（4）文学理论和批评的价值取向；（5）特定时期读者的期待视野；（6）“发现人”（又可称为“赞助人”）。“就这六个要素看，前两项属于文学作品内部，蕴涵‘自律’问题；第（3）（4）项属于影响文学作品的外部因素，蕴涵‘他律’问题；最后两项‘读者和发现人’，处于‘自律’和‘他律’之间，它是内部和外部的连接者，没有这两项，任何文学经典的建构也是不可能的。”童庆炳进一步对构成文学经典的艺术因素与文化权力因素进行了权衡。他认为，文学作品本身的艺术价值是建构文学经典的基础。“如果一部完全没有艺术价值的艺术作品，它所描绘的世界、所表现的感情，就不能引起读者的阅读兴趣和心理共鸣，不能满足读者的期待，无论意识形态和文化权力如何操控，最终也不可能成为文学经典。”同时，他又指出：“政治意识形态的变动，文化权力的变动，对于文学经典的建构的影响是很大的。但第一不能把这种影响归结为决定作用，第二不能认为只要是意识形态的影响都是操控都是负面的。”② 童

① 查尔斯·阿尔蒂瑞：《文学经典之观念与理想》，乐黛云、陈钰编：《北美中国古典文学研究名家十年文选》，江苏人民出版社 1996 年版，第 257 页。

② 童庆炳：《文学经典建构诸因素及其关系》，《北京大学学报》（哲学社会科学版）2005 年第 5 期。

庆炳对意识形态作用于文学经典的影响结果是持历史主义态度的，这对我们避免将文学经典的贫乏归咎于政治意识形态的倾向是有益的。就他律因素而言，“实际上经典化产生在一个累积形成的模式里，包括了文本、它的阅读、读者、文学史、批评、出版手段（例如，书籍销量，图书馆使用等）、政治等等”。[①] 这些因素在 20 世纪 50—70 年代的文学批评中尤其突出。

汉语文献中，刘勰认为：“经也者，恒久之至道，不刊之鸿教也。故象天地，效鬼神，参物序，制人纪，洞性灵之奥区，极文章之骨髓者也。”[②] 此处的经典包括了文化、文学与文献意义的典籍。经典作为价值规范具有恒定性、典范性、深刻性的特点，它来自对于大本大源问题的解答，同时也通过自身的权威性地位规约着之后的典籍与律例。经典一词英语中有两种说法，其一是 canon，来自希腊文 kanon，原意是指作为度量工具的芦苇或棍子，其引申义指尺度。随着基督教的出现，以及对基督教《圣经》各种解释文本的流行，canon 一词的含义与《圣经》等宗教典籍发生关联，开始具有了律法、律令、经书的意思。canon 一词意义的现代流变是 20 世纪 60 年代，随着西方女权运动、民权运动等社会与文化思潮的发展，人们对原有文学经典的合法地位提出了质疑，要求拓宽经典（the opening—up of the canon）或者说开放经典（to open the canon）。至此可见 canon 一词的意义扩大到了对文学经典的覆盖。在英文中经典一词的另一种说法是 classic，其一是指文豪、大艺术家、杰作、名著、经典著作；其二是指优秀的典范；其三 Classics 是指古代希腊与罗马的语言与文学（的研究）。可见 classic 一词主要是指优秀的、典范的文学艺术作品。相比之下，canon 一词更偏重于尺度、法度、律令的含义，它意味着一种严肃、权威的传统，而该传统的确立具有更为明确的外在规约，例如，社会制度、阶级利益、文化权力、评判规范。就文学批评而言，对 canon 的认定受到意识形态、文学史观念、教育制度、评价机制等人为因素的影响。本书国家意识形态文学批评的提出主要偏重于分析文本之外他律性因素对文学经典评价的制约，因此本书经典一词的界定相当于西文的 canon。

---

① 斯蒂文·托托西：《文学研究的合法化》，北京大学出版社 1997 年版，第 44 页。

② 转引自周振甫《文心雕龙今译》，中华书局 1986 年版，第 26 页。

正如杜威·佛克马对经典内涵的阐释所说的："我们讨论的是'谁的'经典？每一个经典都有自己地理的、社会的和文化的范围，有它自己的市场，那些固定程度或高或低的规则只能在那个范围内调整文学权威（教育者、批评家或其他专家）和一般读者之间的关系。"① 既要看到经典确立背后的权力主体，也要明白经典存在的语境与接受。笔者对于文学"经典"的概念要做出大体的认定，但是关注点不是文学经典的性质和特征，而是为什么要以"这些"经典作为批评对象，对于这些"经典"的批评反映了什么样的"批评观念"，以及这些批评规范是如何通过"批评"建构起来的。

文学经典的命名、确认、变动的过程与文化权力的关系，固然是极为密切的联系。笔者认为，就本书来说，对文学经典问题的考察应该充分历史化、语境化，深入反思经典赖以确立的背后的历史前提和意识形态机制，由此而摆脱非此即彼的"翻烙饼"逻辑。我们需要考虑，第一，对过去的文学经典重新评价的必然性，在于为现存的批评观念确立合法性依据。第二，文学经典是什么？某些作品为什么是文学经典，是如何形成的，形成的语境及其判别的标准是什么。第三，在文化的转型时期，文学经典处于什么样的存在状态（文学经典的意义、价值、地位、功能），经典地位或保持或变动，其原因是什么？

第三节 "十七年"文学批评的经典化

中国文学的经典问题是当前学界的一个焦点问题，有两种主要的研究进路：依据启蒙文学史观来看待中国当代文学，"十七年文学"与"文革文学"势必成为文学史研究的真空地带，为了避免这一陷阱，有学者试图从文化史、学术史、精神史与文学生产体制等角度重新对所谓的"红色经典"进行解读；由于市场经济体制下蓬勃发展的大众文化对中国传统意义的文学经典造成猛烈的颠覆与解构，维护经典的权威地位或纠正经典改编的不利偏向成了学界关注的第二个热点。而本书关注的中心问题

① ［荷］杜威·佛克马：《所有的经典都是平等的，但有一些比其它更平等》，《中国比较文学》2005 年第 4 期。

是，新中国成立后以及后续十七年的文学时期，文学批评界是否存在文学经典的重新确认（即什么是经典的问题），如果存在，可以从哪些方面进行事实确认，从而追寻演变的踪迹。其次，当代的文学经典确认者是谁？是怎样作出的？（即谁的经典的问题）本书提出的“文学批评的经典化”便是对上述两个问题的解答，并成为结构全书的框架与线索。

文学批评的经典化作为一种文化现象是历史的产物，它与经典本身作为一种文化权力是紧密联系的。其具体形成过程分为共时与历时两个方面，确立与颠覆的过程又可以分为五种类型。

一 文学经典的建构类型

将“经典”提出来进行讨论，本身已经潜藏着一种评价标准。为了懂得文学经典形成的历史背景，我们必须把文本的生产和接受看作它的历史。我们必须懂得文学的历史不仅是我们读什么的问题，谁读谁写的问题，还有创作何种（或流派、风格）文本和为哪一类读者而创作的问题。佛克马、蚁布思在《文学研究与文化参与》中认为：“在中国，现代经典讨论或许可以说是开始于1919年，而在1949年、1966年和1978年这些和政治路线的变化密切相关的年份里获得了新的动力。”① 文学批评的经典化作为一种文化现象是历史的产物，它与经典本身作为一种文化权力是紧密联系的。通过以1949年作为历史转折点，其具体形成过程分为共时与历时两个方面，考察新中国成立前后两个时期的文学批评状况，我们发现文学经典的确立与颠覆具有五种类型。②

（一）在1949年前被视为文学经典的遭到颠覆。如胡适、周作人、梁实秋、林语堂、徐志摩、沈从文等自由主义作家的作品被边缘化，而这其中大部分作家曾在《中国新文学大系》中得到很高的评价。

（二）在1949年之前未进入经典行列的被确认为经典。通过文学选集和丛书的形式确认了一批文学作品的典范位置。例如，《中国人民文艺丛书》于1949年共出版58种，1950年编选新的文艺作品10种，修订或

---

① ［荷］佛克马、蚁布思：《文学研究与文化参与》，北京大学出版社1996年版，第45页。

② 此处的分类，笔者参考了洪子诚的《问题与方法》一书（生活·读书·新知三联书店2002年版）。

经作者校阅重印文艺作品16种。“本丛书选编解放区历年来，特别是一九四二年延安文艺座谈会以来各种优秀的与比较好的文艺作品，给广大读者与一切关心新中国文艺前途的人们以阅读和研究的方便。”① 这些作品被认为“是实践了毛泽东文艺方向的结果”。

（三）在1949年之前被确立为经典的得到重新阐释。这种阐释包括对新文学传统重新评价的理论阐释以及对作品的再解读。这种颠覆与重构反映了“一体化”与阶级论占主导的文学观念的确立。中国现代文学尤其以鲁迅作品的不断阐释为主要代表。周扬深谙鲁迅作品的时代价值与教化功能，他郑重其事地强调：“我们必须批判地、创造性地继承‘五四’的遗产。我们应当首先整理和研究鲁迅的著作，它们是‘五四’遗产中最光辉、最重要、最有价值的部分。”② 外国文学方面，1960年冯至总结外国文学研究成果时说，新中国成立以来学术界产生了一系列论文，“尤其是在一九五八年大跃进以来，外国文学研究的新生力量日渐成长，他们站在今天社会主义立场上关于个别欧洲古典名著的评价初步进行了新的探讨”。③ 这种新探讨无疑更全面地体现出社会主义的文学批评观。

（四）已取得文学经典地位的作品其影响得到确立并且不断强化。包括已经为历代文学批评或国家意识形态批评所确认的，文学史地位牢固不可动摇的经典。例如，1952年10月，人民文学出版社计划进行我国古典文学名著的校勘和重印工作。其计划包括《水浒》《三国演义》《红楼梦》《西游记》《儒林外史》《聊斋志异》《西厢记》等名著的校勘重印，注释出版屈原、曹植、陶渊明、李白、杜甫等人的选集或全集，编写著名作家的传记等；也包括20世纪40年代在解放区的文学作品，如赵树理的小说，李季的诗歌，歌剧《白毛女》等在当代进入了革命经典的序列。1947年陈荒煤对赵树理作品的典范意义进行了总结，首先，赵树理的作品被认为是边区文艺创作的最高成就和评价的标尺。“大家认为，要检讨

① 书目原载1949年9月《文艺报》第1卷第1期封底及1950年8月《文艺报》第2卷第10期封底。

② 周扬：《我们必须战斗——一九五四年十二月八日在中国文学艺术界联合会主席团、中国作家协会主席团扩大联席会议上的讲话》，《文艺报》第23期，1954年12月30日。

③ 冯至：《关于批判和继承欧洲批判的现实主义文学问题——一九六〇年八月一日在中国作家协会第三次理事会扩大会议上的发言》，《文学评论》1960年第4期。

一年来边区的文艺创作，最好对赵树理同志的作品有比较一致的认识：他的作品可以作为衡量边区创作的一个标尺，因为他的作品最为广大群众所欢迎。"[①] 接下来进一步将赵树理的创作作为未来文学发展的方向。"大家都同意提出赵树理方向，作为边区文艺界开展创作运动的一个号召！"[②] 最后，陈荒煤对赵树理作品的典范价值进行了概括总结。"第一，赵树理同志的作品政治性是很强的。他反映了地主阶级与农民的基本矛盾，复杂而尖锐的斗争。他是站在人民的立场来写的，爱憎分明，有强烈的阶级情感，思想情绪是与人民打成一片的。"[③] "第二，赵树理同志的创作是选择了活在群众口头上的语言，创造了生动活泼的，为广大群众所欢迎的民族新形式。"[④] "第三，赵树理同志从事文学创作，真正做到全心全意地为人民服务；他具有高度的革命功利主义，和长期埋头苦干、实事求是的精神。"[⑤] 陈荒煤认为，"赵树理方向"的确立雄辩地证明了解放区文艺路线的正确性。

（五）重新确立经典作品。新中国成立后毛泽东的诗词、革命现代京剧被推举为文学创作批判继承、推陈出新的榜样。"文化大革命"时期极端性地表现为"样板戏"成为"革命"经典。在江青的授意下，"四人帮"的写作班子炮制的《鼓吹资产阶级文艺就是复辟资本主义》及其他相关文章不但全面否定欧美"现代派"文艺，而且全面否定17年前我国曾经肯定的欧美资产阶级的进步文艺复兴运动、启蒙主义和批判现实主义的文艺，指责它们"为资本主义鸣锣开道"，"蒙蔽劳动人民"，"维护剥削制度"等。

---

① 陈荒煤：《1947年在晋冀鲁豫文艺工作者座谈会上的发言》，《人民日报》1947年8月10日。

② 同上。

③ 洪子诚编：《中国当代文学史·史料选：1945—1999》（上、下册），长江文艺出版社2002年版，第60页。

④ 同上书，第61页。

⑤ 陈荒煤：《1947年在晋冀鲁豫文艺工作者座谈会上的发言》，《人民日报》1947年8月10日。

二 文学批评的经典化

（一）文学批评经典化的原因

文学批评的经典化（canonization of literature criticism）是指将具有典范性、权威性的经典作品作为批评对象，通过对经典作品地位的存留或废弃，内涵的肯定或否定，从而为实现某种政治、经济或文化的目的提供意识形态的支撑力量，确立某种批评观念的主导地位。文学经典“实质上是社会维持其自身利益的战略性构筑，因为经典能对于文化中被视之为重要的文本和确立重要意义的方法施加控制”。[①] 所以阿诺德·克拉普特认为：“经典，一如所有的文化产物，从不是一种对被认为或据称是最好的作品的单纯选择；更确切地说，它是那些看上去能最好地传达与维系占主导地位的社会秩序的特定的语言产品的体制化。”[②] 可见，对过去的文学经典重新评价是为现存的批评观念寻找合法性依据。

为什么某一历史时期文学批评会聚焦于经典作品呢？因为文学经典作为文化传承的载体，具有典范价值。“经典”指那些在文学角逐中跃居前沿，被认为代表了某一个文学时期的最高成就，并成为其他作品竞相效仿的对象的作品。经典意味着中心、正统和权威的话语，它的确立与废弃涉及文化体制与政治体制这些关键问题。经典即使已成为过去，还具有艾略特所说的“现在性”。文学经典对当代作品具有特殊的规范性，它为后来者厘定准则，树立表率，是检查、考验和评判后来者的重要标尺。新兴经典和既有经典形成一种共谋和同构的关系，按照血缘组成一个庞大的家族，其内在的坚韧纽带带动它们前后承传，不断延续。在文学历史进程中，经典所沿袭和倡导的价值标准和艺术理念，逐渐上升、内化为某种文学传统，并在更广泛的意义上对后来者具有更为持久的规范、指导作用，艾略特在《传统与个人才能》中高度肯定了这种传统的巨大修正力量。

掌握文化权力的意识形态国家机器通常需要通过文学经典的批评、阐

---

① ［美］弗兰克·克默德：《机制对阐释的制约》，《杂集》43（1979年冬），参见乐黛云、陈钰编《北美中国古典文学研究名家十年文选》，江苏人民出版社1996年版，第260页。

② ［美］阿诺德·克拉普特：《美国本土文学与经典》，《批评探索》10.1（1983年9月），见乐黛云、陈钰编《北美中国古典文学研究名家十年文选》，江苏人民出版社1996年版，第276页。

释以巩固政权的统治，宣扬关于政治、文化等特定观念。读者也需要某种主流价值来树立信仰与膜拜的对象。因此对文学经典的需求存在着持续的焦虑。哈罗德·布鲁姆就曾经将文学经典的焦虑看作文学“建制”的心理机制。“艺术建制（包括正典收编、学术体制和传统）也必然地是焦虑结构。《圣经》和一切实际的文学正典一样，都是焦虑的达成，而不是使我们释放焦虑的图式。”① 这种焦虑的心理往往会被文化权力的掌握者因势利导，实现对阅读主体的意识形态建构。

从时间维度来看，文学经典的确认既包括对过去时代作品的判定，也包括对未来作品的想象与设计。向前看的理由是，过去的作品作为已然的存在事实凝固不变，能够成为人们憧憬和崇敬的对象，并在艺术形式和精神价值上成为后代人的潜在背景。向后看的理由是，站在一定的文化立场对将来的创作成果与经典形态做出预示与规划，从而为目前政权的文化政策与创作潜力提出合法和合理的依据。

（二）文学批评经典化的建构方式

经典化（canonization），或经典的形成（canon formation），在我国两千多年前就有孔子从三千余首古诗中选取三百首的先例，这就是后来的《诗经》的雏形。“五四”新文化运动时期，胡适也邀请了一批文人学者对《尝试集》进行过删定，使该诗集成为经典。

文学经典的形成有两种方式，一是共时态的经典建构，例如通过文学研究、评奖、文集、选集、全集的出版等方式而取得典范位置。文学经典要通过一个非官方的、反反复复的接受过程来逐渐达到共识，并且随着时代发展会不断有新的优秀作家和作品纳入其中。此外，文学经典从来就没有，也不可能有一个清楚的范围，它与非经典不但没有明确的界限，而且已经被选入经典的作家和作品永远要受到时代发展的挑战，有些会逐渐销声匿迹，而另一些会忽然被重新发现并正名为经典。这样，一个作家或作品被社会认定为经典的过程就叫作经典化。文学经典不仅从来边缘不定，而且在不同的时代中心和边缘作家的位置会有一些变动，从长远来看，成为讨论或争议对象会有利于一个作家在经典中的地位的巩固。

---

① ［美］哈罗德·布鲁姆：《批评、正典结构与寓言》，中国社会科学出版社2000年版，第113页。

二是历时性的评价和认定，通过文学研究、文学史写作、文学批评、文学评奖、作家的诞辰或逝世的纪念等方式进行重新的阐释和评价。既然鲁迅被命名为“中国新文化的旗手”，那么为了巩固新政权的文化根基，就使鲁迅研究在新中国成立后成为文学界的一门显学。20世纪五六十年代大量以“新文学史”、“现代文学史”为名的文学史著作的出版标志着新中国对文学意义的言说获得了独立的历史地位，从而确立起新民主主义文学的正统；新中国成立后由国家控制的各级出版社通过“文集”、“选集”、“丛书”等形式出版了一批又一批新民主主义与解放区文学经典，经由确立文学样板来为民众阅读提供导向。

需要补充的是，文学批评的经典化只是本书选取的一个独特的角度，在任何一个社会，经典的数量都是相当稀少的，更何况由于经典的含义本来就因个人理解不同而暧昧不清，因此，本书认为，非经典的批评实际上是一种更广泛的行为。经典化批评作为一种制度化的权力话语只是影响文坛的力量中的一极，经典化批评内部本身也并非铁板一块。例如，周扬与胡风作为左翼文学内部的领军人物，在新中国成立前便争斗不休，新中国成立后胡风被强硬镇压。然而，历史的吊诡之处在于变幻莫测，使批评者无从捉摸，无法自主。在20世纪60年代的文艺调整阶段，周扬却想到了胡风的话颇富启发价值。他说：“……胡风是反革命，对我们做了恶毒的攻击，但经常记得他攻击我们什么，对我们有好处。他有两句话我不能忘记，一句是‘二十年的机械论统治’，如果算到现在，就是三十年了……我们要认真考虑一下，在我们这里有没有教条主义。胡风还有一句：反胡风以后，中国文坛就进入中世纪。我们当然不是中世纪，但是如果我们搞成大大小小的‘红衣大主教’、‘修女’、‘修士’，思想僵化，言必称马列主义，言必称毛泽东思想，也是够叫人恼火的就是了。”[①] “文化大革命”中周扬被当作“文艺黑线”而遭残酷“专政”，其遭遇与胡风到了同一地步。周扬对胡风一定程度的认同，实际上反映了文学经典观念由差异到吻合的某种微妙变化。

文学批评的经典化与非经典批评的关系是犬牙交错、角逐不止的。非经典化批评表现为三种形态：第一，当经典化批评内部分化或偏离原来轨道时，有可能转化成为非经典化批评，处于边缘位置与中心话语对抗。第

① 转引自洪子诚《中国当代文学史》，北京大学出版社1999年版，第232页。

二，非经典化批评的倾向与追求处于历史流动之中。第三，非经典化批评经常在不同的文学阶段上表现出来，与某一时期文学权力话语控制的松紧程度密切相关。笔者并不认为经典化批评与非经典化批评的斗争或冲突关系是相对封闭的，实际上两种批评话语都是在总体性的“一体化”框架之中。我们需要反思的是，经典化批评在追求民族国家现代性的文化目标过程中，它的目的、理想与最后的结局、效果之间是否取得了与愿望一致的达成？如果没有，其原因是什么？在此过程中，还存在哪些具有变革意义的拆解因素，或者说“第三条道路”？因此，揭示各种批评力量内部及其之间复杂的关系，揭示新中国成立前后文学批评观念的转型态势与建构方向，是本书的立意所在。

第二章

中国传统文学批评方法的转折

中国文论话语的转型伴随着现代性思想西学东渐，有三个重要的时期：晚清至“五四”时期全面接受西方思想；20 世纪 50 年代向苏联文论“一边倒”；80 年代重新全面引进西方思想。根据意识形态内容来看，一类是西方的人性论、人道主义、象征主义、唯美主义、现代主义、后现代主义等文艺思潮；另一类是苏联的反映论、意识形态学说和以党性原则的基础构建的文艺理论，它以阶级性、倾向性、真实性和典型性为核心范畴，并以阶级斗争、政治斗争为主要线索来考察文艺中的风格、流派、思潮和方法等问题。中国文学批评吸收域外文化资源的结果是，形成了以梁启超、王国维、胡适、宗白华、朱光潜等为代表的学院派文论家，以毛泽东、周扬、冯雪峰、胡风为代表的左翼文论家。

在 1949 年新中国成立前后，文学的性质、功能、服务对象等本质问题随着解放区文艺政策主导地位的确立而向一体化的方向发展。古典文学研究由多样化转为统一化的时期，统一的方向就是马克思主义的唯物史观。古典文学研究被纳入统一的新民主主义和社会主义文化建设之中。关于如何对待文化遗产，毛泽东早就制定了这样的方针：“剔除其封建性的糟粕，吸收其民主性的精华，是发展民族新文化提高民族自信心的必要条件；但是决不能无批判地兼收并蓄。必须将古代封建统治阶级的一切腐朽的东西和古代优秀的人民文化即多少带有民主性和革命性的东西区别开来。”① 同时，毛泽东还深入强调了哲学基础的重要性：“决不能和任何反动的唯心论建立统一战线。共产党员可以和某些唯心论者甚至宗教徒建立

① 毛泽东：《新民主主义论》，《毛泽东选集》第 2 卷，人民出版社 1991 年版，第 707—708 页。

在政治行动上的反帝反封建的统一战线，但是决不能赞同他们的唯心论或宗教教义。”① 1949 年以后的实际情况，也正是一方面在党和政府倡导下，对古典文学开展清理封建主义和资产阶级思想的工作，另一方面由国家意识形态部门主导，在学术界推进批判唯心论的进程，这两方面作为日常的一般工作，常以批判运动的方式交织进行。

新中国成立初期，从事中国传统文学批评的学者适应政党意识形态的规训与知识分子思想改造运动的要求，在历史变局的左右中进行自我身份的选择与调整，大体上可以划分为三种类型：主动适应型、被动改造型、自觉拒斥型。

前两种类型逐渐形成了两种典型意义的发展路向：第一，传统文学批评接受马克思主义的方法论指导，在政治意识形态的规训中走向自我变革，例如郭绍虞、刘大杰。第二，有的学者在艺术自律与他律边缘从事文学批评，以钱锺书为代表。郭绍虞的《中国文学批评史》的改写与钱锺书的《宋诗选注》的选学标准及其论争，是了解新中国成立后文学批评风向的重要资料。《中国文学批评史》的写作集中反映了某一时代文学研究的理论资源、批评方法与话语方式，具体的写作时代的批评观念潜藏其间，而每一次改写都清晰地反映了批评者受政治意识形态制约而做出的适应性调整。钱锺书文学批评路径的遭遇反映了纯粹学院派研究方式已经变得不合时宜，要让位于为时代为政治服务的意识形态批评。前面所说的第三种类型则以陈寅恪为代表，著有《柳如是别传》等。

20 世纪 20 年代到 40 年代，中国文学批评史研究取得了卓越的成就，相对而言，进入 50 年代则转入了低潮期，导致这一现象的主要原因是外在的社会环境和批评观念的制约。新中国成立前的历史唯物主义研究方法进入古典文学研究，给研究工作带来了新的气象，同时也出现了简单套用理论工具的现象。其基本规范是，从社会的经济基础及其所决定的阶级关系，寻找中国古代文学的发展原因与规律；依据社会的阶级关系情况，采用阶级分析的方法评价古代文学作品的思想价值；从经济基础与上层建筑的关系、唯物史观的社会发展规律出发，总结古典文学发展的内在规律。这种研究思路与方法，显示了马克思主义思想的指导作用和优越之处，推动了中国文学批评的深入发展。存在的问题是，马克思主义文学批评占据

① 毛泽东：《新民主主义论》，《毛泽东选集》第 2 卷，人民出版社 1991 年版，第 707 页。

主导地位，成为唯一合法的方法，对其他批评观念进行了绝对性的排斥。

与新中国成立之后马克思主义文学批评成为一种唯一合法的批评话语不同，20 世纪三四十年代古典文学研究者学习和运用唯物史观并非将它定于一尊，而是结合个人体验进行选择性运用。如果说新中国成立前唯物史观的文学批评方法在批评家手里还只是尝试性运用，比较粗浅而隔膜，那么，新中国成立之后，批评家思想观念的转变成了唯一的选择。因此，从中国传统文学批评的走向，可以透视中国当代文学批评思想的发展过程与历史影响。本书试图从当代文学批评史的角度来梳理“中国文学批评史”的研究观念，试图发现历史的投影与时代的印记，从而深化对于“十七年”批评思想的认识。

有学者以几部批评史著作为例来研究中国文学批评史研究中的历史叙述问题，他认为有三种解释范式，即还原型解释、机械型解释和有机型解释。其中第二种“机械型解释是指批评史家从某一局部的基本法则（如政治法则、宗教法则、道德法则、经济法则甚至‘路线斗争’法则等）来确定某种特殊‘条件’对中国文学批评史的影响。这种解释范式在郭绍虞的《中国古典文学理论批评史》（上册）和黄海章的《中国文学批评简史》中表现得十分明显”。[①] 他进一步从政治意识形态对文学批评的制约揭示“批评史变成了政治斗争史的次文本”。“批评史话语的单相性特征主要体现在五六十年代的批评史书写中，这一特征的呈现与政治（意识形态）的介入有着直接的关系。它是庸俗化的马克思主义哲学（如机械反映论）和社会学直接干涉的结果。从学科规约上看，这是文学同政治之间的一次共谋，是政治对文学的一次僭越，是批评学对政治学的一次妥协。而政治要确保它在文学批评史中的绝对垄断地位，又怎能容忍其它学科对文学批评史的窥视或进入这一学科格局中分享它的支配地位呢？因此，作为一种逻辑必然，上述意识形态的干预不仅将批评史变成了政治斗争史的次文本，同时还削弱了早期批评史话语的自足性。”[②] 上述分析是有见地的。新中国成立之后，中国古典文学批评的转折明显受到政治意识形态的强制性影响，在这样的历史语境中，显然难以存在超越现实政治的

---

① 黄念然：《中国文学批评史研究中的历史叙述问题——以几部批评史著作为例》，《复旦大学学报》2004 年第 6 期。

② 同上。

批评思路与话语方式。如果将这一阶段的文学批评贴上政治化的标签而完全否定，看上去简洁明快，但是，也许会忽视历史过程的复杂性而将呈现的问题本身本质化，从而封闭重新思考这一现象的门径。

回到新中国成立之初的历史语境，我们可以发现，中国的许多知识分子痛恨国民党时代的贪污腐败，因此确实衷心拥护中国共产党领导的新政权，在思想改造运动中个人的学术观念也一定程度上进行了修正或者转向。对于文学批评的学者来说，他们是出于无奈才简单套用主流批评模式，还是带有一定程度的自觉，这需要做具体分析。因此，清晰描述这一时期的批评观念的历史过程、知识依据、精神困境，也许可以更立体地呈现历史的本来面目。

第一节　郭绍虞对《中国文学批评史》的修改

《中国文学批评史》的命运体现了主流政治意识形态对文学批评观念所产生影响的嬗变轨迹。

文学批评家郭绍虞的《中国文学批评史》上卷于1934年由上海商务印书馆出版。朱自清首先从体系化角度肯定了该书的开创性。他说："系统的自觉的文学批评著作，中国只有钟嵘的《诗品》；刘勰的《文心雕龙》，现在虽也认为重要的批评典籍，可是他当时的用意还是在论述各体的源流利病与属文的方法，批评不过附及罢了。这两部书以外，所有的都是些零星的、片段的材料。"① 其次，朱自清比较了郭绍虞与陈中凡的《中国文学批评史》② 两本书，从"材料与方法"出发指出了郭绍虞开创中国文学批评史整体论述方式的筚路蓝缕之功，建立了一个新的系统。"现在写中国文学批评史，有两大困难。第一，这完全是件新工作，差不多要白手成家，得自己向那浩如烟海的书籍里披沙拣金去。第二，得让大家相信文学批评是一门独立的学问，并非不根的游谈。换句话说，得建立起一个新系统来。这比第一件实在还困难。郭君的书出版的前七年，已经有人写过一本中国文学批评史。那似乎是随手掇拾而成，并非精心结撰。

① 朱自清：《中国文学批评史上卷》，《清华学报》1934年第4期。

② 陈中凡：《中国文学批评史》，中华书局1927年版。

取材只是人所熟知的一些东西，说解也只是顺文敷衍，毫无新意，所以不为人所重。郭君这部书，虽然只是上卷，我们却知道他已费了七八年工夫，所得自然不同。他的书虽不是同类中的第一部，可还得算是开创之作；因为他的材料与方法都是自己的。”①

1947年《中国文学批评史》下卷（南宋至清中叶）由商务印书馆出版。朱自清对此书给予了高度评价：“第一个人大规模搜集材料来写中国文学批评史的，得推郭绍虞先生。他搜集的诗话，我曾见过目录，那丰富恐怕还很少有人赶得上的。”② 不仅在史料上有翔实的发掘整理，郭绍虞在研究方法上也有清醒的自觉意识，他在1934年版的上卷中说明此书的方法是：“我总想极力避免主观的成份，减少武断的论调。所以对于古人的文学理论，重在说明而不重在批评。即使对于昔人之说，未能惬怀，也总想平心静气地说明他的主张和所以致的缘故。因为，这是叙述而不是表彰，是文学批评史而不是文学批评。总之，我想在古人的理论中间，保存古人的面目。”③ 郭绍虞文论史研究的特点是，在对原始材料进行全面搜集整理的基础上，用客观中立的态度考察其思想的原貌，即廓清批评对象“是什么”；坚持史论结合的方法，在梳理清楚史实的前提下，将历史叙述和理论概括与具体史料有机结合，即发掘批评对象“为什么如此”。

一　《中国文学批评史》从1934年版与1947年版到1955年版

新中国成立之后，郭绍虞的思想观念经过了一系列政治运动的思想改造。1952年，郭绍虞担任复旦大学中文系主任，在中国民主同盟上海市支部召开的知识分子的思想改造座谈会上，他说：“我们教育工作者给予社会的影响很大，天天直接间接地与别人接触，自己思想不改造就要影响别人。首先要明确以工人阶级思想为领导，批判资产阶级与小资产阶级的思想。”“我们教育工作者、文艺工作者多是小资产阶级出身，所以特别感到思想改造的重要性。”④ 1956年，郭绍虞加入中国共产党。入党之后，

① 朱自清：《中国文学批评史上卷》，《清华学报》1934年第4期。

② 朱自清：《诗文评的发展》，《朱自清大全集》，新世界出版社2012年版，第266页。

③ 郭绍虞：《中国文学批评史·自序》，商务印书馆1934年版，第2页。

④ 中国民主同盟上海市支部：《知识分子的思想改造（座谈记录一）》，《文汇报》1952年1月16日。

他将苏州的99间房屋全部捐献给国家。

新中国成立以后，郭绍虞着手对其旧著进行改写。1955年郭绍虞完成对旧著《中国文学批评史》的修订，将原来的两卷合为一册。[①] 这次修订形式上变化较大，其中包括作者对编目作了较大的调整，除保留上古、中古、近古三个时期外，不再分章节排列，全书列目也不再以问题为纲，而大部分改为批评家。除此而外，书中内容的改动不是很多。主要是联系上层建筑的变动和阶级关系对文学的影响来分析。如写袁枚诗论，说"受清初新兴的市民阶级的影响"。在有限的改动中，我们也可以看出作者受时代政治的影响，在书中有意运用政治标准来评判古代文论，并开始尝试运用历史唯物主义和社会历史分析的方法。随政治激进气氛的升温，郭绍虞的理论转变还来不及赶上时代潮流，对此，作者在1955年的《中国文学批评史》修改版《后记》中的解释是："自己马克思列宁主义的文艺理论研究不够，旧观点不能廓清，对各家意见不能给以应有的评价，均属意料中事。更因在病中，工作起来，每有力不从心之感，虽然改写的态度自认是严肃的，但结果仍只能是一部资料性的作品。"[②] 这一次修改，郭绍虞对当时占主流的批评观念理解比较粗浅，贯彻得有些勉强；政治观点不大明确；一方面没有完全脱离原有的知识结构，另一方面受主题先行的影响，因此在批评操作上困难重重。

新中国成立后马克思主义文学批评作为国家钦定的批评方法，被认为是有史以来最优秀、最先进的文论观，也是当时最能体现时代精神的先锋性理论。可以想见，能否完整贯彻这种批评思想的"精髓"，是学术著作成就高低的标志。

二 《中国文学批评史》从1955年版到1959年版

1958年，学术界开始批判"厚古薄今"的思想方法，郭绍虞试图改变自己的文学研究方法以适应时代需要。

1959年郭绍虞将《中国文学批评史》1955年版[③]（上册）修改为

---

① 郭绍虞：《中国文学批评史》，上海新文艺出版社1955年版。

② 同上书，第698页。

③ 同上。

《中国古典文学理论批评史》（上册）。[①] 这次改写与旧版面貌完全不同，作者对旧著进行了深刻的反思："我昔治学重隅隙，鼠目寸光矜一得。坐井窥天天自小，迷方看朱朱成碧。矮子观场随人云，局促徒如循往迹。客观依样画葫芦，主观信口无腔笛。"[②] 而自经过洗心革面的政治洗脑之后，郭绍虞的治学发生了根本的变革。其诗有形象生动的内心独白："自经批判认鹄的，能从阶级作分析。如聋者聪瞽者明，如剜肠胃加漱涤。又如觅路获明灯，红线条条逐历历。心头旗帜从此变，永得新红易旧白。"[③] "这是一九五八年底所写的诗"，正如作者所说的"可以作为我改写文学批评史的说明，故以此代序"。[④] 从郭绍虞的批评史写作实践，论者发现可以找到相应的印证。

第二次修改中，郭绍虞的文学观念和批评标准发生了彻底的变革，主要表现为以反映论为文学理论的哲学基础，强调阶级分析，注重文学的认识价值，以及推崇现实主义的创作方法等。他从第一次修改的被动心态，开始照着规定好的思想套路，蹒跚学步，试图以革命政治观取代白专路线，走向又红又专。他的改写力求体现上述倾向。茅盾在《夜读偶记》中提出文学的发展史是现实主义与反现实主义的历史。受此影响，郭绍虞在《绪论》中说："古典文学的优良传统，可以说基本上是现实主义；中国古典文学理论批评史可说是现实主义文学批评发生发展的历史，也就是现实主义文学批评和反现实主义文学批评斗争的历史。"[⑤] 作者将"反现实主义"具体理解为"形式主义"和"唯心主义"，并认为"现实主义常和唯物主义相结合的，它所创造的形象是现实中观察到的现象之再现，也就是照世界的本来面目来理解世界的。形式主义则常和唯心主义相结合，把自己的幻想加在世界之上，所以常从空幻的观念来塑造形象"。[⑥] 郭绍虞混淆了技巧、修辞等形式因素独立的审美价值与脱离内容追求形式绝对化的区别。他梳理了两汉形式主义文学的初步发展、魏晋南北朝形式

---

① 郭绍虞：《中国古典文学理论批评史》，人民文学出版社 1959 年版。

② 郭绍虞：《以诗代序——永得新红易旧白》，《中国古典文学理论批评史》，人民文学出版社 1959 年版，第 3 页。

③ 同上。

④ 同上。

⑤ 郭绍虞：《中国古典文学理论批评史》，人民文学出版社 1959 年版，第 2 页。

⑥ 同上书。

主义文论的萌芽、隋唐五代对形式主义文学与理论的斗争这一线索，实际上，他在具体分析中常常二者混用，有时褒贬颠倒，前后矛盾。

对于郭绍虞的困境，笔者认为，首先，处处以唯物与唯心作为标签的批评方法本身是值得质疑的；其次，这种勉强而为的阐释理由意味着郭绍虞面对文艺客观现象时，下意识地在挣脱唯物论与唯心论的束缚。这种现象给我们的启示是，当不顾文本实际，强行机械贯彻一种批评理论的话，在实践过程中难免自相矛盾、捉襟见肘。

三 《中国文学批评史》从1955年版到1961年版

《中国文学批评史》在1961年由中华书局再版时，郭绍虞选择1955年的修订版为蓝本。他在该书的《后记》中说："我常想，研究文学批评史应当有两个标准：一是对于这些材料，至少要有一些比较深入的研究，能解决一些问题，决不是讲义式的仅仅组织一下、叙述一下就可以了事的。为什么？因为以前文学理论批评上的术语，昔人并没有严格地规定它的含义，所以同样一词，甲可以这么用，乙又可以那么用，假使混而为一，就不免牛头不对马嘴了。而且，即在同一书中，昔人用词也没有严格的科学性，往往前后所指，不是同一概念，若不加分析，也容易导致结论的错误。所以不应该浮光掠影只作表面的论述。又一，是要求深刻掌握马克思列宁主义的文艺理论，看问题看到它的本质，才能运用新的观点得出新的结论。这新的结论必须是历史主义地对各人的理论作适当的评价，而不是简单化教条化的结论。这是另一种标准。而这两种标准又必须很好地结合起来，才成为更高的标准。"①

郭绍虞的文学批评，所面对的困境是政治预设与文本解读的冲突，也就是说，文本实际的解读结果无法满足政治意识形态的规定性要求，那么，服从内心体验，还是听从批评规范呢？唯物史观的文学批评思路要求有破有立、破立结合、破旧立新、以古为新，归根到底，要求文学作品和文学史所得出的结论确证国家主流意识形态观念，并且为现实政治提供支持和依据。郭绍虞的文学批评实践在具体的操作中举轻若重，步履艰难，

---

① 郭绍虞：《关于中国古典文学理论批评研究的问题》，见《照隅室古典文学论集》下编，上海古籍出版社1983年版，第460页。

他努力跟上时代潮流，表明思想改造的意愿和成果，可是往往力不从心，难以随心所欲、从容应对。

四　新时期郭绍虞对《中国文学批评史》写作的反思

1979 年，郭绍虞对“文化大革命”时期的文学批评观念进行了深刻的反思：首先，他认为，既然党中央将国家的各项工作的重点转移到现代化建设上来，那么，“从文艺战线来说，也就是要把着重点转移到社会主义文学艺术的建设上来。既然建设社会主义文艺是我们的中心任务”，那么，仍然需要对古代文论进行研究。“由于‘四人帮’在对待文化遗产问题上散布了种种谬论，使得有些问题弄得是非不清。‘四人帮’对待文化遗产的态度，归结起来就是一个‘左’字。他们为了制造文艺空白，推行‘阴谋文艺’，便借口批判封、资、修，妄图把中外一切优秀文艺遗产一概打倒。故意制造古今对立，妄图利用‘厚今薄古’的口号，达到以‘今’废‘古’的目的。‘四人帮’被粉碎以后，他们的反动谬论虽然受到批判，但也还有流毒未清。影响所及，使得某些同志对文化遗产的研究至今还是心有余悸，因而有必要提出一个为什么要研究古代文艺理论的问题。”[①] 他力主在文学批评领域消除极左思维的影响，使学术研究保持其应有的独立性与客观性。

就研究对象的重要程度，郭绍虞反对从政治重要性来决定学术选择，主张把学术还给学术。郭绍虞总结说：第一，“既要研究现代的，又要研究古代的，二者是否具有同样的重要性呢？一种研究的重要与否主要是由研究者所采取的立场、观点、方法决定的，是由研究的成果决定的，而不是由研究对象的历史阶段决定的。……仅仅从研究对象的历史阶段来分什么轻与重，厚与薄，是一种形而上学的看法。”[②]

第二，郭绍虞特别强调研究方法的重要性。“除了研究的对象外，还有一个研究方法问题。毫无疑问，我们的任何研究，都应该运用马克思主义的立场、观点、方法。但是，用马克思主义的方法与古代文艺理论的实践相结合，应该注意些什么问题呢？首先，要提倡实事求是，就是要对客

① 郭绍虞：《关于古代文学理论研究中的几个问题》，《学术月刊》1979 年第 4 期。

② 同上。

观事物作全面的历史的探讨，找出它固有的规律性。把这种精神贯彻到古代文论的研究里，就是要详细占有材料，注意一个时代的政治经济和其他思想对文艺理论的影响，看到文艺理论本身的传承关系，以及这种理论对文学实践的影响，然后用历史唯物主义和阶级分析的方法，总结出经验和规律，为今天的文学发展提供借鉴。如：评价《文心雕龙》，我们就要了解《诗经》、《楚辞》、汉赋、建安文学、魏晋南北朝的山水诗、玄言诗，以及当时文学创作中的形式主义倾向；就要研究孔子的文学思想，扬雄、王充的文学思想和《典论论文》、《文赋》、《文章流别论》等对它的影响；就要注意儒家、佛家、道家思想以及因明学、声律学对它的影响，然后才能对它有深刻的了解。同时在对它进行评价时，要以一分为二的态度，既看到它对世界本源所作的唯心主义解释；又要着重分析它对文艺特征、文艺创作规律的一些富于创造性的理论。”① 总之，他坚持从文学本身出发，分析文学批评观念发展的规律与特征。

1980 年他在中国古典文学研究座谈会上发言：“我认为此后研究中国古典文学理论批评，确是应当参考西方的文艺理论。这不失为一条途径。但在走这条途径时，必先弄清它的含义，然后再和中国原有的理论批评相比较，才能正确运用这些术语。例如对于‘什么主义’等等，都要先有明确的概念，然后再加以运用，那就不至枉己徇人，失掉民族化的作用。”他主张融合中西文论思想，在比较综合实现创新。同时他主张多学科的融合与借鉴，“此外如美学、心理学、社会学等等，也都有一定的借鉴作用。至于他们的所谓‘汉学’更有介绍翻译的需要”。②

综上所述，郭绍虞 1955 年的《中国文学批评史》版本对 1934 年的版本做了温和的否定，1959 年的版本对 1955 年的版本做了激烈的否定和改编。在 20 世纪 60 年代初文艺政策调整时期，周扬主持的高校文科教材建设使郭绍虞 1955 年的版本重新得到了肯定，③ 并成为拨乱反正之后 1979 年版本④的基础。

① 郭绍虞：《关于古代文学理论研究中的几个问题》，《学术月刊》1979 年第 4 期。
② 郭绍虞：《关于中国古典文学理论批评研究的问题》，《社会科学战线》1980 年第 4 期。
③ 郭绍虞：《中国文学批评史》，中华书局 1961 年版。
④ 郭绍虞：《中国文学批评史》，上海古籍出版社 1979 年版。

第二节 黄海章的中国文学批评史研究

黄海章（1897—1989），字挽波，号黄叶，系近代著名诗人黄遵宪侄辈，中国当代重要文论家。1919 年秋，黄海章考入广东高等师范学校，即中山大学前身的文史部，自 1936 年任中山大学文学院中文系讲师，1941 年任副教授，1943 年任教授。当前学界对于与黄海章同一时期的批评家，例如郭绍虞、罗根泽、朱东润等人的关注甚多，却对黄氏着墨甚少。[①] 与诸位文论大家比较而言，黄海章未获应有重视的原因是：前述著名的文论大家在民国时期已经奠定学术地位，而黄海章中国文学批评史主要的学术成果在新中国成立之后才面世；他的著作少，论文数量并不多；其研究成果被视为简单套用主流文学理论，因而被低估、冷落。本书认为，无论从黄海章中国文学批评史研究的实际水准而言，还是他思想历程的阶段性、复杂性的内涵，都不应低估黄海章的学术史价值。

黄海章的文学研究从 20 世纪 30 年代起步，至“文化大革命”结束之后的 80 岁高龄仍然笔耕不辍，他历经半个多世纪新旧社会交替的坎坷岁月，其为人为学是理解中国文学批评史观念流变的标本。本书围绕黄海章 1958 年、1962 年、1963 年、1964 年的代表性研究成果，梳理他的批评观念的变化过程，通过四个时间点的批评史材料来分析其前后观点的变与不变，通过互相印证的一致之处与前后变化的差异之处，理解政治压力对他的批评思想的影响。总之，从他一生的学术历程的整体性与动态性，来理解他真实的文学观念与学术信念。

---

① 目前涉及黄海章研究的主要成果有：承学：《黄海章教授谈治学》，《学术研究》1986 年第 4 期；陈平原：《花开花落浑闲事——怀念黄海章先生》，《读书》1993 年第 9 期；李平：《20 世纪中国文学批评史研究综论》，《文艺研究》2003 年第 4 期；黄念然：《中国文学批评史研究中的历史叙述问题——以几部批评史著作为例》，《复旦大学学报》2004 年第 6 期；陈平原、查建英：《陈平原访谈：关于八十年代》，《社会科学论坛》2005 年第 6 期；黄天骥：《人淡如菊——记黄海章教授二三事》，《中大往事》，南方日报出版社 2014 年版。

一　人生体验与思想历程

根据知人论世的原则，深入理解黄海章的文学批评观念的前提是，全面了解其生活经历和精神体验。从黄海章如下四个方面的经历和身份，可以理解其知识结构、情感体验、学术旨趣与精神境界。

（一）青年时期的佛门经历

黄海章对佛经颇有研究，年轻时曾一度遁入空门，后来发现佛门权争激烈，并不清净，遂放弃了托身空门的打算。据陈平原介绍其原委："先生幼时家境清寒，五四运动那年入公费的广东高等师范就读。毕业时大病几死，后曾浪迹天涯，托身佛门。当年只是依据传闻，偶尔提及，先生又总故意岔开话题；直到近日拜读北大图书馆收藏的《黄叶楼诗》（旅港梅州中学校友会为先生刊行），这种感觉才得以证实。"[①] 陈平原所提到的诗歌为黄海章所题苏曼殊（1884—1918）墓塔七绝中的一句："我亦人间憔悴客，情怀得似曼公无。"这句诗透露出黄海章对苏曼殊的追慕与推崇之意。"文化大革命"结束之后，黄海章在《重题燕子龛遗诗》中凭吊苏曼殊：

> 萧疏画笔绝尘氛，逸艳诗编荡客魂。一衲飘然东海去，袈裟泪点尚留痕。
>
> 残照荒烟吊五天，神州光复意欣然。兴亡历历萦心曲，热血何曾逊昔年。
>
> 五十年来绝赏音，山僧遗墨又重寻。花开花落浑闲事，流水高山自写心。

上述第一首与第二首回顾了苏曼殊多才多艺、放荡不羁、时僧时俗、致力革命的动荡人生。苏曼殊身兼情僧、诗僧、画僧、革命僧，集才、情、胆识于一身，历尽三十五载红尘孤旅，"一切有情，都无挂碍"这八个字是他人生的写照。黄海章的第三首诗表达了对于重获苏曼殊遗墨的感

① 陈平原：《花开花落浑闲事——怀念黄海章先生》，《读书》1993年第9期。

慨唏嘘之意，以“花开花落”写出世事流转、万物皆流的本来面目，以“流水高山”写出任性自然、恬淡超然的境界。黄海章对苏曼殊人生和作品的品评，也有抒心中块垒、自明心志之意。

（二）抗战时期的颠沛流离和国民党统治时期的腐败乱世

黄海章经历过战火磨难的艰苦岁月，对日军侵略暴行深恶痛绝。他说：“我在中山大学前后凡历四十余年。中间曾经过抗日战争时期。1938年10月，日帝国主义侵占广州前一个星期，在离乱中奔回梅县。1944年日帝国主义又进逼坪石，狼狈地攀上难民车到达韶关，辗转乃回到梅县。我对日帝国主义是非常憎恨的。”① 经历了国破家亡的惨痛岁月之后，黄海章十分渴望和平安宁的生活。抗战胜利之后，国民党统治的腐败政治使黄海章大为失望。他说：“解放前的知识分子，是饱受人们轻视的。斯时物价飞涨，纸币低跌，生活维持不易；加以在变乱中流离搬迁，艰苦情形，可以想见。解放后知识分子经过改造，我仍能在中山大学任课。当时币值稳定，物价正常，生活比以前好了许多，可以多一些时间搞学问。教学也不断地改进，还可以勉强应付。”② 从新中国成立前后不同的生活环境的对比，可以看出黄海章十分珍惜清静安宁的治学环境。

（三）新中国成立之后的思想改造

新中国成立之后，黄海章的文学观念在无休无止的政治运动中经历了一次次历练和变化。据新华社报道，首都文化界对《红楼梦》研究中的资产阶级唯心观点的批判，引起了华南地区文化学术界广泛的重视。《南方日报》用很大篇幅登载了华南文化界关于参加《红楼梦》研究的笔谈的文章。参加笔谈的有中山大学和华南师范学院的王起、廖苾光、詹安泰、楼棲、黄海章、李镜池等十位教授。他们有的结合实际检查了自己过去在学术研究上脱离政治、脱离社会生活、追求烦琐考据的情况；并指出胡适派实验主义的反动哲学目前在华南文化学术界中仍有影响，现在通过

---

① 黄海章：《漫忆平生》，北京图书馆《文献》丛刊编辑部、吉林省图书馆学会会刊编辑部：《中国当代社会科学家》第五辑，书目文献出版社1983年版，第322页。

② 同上。

《红楼梦》研究问题的讨论进行批判极为必要。[①]《红楼梦》研究的批判涉及马克思列宁主义思想与资产阶级唯心论思想斗争，其范围包括历史学、哲学、经济学、建筑、艺术、语言学、教育学以至自然科学的各部门。黄海章所在的中山大学中国语言文学系古典文学教研组是此次思想清理的重点单位，并由内部讨论为起点，组织全校性的报告会。

从 1957 年 9 月 9 日开始，中山大学 3000 名师生继续深入进行为期 10 天的反右派斗争。中山大学中文系学生创办了“短剑”、“卡丘莎”、“红缨枪”、“导弹”等十多种战斗刊物。备战、宣传、资料以及串连工作，夜以继日地紧张进行，斗争中群众的积极性很高。黄海章说：“这次反右派斗争擦亮了自己的老眼，看透了那些勾勾搭搭、为非作歹的右派分子，也更看清了党指引我们走的社会主义光明大道。”[②] 目前尚未发现更为详细的资料说明黄海章在反右派运动期间的具体心境，仅从现有资料以及之后黄海章对主流文学批评观念的吸收来看，他的确从情感和理性上对毛泽东的《在延安文艺座谈会上的讲话》精神有深入的理解和接受。

（四）作为沉郁超然的诗人和造诣高深的唐诗研究者

黄海章是学者，也是诗人。他在 1945 年抗战结束后曾刊行《黄叶诗钞》，传诵一时。后有续作，成《黄叶楼诗》。中山大学中文系教师孙立评论道：他的七律学少陵，沉郁凝练；五绝学王、孟，含蓄淡远；古体则兼师太白、东坡，超旷飘逸，显示出极高的诗学造诣。黄海章诗学造诣深厚，所作古体诗、近体诗不下数百首，与著名学者詹安泰先生多有唱和。黄海章在《黄叶楼》“后记”中称：“自念从旧社会中来，犹存在不少落后的思想意识，然而抒怀述事，尚不失其真。”[③] 新中国成立前，黄海章的研究重点是中国古代诗歌。“我最初研涉先秦诸子，对《庄子》曾留心看过几番。在中国古典诗歌方面，对唐诗下了一些工夫。在旧中山大学中文系任讲师时，曾开《诸子通论》《唐诗概论》等课程。教材由自己编

---

① 新华社：《华南、西安和南京文化学术界广泛展开“红楼梦”研究的讨论》，《文汇报》1954 年 11 月 12 日。

② 《中山大学反右派斗争战果巨大》，《南方日报》1957 年 9 月 24 日。

③ 黄海章：《黄叶楼诗》，旅港梅州中学校友会，香港印刷，1986 年版。

写，交旧中大出版部铅印。改任副教授后，转教《中国文学史》。"[①] 这一时期，黄海章的古典诗歌著述并不多见，但是文本体验的功底十分深厚。

自 1949 年至 1989 年去世的 50 年时间里，黄海章在研究唐诗的同时，主要从事中国文学批评史研究。"解放后仍和几位老师共同担任这门课程。我所负责的重点，还是在唐代诗歌方面，差能胜任。其后中大中文系开设专门课程，要我担任'中国文学批评史'。我平昔对于中国古典文学理论，也涉猎了一些。课程开设以后，无适当教材可用，不得不自己编写。其后根据这种教材，写成了《中国文学批评简史》一书，1962 年 9 月由广东人民出版社出版。"[②] 从黄海章的自述中可以看出，他的中国文学批评史研究建立在长期丰富的文本鉴赏的基础之上，同时作为从事创作实践的诗人，他的理论分析往往对批评文本有同情之理解，能避免空蹈虚谈。身兼创作者和研究者的身份，使黄海章的研究一定程度上避免简单套用概念，而是返回历史语境，贴近作品和诗人的实际情况，从文学的角度理解文学。

二 文学批评观念的时代印记

黄海章的文学思想与当时的主流批评观念有高度一致的地方。本书认为，应该结合历史语境考察其文学思想的起源，从而把握具体的时代性特点。黄海章在中国文学批评史领域中尤其精于《文心雕龙》研究。[③] 20 世纪 60 年代初他就曾经在《光明日报》的《文学遗产》发表"文心短论"多篇，他的《续〈文心短论〉》一文综合了其他论文的观点，具有一定的代表性。

黄海章接受并坚持文学源于劳动的观点，他指出刘勰的文学起源论的错误。"刘勰文学起源于自然的看法，是错误的。我们知道艺术起源于劳

① 黄海章：《漫忆平生》，北京图书馆《文献》丛刊编辑部、吉林省图书馆学会会刊编辑部：《中国当代社会科学家》第五辑，书目文献出版社 1983 年版，第 322 页。

② 同上。

③ 其他论文可以参见《论刘勰的文学主张——文心雕龙研究之一》，《中山大学学报》1956 年第 3 期；《刘勰的创作论和批评论》，《中山大学学报》1958 年第 1 期；《文心短论》，《学术研究》1963 年第 2 期。

动，而文学是艺术的一部分，当然不能有所例外。”①

在社会发展规律上，黄海章秉持阶级斗争学说。他说：“刘勰看不到一切社会制度，都有其发展的规律，并不是由于圣人的制作。而推动社会向前发展的，是阶级斗争，是人民群众集体的力量，并不是圣哲的个人。而所谓教化伦理，也是适应当时社会的客观情势产生出来，客观情势变迁了，教化伦理如果仍旧不变，适足成为阻碍社会发展的力量。所谓‘玄圣创典，素王述训’，也并不能为万世之师。而儒家所视为具有最高权威的‘六经’，也不能成为‘恒久之至道，不刊之鸿教’（《宗经》）。他运用儒家的思想来扭转南朝形式主义唯美主义的颓风，无可否认是有其进步作用，但把孔子和六经抬到天上，则纯乎宗教家迷信之谈。而且把文学当做经典的附庸，（《序志》篇说‘唯文章之用，实经典枝条’。）不承认它有独立的地位，于是乎‘儒家之道’，便压倒一切，我们只要做一个好好的孔教徒，发挥一些‘教化伦理’便得了，这些地方，不能不提出来加以批判。”②

在文本分析中，黄海章贯彻阶级论的立场。他认为：“《物色》篇对‘情景交融’的境界，是有所体会的。但由于刘勰受到了历史和阶级的局限，看不到作者所谓‘情’，即是阶级意识的表现。一切景物的描写，都无不有作者的阶级意识渗透在里边，不可能有超阶级的文学存在。所以中国文学史上许多山水田园诗，表面上似乎不着主观的色彩，实际上还打上阶级的烙印。不把作者的情感，赋予阶级的内容，还是空空洞洞的。这一点我们必须认识清楚，否则便会走到资产阶级‘写真实’一条反动的文学道路上去。”③ 由此可见，黄海章的批评观点中有鲜明的阶级论印记。

黄海章在论述《人间词话》的“境界”观时认为，王国维的所谓“真感情”的内容“即是作者喜怒哀乐真实的情感，但它并不具备阶级内容”。黄海章对此评论道：“在阶级社会中，每个人的思想感情无不具有阶级性，各个阶级的阶级感情，也是各不相同。”④ 他的理由是：“既然各个阶级的阶级感情，都是各不相同，决没有抽象的‘真感情’存在。又

① 黄海章：《续〈文心短论〉》，《中山大学学报》1963 年第 4 期。

② 同上。

③ 同上。

④ 黄海章：《〈人间词话〉札记——谈“境界”》，姚柯夫：《〈人间词话〉及评论汇编》，书目文献出版社 1983 年版，第 124 页。

由于各个人的阶级意识不同，因而对客观事物，就各有不同的爱好。诗人笔下的‘真景物’，究竟不同于自然的本身，而是透过诗人的感受之后，再反映出来的自然，因而也就不可能不包括诗人的阶级意识和美学观点在里面，因而所谓‘真景物’的描写，也决然不是抽象的、超阶级的。王氏所谓‘有我之境’，固然没有接触到‘我’之阶级内容；所谓‘无我之境’，则不但抹杀了写景诗的阶级性，而且和他的‘一切景语皆情语’的主张违反。他的‘境界’说，实在还跳不出资产阶级唯心主义的范畴。”①

从今天的文学批评标准来看，人们会指出黄海章运用阶级分析法研究文学作品和理论的局限，这是毛泽东时代文学批评观念的突出特点。一个时代的局限性在于，把阶级论作为唯一的、至高无上的评判标准，排斥所有与之相左的观点。黄海章的局限在于，他的文本分析和文学史认识囿于阶级论成见，形成偏颇片面的看法。有人认为黄海章简单地把唯物与唯心、现实主义和反现实主义作为贯穿中国文学批评史的红线，从而形成基于政治意识形态倾向性的种种判断。笔者认为，对于黄海章来说，他虽然接受了唯物主义的批评方法，在当时的政治气氛中也无法规避强制性的要求，但是并不见得是亦步亦趋、简单套用。听过黄海章上课的学生说："记得黄海章教授曾在讲堂上自我欣赏地说：你们从我的讲稿中是找不到马列主义词句的，但我的分析是合乎马列主义的（大意）。"② 即使持有马列主义的观点，但是他并非机械套用，而是灵活化用。黄海章对思想观点的领悟与应用同样是基于逻辑性和学理性的思路，而不是生吞活剥牵强附会。

三 政治与学术之间的思想张力

黄海章的文学批评观念除了有上述较为鲜明的主流立场之外，也还有大量的思想成果值得结合事实进行辩证分析，从而去芜存精、去伪存真。

虽然黄海章在中山大学课堂的中国文学批评史讲稿与1962年出版的

① 黄海章：《〈人间词话〉札记——谈"境界"》，姚柯夫：《〈人间词话〉及评论汇编》，书目文献出版社1983年版，第124页。

② 中山大学中文系四年级欧麟、宛毓英、孔德明、彭鹤松：《评黄海章"中国文学批评史"讲义》，《光明日报》1958年11月30日第6版。

《中国文学批评简史》在内容上相差无几，但是黄海章的文学批评思想在1958年与1963年得到的评价却并不一致。1958年黄海章的学生们在大跃进激进路线的影响下，激烈批判老师的观点。1962年《中国文学批评简史》出版之后，黄海章因此获评为广州市先进工作者。1963年随着中国共产党逐步调整政治路线和文艺方针，学术气氛有所缓和，批评的态度更为客观和中允。探讨这两个时间点不同的批评观点，既可以明白不同时代风气的影响，也可以明白黄海章文学批评观念在激进与保守，也就是政治与学术之间的思想张力。

20世纪60年代的“中国文学批评史”写作，除了郭绍虞对原有著作的改写，新著则有中山大学黄海章的《中国文学批评简史》[1] 和复旦大学刘大杰主编的《中国文学批评史》（上）。黄海章的《中国文学批评简史》（1962）从先秦诸子到王国维，纲目清晰，条分缕析，简明扼要，要言不烦，该书是在中山大学上课讲义的基础上整理出来的。在1958年总路线的激励之下，中山大学中文系本科生开展拔白旗插红旗的学术批判，对具有所谓资产阶级学术观点的学者作为“资产阶级白旗”加以批判，黄海章的这本讲义也是批判的目标之一。

（一）大跃进时期大学生的激烈批判

毛泽东时代的学术著述流行标举经典马克思主义理论作为指导思想，然而黄海章在课堂上对学生们说，“你们从我的讲稿中是找不到马列主义词句的，但我的分析是合乎马列主义的（大意）”。学生们也确实发现他的中国文学史整部讲义里面毫无马列主义的词句，学生们抓住他的后半句质疑：“但分析是否完全合乎马列主义的呢？我们发现在讲稿中有许多问题，甚至有些是比较重大的问题。”他们发现有五个方面的问题，认为它们“显然都是违背马列主义的观点的”。[2]

1. “在讲稿中，没有具体体现出现实主义和反现实主义两条道路的斗争。”

学生们认为：“在我国文学批评史上，很明显地贯穿着现实主义和反

① 黄海章：《中国文学批评简史》，广东人民出版社1962年版。

② 中山大学中文系四年级欧麟、宛毓英、孔德明、彭鹤松：《评黄海章“中国文学批评史”讲义》，《光明日报》1958年11月30日第6版。

现实主义两条道路的斗争。”这一观点来自茅盾的《夜读偶记》。而黄海章对于这一基本线索“只是在讲稿的导言中空泛地谈了几句，而在以后的具体讲述中，却没有具体体现出这两条道路的斗争。对于反动的文艺批评家，只字未提，好象中国文学批评史上就是一帆风顺，直线上升，根本就没有两条道路的斗争似的。更奇怪的是明摆着某些文艺批评家有消极的反现实主义的一面，黄先生也不提出来分析批判；甚至还为他们那些消极的东西饰以积极的外衣。象对曹丕、陆机等人的评述，就是如此。他们的文艺批评有些是正确的，但有的是错误的，反现实主义的。他们往往是重艺术，把艺术技巧作为文章好坏的标准。黄先生对他们的评述就只是抽出好的一点点，来加以发挥。于是就给人一种感觉，好象曹丕、陆机他们也是很先进的理论家。文学批评史上现实主义和反现实主义这两条道路的斗争就被抹煞。试问黄先生，这是合乎马列主义的吗？”[①] 从学生们的批评可以看出，黄海章并未机械地运用现实主义与反现实主义的文学发展说，而是同时看到了文学性标准的重要性。

2. “对古代批评家缺少阶级分析的观点。”

学生们认为：“因为古代文学批评家由于生长在封建社会里，他们的观点就不能不打上阶级的烙印，忽略这一点将是很错误的。可是黄先生却很少能够用阶级观点去评述分析。”他们批评黄海章在讲述每一个古代批评家时只是从他们的主张中摘录某些语句，再用自己的话复述一次，至于他们的见解的深处带着什么样的阶级色彩，却很少去管了。学生们举出了如下实例：“在谈到王充时，黄老师指出他重视文学内容与形式的一致性。这种主张，在当时是有一定进步作用的，但他忽略了：他重视的内容是什么样的内容？是为统治阶级抑或其他？如黄先生肯定白居易的‘有教于教化’的理论，而这种‘教化’是什么样的‘教化’呢？是封建的教化抑或其他？却不去管了。对韩愈的‘文以载道’的主张，也是肯定的多，批判的少，到底他的‘载道’是‘载’什么‘道’，这种‘道’的具体内容是什么，也无具体的分析批判。韩愈的‘文以载道’的理论对于反对形式主义说来，在当时虽然有一定的进步作用，但他的‘道’

① 中山大学中文系四年级欧麟、宛毓英、孔德明、彭鹤松：《评黄海章“中国文学批评史”讲义》，《光明日报》1958年11月30日第6版。

是彻头彻尾的封建伦理道德，他的主要论著‘原道’就是实例。”[①] 对于上述现象，学生们质问黄海章：“为什么不加批判呢?”学生们要求彻底贯穿阶级分析法到任何问题，而这样不视具体情况、机械搬用的话，实际上难免造成方法与对象之间以偏概全，其结论自然捉襟见肘。

3. “主观唯心分析法——美化古人。”

学生们认为：“黄先生只是摘录一些古人的主张，而很少用阶级观点去分析批判。由此便又产生一种谬误——主观唯心的分析法。”[②] “有许多古人的文学主张，黄先生往往从自己主观出发，为其添枝加叶。甚至把我们今天的一些看法加在里面，使得那些古人的‘见解’正确起来，全面起来，使人觉得似乎现代的批评家还不如古人，马列主义的理论还不如古人的完整，从而就把古人的片言只字奉为经典。这一点，很突出地表现在对刘勰的文学主张的评述上。黄先生说刘勰五大文学主张指出了：文学与社会环境有密切的关系；与自然环境有密切的关系；重视内容与形式的统一，并认为内容决定形式；论文要兼顾作家的个性及艺术修养；文学随时代的发展变化而发展变化等等。”[③] 学生们提出的批评原因是，他们不能接受黄海章肯定古人的思想，认为这样“使人觉得似乎现代的批评家还不如古人，马列主义的理论还不如古人的完整”。可见学生们是为了维护一种观点的真理性而反对，并不是基于事实和学理而反对。

学生们认为，黄海章将刘勰的文学主张视为完美无缺的。对其他一些古代批评家如王充，也是如此看待，说他的关于内容与形式的理论与今天的说法完全一致。学生们还认为，韩愈的“不平则鸣”，并非人们受到封建的压迫感到不平时就鸣起来。他们认为，韩愈一贯是维护封建统治阶级的利益，是统治阶级中人，有些时候即使对人民有怜悯之情，也是站在统治阶级立场上的。除此之外，学生们认为，黄海章对曹丕未免过分美化。[④] 总之，学生们认为黄海章对历史人物阶级身份与立场的揭示不够彻底。

---

① 中山大学中文系四年级欧麟、宛毓英、孔德明、彭鹤松：《评黄海章“中国文学批评史”讲义》，《光明日报》1958 年 11 月 30 日第 6 版。

② 同上。

③ 同上。

④ 同上。

4. “以今为古，替古人服务。”

学生们认为：“学古为今，叫古人为今人服务，我们学习古典文学遗产的目的是很明确的。”大跃进时期反对厚古薄今的历史态度，要求历史遗产为现实的目标服务。“但黄先生对这些并不感兴趣，而把绝大部分的文字放在注释工作上，替古人来作注释，作翻译，先引用一段话，再来复述其内容，就算完事。不但黄先生自己长期以来在为古人服务，而且他还要用我们今天的文艺观为古人服务。他不是从古典文学遗产中吸取其精华以建立和发展我们中国自己的马列主义文艺理论文艺批评，而是拿我们今天的文艺理论文艺观点去解释和美化古人的文艺理论。”① 学生们认为黄海章“我注六经”的做法过于保守，应该采取“六经注我”的实用主义方法。

黄海章肯定刘勰的“六观法”：“……六观法也包括了作者的思想性、艺术性的全部，他一方面反对只从辞藻、声律来说明文学的优劣，一方面也反对只有伟大的思想感情的内容，而无优美的形式来表达的粗糙文章。但内容先于形式，内容决定于形式……”② 他在课堂上说，“六观法”可以与马列主义文艺理论等量齐观。他还说：“现在批评文学的人，往往先立下‘现实性’‘人民性’一类的公式，然后从作品中断章取义，来证实他的主张，这只能成为主观的一种意见，而不能是合乎客观的批评。”③ 学生们认为，黄海章上述对“现在批评文学的人”有苛责之嫌。实际上，黄海章平等地看待古今文学理论，反对以个人主观、片面的“意见”替代“合乎客观的批评”，他的这种“客观”立场也一定程度上可以避免政治实用主义的先入为主和概念滥用。

5. “迷信传统的错误说法。”

学生们认为黄海章迷信传统看法。“黄先生对刘勰的天才论就不敢批判。而对陆机的文学主张的讲述，更可以看到这一点。”他们认为，黄先生不加批判地吸收陆机的形式主义和脱离实际的理论。④ “总的说来，黄先生的文学批评史讲义不是告诉同学们应该怎样利用古人为今人服务，不

① 中山大学中文系四年级欧麟、宛毓英、孔德明、彭鹤松：《评黄海章“中国文学批评史”讲义》，《光明日报》1958年11月30日第6版。

② 同上。

③ 同上。

④ 同上。

是站在今天的立场来恰如其分地评论古人，给古人以正确的评价，而是钻到古书堆里，替古人作注释，当翻译，要今人为古人服务，美化古人，叫人向后看。因此我们认为有提出来讨论的必要。”① 面对思想繁富的传统文化，深处政治功利主义盛行的时代，黄海章在古今思想的平衡上、学术与政治关系的拿捏上、学术传统与时代风潮的把握上，无论是跟进还是独守，都难免处处不讨好。

有意思的是，学生们根据那个时代的政治标准和文学标准，对黄海章文学批评的观念和方法大加挞伐，在今天看来，学生们的批判资料恰恰反映了黄海章身上外部政治理念的制约和个人内心学术立场之间的裂隙，也反映了他隐藏在文字背后的思想个性。

（二）1963 年汤大民的温和肯定

在文科教材编写中，黄海章的《中国文学批评简史》观念调整力度并不大，他认为：“在古代文学理论和批评中，有些是含有现实主义文学的因素，可以推动文学向前发展的，有些是偏于唯美主义、形式主义，会把文学拉向后退的。文学史上进步的、向上的和落后的、反动的两种矛盾的斗争，在文学批评史上也同样的显现出来。”② 对此，李平认为：“对于这种‘左’的倾向，现在的学者往往嗤之以鼻。但我想有两点需要说明，一是作者已经认识到批评家思想意识及其批评理论的复杂性，如‘在过去号称为进步的向上的文学批评家中，他们自身也有许多矛盾，也有一些落后的反动的因素’。相反，‘在某些落后的文学批评家中，有些部分还是值得肯定的，也不要采取一笔抹煞的态度’。”③ 汤大民 1963 年的评论可以为李平的观点找到论据。也就是说，《中国文学批评简史》存在一些时代极左的印记，尽管如此，也不可全盘否定。相对而言，汤大民 1963 年写的这篇批评文章，口气温和许多，观点也相对平实。

汤大民认为：我国文学批评发展的历史，总结了历代作家的创作经验，鲜明地贯穿着文学领域的两条道路斗争。当然，鲜明并不意味着简

---

① 中山大学中文系四年级欧麟、宛毓英、孔德明、彭鹤松：《评黄海章“中国文学批评史”讲义》，《光明日报》1958 年 11 月 30 日第 6 版。

② 黄海章：《中国文学批评简史》，广东人民出版社 1962 年版，第 3 页。

③ 李平：《20 世纪中国文学批评史研究综论》，《文艺研究》2003 年第 4 期。

单；恰恰相反，文学批评史上的两条道路的斗争也呈现出异常复杂的状态。《中国文学批评简史》在“概说”中说：“文学史上进步的、向上的和落后的、反动的，两种矛盾的斗争，在文学批评史上也同样显现出来。”书中在具体阐述时，虽还有不足之处，但也扣紧了这一规律，并初步注意到问题的复杂性。①

1.《中国文学批评简史》强调进步的文学理论和批评的战斗性。例如，黄宗羲的文学理论，有些批评史侧重于从一般的理论角度论其文与道、学合一以及诗有情性而无古今等观点，对他的爱国主义文学主张谈得很少。《中国文学批评简史》却强调指出：“他生当民族矛盾极端尖锐的时代，热烈地投身于民族斗争中，等到事无可为，才发愤著述，保存民族大义，传播民族意识，所以他的文学主张，也贯穿着民族精神。”《中国文学批评简史》还认为，黄氏主张诗文要有真性情，他针对“今之诗非不出于性情也，以无性情之可出也”（《黄孚先诗序》）的现象，批判了那些“情随事转，事因势变”的丧失民族气节的败类的“干啼湿笑，总为肤受”、“习心幻结，俄顷消亡”的伪情。这样评述黄氏文学主张，符合事实，抓住了核心，阐明了其中的思想意义。②

2. 汤大民认为，文学批评理论的两条道路斗争，固然与哲学史上唯物主义同唯心主义的斗争有密切联系，但两者决不能等同。“《中国文学批评简史》重视这种复杂性，肯定了像公安派打倒前后七子复古主义和袁枚反对格调派的进步的历史作用，而且对于公安派主张文学脱离现实斗争、抒写个人的闲情逸致，也有一定批判。”③

3. 批评史上围绕着浪漫主义文学现象展开的论争也相当激烈，在一定程度上体现了两条道路斗争的复杂性。《中国文学批评简史》较详细地论述了这一微妙的斗争，不仅否定了班固的正统思想，而且批评了王逸抹杀《离骚》的积极浪漫主义特色。《中国文学批评简史》由于没有简单地把积极浪漫主义归结为现实主义，因而就比别家批评史更重视围绕浪漫主义文学论争的理论和批评。④

---

① 汤大民：《简评〈中国文学批评简史〉》，《学术研究》1963 年第 5 期。

② 同上。

③ 同上。

④ 同上。

陈平原认为："五十年代后，先生自觉接受思想改造，著作中大量出现'唯心主义'、'唯物主义'、'爱国主义'、'现实主义'、'形式主义'等新概念。可毕竟是'从旧社会中来'，稍一不慎，便露出庐山真面目。在一大堆远非先生所能熟练驾驭的新概念的掩护下，先生时能表达自己的体验与感悟。"① 如果简单地认为黄海章的中国文学批评存在的主要问题往往是从预设原则出发而不是从史实出发，结果导致史从论出、以论代史的结果，未免有些偏颇。应该说，对于当时主流意识形态批评，黄海章有选择地接受，同时，某些他付诸批评实践的主流意识形态观点未必完全是出自内心，难免有迎合之意。绝对地判断黄海章是政治化批评或者个性化批评，都未必恰当，应该结合历史情境来深入理解批评者心意。

四　学术本色与精神独立

在上面论述黄海章文学批评思想的时代印记，以及在政治激进理念与学术保守思想之间两头不讨好的情形之后，我们还要结合批评实例认识黄海章学术研究的个性与风骨。

（一）强调文学本体研究

黄海章认为，古文论研究者要注重艺术修养和理论修养。中国古代文论一个显著的特点是和具体作品的紧密结合，十分重视鉴赏经验。"如果我们不熟悉作品本身，没有审美经验，也就很难判断其批评是否准确了。黄先生一贯主张批评史一定要结合文学作品去研究，避免从理论到理论的凿空之言。研究中国古文论，需要比较广泛的知识面。如中国与外国的历史、文学艺术、宗教、哲学都要接触，然后从博反约。《易》《庄子》都是哲学书，但其中很多理论对批评史产生了巨大的影响。玄学、禅宗也是如此。不弄清这些问题，古文论很难深入研究。"② 黄海章不仅在思想与方法上有沟通感性与理性、打通文史哲的自觉意识，而且在批评实践中也体现了融会贯通、厚积薄发的功力。

黄海章坚持严谨的学理性分析。他指出，关于刘勰所谓"道"的含

---

① 陈平原：《花开花落浑闲事——怀念黄海章先生》，《读书》1993 年第 9 期。

② 承学：《黄海章教授谈治学》，《学术研究》1986 年第 4 期。

义，近来的学者聚讼纷纭，或以为“道”即“自然”，或以为“道”是“儒家之道”，或以为“道”是“佛家之道”（如刘勰《灭惑论》所谓：“至道宗极，理归乎一。妙法真境，本来无二。”），或以为“道”是儒佛两家思想的杂糅。各是其所是，而非其所非，使读者头脑昏然，莫知所可。黄海章认为：“研究刘勰所谓‘道’的内涵，最好是根据《原道》篇所阐述的内容加以评论，不必笼统地提到哲学上唯心唯物之争上去。”①黄海章逐一指出了黄侃、刘永济、陆侃如三人观点的不合理处，然后提出自己的观点，他认为：“《原道》篇，既阐述‘自然之道’也阐述‘圣人之道’（即儒家之道），不能取其一而去其一。如果刘勰所谓‘道’，真的与‘圣人之道’无关，则下文《征圣》，《宗经》，根本上便不能成立。‘圣人之道’，虽不能和‘自然之道’等同起来，然而两者之间，又有其密切的联系。”②

1963 年《毛主席诗词》出版，1964 年元旦《毛主席诗词》在全国各地开始发行。《人民日报》《红旗》杂志等报纸杂志连续发表郭沫若、臧克家等人诠释毛泽东诗词的文章。中山大学中文系从 1958 年开设了“毛主席诗词研究”的课程。据《中山大学校史》记载：在“为建设共产主义的中山大学而奋斗”的口号下，从 1958 年 6 月下旬起，中山大学提出了改革教学与改革科学的“双改运动”，学校的五大措施中，其中一项是开设富有时代特色的课程，其中就有“毛主席诗词研究”“毛主席语言研究”。这次运动从 1958 年 6 月下旬开始至 1959 年上半年结束，历时一年左右。③ 黄海章坚持文学批评的标准，提出了自己的解读方法和结论。

《人民解放军占领南京》七律一首：“钟山风雨起苍黄”，“苍黄”两字，郭沫若解为“变化反复”，引申为“天翻地覆”④。黄海章以为“苍黄”即是“仓皇”。韩愈《祭女挐文》：“苍黄分散”，即是“仓皇分散”。杜甫《新婚别》：“誓欲随君去，形势反苍黄”。宋蔡梦弼注云：“谓行役之急也。”可见“苍黄”是只可当“仓皇”用的。仓皇两字，用在这里，黄海章认为有重要的意义。国民党反动派据守南京，一直以为“长江天

---

① 黄海章：《续〈文心短论〉》，《中山大学学报》1963 年第 4 期。

② 同上。

③ 吴定宇主编：《中山大学校史（1924—2004）》，中山大学出版社 2006 年版，第 275 页。

④ 《百万雄师过大江》，《人民日报》1964 年 1 月 4 日第 2 版。

堑，不能飞渡”，而且有英美帝国主义的舰队封锁，人民解放军更无飞渡的可能，他们还可以苟延残喘。不料人民解放军突破封锁，百万雄师，迅速渡过长江，暴雨狂风，骤然卷起，他们于万分惶恐之中，仓皇逃去。这一方面刻画出解放军威力的雄大；另一方面刻画出国民党反动派的狼狈。解为“天翻地覆”，便不能显示出这种意思来。而且下面又有：“天翻地覆慨而慷”之句，意义也不免重复。

“不可沽名学霸王”，许多人都认为是项羽沽名钓誉，要行仁义，不肯杀掉刘邦，结果弄到乌江自刎。“由于要行‘仁义’，因而穷寇不追。由于穷寇不追，因而一败涂地。”[1] 黄海章的质疑是：（一）项羽最初所要消灭的对象，是暴秦的军队，不是和他联合作战的刘邦；（二）刘邦拥有十万军队，先项羽而入关中，也不能算是“穷寇”；（三）等到楚汉纷争，刘邦成为项羽所要消灭的对象，然而他所凭借的是武力，并非欲钓仁义之名。司马迁批评他说：“谓霸王之业，欲以力征，经营天下。五年，卒亡其国。身死东城，尚不觉寤。……乃引天亡我，非用兵之罪也，岂不谬哉！”[2] 这便是他终生迷信武力的证明，绝非“要行仁义”。黄海章认为所谓霸王，可能是指历史上领导农民革命的领袖如洪秀全等人，打到南京，便以为功成名立，坐下来做太平天国的皇帝，不肯把革命进行到底。这样解释，似乎和上句：“宜将剩勇追穷寇”联系得紧密一些。[3]

《到韶山》七律一首，“红旗卷起农奴戟，黑手高悬霸主鞭”，臧克家以为是：“追忆了当年农民在党的领导下，高举红旗，奋起革命，打倒地主，夺取政权的情况。仅仅两句，但极具体形象地写出了人民的斗志和英勇。”[4] 郭沫若以为“黑手高悬霸主鞭”，是“反革命的黑暗势力高高地举起了恶霸地主们的铁鞭或者皮鞭——以反革命的武装力量来对抗革命的武装力量”[5]。依前一说，两句都是歌颂农民的斗志和英勇，都是正面的形象；依后一说，前、后两句的形象，刚好相反，意在说明农民的力量，在恶霸地主残酷的压迫之下，在流血牺牲中成长起来。各有各的理由。黄海章比较赞同前一个解说。他的理由是：有些人以为把“黑手”当作农

① 《百万雄师过大江》，《人民日报》1964年1月4日第2版。
② 《史记·项羽本纪》。
③ 黄海章：《读毛主席诗词十首》，《中山大学学报》（哲学社会科学版）1964年第2期。
④ 《时代风雷起新篇》，《诗刊》1964年第1期。
⑤ 《敢教日月换新天》，《人民日报》1964年2月8日第5版。

民的形象，岂不是大大地污辱了农民高贵的品质？其实并不是这样。毛泽东在《湖南农民运动考察报告》中谈到农民协会的农民们时说："他们举起他们那粗黑的手，加在绅士们头上了。他们用绳子捆绑了劣绅，给他戴上高帽子，牵着游乡。"[①] 黄海章分析说："根据这种情形，也可能是农民捆绑劣绅游乡时，一手牵着绳子，一手高高地举起以前恶霸地主们鞭打他们的鞭子，督促着劣绅前行。这种形象，也是很生动的吧！"[②]

黄海章结合毛泽东诗词的思想内容和艺术技巧，认为他对古典诗词艺术技巧的吸收、变化体现了继承和创新，主要体现为如下几点：

1. 发展古典诗词"寄托"的优良传统，赋予崭新的内容

中国古典诗词很重"寄托"。所谓"寄托"，即把主观的思想感情，融合于客观事物中，表现出来，不露痕迹，而又能使读者们通过高度的想象，窥测其意旨的所在，感到他含蕴深厚，趣味无穷。[③] 譬如陆游的《卜算子·咏梅》，"已是黄昏独自愁，更着风和雨"，是感到国家长期处在风雨飘摇之中，而同调无人，前途黯淡，因而发出这样寥寂的呼声。"零落成泥碾作尘，只有香如故！"是表现他尽管受尽千磨万折，然而爱国主义的精神坚定不移。这在当时来说，是有进步意义。然而从整首词来看，却充满了"孤芳自赏"的情调。毛泽东的《咏梅》，虽然也是运用寄托的手法，但"反其意而用之"，表现出来的境界，便截然不同了。"已是悬崖百丈冰，犹有花枝俏"，是表示伟大的革命先驱者，尽管在帝国主义及一切反动派包围之下，还是坚持马克思列宁主义，坚定地领导人民群众，走向正确的社会主义的道路。"俏也不争春，只把春来报"，是尽管领导革命群众奋勇前进，指出全世界的光明必将到来，但是毫无争名夺利之心，显示一种忘我革命精神。"待到山花烂漫时，她在丛中笑"，也就是功成不居，表现了革命的集体主义精神。和陆游的傲视一切，自表孤高，趋向便完全不同了。[④]

2. 运用前人的成句，赋予相反的内容

如"天若有情天亦老"，见于李长吉的《金铜仙人辞汉歌》。原来的

---

① 《毛泽东选集》第 2 卷，人民出版社 1952 年版，第 19 页。

② 黄海章：《读毛主席诗词十首》，《中山大学学报》（哲学社会科学版）1964 年第 2 期。

③ 同上。

④ 同上。

意思是说，天若有情，见着因辞别汉宫而潸然泪下的铜仙，也要为之悲伤衰老，况人本是有情之物，见着铜仙下泪，其感伤又当何如，这完全表现一种沉重的悲哀情绪。毛泽东把它运用起来，意在反衬人民渴望解放的心理。天若有情，也会感到反动统治时间太久了，因而容颜衰老吧。何况热情奔放的人民，其渴望解放，又当何如？这样一来，便变成意气风发，情调完全不同了。又如“沧桑之变”，从前人用作朝代更换的象征。一般遗老们，会因此悲伤流涕。然而“人间正道是沧桑”，意在说明经过了天翻地覆，创造了新中国，创造了光明灿烂的新社会，使全国人民踊跃欢呼，意义也就截然不同。“秋风吹渭水，落叶满长安”，是唐人贾岛悲秋情绪的抒发。而毛泽东的“正西风落叶下长安”（《满江红·和郭沫若同志》），则意在说明帝国主义及一切反动派，在革命风暴面前，都要像西风落叶一样，被一扫而空。一是哀伤，二是发扬蹈厉，情调也迥然不同。[①]

3. 变化前人的句法，表现崭新的境界

如七律《冬云》：“独有英雄驱虎豹，更无豪杰怕熊罴”，是从李商隐《重有感》：“岂有蛟龙愁失水，更无鹰隼与高秋”（钱龙惕笺云：谁为高秋之鹰隼鹰，快意于一击乎”？是“与”当作“击”为是。）变化而来，而李则用这种句法来抒写李训郑注谋诛宦官被杀后，诸藩观望不前，无人起兵扫清君侧的悲愤，毛泽东则用以表现无产阶级革命战士藐视帝国主义及一切反动派的斗争精神，用意迥别。“我欲因之梦寥廓，芙蓉国里尽朝晖”（七律《答友人》），上句是从李白《梦游天姥吟留别》：“我欲因之梦吴越”变化而来。而李是在梦想山水之美，毛泽东则意在说明将来美丽的远景，好像早上的太阳照射到莲花国里，显示着辉煌灿烂。[②]

4. 善于运用化静为动的艺术手法

如：“一山飞峙大江边”（《七律·登庐山》），“飞起玉龙三百万，搅得周天寒彻”（《念奴娇·昆仑》）：“山，刺破青天锷未残。天欲堕，赖以拄其间。”（《十六字令》）这些静悄悄的山，一经毛泽东之诗句的点化，都开始飞动腾跃起来。以前李白描写山水的诗，多是化静为动。[③]

---

① 黄海章：《读毛主席诗词十首》，《中山大学学报》（哲学社会科学版）1964 年第 2 期。

② 同上。

③ 同上。

黄海章说："我对问题往往通过自己的独立思考，不轻易崇拜权威。当然权威之所以成为权威，由于他有卓越的成就，但对权威决不能一味顶礼膜拜。王阳明说：'夫学贵求于心，求于心而非也，虽其言之出于孔子，不敢以为是也，而况其未及孔子者乎？求之于心而是也，虽其言出于庸常，不敢以为非也，而况其出于孔子者乎？'王阳明虽是一个唯心主义者，但这段话提倡独立思考，反对迷信权威，是值得我们记取的。"①他对毛泽东诗词研究具有个人的独到见解，十分可贵。黄海章回顾自己的研究宗旨时说："研究应该'谢朝花之已披，启夕秀之未振。'一方面，创造性是科研工作者的必要素质，学术界应提倡独立思考的精神。现在有一些'热门'如某个批评家、某个术语便有大量的文章，但许多是人云亦云，缺乏创造性。另一方面，也有人把创造性片面理解为标新立异，以为凡'新'凡'异'必好，凡旧说必欲推翻。但往往言不成理，有些翻案文章连旧说也没有完全了解，只求唱反调，这未免哗众取宠。其实'新''异'并不等于创造性。创造性必须合乎科学真理。能推翻千古定论，自创新说，又言之成理，当然很好，但这情况是极少的；如果能在前人或他人基础上把研究推前一步，或者从其他角度，用其它方法使研究更周密更深入，'前修未密，后出转精'，也未尝不包含有某些创造性。"②黄海章认为，学术创新追求术语之新、唯新是求、为新而新、片面之新，往往并不符合实际。在现有基础上求新，求角度之新、方法之新也具有创造性价值。

（二）重视精神体悟

黄海章广博通达的学养可以从他评价严羽中看出："他（严羽）以禅喻诗，其实他对于禅学全无所解，钱谦益'唐诗英华序'说：严氏以禅喻诗，无知妄论。谓汉魏盛唐为第一义，大历为小乘禅，晚唐为声闻辟支果，不知声闻辟支，即小乘也。谓学汉魏盛唐为临济宗，大历以下为曹洞宗，不知临济，曹洞，初无优劣也。他对于禅家所用的名词，还弄不清楚，更何能说到内容！禅家为教外别传，不立文字，不落言筌，本难以死法捉摸，而自证自悟，尤难以所得告人，沧浪教人一味妙悟，'惟悟乃为

① 承学：《黄海章教授谈治学》，《学术研究》1986年第4期。

② 同上。

当行，乃为本色’。究竟如何悟法，方能入妙，说来亦恍惚迷离。……说来说去，还是纠缠不清，弄不出一个明确的概念来，倒不如直接了当主张性情，标举兴趣，来反对江西诗派的末流。不知禅而妄说禅，而且以禅说诗，多见其不知自量而已！”①

黄海章对于佛禅具有深刻的见解，这与他生活经历中的体验是有关系的。据陈平原记载：“先生出世之想的时间大概不长，很快就重入红尘，先后任教梅县梅州中学、潮州金山中学，一九三六年起执教中山大学，直到以九十二高龄病逝于中大寓所。尽管先生晚年不断表示：‘蓬莱无可到，梵土亦空悬。不佛亦不仙，蔬食任吾年’（《杂诗》），我还是相信年轻时的感情体验，终其一生无法完全抹去。诗集中随处可见游佛寺感叹‘凄凉佛子家’的诗作；当年杭州灵隐寺孤僧留影，普陀山木鱼携归，或者庐山青莲寺妙岸上人之约，更是让诗人刻骨铭心，几十年后不断‘回首前尘，恍如昨梦，诗以写怀’（参见《黄叶楼诗》）。”② 黄海章学佛、入佛、事佛十分虔诚，他年轻时托词尽孝晚婚，新婚时吟诗两句“禅房作洞房，和尚变新郎”，一时传为佳话。

黄海章不立文字、直指人心的体悟式批评方式，也体现在他的文学史课堂教学之中。针对有人认为《中国文学批评简史》过于简略，还应该尽量扩充的看法，黄海章说：“我如果把我所要写的东西全部写出来，在课堂上讲授时‘照本宣科’，就得不到预期的效果。为取得教学效果起见，可以一边让学生留心教材的内容，一边把许多没有写出来的东西用口头进行讲授，或摘录一些笔记，这样，可以吸引学生，得到好的教学效果，这样教了几年，也还算马虎应付得来。”③ 黄海章的《中国文学批评简史》来自课堂讲稿，他对于何者需老师书上写、何者需老师当场讲、何者需学生读进行区分，提倡学生自主、师生互动，反对照本宣科满堂灌。

据黄海章的学生黄天骥介绍：“海老给我们讲唐诗。他身体瘦小，却声若洪钟，讲到激动处，唾沫直飞到讲坛上。他讲课的内容十分简洁，一

---

① 黄海章：《谈严羽的“沧浪诗话”》，《光明日报》1958 年 3 月 9 日。

② 陈平原：《花开花落浑闲事——怀念黄海章先生》，《读书》1993 年第 9 期。

③ 黄海章：《漫忆平生》，北京图书馆《文献》丛刊编辑部、吉林省图书馆学会会刊编辑部：《中国当代社会科学家》第五辑，书目文献出版社 1983 年版，第 323 页。

是一，二是二，多余的话，一句也没有。对一些名篇，他不作分析，往往是摇晃着身躯，高声朗诵一遍，完了便问：'哪一句最好?' 若某甲同学起来回答，不合海老的想法，他就摇头；某乙同学又站起来，说另外一句才好，海老满意了，便点头。然后说：关于对这首诗的评价，同学可以看什么什么书。这样一首诗的讲评，算结束了。"① "海老讲书，则是另外一种风格。他讲得并不动听，但很有启发。他讲诗，着重点在让学生自己体悟，而极少加上教师的意见。即使表示教师的看法，也点到为止。"② 黄海章的文学教学尊重学生个人主观感受的独特性，不以标准答案为约束，实际上维持了文本的开放性和未完成性。正如陈平原所说，黄海章的研究方法，"这种重体悟能自得而不大重书本重理论的倾向，仍可能暗含玄机。先生的这种学术路数，与近代以来日渐专业化的大趋势格格不入，故在学界显得有点'落伍'。好在先生从不追新潮，政治上、学术上都力戒'从风而靡'，而是追求'内有定见，外有定力'"。③

（三）知人论世的历史主义方法

针对《沧浪诗话·诗辨》，黄海章评价说："大体说来，沧浪原本性情，主张兴趣，反对江西诗派之掉书袋，发议论，在当时来说，是有其进步性的。可惜这种主张，偏而不全。而其最大的毛病，是以为时代愈后，诗道愈衰。大历不如盛唐，晚唐又不如大历。强执时代的先后，以为盛衰的界限，这样推演下去，是一代不如一代，最好是返诸诗经三百篇以前。这种看法，是完全违反文学发展的规律的。他又说：诗之是非不必争，试以己诗置之古人诗中，与识者观之而不能辨，其真古人矣。（《沧浪诗话·诗法》）他不知道做一个'真古人'，便要完全丧失了'自己'。我有我所处的社会环境，我有我自己的生活遭遇，我有我自己的思想感情，发为诗歌，使有我自己的特殊的内容与风格，何必要做一个'真古人'？又何能勉强做一个'真古人'？沧浪可不是说诗所以吟咏性情么？做一个'真古人'，试问'真性情'何在？这简直是自陷矛盾而已！"④

---

① 黄天骥：《人淡如菊——记黄海章教授二三事》，《中大往事》，南方日报出版社 2014 年版，第 222 页。

② 同上。

③ 陈平原：《花开花落浑闲事——怀念黄海章先生》，《读书》1993 年第 9 期。

④ 承学：《黄海章教授谈治学》，《学术研究》1986 年第 4 期。

黄海章上述研究路径，也可以从他后来的治学经验总结中来了解。他认为："研究中国古代文学理论有许多方法，但总结起来不外'史''论'两种。'史'的方法就是把研究对象放在具体的历史环境里去考察，探求其真正的历史面目和本来意义，尽量避免渗入主观臆测。这就要求研究者要占有大量第一手资料，而且要了解其广泛的历史文化背景，了解批评家的思想生平，知人论世。'史'的方法是最基本的工作，也是最实在的功夫。'论'则是从我们今天的眼光去评价古代文论，可以有自己言之成理的见解。用现代的理论去探讨批评对象在历史上与今日的意义和作用，但并不是用今人的标准去贬低或者拔高它们。现在有些理论文章，写得很漂亮，但却缺乏扎扎实实的史的功夫，主观色彩很浓，往往浮光掠影，有些人连原意都搞错了，有的则断章取义，其结论是靠不住的。也有的人喜欢夸大其词，把自己的意见强加在古人头上，搞古人现代化，把古人说得比今人还高明，这是不科学的。"① 黄海章并不是一般性地反对理论预设，而是强调史实的基础性，反对理论先行和过渡的主观阐释。有些人往往夸大其词拔高古人，他认为并不科学。

（四）区分文学的学术性与功利性

黄海章的文学观点与国家意识形态有吻合一致之处，但是他并非简单顺从政治风向，而是有着个人的独立思考。对于古典文学教学的现实功用问题，黄海章明确指出，在古典文学教学中不可能出社会主义之新。

1964 年，戏剧界提出"推封建主义资本主义之陈，出社会主义之新"的观点，即"过去所演古典的戏剧，不出'帝王将相、才子佳人'的范围，不能反映当前伟大的社会主义建设，所以大力提倡现代剧，来反映建国十四年来伟大的新人新事"。那么，在中国古典文学史的教学中是否能贯彻这种方法？当时有两种看法：第一，"如能运用马克思列宁主义的文艺观点，阶级分析的方法，把古典文学加以深入分析批判，剔除其封建性的糟粕，吸收其民主性的精华，就能'出社会主义之新'"。第二，"运用历史主义、辩证唯物主义来研究中国古典文学史，写成一部新的、合乎现代社会要求的教材，也就是'出社会主义之新'"。②

---

① 承学：《黄海章教授谈治学》，《学术研究》1986 年第 4 期。

② 黄海章：《在古典文学教学中不可能出社会主义之新》，《学术研究》1964 年第 2 期。

对于上述观点，黄海章表示了鲜明的反对意见。他的理由是：前一种说法“推封建主义之陈”，诚然做到了，但吸收过来的“民主性的精华”部分，亦只是成为“民主性的精华”而已。那些“民主性的精华”，在社会主义的建设时代，亦能有“借鉴”作用，但是否这样就算“出社会主义之新”，可以反映当前伟大的社会主义建设呢？后一种看法“推封建主义之陈”，也诚然做到了，但所写成新的、合乎现代社会要求的教材，也只能做到以新的观点，处理旧的材料，里边虽然有不少新的见解，但也只限于处理旧的材料的范围而已，是否这样就算反映了当前社会主义伟大的建设？就成为“出社会主义之新”呢？[①]

黄海章认为对于能否“出新”，要根据不同的学科区别看待。他说：“我以为在创作小说，尤其是创作现代剧方面，可以达到这种要求，至于研究中国古典文学史，范围既然是‘古典’的，能真正做到‘剔除其封建性的糟粕，吸收其民主性的精华’，便算完成了任务。那些经过深入批判得来的‘精华’，也可算是推陈出新，但决不能说‘出社会主义之新’；也决不能以‘出社会主义之新’，在古典文学史中来达到这种要求。”[②] 可见，他认为古典的学问与满足现代所需要的“社会主义之新”，即功利性需求，应该区分开来。黄海章具体分析道：“我以为在教学方面，须分别课程的性质，来作不同的要求。教中国古典文学史的，范围既然限于古典，无论有若何新的见解，在当前的社会，能起一种作用，也不能成为‘出社会主义之新’。至于研究‘甲骨文’、‘金文’一类的‘古文字学’，也未尝不可以拿出新的见解来，但距离‘出社会主义之新’更远。如果用同一的尺度，对不同性质的课程，作同一的要求，我以为是无法达到的。”[③] 黄海章并没有明说的是，出“社会主义”之“新”是一种政治要求，如果以此为标准去裁剪古典文学，则难免指鹿为马，歪曲古典文学的本来面目。

按照当时学术研究政治正确的要求，从古代文学研究中提取可以为社会主义服务的思想观念与情感取向，是当时“古为今用”的需要。但是，黄海章坚持认为在古典文学教学中不可能出社会主义之新，在当时提出这

---

① 黄海章：《在古典文学教学中不可能出社会主义之新》，《学术研究》1964 年第 2 期。

② 同上。

③ 同上。

一观点是需要学术勇气和学人品格的。

（五）学术个性与言说风格的统一性

黄海章的《中国文学批评史》简明扼要，要言不烦，不仅是上面所述为了满足课堂教学的需要，实际上也是个性使然。他说："我平生治学，重在捃摭要义，挈领提纲，往往失之'粗枝大叶'，但比较'博而寡要，劳而少功'的，似乎稍胜一筹。""现在人写文章，喜欢长篇大论，下笔万言，犹嫌太短，我以为为节省读者时间起见，似乎还可以精简一些。"[①] 1958 年 3 月 9 日，《光明日报》发表了黄海章的《谈严羽的"沧浪诗话"》，该文体现了黄海章"捃摭要义，深入浅出"的文学批评风格与旨趣。

黄海章针对严羽作"沧浪诗话"以禅喻诗，以为："禅道惟在妙悟，诗道亦在妙悟。孟襄阳学力，下韩退之远甚，而其诗独出退之之上者，一味妙悟而已，惟悟乃为当行，乃为本色。"他评价道："韩退之的诗，好卖弄学问，好发议论，好驱使险韵，和孟襄阳之平淡天真，风格迥然不同。严羽尊孟而抑韩，是以为襄阳的诗由深思自得而来，而非根本于学问。他的主旨，是在反对当时盛行的江西诗派，使诗的创作，归于含蓄，而有一唱三叹之风。"[②] 三言两语，条分缕析，如老吏断狱，区分差异，追根溯源，切中要害。黄海章评价江西诗派说："这一派的诗，从它的好处看来，是雄大、劲健、拗折、沉郁，有杜甫之余风，而其短处，是在于驱使才学，驱使议论，驱使典故，有韩愈之僻涩险怪，无一唱三叹之音。而且以为诗是局限于书本中，而忽视了作者的真性情。"[③] 点评到位，干脆爽利，体现了批评者深刻的识见与涵养。

黄海章的上述风格特征，可以从他自己的治学心得中得以印证："文章有深入浅出、深入深出、浅入浅出，浅入深出之分。我以深入浅出为最上乘，浅入深出最无谓。"[④] 黄海章的文学批评不仅有风格上的独特性，也是一种"深入浅出"研究方法与表述方式的体现。

---

① 黄海章：《漫忆平生》，北京图书馆《文献》丛刊编辑部、吉林省图书馆学会会刊编辑部：《中国当代社会科学家》第五辑，书目文献出版社 1983 年版，第 323 页。

② 黄海章：《谈严羽的"沧浪诗话"》，《光明日报》1958 年 3 月 9 日。

③ 同上。

④ 承学：《黄海章教授谈治学》，《学术研究》1986 年第 4 期。

（六）时代风潮中保持个性独立

黄海章在中山大学耕耘近半个世纪，桃李无数，名满天下。校友们称颂："先生冲淡温良，虚怀若谷，对门生一视同仁，对学业循循善诱，赢得全校爱戴，感情历久不衰，迄今桃李相逢，无不以海师为念也。"[①] 黄海章不仅为师为学受人敬重，他独立的人格姿态也体现了学者的独立和尊严。吴承学回忆黄海章的思想境界道："他强调治学需要高尚的人格，牵于名缰利锁见风使舵的人不可能有真正的学术成就。他喜欢用韩愈的话来勉励我们：'无望其速成，无诱于势利，养其根而俟其实，加其膏胥而希其光。根之茂者其实遂，膏之沃者其光晔。'"[②]

黄海章性格耿直狷介，治学严谨，绝不仰人鼻息，随波逐流。他认为："科学研究也需要高尚的品质，决不从风而靡。他说，在'四人帮'横行之时，出现一些'风派'文人，不惜改变自己一贯见解来迎合'四人帮'，'四人帮'垮台后，乃成为众矢之的。'风派'文人，喜欢观风察色，自以为永远站在时代的前头，殊不知风头一转，他不得不因风转舵，又不免落在时代的后头了。这样变来变去，便成为无行文人。这种人完全为利欲所驱使，自然不会有真正的学术成就了。"[③] 他对这样的风派文人大为不屑。黄天骥回顾道："海老对外面的风风雨雨，当然是不解的。他足不出户，却对是是非非，非常清楚，而且敢于坚持自己的看法。有一次，有位知名学者受了上头的委托，大写'评法批儒'的大批判文章。此公一时名满天下，炙手可热。他误上贼船，身不由己。知识分子既迂又软容易忘乎所以的习性，使他真的挖空心思为'四人帮'的理论效力。为了评说'法家'的传统，他想到了汉代的重要思想家王充。而对王充思想如何阐述，却未有把握，便'降贵纡尊'，请教海老。海老一听他说要把王充定为法家，猛摇其头，坚持王充是儒家，并且认为儒家不应该受到批判。他以自己的良知，坚持真理。那位学者告诉他这是政治需要，请他帮忙，海老就是不肯。该教授不得要领，只得悻然离去。"[④]

---

① 黄海章：《黄叶楼诗》，旅港梅州中学校友会，香港印刷，1986 年，第 1 页。

② 吴承学：《我们缺少的是自由思想与独立人格》，《南方都市报》2013 年 12 月 12 日。

③ 承学：《黄海章教授谈治学》，《学术研究》1986 年第 4 期。

④ 黄天骥：《人淡如菊——记黄海章教授二三事》，《中大往事》，南方日报出版社 2014 年版，第 224 页。

黄海章说："我在十年动乱中虽然没有进入'牛棚'，然而汲汲遑遑，精神上受到不少刺激。又由于'四人帮'横行，硬要教育界和十七年前对着干……"① 20 世纪 70 年代初，黄海章写有《闭关》一诗，表达了在政治肆虐的时期，个人的精神独立："颂酒未能聊瀹茗，藏书不读且看山。鹃花落尽人非故，万绿摇天自闭关。"他曾经创作《一九七六年》表达喜悦的心情："地动天摇日，风号鬼啸年。唐山卅万众，一霎化飞烟。'四害'横中夏，群生堕九渊。豁然妖雾净，日涌万山巅。"

结合黄海章不同时期的研究成果进行整体分析，可以把握他思想观念的转型与嬗变。黄海章在新中国成立之后接受了某些具体的政治观点，例如阶级论、反映论等，但是基本的学术原则和方法并未改变，而且表现得更加坚定。

从陈平原所说的当代学术史上的"隔代遗传"现象，可以发现黄海章及其一代人学术思想的远因与近果。陈平原认为，20 世纪八九十年代的中国学术有一种"隔代遗传"的现象。"八十年代的我们，借助于七八十岁的老先生，跳过了五六十年代，直接继承了三十年代的学术传统。比如，我在中大、北大念书时，先后接触了容庚、王季思、黄海章、吴宏聪、王瑶、林庚、吴组缃、季镇淮等一大批老教授，他们大都曾就读于二十世纪三十年代的北京大学、清华大学、中央大学，或抗战中的西南联大。因为历次政治运动的冲击，他们没办法很好地表现；改革开放以后，他们在学术上'重新焕发青春'。这不是比喻，是写实。这些老先生，无论做人还是治学，一下子回到了三四十年代。注意，不是回到强调思想改造的五六十年代，而是回到最初接受学术训练的三十年代。抗战前，中国的大学已经很成样子，数量不多，但质量很好。那个时候活跃在大学校园的诸多人文研究方面的大家，他们的业绩，今天仍然很难企及。学生更是如此，那个时候的大学毕业论文，比今天的硕士论文还好。这就难怪，八十年代的学术，不屑于承继五十、六十、七十年代，而是回到三十年代。"② 其实不止是北京大学存在这种现象，每一个人文传统深厚的大学都是如此，例如复旦大学、南京大学、武汉大学、北京师范大学、华东师

① 黄海章：《漫忆平生》，北京图书馆《文献》丛刊编辑部、吉林省图书馆学会会刊编辑部：《中国当代社会科学家》第五辑，书目文献出版社 1983 年版，第 322 页。

② 陈平原、查建英：《陈平原访谈：关于八十年代》，《社会科学论坛》2005 年第 6 期。

范大学等名校，一些硕果仅存的老教授备受学生尊崇。因此，理解 80 年代学术史的精神背景，有必要联系民国学术传统的跨代影响。陈平原的“隔代遗传”说勾勒了一幅弥补文化断层、接续学术香火的图景。他的具体理由是：“第一，这些人大都受过较好的中学、西学的训练，是正规军，不是游击队，跟日后那些靠大批判起家，或者从大批判入手接受高等教育的，无论学养还是境界，都大不一样。只是由于长期的压抑，他们很可能著述不多，或名气不是很大。第二，由于早年良好的教育，加上长期的生活磨炼，这些人大都有一种睿智，一种人格魅力。这点很重要，从他们身上，年轻一辈学得的，主要不是具体知识，而是治学态度，以及所谓的学术精神。第三，我们接触这些老先生们时，彼此之间不构成竞争，没有利益冲突，因此很容易推心置腹。他们早就成名了，也乐意提携年轻人，当伯乐。老少之间，思想比较接近，学术上也谈得来，没有多少隔阂，这样，一下子就回去了。再说，老先生们年纪大，地位高，碰到风浪时，仗义执言，这点让我很感慨。或许是经历过的事情太多了，加上无所求，‘无欲则刚’嘛。”① 这一批老先生老树新枝，晚年焕发青春光彩，培养了大批 80 年代的青年学者。

1949—1976 年的文学创作与学术研究由于承受着过于沉重的政治压力，因而与主导思想悖逆的言论思想往往很难出现高水平的学术成果。当下的研究者对这一时期的人物的评价，通常有两个较为偏激的看法。一是过多责难当事人及其研究成果顺从外部意志而缺乏个性和新意。二是将注意力过多集中在挖掘当事人及其成果的叛逆性因素。这两种看法都流于简单片面，还是回到历史现场，避免过分贬低和拔高，实事求是、知人论世较为妥当。除了个别特例以外，求全责备其平庸与过度夸大其独特都远离其本来面目。从当代文学批评史视野来审视黄海章的文学研究生涯，有必要实事求是厘清黄海章的学术特色、成就与贡献，并且将这一精神财富化为当代文学研究的资源。同时，也需要不为尊者讳，理解批评者和观念的时代局限。

① 陈平原、查建英：《陈平原访谈：关于八十年代》，《社会科学论坛》2005 年第 6 期。

第三节 钱锺书《宋诗选注》的诗学思想

钱锺书是20世纪中国学院派学者的典型，他的思想观念的变动鲜明反映了时代风气的影响。考察《宋诗选注》的成书过程以及当时的批判言论，可以弄清楚钱锺书受当时哪些批评规范的影响，从而厘清到底哪些观点遵循了当时的批评标准，哪些观点又勉为其难地进行了折中的妥协。了解钱锺书文学批评思想的时代烙印，理解一个学者在被政治扭曲的同时又做了何等个性意义的坚守。

一 钱锺书编撰《宋诗选注》的因缘

钱锺书之所以编撰《宋诗选注》有如下三个缘由：

第一，因文学所所长郑振铎的指示，钱锺书从清华大学调入中国科学院文学所，被评为该所仅有的三位一级研究员，另两位是俞平伯和何其芳。随后，郑振铎请钱锺书主持科学院选注宋诗的科研工作。钱锺书在《宋诗选注》的序言中写道："假若没有郑振铎同志的指示，我不会担任这样一项工作。"[①]《宋诗选注》的序言和部分评语曾先后在《文学研究》上发表，版权页上写明是1958年9月全书出版。遗憾的是，郑振铎10月因公牺牲，没有亲眼看到该书的问世。

第二，郑振铎之所以亲自点将请钱锺书编选宋诗，十分倚重他在这方面的造诣。邓绍基回忆说："郑振铎的'点将'又是必然的安排。钱先生在1981年接待潘耀明先生访问时，说起当年陈石遗先生对他'过奖'，陈石遗先生是郑先生的乡前辈，于是郑先生'就有了一个印象，以为我喜欢宋诗'。说来十分谦虚。但郑先生却曾说过宋诗选注工作非钱锺书莫属的话。他还说过大意是这样的话：五四以来的学问家中，广泛而深切认识并探究宋诗的人寥寥可数，人才难得。郑先生这些话是我间接听到的，但我却亲闻钱先生不止一次说过的话，他说：就对宋诗版本的熟悉程度而

① 钱锺书：《宋诗选注》，三联书店2002年版，第25页。

言，他不如郑振铎先生。”[①] 郑振铎与钱锺书都是宋诗研究大家，二人惺惺相惜，后者的成就直接受益于前者的授意。

第三，钱锺书在诗歌创作上效法宋诗，在研究上对宋诗也有独到理解。钱锺书的同窗好友吴忠匡曾询问他的学诗过程和对自己诗作的评价，钱锺书回答说：“19 岁始学为韵语，好义山、仲则风华绮丽之体，为才子诗，全恃才华为之，曾刻一小册子。其后游欧洲，涉少陵、遗山之庭、眷怀家国，所作亦往往似之。归国以来，一变旧格，炼意炼格，尤所经意，字字有出处而不尚运典，人遂以宋诗目我。实则予于古今诗家，初无偏嗜，所作亦与为同光体以入西江者迥异。倘于宋贤有几微之处，毋亦曰唯其有之耳。自谓于少陵、东野、柳州、东坡、荆公、山谷、简斋、遗山、仲则诸集，用力较劬，少所作诗，惹人爱怜，今则用思渐细入，运笔稍老到，或者病吾诗一‘紧’字，是亦知言。”[②] 从钱锺书的夫子自道可以看出，他对于宋贤诸人“炼意炼格”、“用力较劬”，这些深厚造诣为日后的编选工作打下良好的铺垫。

二 钱锺书的选诗标准

1955—1957 年，在郑振铎、何其芳、王伯祥等人的支持下，钱锺书完成了具有重要学术价值的《宋诗选注》。他在北京大学图书馆和文学研究所图书数据室“晨书暝写细评论”，足足“饱蠹”两年，涉猎甚广，选材极精。据杨绛介绍，“钱先生作《宋诗选注》时，工作量很大。他没有从选本到选本，而是从各类总集、别集中直接选诗，几乎把宋人集子都看完了”。[③] 编选《宋诗选注》的同时，钱锺书正在再度修订他的《宋诗纪事补正》，后者是前者的基础，也是重要的补充。“《宋诗纪事》旨在搜集别集以外佚诗和无别集传世的作家作品，因而初具《全宋诗》的性质；钱先生的《宋诗纪事补正》旁搜远绍，出入书海，后出转博转精，实际

① 邓绍基：《斯世当以同怀视之——记中国社科院文学所前辈学者之间的情谊》，《光明日报》2003 年 10 月 15 日。

② 吴忠匡：《记钱锺书先生》，见李明生《文化昆仑：钱锺书其人其文》，人民文学出版社 2000 年版，第 47 页。

③ 王水照：《钱锺书先生与宋诗研究》，《文汇报》2002 年 4 月 6 日。

上做的也是《全宋诗》编纂工作。"[1] 正是因为在全面编撰宋诗的基础上来编选《宋诗选注》，钱锺书所掌握的宋诗文献既广且深。

钱锺书的《宋诗选注》序言是长篇的宋诗研究论文，具有独特的文学见解，他阐述了自己制定的六条选诗标准：

> 押韵的文件不选，学问的展览和典故成语的把戏也不选。大模大样地仿照前人的假古董不选，把前人的词意改头换面而绝无增进的旧货充新也不选；前者号称"优孟衣冠"，一望而知，后者容易蒙混，其实只是另一意义的"优孟衣冠"，所谓："如梨园演剧，装抹日异，细看多是旧人。"有佳句而全篇太不匀称的不选，这真是割爱；当时传颂而现在看不出好处的也不选，这类作品就仿佛走了电的电池，读者的心灵电线也似的跟它们接触，却不能使它们发出旧日的光焰来。[2]

笔者以为钱锺书的宋诗选学观主要有如下几个特点：（1）强调诗歌的境界和意趣；（2）反对诗歌成为负载学问与典故的木乃伊；（3）讲究内容与形式的完美统一，而非简单的形式模仿；（4）注重诗歌内容与形式整体的完美和谐；（5）讲求诗歌的时代感和情感共通性，从接受与现实影响来审视其当下价值。正如夏承焘评论："如果选宋诗而不以一部《宋诗钞》和一部《宋诗纪事》作材料为满足，那么，就必须认真地在搜辑辨析上做一番功夫，这不是一件容易事。"[3] 钱锺书的高明之处，在于他独具艺术的慧眼，抓住了诗歌本身的意趣与艺术形式的独创性价值，以个人诗歌品藻的赏鉴心态，"把客观标准和主观好尚一致起来，不为前人所牵制，'爱而知其恶，憎而知其善'，这尤非有深厚的艺术修养和独到的见解不可"。[4] 夏承焘既是诗人也是词学大家，他的评价可谓深知甘苦的中肯之论。

钱锺书引用毛泽东的话说："宋人多数不懂诗是要用形象思维的，一

---

① 王水照：《钱锺书先生与宋诗研究》，《文汇报》2002 年 4 月 6 日。

② 钱锺书：《宋诗选注序》，《文学研究》1957 年第 3 期。

③ 夏承焘：《如何评价〈宋诗选注〉》，《光明日报》（《文学遗产》栏目）第 272 期，1959 年 8 月 2 日。

④ 同上。

反唐人规律，所以味同嚼蜡。"[1] 然而，他在具体的文本赏析中并非简单套用领袖的观点。钱锺书说："整个说来，宋诗的成就在元诗、明诗之上，也超过了清诗。"[2] 他对苏轼、梅尧臣等人诗歌的评价，恰恰肯定了他们的形象思维。例如，评价苏轼道："他在风格上的大特色是比喻的丰富、新鲜和贴切。"[3] 为梅尧臣的《田家》做出如下注解："这首诗借用两个古人的名句……梅尧臣把他们的话合在一起来写农民的贫困，仿佛移花接木似的，产生了一个新的形象。"[4] 尽管受到当时政治批评观念的约束，但是钱锺书以严谨的学术良知、渊博的中西学养、通达的睿智卓识，在思想突围中一定程度上体现了个人的性情与识见。也正是因为个人批评观念与时代规范之间的抵牾，《宋诗选注》出版之后毁誉交加，莫衷一是。

三 对《宋诗选注》的负面评价

据杨绛记载：1957 年春，"大鸣大放"正值高潮，钱锺书的《宋诗选注》刚脱稿，他因父亲生病赴湖北省亲，在路上写了《赴鄂道中》五首绝句。从其中三首可以了解时代气候与著者心态。

> 晨书暝写细评论，诗律伤严敢市恩。碧海掣鲸闲此手，祗教疏凿别清浑。
>
> 弈棋转烛事多端，饮水差知等暖寒。如膜妄心应褪净，夜来无梦过邯郸。
>
> 驻车清旷小徘徊，隐隐遥空碾薄雷。脱叶犹飞风不定，啼鸠忽噤雨将来。

钱锺书诗以明志、幽微心意的传达十分隐晦，本难为外人道也。第一首写编撰的过程和心志。杨绛解释说："后两首寄寓他对当时情形的感

① 钱锺书：《宋诗选注》，人民文学出版社 1989 年版，第 7 页。
② 同上书，第 10 页。
③ 同上书，第 61 页。
④ 同上书，第 15 页。

受，前一首专指《宋诗选注》而说，点化杜甫和元好问的名句（‘或看翡翠兰苕上，未掣鲸鱼碧海中’；‘谁是诗中疏凿手，暂教泾渭各清浑’）。据我了解，他自信还有写作之才，却只能从事研究或评论工作，从此不但口‘噤’，而且不兴此念了。”① 新中国成立之后，钱锺书迫于无奈，从卓越多才的作家转型为学院式的学问大家。1949 年之后社会急剧转型导致知识分子身份认同的焦虑与压抑，沈从文也做出了同样的改弦更张的选择。

许景渊知人论世、细揣诗人心境，他解读后两首诗说：“‘反右’之大潮即将到来，山雨欲来，风满高楼，一时人心惴惴，诗中‘脱叶’‘啼鸠’句喻知识分子之心态也。‘邯郸无梦’‘妄膜尽褪’则言先生胸怀高旷，超然物外，妄念全消，自不致再堕尘劫矣。足徵诗人颖悟，见微知著，故能摆脱尘烦，得非所谓机动心应者乎？”② 钱锺书曾在 1986 年 4 月把上述后两首诗写赠给好友吴忠匡，以纪念吴在“反右运动”里的遭遇。吴忠匡解读道：“‘脱叶’二句尤其形象地表示‘放’而将‘收’前夕的知识分子状态。”在时代风潮中，个人命运犹如“脱叶”聚散飘零，何去何从，不能自主。“确如诗中所说，已是妄心全息，不作‘黄粱美梦’，无分别、计度之心。”③ 钱锺书明白自己的处境，在历次政治运动中小心谨慎，自觉地通过疏离潮流以自保，其批评观念在政治性与文学性之间保持一定的平衡，体现了他的大智若愚与举重若轻。

1958 年《宋诗选注》由人民文学出版社出版，列入“中国古典文学读本丛书”。此时的中国社会政治热情空前亢进，社会盛行以政治标准取代艺术标准。虽然毛泽东曾提出“百花齐放，百家争鸣”的方针，其中包括“艺术上不同的形式和风格可以自由发展，科学上不同的学派可以自由争论”④ 的内容。而实际上，由于频繁的批判运动，“自由讨论”的空间被挤压了；相反，学术上的是非往往直接用政治批判的方法来解决。

---

① 杨绛：《记钱锺书与〈围城〉》，《名作欣赏》1992 年第 2 期。

② 许景渊：《从钱锺书先生学诗散记》，牟晓朋、范旭仑编：《记钱锺书先生》，大连出版社 1995 年版，第 9 页。

③ 吴忠匡：《记钱锺书先生》，转引自李明生《文化昆仑：钱锺书其人其文》，人民文学出版社 2000 年版，第 36 页。

④ 毛泽东：《关于正确处理人民内部矛盾的问题》，《毛泽东选集》第 7 卷，人民出版社 1999 年版，第 229 页。

1958年，举国上下“大跃进”，学术界掀起“拔白旗，插红旗”的运动，批判所谓具有资产阶级学术观点的“白旗”。文学所郑振铎、钱锺书、孙楷第、李健吾、杨季康等受到大字报的点名批判。《宋诗选注》遭到学术界内部激烈的批判。[①]《光明日报》第六版“文学遗产”专栏发表了钱锺书当时的同事，即文学所晚辈学者的文章，他们集中批判了《宋诗选注》的文学观念。总的说来，这些批判性的观点认为，钱锺书文学思想上的问题集中体现在资产阶级唯心主义和形式主义两方面。

文学所青年学者胡念贻认为：“钱先生在主观意图上也是想使在文章里面有一些精辟的见解，也想解决一些问题，也想使读者对宋诗的面貌有一些真正的了解。但是，由于资产阶级唯心主义的观点限制了他，客观上不仅不可能达到这样的一些目的，而且相去还很远。”[②] 胡念贻的理由是，钱锺书在谈到如下三种“反映方式”的时候，体现了思想上的混乱状态。“三种反映方式”中第一种“方式”是说诗歌里面如实地反映了某一具体历史时代的某一件具体历史事实。第二种“反映方式”说“诗里写的事情在当时并没有发生而且也许不会发生”，是通过诗人想象反映出来的，文章里面举了范成大的“州桥”为例。第三种“反映方式”说“宋末元初有些人的心理是：要是不能抵抗蒙古人的侵略，就希望找个桃花源去隐居，免得受异族的统治”。文章里面举了萧立之的“送人之常德”为例，这首诗反映了希望真有一个世外桃源。胡念贻认为，首先，这“三种反映方式”列在一起是并不相类的。其次，“怎样反映”的问题也并没有谈清楚；宋诗里面究竟反映了些什么，这问题并没有认真回答。因此，胡念贻的结论是：“在谈到宋诗的思想内容时，钱先生不正面谈这个问题，却去谈‘三种反映方式’和宋诗里面没有反映的东西，这说明什么？这说明钱先生虽然想谈这个问题，但他的资产阶级唯心主义观点在遇到这个问题时，感到无能为力，感到很窘涩，只好把这样一些东西拿出来谈。这已经显得很混乱了。谈的时候对于一些一般的理论问题没有弄清楚，把不同性质的东西列在一起称为‘三种反映方式’，混乱之中又有混乱。这里充分表现了，离开马克思列宁主义观点，想凭借一点唯心主义的东西来解决

---

① 本论题的相关材料参考了刘中国的《钱锺书：20世纪的人文悲歌》，花城出版社1999年版。

② 胡念贻：《评“宋诗选注序”》，《光明日报》1958年12月14日。

问题，是会弄得窘态毕露的。”[①] 姑且认为钱锺书的“三种反映方式”的归类有失妥当的话，但是，据此认为他“离开马克思列宁主义观点，想凭借一点唯心主义的东西来解决问题”，似乎太上纲上线，至少是有些牵强。从批评者意图来看，在当时的大批判氛围中，抓到了“唯心主义”这个政治上敏感的哲学问题，十分符合批评导向的要求。

胡念贻的结论是，第一，“如果说钱先生在这篇文章的第一部分的特点是企图用一点马克思列宁主义观点，不过由于没有真正掌握，弄得思想混乱的话，第二部分的特点却是索性抛开新的观点回到他的旧有的资产阶级形式主义观点的体系中去了”。第二，“尽管钱先生口口声声反对形式主义，实际他的观点是形式主义的观点。反对形式主义，只好把宋诗都‘批判’掉，因为他把宋诗都看作形式主义的了。本来是爱好宋诗，而且选注宋诗，要向读者推荐的，结果却把它否定了，这是多么难于理解的事情，这就是钱先生的资产阶级唯心主义所弄出来的结果。”[②]

黄肃秋评论钱锺书先生的《宋诗选注》时认为，“发现这是目前古典文学选本中的一面白旗，这是钱锺书先生《谈艺录》的超阶级的唯心主义的观点的继续发挥，这是抽掉了作品思想内容专门从诗体演变上来选诗、解诗的形式主义的表现”。黄肃秋的论据是，“钱锺书先生把整个力量都花在对流派的叙述上，字法句法的探源索隐上去了。而对于十分重要的这些诗产生于什么样的社会背景中，反映一个什么思想内容，却是避而不谈”。“钱锺书先生评选作品的标准是形式主义的，没有充分注意到作品的思想内容。”“他所以一再陈述的只有‘艺术形式’；也只有艺术形式，才可以使钱先生在‘谈艺录’的基础上再来谈一次‘艺’，进而成为艺术至上主义，这不是很明显的吗？”

黄肃秋认为，正是因为钱锺书文学研究资产阶级唯心主义、形式主义的思想，他应该选文天祥的诗歌而没有选，他把王安石的在学士院中值班的诗选上了，却不选他的“寄王逢原”和“绝句”。梅尧臣的“村豪”，王禹称的“感流亡”都没有选。还有一个重要的问题，他放过了南宋遗民的诗。“像谢迭山、郑思肖、林景熙、游古意等人的作品，都充满了高度爱国主义和现实主义的精神，但也由于钱先生以艺术标准代替了政治标

---

① 胡念贻：《评“宋诗选注序”》，《光明日报》1958年12月14日。

② 同上。

准，以个人兴趣、爱好代替了党在古典文学方面取其精华去其糟粕的方针，因而也就没有给予上述这些伟大诗人以选入的机会。”[①]

黄肃秋对《宋诗选注》有两处肯定。第一，“‘宋诗选注’虽然存在着严重的问题，但编选者把较大的篇幅放在陆游（共选 27 首）的作品上，对‘江西派’的开山祖师黄庭坚却只选了三首；这还是值得肯定的”。可见黄肃秋的称赞来自他对爱国主义诗歌的重视。第二，“某些注文花了较大的劳动力，对于‘研究者’还有一定的用处，这也必须加以指出”。[②] 这里黄肃秋轻描淡写地指出了该书的价值。

周汝昌首先肯定了该书的价值。他说：“序言最大的功劳，恐怕就是大力攻击批判了宋诗的‘以抄书当作诗’的流弊，以挦撦、拆补、剐剥、剽窃、‘脱换’的形式主义的手法代替创造，使作品远离生活现实。这种批判在个别作家名下的简评里，也是可以看得到的，是全书的一个优点。”

周汝昌认为该书存在的问题是：

第一，“总起来看，正如序言所表现的，全书虽然也谈政治内容，但是谈得很不够，远不如谈艺术来得津津有味、头头是道，结果，还是艺术压倒了政治，实际上还是脱离政治，脱离现实。谈艺术，也有很大的片面性和孤立性，结果歪曲了宋诗的真正面貌和价值”。

第二，“作注释，大量推荐了不必要的东西，而给读者对象解决问题、为读者服务的地方并不够（注释中学术性的问题本文暂不涉及），注者替自己所批判的东西起了推波助澜的客观效用，实际上是宣扬这些应当批判掉的东西。讲‘变化’讲‘流派’，也只看到‘某一个意思写得比唐人透彻，某一个字眼或句法从唐人那里来而比他们工稳’，‘艺术的整个方向上没有什么特殊的转变’，只看到‘风格意境’的落在杜、韩、白、贾、姚等唐代诗人的‘势力圈里’，只看到‘古典主义’的‘偏重形式’，而不从现实主义和反现实主义的分流、斗争、转化去看问题，结果，成为艺术风格决定论。所有这些，都见出贯串在本书中的一条资产阶级文艺思想的线路是如何明显。因此，批判这些思想，不但对研究宋诗具

① 黄肃秋：《清除古典文学选本中的资产阶级观点——评钱锺书先生“宋诗选注”》，《光明日报》1958 年 12 月 14 日。

② 同上。

有重要意义，对研究整个古典诗歌也是有其重要意义的”。[①]

上述批评者大多系文学所的年轻学者，虽然表面上看，他们的观点似乎与钱锺书水火不容，但在态度上还是温和的，以“钱先生”相称，并未将对方视为思想上的敌人；在论证方式上，政治批评观先行，难免先作结论再找论据，强作解人。如果认为这些白纸黑字就完全等同于批判者个人的真实心意，则未免因为脱离政治语境而有失公允。迫于当时的政治形势，这些批判文字带有某种应付、表态的意味。至于批评者个人背后无法明说的精神困窘，还有待批评史研究者进行历史主义分析。

何其芳看到，老所长郑振铎竟然也成了全所批判对象，感到吃惊，他不同意这种做法。他认为“拔白旗、插红旗”运动，对贯彻“双百”方针不利，不同意那种乱扣帽子的大字报。何其芳要求，对钱锺书、孙楷第、李健吾、杨季康等学术批判，只限在古代组、西方组进行。[②]

四　对《宋诗选注》的正面评价

与国内学界对《宋诗选注》口诛笔伐形成对照的是，就在同一时期日本汉学泰斗吉川幸次郎、小川环树对《宋诗选注》评价很高。据日本学者内山精也介绍：汉学权威小川环树早在1957年，当此书的部分诗人评论和《序》在《文学研究》上选载时，就密切注意，并期待全书的出版；1958年此书出版发行后，他随即在《中国文学报》（第十册）上发表书评，给以热情的高度赞扬。他说：“我们以期待的心情迎接此书，我又以其完全没有辜负我们的期待而感到喜悦。”“这是一本从不同于前人的角度出发来对宋诗进行全面观察的书，它的注释和‘简评’都特别出色。这本书的出现，大概宋代文学史很多部分必须改写了吧。”它“可以说是迄今为止全部选本中最好的”。因为“这个选本，冲破了选宋诗的重重难关，无论在材料的资取上，甄选的标准上，作家的评骘上，都是以使读者认识到宋诗的面貌，它的时代反映和艺术表达，它所能为我们今天欣赏和接受的东西”。他还对未选《正气歌》作出赞同的评价，认为：钱氏发现，文天祥被蒙古军逮捕以前和被捕以后的作诗的态度有了很大的变

---

① 周汝昌：《读“宋诗选注”序》，《光明日报》1958年12月28日。

② 王平凡口述，王素蓉整理：《文学所往事》，金城出版社2013年版，第295页。

化，以前的诗是平凡的，被捕后的诗则多有情感沉痛的好作品，会不会钱氏认为《正气歌》虽然沉痛，却还算不上好作品。①

身处日本的小川环树无需顾及表达是否政治正确，在海峡对岸的胡适很清楚钱锺书的处境，他也以理解之心做出了公允的评价。胡适从一位香港的朋友手里得到了一本钱锺书的《宋诗选注》，他对胡颂平说："钱锺书是个年轻有天才的人，我没见过他。你知道他吗?"胡适约略翻了一翻，说："黄山谷的诗只选四首，王荆公、苏东坡的略多一些。我不太爱黄山谷的诗。钱锺书没有用经济史观来解释，听说共产党要清算他了。"过了一天，胡适看了此书后又说："他是故意选些有关社会问题的诗，不过他的注确实写得不错。还是可以看看的。"② 一方面胡适深切理解钱锺书的处境之艰难与时势之严苛，另一方面也从学术的角度道出了该书的贡献。

与上述 1958 年《光明日报》第 6 版"文学遗产"专栏有些火药味的批判形成对照的是，1959 年之后关于《宋诗选注》的评价则出现了戏剧性的转折，其观点明显理性温和许多，更多的是基于理解之同情的肯定评价。夏承焘的评价是重要的标志性成果，他的看法全面而深刻，某种程度上回应了前面诸人的责难。舒展解释了这一风向逆转的原因："夏承焘那篇《如何评价〈宋诗选注〉》持论甚公的文章在 50 年代得以发表，是由于当时有海外学者在喝彩，而海内呢，这本书却正遭到痛打狠批，出现了极大的喜剧性反差；在不好交代的尴尬情况下，何其芳出于补救的好心，请夏先生赶写的。"③

夏承焘（1900—1986）对钱锺书十分欣赏，认为"此君信不易才"，他的《天风阁学词日记》记载了 1928 年至 1965 年的有关学问、交游等事迹，其中可见与钱锺书的交往。1958 年 7 月 12 日："阅文学研究，钱锺书评钱仲联韩昌黎诗集释，二君博览皆可佩。"④ 夏承焘对钱锺书有惺惺相惜之情，钱锺书很重视夏承焘对他的建议。10 月 24 日"又谓文学研究所开第五次批判郑振铎学术思想时，即郑飞机失事之日。近将批判钱默存之

① 王水照、内山精也：《关于〈宋诗选注〉的对话》，《文史知识》1989 年 5 月号。

② 胡颂平编：《胡适之先生晚年谈话录》，中国友谊出版公司 1993 年版，第 20 页。

③ 舒展：《历史的淘气——记钱锺书》，见李明生《文化昆仑：钱锺书其人其文》，人民文学出版社 2000 年版，第 67 页。

④ 夏承焘：《天风阁学词日记》（第七册），浙江古籍出版社 1984 年版，第 689 页。

谈艺录，默存嘱予提意见"。[1] 1959年1月7日："午后看钱默存《宋诗选注》。近日报纸登批判此书文字数篇，予爱其诗评中材料多，此君信不易才。"[2] 5月4日"发钱锺书函，谢其寄宋诗选注及诗，附去感近事一诗。"[3] 此诗即《自京归杭得钱默存示诗感近事奉报一首》：

后生可爱不可畏，此语今闻足汗颜。
不信千编真覆瓿，安知九转定还丹。
是非易定且高枕，蕴藉相看有远山。
太息凤鸾满空阔，九州岛奇翼竟无还。

在众多的批判言论中，夏承焘的《如何评价〈宋诗选注〉》秉持文学的学术标准，力排众议，给予切中肯綮的评判。

（一）夏承焘论述了"选诗难，选宋诗更难"的几大难处。"一是宋代诗人和诗作都不少，却不曾有一部完整的《全宋诗》，而宋人的题咏酬酢的作品特别多，散见于笔记、诗话乃至于语录、类书里的，往往而是。如果选宋诗而不以一部《宋诗钞》和一部《宋诗纪事》作材料为满足，那么，就必须认真地在搜辑辨识上做一番功夫，这不是一件容易事。二是宋代诗多，诗论也多，论自己的主张、也论别人的得失。后人论宋诗，以其道还施诸其身，抑扬出入，也就特别突出。赞扬宋诗的，以为'取材广而命意新'（曹学佺），排诋宋诗的，又说'终宋之代无诗'（陈子龙）。"基于以上两点认识，夏承焘认为："今天选宋诗，就必须自具一种手眼，把客观标准和主观好尚一致起来，不为前人所牵制，'爱而知其恶，憎而知其善'，这就非有深厚的艺术修养和独到的见解不可。诗论既多，就好立宗旨，或是反对立宗旨，有所反对就必然有所主张，也就成为一种宗旨，这样，谈宋诗就免不了谈流派，谈师承，而说到流派师承就又不免出此入彼。后人佞宋和非宋的，往往从宗派见解出发。选宋诗，宗派见解是一重大障碍，得大力排除，但也不能完全否定宗派在宋诗的成长过程中多方面的作用，这就又非有识力和胸襟不可。加之宋诗面目

① 夏承焘：《天风阁学词日记》（第七册），浙江古籍出版社1984年版，第704页。
② 同上书，第717页。
③ 同上书，第741页。

多，内容题材和表现手法的适应变化很复杂，选诗工作既要求有历史主义观点，也要求有一定的艺术鉴赏力，既要贯彻政治第一的标准，也要求选的确是‘诗’，就更其会感到措手不易了。”历来选宋诗的本子极少，远远比不上唐诗。但是，他高度肯定：“钱锺书先生的《宋诗选注》的出版，使我们耳目一新，得到很大的满足。这个选本，确实冲破了选宋诗的重重难关。无论在材料的资取上，甄选的标准上，作家的评骘上，都足以使读者认识到宋诗的面貌，它的时代反映和艺术表达，它所能为我们今天欣赏和接受的东西。而钱先生在这个选本里，也充分地表露了他的一般对于诗的和特别对于宋诗的见解。而这也正是构成一个好的选本的主要因素之一。”①

（二）夏承焘认为，《宋诗选注》属于品藻评衡的制作，而不纯粹是读本，“好的选本实际上是选者的一种创造，好的选本是一个有机体，贯注在中间的是读者自己的识见、议论”。“《宋诗选注》承继了这个好传统，而改变了过去小传和摘句的内容，成为有系统的诗论。翻开这本书，最引人入胜的就是这些议论意趣洋溢的小序了。如果我们找出《宋诗钞》里每一卷前的小序跟它相比，就更令人感到《选注》的作者对这八十位诗人的作品付出了多少涵咏体察的工夫。而从头到尾，又正贯穿着作者对宋诗的看法和取舍的标准。我起初看到黄庭坚只选了三题五首，有点觉得奇怪；读了小序，读了全书序，又读了陈师道、徐俯、陈与义、杨万里诸人的小序和选诗之后，就觉得黄诗只选上这几首近体，是确有选者自己的见解的。”他进一步辩护道：“从艺术手法上说，宋诗的特点是把唐人的各种技巧全都学来，还不算，再加上诗以外的各种文学形式的表现手法。前人说宋人‘以文为诗’，其实何尝只以文为诗，词赋、语录乃至于填词的字法句法，宋人也都以之为诗，而用得好的，却总是诗，而不是文、赋、词、语录。但是有镕铸，也有因袭，有好处，也有坏处，《宋诗选注》的序里，已经说得很多，在《选注》里，很注意地选上了各种不同手法的模板，可以供我们欣赏和琢磨，而也有意识地避免了许多生硬古怪的造作和变本加厉的沿袭。这里，《选注》就使我们学到了两点：一是，如何从宋诗中学习承继前人的技巧；二是，如何运用各式各样的艺术技巧

① 夏承焘：《如何评价〈宋诗选注〉》，《光明日报》1959年8月2日。

来作反映复杂的现实生活的手段。”[①] 如果不是本身对宋诗有精深研究，也不可能有如此深刻之见。夏承焘可谓钱锺书的忘年之交、学术知音。

（三）针对“拔白旗”的批评者几乎异口同声地指责《宋诗选注》犯了形式主义的错误，夏承焘也进行了温和的解释。“《宋诗选注》对于明显的形式主义的作家作品，似乎是有意识地特别防备。《选注》托始于柳开，而于江西、江湖的一些‘大家’，都选得很严，并不是没有独见的。当然，如前面所说的黄庭坚的诗选那样，是不是在37卷的‘内外集’中，从内容题材和风格上看，就钱先生的角度来看，有更具有代表性，宜于选取的东西，我们不妨保留着商量的余地。可是，选者在这个地方，用自己的选笔对宋诗的不健康的发展提出了应有的批判，是很可贵的。设身处地，选者在选诗中的甘苦必有可言者，体会到这一点，对读者也许不是无益的。这里也正涉及了对一个时代的文学潮流的看法态度问题。但是，选者也并没有忽视历来为人所熟悉所喜爱的作品，北宋朝，选苏轼、王安石最多，南宋朝，选陆游最多，次则范成大、杨万里、陈与义，这就是数百年来大多数人所能同意的，也是我们今天所容易接受的。在选本里，不用说有不少仅仅描写个人生活意境和流连光景的作品。这些诗篇有较高艺术成就，基调也是高朗健康的，是宋诗中存在着的重要的一部分，我们应该知道它，并且欣赏它。”[②] 夏承焘为钱锺书的“形式主义”批评观进行了有理有据的抗辩，令人信服。

（四）夏承焘提出的观点是：“出现于今天这个大时代的古典文学选本，无疑的在这两条不同道路方向上，要求基本上有一个正确的取舍，历史主义地、现实主义地处理它，使古代的作家作品能为社会主义文化生活服务。这是选本的政治标准问题，也是选本的灵魂所寄。”他具体列举该书可圈可点之处：“一般地说，《宋诗选注》的甄录使读者感到一种积极的、向上的、健康的气氛，在作风上也较能清楚地看到不同作者的个性和创造性。其中不少的诗篇不同程度地反映了宋代的民族矛盾和阶级矛盾，鼓励了爱国主义和反抗的精神：向‘弓箭手’的征集和‘雀鼠耗’的制度提出了抗议，给陶者、盐户、织女的痛苦生活作了深刻的描写，对‘黄纸蠲租白纸催’、‘不论天有眼、但管地无皮’的剥削作了有力的讽

① 夏承焘：《如何评价〈宋诗选注〉》，《光明日报》1959年8月2日。
② 同上。

刺。有些诗篇歌颂了有民族气节的军人和士大夫，诉说了沦陷的遗民的心事。《选注》所选的这些作家，诚然都是地主和统治阶层人物，就他们的阶级和他们的时代说，无疑的在世界观上有极大的限制，他们无法突破这个局限，他们的生活和职业也大多数是必然依靠着统治者的剥削，但是对着那个现实，他们在作品里‘不得不违反自己的阶级同情和政治偏见’（恩格斯），这一些可珍贵的倾向，在《选注》里已经有相当分量的表现。这是对这个选本值得提出的一点。”① 夏承焘还把《宋诗选注》和闻一多的《唐诗大系》相比照：“往年读闻一多的《唐诗大系》，觉得为之之难，从选钞中也就看出闻先生对唐诗的纵面和横面的剖视之晰，用力之深。这本《宋诗选注》与《唐诗大系》的材料对象不同，面临的问题不同，规模不同，因而所用的尺度也就不同，求备求精的愿望也不同。而且在社会主义建设大踏步前进的今天，对选本思想内容的要求也大大不相同了。两者相比，是很难的。但选笔的阔大和严谨，同样能为读者所喜爱佩服，而学得我们所需要的东西。《宋诗选注》对我们说来也许是更切近，更容易领受些。古往今来大约很少有厘然允当于千万读者之心而全没有缺点的选本吧。如果不是阿其所好，我觉得钱先生的这本《宋诗选注》是一部难得的好书。”② 今天看来，夏承焘从学术标准出发，基于文学事实，实事求是，体现了良好的学风，具有重要的认识价值。

文学所当时的青年学者乔象钟（1921— ）细读《宋诗选注》的艺术分析，肯定了该书并非简单用形式主义所能否定。“在《宋诗选注》的诗人小传中，选注者钱锺书十分注意对诗人艺术特征的分析，其中的《苏轼小传》是最有代表意义的。他认为苏轼的诗在风格上的特色是比喻的丰富、新鲜和贴切，用多方面的描写和衬托的方法，使得被描写的对象的本相毕露。并说：‘上古理论家早已看重诗歌语言的形象化，很注意比喻；在这一点上，苏轼充分满足了他们的要求’。作者在所选诗中也特别选了苏轼有名的‘人生到处如何似？应似飞鸿踏雪泥。泥上偶然留指爪，鸿飞那复计东西！……’和‘欲把西湖比西子，淡妆浓抹总相宜’这两

---

① 夏承焘：《如何评价〈宋诗选注〉》，《光明日报》1959年8月2日。

② 同上。

首传诵人口的诗篇以为例证。”①

除了夏承焘、乔象钟等人以外，党内高层意识形态管理者对《宋诗选注》也十分欣赏，略有批评也无伤大雅。李慎之评价说：“就他的作品而论，出版在六十年代的《宋诗选注》，就可以说是一个特出的例子。当时，我是头上戴着帽子的右派分子，看到他在注语里偶尔爆发的狂言大语，真是有为他捏一把汗的担心。据乔冠华告诉我，他认为那是那年头唯一可看的有个性的书。”② 据邓绍基回忆：“这部被人称作‘宋诗学中的一部名著’的书一出版就受到好评，胡乔木同志和周扬同志都有称赞的话，后者是我亲聆的，记得是称赞书中多有见解，文字也漂亮。但好像也说了或许有过于追求文字技巧之嫌的话。”③ 今天不少人提出，为什么钱锺书可以逃过反右运动一劫，毫发无损。知情者邓绍基道出了其中原委：“《宋诗选注》在大跃进年代的‘学术批判’运动中也曾略受批判，但可能正是由于胡乔木、周扬的赞语，在很大程度上保护了钱锺书，没有成为箭靶人物。那时他也曾下乡，去河北昌黎，周扬同志知道后说：下去一段时间就让他回来吧。当然，到了‘文革’，那就无一幸免了。”④ 据王平凡记载：“1959 年 3 月 6 日、11 日，文学所召开党内会议，向参加所务会议的人员（副研以上）传达贯彻中宣部领导讲话精神。在所务会议上，何其芳说：“这次开所务会议所以请副研以上参加，主要是要求大家写文章，展开辩论的风气，特别是被批评的本所同志，如孙楷第、钱锺书、杨季康、李健吾，都可以写文章。外地的老专家有的说时机不到，所内的同志带头写。”⑤ 从这些事例得知，20 世纪 50 年代末的文学批评表面上气氛紧张，但是政策的实施过程中执行者以个人的学术洞见使批判运动的冲击力得以缓冲。

---

① 乔象钟：《关于古典诗歌研究中的艺术分析问题》，《光明日报》1959 年 10 月 4 日第 8 版。

② 李慎之：《千秋万岁名，寂寞身后事》，选自李明生《文化昆仑：钱锺书其人其文》，人民文学出版社 2000 年版，第 4 页。

③ 邓绍基：《斯世当以同怀视之——记中国社科院文学所前辈学者之间的情谊》，《光明日报》2003 年 10 月 15 日。

④ 同上。

⑤ 王平凡口述，王素蓉记录：《文学所早期大事记》，《中国作家》2010 年第 22 期。

五 《宋诗选注》再反思

《选注》一书以毛泽东《在延安文艺座谈会上的讲话》（以下简称《讲话》）为指标，以“人民性”为标尺，一定程度上迎合了意识形态的需要，留下了那个时代的烙印。关于钱锺书对《讲话》的引用，是钱锺书出于衷心服膺，还是无奈的应景？余英时对此有自己的探究。1978年10月下旬，余英时随美国科学院派遣的“汉代研究考察团”到中国内地去作为期一个月的访古，余、钱二人就已经亲切叙谈、切磋过《谈艺录》等考据问题。1979年春天中国社会科学院派出一个代表团到美国访问，其中便有钱锺书。余英时负责接待中国客人。钱锺书一下火车很热情地和余英时行“熊抱”礼。余英时回忆道：“我的直觉告诉我，默存先生确是很诚挚的，这次用不着‘叙旧’，我们真像是‘旧交’了。”余英时在家中宴请代表团一行，晚上送钱锺书返回住处的时候，“已能无所拘束，即兴而谈”。余英时回忆道：“我也问他《宋诗选注》为什么也会受到批判，其中不是引了《在延安文艺座谈会上的讲话》吗？他没有直接回答我的问题，大概因为时间不够，但主要恐怕是他不屑于提到当时的批判者。他仅仅说了两点：第一，他引《讲话》中的一段其实只是常识；第二，其中关于各家的小传和介绍，是他很用心写出来的。我告诉他胡适生前也说他的小传和注释写得很精彩。”① 余英时自己的理解是：“我当时隐约地意识到他关于引用《讲话》的解释也许是向我暗示他的人生态度。1957年是‘反右’的一年，他不能不引几句‘语录’作挡箭牌。而他征引的方式也实在轻描淡写到了最大限度。他是一个纯净的读书人，不但半点也没有在政治上‘向上爬’的雅兴，而且避之唯恐不及。这一层是我在二十年前便已看准了的，现在读到他1955年《重九日雨》第二首的最后两句，我更深信不疑了。这两句诗是：筋力新来楼懒上，漫言高处不胜寒。这是他的‘咏怀诗’。”② 余英时无意对《宋诗选注》进行文学评价，以一个历史学家的洞幽烛微，他感兴趣的是时代压力与个人承受之间复杂的心曲，而钱锺书的回答以及诗作也坐实了他个人的判断和解释。

---

① 余英时：《我所认识的钱锺书先生》，《学习博览》2010年第7期。

② 同上。

1981年4月6日下午，钱锺书接受彦火采访时道出了当时编选的种种甘苦以及事后的释然。“这部选本不很好，由于种种原因，我以为可选的诗往往不能选进去，而我以为不必选的诗倒选进去了。只有些评论和注解还算有价值。不过，一切这类选本都带些迁就和妥协。”[1] 1988年钱锺书为香港版《宋诗选注》写了篇序言，进一步坦陈作为选者的进退失据的两难：

> 它当初不够趋时，但终免不了也付出趋时的代价——过时，只能作为那时期的一种文献了。假如文献算得时代风貌和作者思想的镜子，那末这本书比不上现在的清澈明亮的玻璃镜，只仿佛古代模糊暗淡的铜镜，就像圣保罗的名言所谓：“镜子里看到的影像是昏暗的。”它既没有鲜明地反映当时学术界的“正确”指导思想，也不爽朗地显露我个人在诗歌里的衷心嗜好。也许这个晦昧朦胧的状态本身正是某种处境的清楚不过的表现。[2]
>
> 在当时学术界的大气压力下，我企图识时务守规矩，而又忍不住自作聪明，稍微别出心裁。结果就像在两个凳子的间隙里坐了个落空，或宋代常语所谓“半间不架”。[3]

上面所述的“不够趋时”一说，大有深意。正是该书的批评观念“不够”趋时，因而今天看来，仍然具有一定的学术价值；同时，也毕竟在某种意义上是“趋时”之作，因而难免成为反映“时代风貌和作者思想的镜子”——“犹如模糊暗淡的铜镜”——“正确”思想和“衷心嗜好”都不十分明朗，反映了政治规训和个人趣味之间的焦虑与纠结。

钱锺书的弟子王水照对宋诗研究有进一步推进，他对《宋诗选注》的篇目之争的看法是：《宋诗选注》的选目，“既没有鲜明地反映当时学术界的‘正确’指导思想，也不爽朗地显露我个人在诗歌里的衷心嗜好（《模糊的铜镜》），反过来说，既有受制时风而造成的遗憾，又自有他个人的标准在。他的确不大理会一般选本所要求的‘代表性’和‘涵盖

---

① 彦火：《钱锺书访问记》，《明报》1981年6月24日。

② 钱锺书：《模糊的铜镜》，《随笔》1988年第5期。

③ 同上。

性’，像主持礼仪者把一切安排得停当均匀，面面俱到，或像他所调侃的选诗如选理事会那样。对选本的多样性和自由度，我想是理应得到理解和尊重的。”①

正是因为曾经编选《宋诗选注》的原因，跨越多个学科的钱锺书后来进入了原中科院的中国古代文学研究组工作。邓绍基细致介绍了其中的关联：“如果没有编选宋诗这段‘姻缘’，从上个（20）世纪 30 年代开始，先后在光华大学、西南联大、暨南大学和清华大学外语系任教的钱锺书先生很可能不会进入中国古代文学研究组，而多半是外国文学研究组的成员。要知道，在 1958 年整风运动中，1964 年文学所一分为二，所内几个外国文学研究组与中国作家协会所属《世界文学》编辑部合并成立外国文学研究所时，都有过‘争抢钱锺书’的‘内幕故事’呢!”② 可见，《宋诗选注》为钱锺书赢得了他在中国古代文学研究界的认可，而这一认可在很大程度上反映了当时学术界内部的思想批判并未完全为政治意识形态的实用主义所垄断。钱锺书说：“我企图识时务守规矩，而又忍不住自作聪明，稍微别出心裁。”③ 这也许就是 20 世纪 50 年代大多数学院派文学研究者的真实心态，而围绕《宋诗选注》展开的文学评价则是反映当时思想状态的一朵浪花。

综上所述，本书以钱锺书《宋诗选注》的编选及其评价为中心，着重探讨钱锺书的编选缘由和诗学标准，同时介绍 1958—1959 年中外学术界对《宋诗选注》的肯定与否定评价，最后在反思中分析钱氏在艺术标准和政治标准之间矛盾挣扎的诗学困境，并且联系十七年文学批评的意识形态和文学环境，为当年的批评事件作了更深层的解析。因为《宋诗选注》的编选在文学所十七年的科研工作上具有代表性和典型性，这个学案为钱氏由文学创作走向学术研究的人生转折提供了说明，也揭示了十七年文学批评大历史翻腾跌宕的激流。

---

① 王水照：《钱锺书先生与宋诗研究》，《文汇报》2002 年 4 月 6 日。

② 邓绍基：《斯世当以同怀视之——记中国社科院文学所前辈学者之间的情谊》，《光明日报》2003 年 10 月 15 日。

③ 钱锺书：《模糊的铜镜》，《随笔》1988 年第 5 期。

第 三 章

外国文学批评

新中国成立后，文学批评的中心话题主要集中在文学经典的批评问题上，但是根据文学经典的时代、国别与政治意识形态的差异，“文学经典在‘当代’有它的焦点问题。也就是说，不是所有的经典问题都具有同等的尖锐性质，冲突的程度也有不同。50 年代以来，这个方面所展开的尖锐冲突，主要是集中在如何对待外国文学（尤其是 20 世纪的外国文学）和中国的现代文学上面。当然，中国古代文学在当代也不是不重要，在这些方面，50—70 年代也发生过许多争论。但是其紧张程度和重要程度，跟前者还是不能等同的”。① 在上述三个部类的文学经典的批评中，外国文学的评论是最具政治敏感性的，批评者的立场最为鲜明。西方的个人主义、自由主义、启蒙精神、人道主义、人性论作为异端性的精神资源，对于高度纯粹的社会主义文化建设来说，被认为具有极度的危险性。

第一节　文学翻译的政治意识形态标准

按照文学经典与政治紧迫性的相关程度，我们将首先探讨外国文学经典翻译与批评的政治背景与具体标准。

一　“十七年”外国文学翻译的政治背景

20 世纪中期，随着殖民帝国的瓦解，第三世界的兴起，共产主义运

① 洪子诚：《问题与方法》，生活·读书·新知三联书店 2002 年版，第 247 页。

动的继续推进，整个世界按照政治意识形态的分野基本上划分为东、西两大阵营。“积四十年和二十八年的经验，中国人民不是倒向帝国主义一边，就是倒向社会主义一边，绝无例外。骑墙是不行的，第三条道路是没有的。我们反对倒向帝国主义一边的蒋介石反动派，我们也反对第三条道路的幻想。”① 按照共产主义运动的发展逻辑，新中国成立后中国共产党必然对政治、经济、文化方面的历史走向进行探索。对中外文化“遗产”，尤其是对外国文学的态度，在当时是敏感而重要的问题。苏联文学与英美等帝国主义文学森然对立，对新中国的文学创作具有示范作用。新中国对外国文学的接受是有一定范围的，尤其对西方文学表现出相当的审慎与防卫心态。“当代文学”和政治意识形态有着特殊的亲密关系。1948年，文艺界领导邵荃麟在回顾、检讨20世纪40年代国统区革命文艺运动时，谈到1941年以后，19世纪欧洲的“资产阶级的古典文艺”在中国产生“巨大影响”的情况：“大量的古典作品在这时候翻译过来了。托尔斯太、弗罗贝尔，被人们疯狂地、无批判地崇拜着。研究古典作品的风气盛极一时。安娜·卡列尼娜型的性格，成为许多青年梦寐追求的对象。在接受文艺遗产的名义下，有些人渐渐走向对旧世纪意识的降伏。于是旧现实主义、自然主义以及其他过去的文艺思想，一齐涌入人们的头脑里，而把许多人征服了。这个情形，和战前国际革命文艺思想对我们的影响相比较，实在是一种可惊的对照。”② 这一“检讨”中透露的警惕与危急心态，预示着进入50年代之后，当代文学批评在对待外国文化遗产上的基本方针。从生产关系的演进看，按“大跃进”、人民公社以及反修防修等一系列社会运动的逻辑发展。1963年以后，以反修、防修，批判资产阶级，防止资产阶级复辟，成为各项工作的中心。

1949—1962年，在对外国文学资源的选择方面，意识形态的冷战逻辑成了最为突出的选择标准。1949年10月《人民文学》的“发刊词”曾对翻译作品提出这样的要求：“我们的最大的要求是苏联和新民主主义国家的文艺理论，群众性文艺运动的宝贵经验，以及卓越的短篇作品；其次是资本主义国家的革命的进步的作品和文艺批评以及欧美古典文学的批

---

① 毛泽东：《毛泽东文集》第四卷，人民出版社1991年版，第1473页。

② 邵荃麟：《对于当前文艺运动的意见》，《大众文艺丛刊》（香港）1948年第一辑。

判的现实主义的作品。”[①] 这两种类型的翻译作品，被赋予了政治上的等级含义。

茅盾在1953年创刊的《译文》杂志所撰写的“发刊词”，通过指出鲁迅先生当年创办《译文》的目的来为自己的观点寻求合法性的依据。他认为鲁迅当年“其用意是：（一）通过介绍苏联及其他国家的革命的和进步的文学作品的方法，来反抗国民党反动政府的压迫，突破国民党反动派的文艺战线上的包围和封锁；（二）通过介绍苏联及其他国家的革命的和进步的文学作品的方法，来推动当时作家们对于现实主义创作方法的学习，并在青年中间进行国际主义和爱国主义的教育”。而今天面临的时局是，“处在这样的大时代的我国人民一天比一天更需要熟悉国际时期，不但要求从分析国际形势的论文上，从统计数字上，知道世界两大阵营力量的消长，并且要求从文艺作品上更亲切地感受到苏联和人民民主国家的劳动人民在建设他们的美好生活，从事于创造性领导时所表现的奋发和喜悦，也要求从文艺作品上更真切地看到资本主义国家的和殖民地半殖民地的人民如何勇敢而坚定地为和平为民主而斗争”。因此，《译文》要求翻译的作品应该是“苏联及人民民主国家的社会主义现实主义的优秀文学作品”以及“外国的古典文学和今天各资本主义国家以及殖民地半殖民地的革命的进步的文学”。[②] 总之，以苏联及其所属的国际阵营为沟通的主导对象，从而获得思想、情感、艺术上的共鸣感。

1957年冯至在《从右派分子窃取的一种“武器”谈起》一文中就提到，一些右派分子“向党进攻”的时候，会借用西方文学作为“武器”。周扬结合修正主义批判运动的形势指出：“修正主义者，或者抛弃优秀的古典遗产，大肆贩卖现代资产阶级的颓废艺术或者制造对于资产阶级文艺遗产的迷信。两种手法的目的是一个：就是利用资产阶级文艺来反对无产阶级的革命文艺。”他认为胡风和卢卡契等人的错误在于，他们大肆鼓吹19世纪欧洲资产阶级的文学，将资产阶级的人道主义思想当作人类的最高理想，把那些作品的艺术成就看作是不可企及的高峰，把批判现实主义说成超时代，超阶级，完全不受世界现约束的东西。更为严重的是，他们用资产阶级文学的尺度来衡量社会主义文学，贬低社会主义文学的成就，

---

① 茅盾：《〈人民文学〉发刊词》，《人民文学》1949年10月第1卷第1期。

② 茅盾：《〈译文〉发刊词》，《译文》1953年7月创刊号。

指责社会主义作家没有像批判现实主义者那样揭露社会主义社会的“黑暗”，因而丧失了文学的“批判”功能。“他们发出这种论调的用意所在，无非为了反对社会主义制度、反对社会主义文学。”① 根据这一思路，与周扬处于同一政治立场的何其芳指出：“为了提高全国人民的共产主义的思想觉悟和道德品质，为了进行思想领域里的兴无灭资的斗争，我们就必须对中外文学遗产，特别是欧洲资产阶级文学遗产采取批判态度，就必须消除它们的消极影响，就必须反对对于文学遗产的不加批判或批判不够的倾向。因此，对待文学遗产，不仅是一个和文学发展有关的问题，而且是一个和全国人民思想教育有关的问题。”② 何其芳是从对人民进行思想教化、防卫异端思想侵蚀的角度来看待外国文学遗产继承的。

关于外国文学经典的研究和批评态度，反映最直接的是外国文学作品的翻译问题。本书对欧洲文学、英国文学、美国文学与苏俄文学在新中国成立十七年间的翻译状况进行了统计，③ 通过对比分析，可以总结出如下特点。

二　国别标准：苏俄的文学作品的翻译占据压倒性优势

新中国成立以后，苏联文学被当作首屈一指的文学经典作品大量地翻译介绍，成为进行共产主义教育的重要武器。正如周扬在第二次全苏作家代表大会上的发言中所指出的：“苏联的文学艺术作品在中国人民中找到了愈来愈多的千千万万的忠实的热心的读者；青年们对苏联作品的爱好简直是狂热的。他们把奥斯特洛夫斯基的《钢铁是怎样炼成的》，法捷耶夫的《青年近卫军》，波列伏依的《真正的人》中的主人公当作自己学习的最好榜样。巴甫连柯的《幸福》，尼古拉耶娃的《收获》，阿扎耶夫的《远离莫斯科的地方》等作品都受到了读者最热烈的欢迎。他们在这些作品中看到了人类历史上前所未有的完全新型的人物，一种具有最高尚的共产主义精神和道德品质的人物。”④ 这些“人物”在主题、形象上正好为

---

① 周扬：《我国社会主义文学艺术的道路》，《人民日报》1960 年 9 月 4 日。

② 何其芳：《正确对待文学遗产，创造新时代的文学——一九六〇年八月二日在中国作家协会第三次理事会扩大会议上的发言》，《文学评论》1960 年第 4 期。

③ 统计表的制作参考了孙致礼的《我国英美文学翻译概论》（译林出版社 1996 年版）。

④ 《苏联人民的文学》下册，人民文学出版社 1955 年版，第 203 页。

新中国的文艺创作提供了理想的范本。

从翻译数量上看，十七年中翻译出版的苏俄文学作品约占该时期翻译出版的外国文学作品总量的一半以上。“仅从 1949 年 10 月到 1958 年 12 月止，我国翻译出版的苏联（包括俄国）文学艺术作品共三千五百二十六种，占这个时期翻译出版的外国文学艺术作品总种数的 65.8% 强；总印数八千二百万零五千册，占整个外国文学译本总数 74.4% 强。”① 苏联文学以当时获奖作品或为主流话语承认的作品为主。俄国文学主要介绍古典主义作品和批判现实主义的文学。俄国文学中举世公认的文学名著，如《叶甫盖尼·奥涅金》《在俄罗斯谁能快乐而自由》《父与子》《前夜》《钦差大臣》《大雷雨》《怎么办?》《战争与和平》《安娜·卡列尼娜》《复活》等，都有译本或重译本。总的说来，十七年中，俄国古典文学作品的翻译介绍，无论数量或质量，都远远超过其他国家的古典作品，翻译家人数之众多也属少有。俄苏重要作家的代表作几乎都有了中译本，甚至有不少作家的全部创作都已译介过来。我们的俄苏文学翻译家几乎将所有俄国作家、诗人的重要作品都介绍给中国读者了。

十七年中翻译出版的外国文学作品一览表

国别	时间	数量
欧洲文学	1949—1966	数百种
英国文学	1954—1959	166 种
	1960—1966	不详
	1949—1966	245 种
美国文学	1953—1959	142 种
	1960—1966	不详
	1949—1966	215 种
苏俄文学	1949.10—1958.12	3526 种，总印数 82005000 册
	1960—1966	100 种

当时文学翻译上的“一边倒”的做法，并不是没有任何阻力，激起了一些高校普通学生的反对。据反右批判资料披露，北京大学中文系的薛

① 卞之琳等：《十年来的外国文学翻译和研究工作》，《文学评论》1959 年第 5 期。

洪时、秦学铭两位大学生引用他们班的干部同学的话说：

团委书记石幼珊听说许多同学都爱看《约翰·克利斯朵夫》，就大惊失色，严肃地告诫青年们“不要中毒”！像他这种好心好意的同志实在太多了，“罗曼罗兰、法国人，资本主义国家的作家，当然有毒素。”这种思想方法造成恶果，贻误青年！

上面两位同学的反讽表达了他们力图打破禁区疆界的想法，尤其是看到了团委书记的话里所包含的“思想方法”的错误。他们还说：

质问学校：为什么要对我们（未来的文学工作者）封锁（表面不封锁实质上是封锁！）西欧文学?！为什么中文系西欧各国文学讲授时间只合俄罗斯一国文学的一半?！为什么对世界大师巴尔扎克、拜伦、雪莱，如此冷视，（合起来只讲一大节）?！而伟大的世界天才：狄更斯、萨克莱、哈代、斯当达尔、罗曼罗兰、易卜生、安徒生……及无数世界第一流作家竟连提一提名字的资格也没有！呜呼！这些大作家们不幸，没有诞生在斯拉夫民族中间！

他们质问北京大学的教学内容封锁西欧文学，压制教学时间；甚至对巴尔扎克等人也是点到为止，而狄更斯等一流作家却从来不提，与这种做法反差极大的是俄罗斯文学垄断了外国文学教学。更大的问题是，两位同学认为俄罗斯文学并非完全没有问题：

俄罗斯文学教学直搬苏联一本庸俗机械透顶的、充满大民族沙文主义的、宣传、吹嘘性的教本：《伊格尔远征记》是世界文学的珍珠足以与希腊二大史诗媲美！格里包耶朵夫的《聪明误》是世界诗剧中独一无二的伟大作品！

普希金第一个达到现实主义，远超过拜伦（把拜伦称为“我心灵中的帝王”的普希金自己听到这些话也会不同意的吧！）

……

这种话与梦呓何异?

又：既然罗蒙诺索夫曾说过，俄语超过世界一切语言，它具有德语的风强，法语的活泼，意大利语的温柔、西班牙语的华丽和希腊、拉丁语的简明……小子们只得叩头佩服！

我们呼吁：对世界各国文学给以公平的估价，反对看到～斯基，～诺夫，～娃，～娜就奉为羲皇上人！[①]

“公平估价”的标准应该是什么呢？显然，这些学生心目中好的文学，并非以政治意识形态为唯一标准裁决的对象。在当时的政治语境中，这两位学生的呐喊显得十分孤独而悲壮。

三 国家内部差序：以政治意识形态作为翻译的取舍标准

文学翻译的国别选择遵循的是政治意识形态标准，具体到对某一国家的作品进行选择时，也是如此。对待苏联文学同样奉行的是政治标准。1949 年 10 月到 1958 年 12 月的译介中，一些优秀的非主流作家被排除在外，如叶赛宁、勃洛克、阿赫玛托娃、左琴科、布尔加科夫、普拉东诺夫和扎米亚金等几乎不为当时的中国读者所知。有的作家的重要作品因政治问题而只能内部出版，如帕斯捷尔纳克的《日瓦戈医生》、杜金采夫的《不是单靠面包》等。

从王平凡的如下记载可以了解文学所当时的外国文学研究方针。1957 年 7 月 14 日，何其芳向周扬请示如何办好文学所。后来中宣部为此开会讨论了文学所的方针任务。7 月 27 日何其芳在全所作总结报告，“他表示要重视当前问题研究，并传达周扬、林默涵指示：古典文学、外国文学，应当研究。研究中国文学史，研究莎士比亚等外国古典作家，也是当前的需要。要把系统研究作为百年大计长远执行。何其芳说：‘西文文学研究的重点是从文艺复兴到十九世纪这一段。’”[②]

据孙致礼的《我国英美文学翻译概论》介绍：对于欧美国家，翻译者着重介绍古典主义作品和反资本主义的进步作品。例如，人们译介了英国诗坛的巨匠名作，但华兹华斯和科勒律治等“湖畔诗人”没有介绍。

---

① 薛洪时、秦学铭：《反对外国文学教学中的民族沙文主义》，北京大学社会主义思想教育委员会编印：《北京大学右派分子反动言论汇集》，1957 年 10 月，第 81 页。

② 王平凡口述，王素蓉记录：《文学所早期大事记》，《中国作家》2010 年第 22 期。

描写资本主义国家无产阶级斗争的作品很为国内所青睐。例如，玛格丽特·哈克纳斯的《城市姑娘》通过一个缝纫女工受诱骗遭遗弃的故事，真实地描绘了伦敦东区的生活图景。威尔士作家格文·托马斯创作的《一切都背叛你》描写了19世纪30年代威尔士铁路工人的自发斗争。赫伯特·史密斯的《我们这一群人》描写第二次世界大战后英国工人的生活与斗争，是英国进步文学发展道路上的一部重要作品。在英国的一流小说家中，当时没有介绍的似乎只有劳伦斯等现代作家，而已介绍的一流小说家中，没有介绍代表作的只有菲尔丁的《弃儿汤姆·琼斯的历史》、艾略特的《米德尔马奇》等。十七年间，我国共出版了英国戏剧50种译文，而其中莎士比亚和萧伯纳占了41种，二人以政治上的无害、艺术上的经久魅力占有显著地位。

以英、美文学的比较来看，我国十七年间出版的118种美国小说的136种译本，在数量上明显多于同期出版的92种英国小说的105种译本。之所以出现这一差别，主要由于美国小说的翻译出版存在高度集中的情况，仅马克·吐温、杰克·伦敦、法斯特和德莱塞四人的小说，就翻译了53种，出版了70种译本。而我国对英国小说的翻译介绍，数量最多的要数狄更斯、高尔斯华绥、哈代、史蒂文生四人，但总共也只有30种作品的37种译本。另外，就现当代的作品而言，也是美国小说的数量占优，英国小说则以古典作品为主体。① 上述现象的政治原因是，新中国成立前后，尤其是新中国成立初期，我国主要翻译介绍了许多美国进步作家如马克·吐温、杰克·伦敦和德莱塞的作品。由于德莱塞于1945年加入了美国共产党，因而他的作品被我们视为进步文学，他的小说也就翻译出版得最多，其代表作《美国的悲剧》《欲望三部曲》《天才》《嘉丽妹妹》《珍妮姑娘》《堡垒》等八部作品都在上海出版了。19世纪美国批判现实主义最卓越的作家马克·吐温的作品也被大量翻译出版，这是因为作家独树一帜的幽默风格深受中国广大读者的欢迎，他的主要作品有《哈克贝利·费恩历险记》《镀金时代》《汤姆·索亚历游记》《在亚瑟王朝廷里的康涅狄克州美国人》《王子与贫儿》《密士失必河上》以及其他一些短篇小说。除上述作家作品外，我国翻译工作者还大量介绍了欧·亨利、欧文的短篇小说等。但是，其他一些美国文学史上著名的作家如霍桑、爱

① 孙致礼：《我国英美文学翻译概论》，译林出版社1996年版，第59页。

伦·坡、库柏、爱默生、梭罗的作品，却翻译得很有限。原因是，中国对欧美的侦探小说之类的通俗文学，对一些思想启蒙的作品持排斥态度。而英国的古典主义作品由于思想内容可以为主流政治意识形态所容纳，因此，相对来说翻译比例较高。

中国学术重镇原中国科学院文学所在西方文学的翻译与研究方面领国内风气之先，贡献巨大。“文学所在1956年成立苏联文学组。这一组在纪念苏联十月革命四十周年纪念时曾发表了一些纪念论文。此外，还做了一些翻译工作。在1953—1958年期间，文学所就莎士比亚，十八、十九世纪英国小说、诗歌，莫里哀，孟德斯鸠，罗曼·罗兰等研究项目，写出了学术论文十余篇。西方文学组部分人员翻译完成了希腊戏剧十二种，易卜生戏剧十种，莎士比亚的《哈姆雷特》，莫里哀戏剧十四种，勒萨日的小说《吉尔·卜拉斯》，孟德斯鸠的《波斯人信札》、《阿拉贡诗文抄》、《艾吕雅诗抄》等。”① 上述翻译的成果质量很高，成为了日后的经典名著。

有意思的是，中国从自我的眼光出发选择性翻译介绍了美国很多左派作品，而这些作品在不同政治环境中的社会效果却迥然不同。作家林达说：“中国从1949年以后，更有选择性‘交流’。我最近整理父辈留下的书籍，发现其实在20世纪50年代，中国出版翻译了大量美国著作，厚厚的大部头，都是美国‘左翼’对美国制度的痛斥，抑或对红色制度的理想化颂扬。美国的出版自由保障了对本国制度和本国政府的任何批评，不论多么偏激都可以。但是，当它们进入一个偏执交流的他国环境，不仅没有增进了解，还会导出更深误会。这是明白人说的：‘美国左派害不了美国，却很可能把中国给害了’的原因。”②

十七年中，南欧、北欧和东欧的文学翻译集中在古典文学名著，几乎都有了译本。特点是数量多，古典文学的翻译占据主要地位。据不完全统计，十七年来译出的数百种作品，包括长篇小说、诗歌、散文、剧本和儿童读物，其种类和印数都超过新中国成立前三十年的总和的几倍。在古典作品和现当代作品的比重方面，南欧、北欧的古典文学作品的翻译所占比

① 王平凡口述，王素蓉记录：《文学所早期大事记》，《中国作家》2010年第22期。

② 林达：《我如何开始书写美国?》，《看历史》2012年第8期。

重较大，东欧（由于古典文学本来就较薄弱）则似乎是倒置。[①] 这段时期的翻译标准之所以集中于古典作品，是由于它们的思想主题不会对当时中国的政治形势造成冲击与危害。

从上面的表格可以看出，1960—1966 年我国翻译的苏联文学作品只有 100 种，甚至整个翻译界也处于萧条状态。原因是，从 1960 年起，过去被称之为“导师”和“朋友”的苏联文学开始被定义为“苏修文学”。在短短的 10 年间，中国对苏联文学的态度急转直下，由全面学习，全面接受走向全面否定，全面批判。但是，翻译工作并没有停顿，对苏联文学和文论以及西方文学和文论的翻译出版，由公开转入了内部。

外国文学翻译中，经典作品的意识形态选择标准是应冷战后国际阶级斗争需要而产生的，也是保卫社会主义革命成果，建构社会主义新文化的必然要求。我们简单否定这一标准是很容易的，然而，意识形态标准在拒斥西方文化时并非一概而论，而且同时也在同一政治阵营的文学作品中汲取有助于民族独立自主的民主性营养，从“十七年”的翻译成就来看，我们不能简单否定这一文化成果。

第二节　高层领导对修正主义文学的批判

1956 年夏秋，波兰、匈牙利先后发生政治事件，标志着社会主义阵营内部发生治理危机。1958 年 6 月 4 日，《人民日报》发表社论《对现代修正主义必须斗争到底》，鲜明表达了我国的立场和方向。党的八届全国代表大会第二次会议关于在莫斯科举行的各国共产党和工人党代表会议的决议，针对国际共产主义运动新的情况指出：“坚持社会主义国家共产党和工人党代表会议宣言中的观点，保卫马克思列宁主义的根本原则，反对现代修正主义，是当前国际共产主义运动的一个重大任务。”如果前一句话是就共产主义统一战线的号召而言的话，那么，后一句则明确了中国共产党对于国际共产主义运动的义务与责任。表示要“同各国兄弟党一起，在政治上和理论上彻底粉碎现代修正主义，保卫马克思列宁主义，保卫国

① 陈玉刚主编：《中国翻译文学史稿》，中国对外翻译出版公司 1989 年版，第 384—385 页。

际共产主义运动在马克思列宁主义的思想基础上的统一，是我们党对国际工人阶级的神圣义务”。[①] 该文提出：“反对以南共纲领为代表的现代修正主义的斗争是已经开始了，但也只是一个开始。为了在政治上和理论上彻底粉碎现代修正主义，就需要把这个斗争继续进行到底。”[②]

从国家主流媒体的上述宣告来看，中国共产党在国际共产主义阵营乃至兄弟党派中具有举足轻重的地位，同时愿意承担国际阵线的领导作用。与国际局势相应的变化是，毛泽东于1959年8月主持召开庐山会议，会议的结果是全党从纠“左”转向反“右”，开展“反右倾机会主义”的斗争。国内外局势的急剧转折，直接影响到对国内文艺界的路线和方向，国家意识形态部门针对文学艺术的修正主义批判运动紧锣密鼓地开展起来。

一　陆定一的反修讲话

1959年12月8日至1959年底，中共中央宣传部召开动员反修的全国文化工作会议，这是中共中央书记处批准召集的一次重要会议。在这次会议上，陆定一语出惊人，提出对19世纪西方资产阶级文学遗产“愈是精华，愈要批判”。[③]

1960年7月22日，时任国务院副总理陆定一代表中共中央和国务院在全国文学艺术工作者第三次代表大会上致辞。他认为：“我国文学艺术工作的首要任务，就是用文艺的武器，极大地提高全国人民社会主义和共产主义的思想觉悟，提高全国人民共产主义的道德品质。为了达到这个目的，就必须同资产阶级思想进行长期的坚持不懈的斗争。”可见，“资产阶级思想”是一个斗争的靶子，通过打倒这个靶子，通过以这个靶子作为工具和手段，可以实现“提高全国人民社会主义和共产主义的思想觉悟”的目的。他的依据是，从内部条件来看，“由于我国在经济上和文化上还是落后的，资产阶级法权残余还会不可避免地长期存在”。从客观影

① 《人民日报》社论：《对现代修正主义必须斗争到底》，《人民日报》1958年6月4日。

② 同上。

③ 本书的说法参见涂光群的回忆。他说：“我那时在《人民文学》评论组工作，于1960年1月上旬，有幸听了全部传达，作了详细记录。”见涂光群《五十年文坛亲历记》，辽宁教育出版社2005年版，第171页。

响来看，“外国帝国主义者、各种反动派和现代修正主义者正在竭力散布反动的思想毒素。资产阶级的世界观，资产阶级和资产阶级知识分子的政治影响思想影响，资产阶级和小资产阶级的习惯势力，还会长期存在，它们还会要在各方面顽强地表现自己，毒害群众，毒害青年。”因此，陆定一结合内因与外因，认为：“在社会主义社会里，无产阶级和资产阶级之间的政治斗争思想斗争仍将继续很长的时期，高一阵，低一阵，一直到资产阶级的政治影响和思想影响完全消灭为止。”① 上述陆定一的反修讲话从政治上为当时的意识形态斗争指明了方向，文艺作为意识形态的重要组成部分在当代中国一直扮演着不可或缺的角色，承担着宣传与教育的功能。政治指针决定着文艺的方向，因而文艺界闻声而动，在文学创作、批评、研究领域开展了深入的反修运动。

二 周扬的反修讲话

（一）周扬在中宣部文化工作会议的讲话

中宣部的这次会议，目的是动员“反修”。笔者根据涂光群的《五十年文坛亲历记》一书的记载，提炼出周扬的如下主要观点。

第一，批判19世纪欧洲的批判现实主义文学。“周扬在报告及讲话中着重提出要彻底批判达到高峰水平的19世纪西方‘资产阶级文艺’，包括文学、音乐、绘画等，因为它是现代修正主义文艺（特指赫鲁晓夫上台后的苏联文艺）的老根，人道主义、人性论的老根。对马、恩、列对其认识价值和美学价值评价颇高的批判现实主义文学大师及作品，周扬持尤其严峻的批判态度。他说：‘资产阶级文化遗产，如果只反对一部分反动的，而不清理整个的，那么，“根”还没有解决。’‘今天对我们的危险不在我们轻视而是对遗产太盲目迷信’，‘特别是19世纪欧洲的批判现实主义文学，从来当作不可动摇的典范，如果不破除迷信，会妨碍文艺的成长。要有一个革命。’‘批判的现实主义有很大的消极方面，一方面反对大资产阶级的统治，另一方面反对日益增强的无产阶级力量。这种形态的现实主义，过去并不曾、现在也不能培养社会主义的个性，因为它只是

---

① 陆定一：《陆定一代表中共中央和国务院在全国文学艺术工作者第三次代表大会上致祝词》，《人民日报》1960年7月22日。

批判，并不肯定什么，或者更坏一些，转而肯定它曾经否定的东西。”①

周扬时任中共中央宣传部副部长，分管文艺处和科学处。他上面对19世纪西方批判现实主义文学的激烈否定，与他个人的文学趣味、文学观念实际上恰恰相反，他完全作为主流意识形态的掌舵者贯彻高层的旨意，所说的一套与所信的一套之间存在明显的差距。

周扬提出的批判的理由是：“19世纪资产阶级文学究竟有什么可供我们学习的？就世界观而论，同我们是水火不相容的，托尔斯泰、斯汤达、罗曼罗兰，同我们是不能相容的，要划界线的。他们是资产阶级社会的佼佼者，看到资产阶级的没落。我们承认其历史地位，给以估价，只此而已。他们对资本主义又批判又巩固，宣传个人主义，这还不是巩固资本主义制度？……他们在技巧方面的某些成就对我们是有益的，否则，何必要遗产？我们进行社会主义教育，他们用个人主义、个人奋斗、人道主义世界观来影响青年。所以，要树立批判的旗帜，把最伟大的作家摆在无产阶级面前接受审判。”② 周扬从“历史地位”、艺术“技巧”方面出发，将19世纪西方文艺的世界观与其作品相剥离，但是，其总体基调还是坚决的否定。

第二，批判文艺领域的修正主义思潮。周扬说：“文艺战线是政治思想战线的一个方面，文艺上的修正主义是修正主义哲学观点在文艺领域的表现。整个形势是东风压倒西风，但我们决不可低估了西风的影响。资产阶级政治思想的代表正在鼓吹两种意识形态和平共处、互相渗透。当然，没有什么和平共处，有的只是剧烈的斗争。有些人把资产阶级文化看得很高，要向其看齐，有一种甘愿同化的倾向。”③ 周扬在此表达了高度的警惕和担忧，如果联系下面他对文艺领域人情论、人性论、人道主义的批判，就并不奇怪了。

周扬联系中国当时的文艺思想的倾向进行了针对性的批判，他说：“我国也有这样的人，王任叔（巴人）说‘竞异求同’，这实际是要无产阶级思想和资产阶级思想求同，把社会主义同化于资本主义体系，——危险的倾向。文艺领域修正主义思潮有相当长久的历史，胡风是最早的贩卖

① 涂光群：《五十年文坛亲历记》，辽宁教育出版社2005年版，第171页。

② 同上书，第171—172页。

③ 同上书，第172页。

者，什么人性论、人道主义；鼓吹所谓‘现实主义’写真实，否定革命世界观的作用；鼓吹创作自由，否定党的领导。李何林的《十年来文学理论和批评上的一个小问题》，他说，作品思想性的高低决定于作品‘反映生活真实与否’。而反映生活真实与否，‘也就是它的艺术性的高低’，这是为真实而真实，好像真实就是一切。这种片面地强调就是排斥文学艺术的党性、倾向性。人道主义、人文主义、人本主义作为一种社会思潮是历史的产物。在社会主义国家提倡抽象的人道主义，锋芒是反社会主义；用资产阶级人道主义口号宣传阶级合作、和平主义、改良主义，反对革命斗争、革命战争，反对无产阶级专政，就是宣传个人主义，反对集体主义。资产阶级人道主义披上社会主义外衣，危险性就大了。对其进行斗争仍然是当前一个重要任务。和平主义、个人幸福高于一切，反对一切战争，主题放在战争残酷和个人幸福不可调和的矛盾上；所以我说，肖洛霍夫的《一个人的遭遇》是政治上的和平主义，思想上的人道主义，艺术上的自然主义。还有的作品描写战争残酷场面，散布悲观主义、感伤主义，丧失革命气概、革命理想，刘真的《英雄的乐章》是一个例子。”①既然周扬指出我国的“文艺领域修正主义思潮有相当长久的历史”，他就很自然地将过去批判过的巴人、胡风、李何林重新亮相批评一番，并且认为他们“这种片面的强调就是排斥文学艺术的党性、倾向性”。最后他以肖洛霍夫作为修正主义文艺的典型个案，附带批判国内的“同路人”刘真。

除了周扬的上述讲话，中宣部副部长张子意、林默涵也出席会议并讲话了，周恩来、陈毅也到会做了指示。与周扬的激烈批判立场相对照的是，周恩来对西方19世纪文学作品的态度比较温和审慎，“他说：要批判，先要介绍。介绍时，我赞成最好写个序言，指出这些作品历史上的进步作用和局限。”陈毅涉及19世纪文学时说：“无条件崇拜不正确，无条件否定也不正确，应该采取承认长处，抛弃糟粕，结合中国实际，大胆学习、创造的态度。”② 两位总理的讲话一定程度给批判降了温。

周扬作为国家文艺政策的阐释者与执行者，在大会上的发言往往显得激进而迫切，而在小范围的内部会议上，则相对温和平实。据王平凡记

① 涂光群：《五十年文坛亲历记》，辽宁教育出版社2005年版，第172页。

② 同上书，第173页。

载：1960年1月6日，何其芳在领导小组扩大会上传达周扬在此前理论工作会议上的讲话："关于'右倾机会主义'的问题在刊物上不要提，修正主义的问题，国内可以批评，但也要注意，不要给人造成错觉，中国到处是修正主义。"① 1960年2月8日，他到文学所讲话。周扬针对群众运动中对何其芳全面否定的看法讲道："领导同志在文章里、言论里表现了若干资产阶级观点，或者修正主义倾向，但还不能说已经形成了修正主义的体系。修正主义是敌对的，如对新的文学估计不够，热情不够，这是错误；对资产阶级文学，感情上有联系，因为自己身上有旧的思想感情，但文学所的领导同志，不是对新文学采取敌对的态度。"他指出，"修正主义在我们中国、在文艺界不占主要地位"。② 1964年2月11日，何其芳在十七级以上干部党员会上传达周扬对学部各所的指示，强调各研究所任务是组织生产，"反修"不要一般化，要写出自己的东西。③

（二）周扬在第三次文代会上的讲话

随着反对"右派"斗争的展开和中苏两党的公开论战，一场文化思想领域里的批判修正主义运动悄然兴起。1960年7月22日，周扬在中国文学艺术工作者第三次代表大会上的报告中说，纵观新中国成立后的历次政治运动，1951年批判电影《武训传》开始，经过对《红楼梦研究》的批判，对胡适、胡风思想的批判和胡风"反革命"集团的揭露，到1957年又进行了反对丁玲、陈企霞反党集团及其他右派分子的斗争，接着，进行了对修正主义文艺思潮的批判。他认为："文艺战线上的这一系列斗争，正是我国社会主义革命和建设时期阶级斗争在意识形态上的反映。如果说《武训传》的批判是开国以后在文艺领域内向资产阶级思想开火的第一炮，那么，反对文艺界右派分子的斗争就是文艺战线上两条道路、两种世界观的一次具有决定意义的战斗。"④

周扬认为，修正主义者正在拼命鼓吹资产阶级人性论、资产阶级虚伪的人道主义、"人类之爱"和资产阶级和平主义等谬论，目的是调和阶级

---

① 王平凡口述，王素蓉记录：《文学所早期大事记》，《中国作家》2010年第22期。

② 同上。

③ 同上。

④ 周扬：《我国社会主义文学艺术的道路》（一九六〇年七月二十二日在中国文学艺术工作者第三次代表大会上的报告），《人民日报》1960年9月4日第5版。

对立，否定阶级斗争和革命。这篇报告进而具体指责：“人性论是修正主义者的一个主要思想武器”；“人道主义是用来掩盖资本主义剥削以欺骗工人和麻痹劳动人民的流言”；“如何对待文学遗产和继续，也是一个我们同修正主义者和资产阶级文人发生了尖锐分歧的问题”；并且点名批判胡风、卢卡契等人“大肆鼓吹19世纪欧洲资产阶级文学”，“用资产阶级文学的尺度来衡量社会主义文学”。[①]

针对我国文艺界和高等文艺院系正在对欧洲18世纪、19世纪的文艺进行重点研究和批判。周扬认为，从总的原则来看：“继承遗产必须经过研究和批判，要批判就必须研究，而批判又正是为了更好地继承。批判的过程就是一个学习马克思主义、学习遗产的过程。学习，批判；再学习，再批判；只有经过这种反复的过程才能对于批判地继承遗产做到恰如其分。”就具体的方法来看：“又批判，又学习；批判的时候要注意学习，学习的时候要注意批判。批判的时候，必须破除迷信，解放思想，但是容易流于否定一切的粗暴态度，因此要防止粗暴。学习的时候，容易无批判地模仿和硬搬，因此必须强调批判，强调革新，反对保守，反对对古人和外国人的盲目崇拜。我们应当向中外一切优秀的文艺遗产学习，但是决不能让过去的文艺束缚我们的手脚、妨碍我们的创造性。”[②]

周扬的讲话对这以后的苏联文学和西方文学研究产生了重要影响。正是从1960年起，过去被称之为“导师”和“朋友”的苏联文学开始被定义为“苏修文学”。

三　林默涵的反修讲话

在1960年一个学习会上，时任中宣部副部长兼文化部副部长的林默涵作了《更高地举起毛泽东文艺思想的旗帜》的讲话，他用巨大的篇幅回顾了毛泽东文艺思想的主要内容，以及与马克思主义文论家之间的关系。这篇系统阐述毛泽东文艺思想的文章认为：“在文学艺术方面，毛泽东同志也发展了马克思主义的文艺思想，使马克思主义文艺思想具有了完

① 周扬：《我国社会主义文学艺术的道路》（一九六〇年七月二十二日在中国文学艺术工作者第三次代表大会上的报告），《人民日报》1960年9月4日第5版。

② 同上。

整的系统性，高度的科学性和强烈的战斗性。”[①] 也就是说，毛泽东文艺思想是马克思主义文艺思想的组成部分。

其次，结合当时的反修任务，阐述了《在延安文艺座谈会上的讲话》的适用性。“毛泽东同志不仅从正面发展了马克思主义文艺思想，建立了完整的马克思主义的文艺科学，同时，又对资产阶级文艺思想作了最深刻最尖锐的批判。《在延安文艺座谈会上的讲话》实际上早已把修正主义的文艺思想的主要论点彻底驳斥了。”[②] 这里指出了毛泽东文艺思想是马克思主义中国化的产物，也是毛泽东创造性发展马克思主义的结果。

林默涵对修正主义做了明确的界定：“修正主义，就是用资产阶级观点修改马克思主义，抽掉马克思主义的革命实质、革命灵魂。”[③] 林默涵将修正主义文艺思想概括为如下三个方面：

第一，“调和阶级矛盾，模糊阶级斗争，用这种方法来达到巩固旧制度的目的。”第二，“修正主义主张取消文学艺术的教育作用，反对文学艺术为政治服务的目的。取消无产阶级革命的根本目的，把无产阶级运动变成没有革命目的的活动，这也是修正主义的主要论点之一。”第三，“修正主义者一方面模糊阶级界限，调和阶级矛盾，使文艺脱离革命的目的，这样来帮助巩固旧世界，巩固剥削制度。另一方面，他们对新社会、新制度，对革命人民，则怀着很深的仇恨，他们竭力丑化新社会，认为文艺的任务就是暴露，对革命、对人民、对新社会也要暴露，也要讽刺。其目的是挑起人们对新社会的不满，散布对新世界的悲观失望情绪，使人民丧失革命的信心。”[④] 林默涵认为，“毛泽东文艺思想作为战胜文艺上的修正主义思想的最好的武器”。[⑤] 林默涵的上述讲话，主要以毛泽东《在延安文艺座谈会上的讲话》作为思想资源与斗争武器，既重申了毛泽东文艺思想的英明正确，同时又针对现实需要应用发挥。

---

① 林默涵：《更高地举起毛泽东文艺思想的旗帜》，《人民日报》1960 年 1 月 22 日第7 版。
② 同上。
③ 同上。
④ 同上。
⑤ 同上。

四 沈雁冰的反修讲话

1960年，时任文化部部长的沈雁冰在二届全国人民代表大会第二次会议上，对修正主义进行了批判。他批判了修正主义的主要观点：“修正主义者夸夸其谈资产阶级的虚伪的‘人道主义’、‘人类之爱’、‘人性论’来反对阶级斗争，反对无产阶级的党性；以‘写真实’为幌子，实质上是主张专写社会生活的‘阴暗面’，以抹煞社会主义社会生活光明面是主流这一事实，来攻击社会主义制度，挑起人们对新社会的不满；提倡资产阶级的早已破产的滥调‘创作自由’、‘文艺自由’来反对党对文艺工作的领导和革命世界观对于文艺创作的指导作用等等；所有这些极端荒谬的主张，尽管有时披上伪装，有时吞吞吐吐，实质上都是要取消无产阶级文艺，使资产阶级文艺复辟；都是要文化艺术脱离无产阶级政党的领导，而为资产阶级效劳。我们必须坚决反对这种修正主义文艺思想，彻底揭露和批判它的反社会主义的反动本质，更高地举起毛泽东思想的红旗，为进一步发展社会主义文化艺术扫清道路。”① 上述讲话主要以文艺领域中的倾向为例，其思想主调是毛泽东的《在延安文艺座谈会上的讲话》。1960年6月14日，沈雁冰在全国文教先进工作者代表大会文化工作系统会议上的讲话中指出：“坚决反对帝国主义，彻底肃清帝国主义的思想影响，彻底粉碎帝国主义的走狗现代修正主义的无耻阴谋，是当前我国文化艺术界的首要战斗任务。”②

五 知识界反对修正主义思想的运动

全国知识界在文艺领域响应国家主流意识形态的号召，应声而起反对修正主义的运动。其特点是，初期广泛撒网的同时有所侧重；在文艺领域以“批判与继承”为突破口；后期从局部的文艺领域扩大到整个意识形

① 沈雁冰：《为实现文化艺术工作的更大更好的跃进而奋斗：文化部部长沈雁冰的发言》，《人民日报》1960年4月5日第2版。

② 沈雁冰：《不断革命，争取文化艺术工作的持续跃进：沈雁冰在全国文教先进工作者代表大会文化工作系统会议上的讲话》，《人民日报》1960年6月15日。

态领域。

（一）修正主义批判的重点个案

早在1959年1月12日，何其芳在文学所召开各组室负责人会议，传达中宣部对于批判资产阶级、修正主义的任务，要求注意“四个重点”：“国内修正主义——冯雪峰；国外修正主义——卢卡奇；考据方面——陈寅恪、王国维”。[①]

1960年6月14日，新华社报道北京市文艺、哲学、社会科学战线在市委领导下展开的以反对现代修正主义思想为中心的学术批判运动。下面以该报道提供的资料来分析修正主义批判运动的方法、步骤、手段以及成效。第一，抓国内外的修正主义典型。“该年3月，中央召开的省市委文教书记会议提出开展学术批判运动以后，北京市委常委会进行了讨论，认为在高等学校文科、艺术院校和文艺界应当首先开展反现代修正主义思想的斗争，并确定利用对巴人、李何林、尚钺等国内极少数的几个现代修正主义思想的代表人物和铁托集团的现代修正主义的批判，来清除国际现代修正主义的影响。”[②] 批判运动的发展由点到线，由线到面，逐渐扩大到文教单位的一般群众。第二，采用集中学习的动员方式。“各单位组织党员干部学习和讨论了有关的方针政策。文艺界的党员领导干部和大学文学系部分党员干部还集中学习了两周。4月份以来，各单位先后在群众中进行了动员。”[③] 第三，采用群众式批判消除惧怕心理。批判运动起始阶段，知识分子群体出现了普遍的恐慌，人人自危。“运动开始时，资产阶级专家、教授中多数人对学术批判运动存有不少疑虑。他们怕丢掉饭碗，怕当批判重点，怕戴上修正主义帽子，怕追政治问题。有的想把已经寄给报刊尚未发表的文章要回来，有的要求把过去已答应讲的课退掉。”[④] 为了消除上述疑虑和惧怕心理，各单位发动了群众式的批判方式。“大部分单位在运动中的做法是，把巴人、李何林、尚钺等人和铁托集团的文章发给群众边读边议，发动群众围绕这些反面材料展开鸣放辩论。同时组织群众认

---

① 王平凡口述，王素蓉记录：《文学所早期大事记》，《中国作家》2010年第22期。

② 新华社：《北京市学术批判运动在健康地发展》，《内部参考》1960年6月15日。

③ 同上。

④ 同上。

真学习毛主席的著作和《列宁主义万岁》等三篇文章，以毛泽东思想为武器，对现代修正主义和资产阶级学术思想进行彻底的批判。”[①] 这样的大讨论、大辩论的参与者做法，取得了一定的成效。第四，在思想和行动上取得了成效。“现在群众已经发动起来，对于有些问题展开了热烈的辩论，思想斗争相当激烈。”[②] 具体来说，知识分子出现了如下改观：“经过两个月来的反复学习与辩论，大多数人认清了现代修正主义宣扬阶级调和、否定阶级斗争的危害性，加强了阶级观点。原来觉得资产阶级人性论、人道主义、和平主义很香的人，现在也觉得它臭了，是‘糖衣毒药’。有些人原来认为自己经过历次政治运动，不需要改造世界观了，通过这次运动认识到改造世界观还是个长期艰巨的任务。有的人划清了与剥削阶级家庭、反革命亲属的界限。一部分认真参加运动的老教师也有不同程度的提高。如北大西语系教授李赋宁过去以‘人性’、‘良知’、‘理性’作为自己做人和教文学史的标准，现在表示要把这些资产阶级的东西抛到垃圾堆里去。群众普遍反映，在这次运动中思想上有很大收获，受到了一场生动的阶级斗争教育。”[③]

以上介绍的是首都北京的情况，下面以新华社的另一则报道的信息为例，分析地方省份批判运动的开展情况。1960 年 6 月 18 日，新华社报道，湖南省根据中央文教书记会议精神，在高等学校、省文艺界、教育界、学术界等 28 个单位开展了学术思想批判运动。批判的锋芒主要针对资产阶级“人道主义”、“人性论”、“和平主义”、“学术自由”等现代修正主义观点。[④] 就总体效果而言，“通过重点批判，群众思想觉悟得到普遍提高。大家擦亮了眼睛，认识了修正主义的危害性，初步划清了是非界限，缩小了现代修正主义和资产阶级学术思想影响的阵地。”[⑤] 湖南省这次批判运动的另一个特色是，在批判实践中，同时“还培养了骨干队伍”。[⑥] 就具体数据而言，“从湖南大学、中南矿冶学院、湖南农学院三校的典型调查来看，在教师中，对运动表现积极的由运动开始的 30% 上升

① 新华社：《北京市学术批判运动在健康地发展》，《内部参考》1960 年 6 月 15 日。
② 同上。
③ 同上。
④ 李兰桂：《湖南省开展学术思想批判运动》，《内部参考》1960 年 6 月 20 日。
⑤ 同上。
⑥ 同上。

到50%，中间的由50%下降到35%，抵触、抗拒的由20%下降到10%；在学生中，对运动表现积极的由50%上升到65%，一般的由40%下降到30%，认识模糊的由10%下降到5%左右。”① 虽然反修运动取得了很大的成果，但是该报道同时也指出：“重点对象经过批判教育，一般已开始有所转变，但有的转变不大，个别的还公开坚持反动观点，说明斗争是深刻、尖锐、长期的。”②

总之，上述报道材料披露的情况反映了批判运动的组织方式以及具体成效。抓典型个案入手，作为集中批判的靶子；然后组织群众集体参与讨论，不由自主卷入运动的漩涡；通过面对面的宣传教育与个人表态，提高参与运动的积极性。

（二）文艺领域的修正主义批判

文艺领域反修运动的具体内容很多，其中一个方面是结合中外文学遗产的批判与继承问题来展开的。复旦大学刘大杰对中国古代文学领域的反修正主义思路提出了自己的看法，首先，他说：“如何对待文学遗产，一向就存在着无产阶级思想和资产阶级思想两条道路的斗争。反对修正主义是我们目前文艺战线上的主要战斗任务。”③ 其次，他结合具体的批评案例指出研究者的错误。“在某些文章里，我们可以看到这样一些论点；有些山水诗只是纯客观地反映自然现象，并没有阶级性；在古典作品里，存在着一部分中间文学；唐明皇杨贵妃的爱情，是超时代超阶级永恒不变的爱情；贾宝玉的典型是没有阶级基础的，等等，这些论点或者受了修正主义思想的影响，或者具有修正主义的倾向。由此可见，古典文学研究者不关心或者轻视反修正主义的斗争，是完全错误的。”④ 他上面所举的文学批评现象，涉及山水诗的阶级性、“中间文学作品”、人性论以及典型人物的阶级论等话题，这些理论问题曾经是20世纪60年代的批评热点。接下来，刘大杰针对上述问题亮出了自己的观点：“反对修正主义是我国全体文艺工作者的共同任务，古典文学工作者也绝不例外。我们必须同样积

---

① 李兰桂：《湖南省开展学术思想批判运动》，《内部参考》1960年6月20日。

② 同上。

③ 刘大杰：《在古典文学研究的领域里高举毛泽东文艺思想的红旗》，《光明日报》1960年8月7日。

④ 同上。

极地投入到反对修正主义的斗争中去，锻炼自己，提高自己的思想觉悟，对于修正主义者所鼓吹的资产阶级人性论、人道主义、人类爱以及和平主义等等谬论，必须坚决反对和彻底批判。”① 最后，他提出了反修正主义的思想武器。“我们在这方面要取得胜利，必须认真地学习毛泽东思想，正确地掌握毛泽东思想，因为毛泽东思想是战胜修正主义肃清资产阶级思想最有力的武器。”②

中山大学的楼栖、暨南大学的肖殷在中国作家协会第三次扩大理事会上的发言，直接响应了陆定一、周扬、邵荃麟在全国文学艺术工作者第三次代表大会上的讲话。他们结合高校的思想状况，首先回顾了新中国成立之后知识分子资产阶级学术思想的状况。“从批判《红楼梦研究》开始，给文学研究工作敲响了警钟，揭开了在继承文学遗产上两条道路斗争的序幕。以后，每一场文艺界的思想斗争，中文系都有强烈的反应。高等院校是资产阶级知识分子的集中地，资产阶级的以及封建阶级的文艺思想在这儿根深蒂固，想在短期内铲除干净，那是不可能的。1957 年的反右派斗争，资产阶级政治思想受到了狠狠的打击；但资产阶级学术思想却仍然有它广大的市场。1958 年的教学改革，批判了厚古薄今的资产阶级观点；可是，大部分文学教师都有一套完整的资产阶级世界观和美学观，教学改革时虽然破了一下，但破得并不彻底，运动一过，又往往换个形式而且还披着马克思主义的外衣冒出头来。它添了一层保护色，更难分辨，危险性就更大了。”③ 实际上，上述讲话相当于梳理出国内文艺修正主义的谱系，而是否符合事实并不认为需要论证。其次，他们指出，正在开展的批判修正主义文艺理论的斗争中，高等院校的中文系师生已有十分显著的收获。“过去，只把修正主义文艺理论作为文学界的孤立现象来看，而且认为批判一次就可以解决问题。而这一次，却能把修正主义的文艺观点、政治观点、哲学观点联系起来，进一步明确了它的危险性。”④ 他们认为，反修正主义的斗争将是长期而深远的运动。“进一步明确了在整个社会主义革命和社会主义建设时期中两种思想体系的斗争，会时起时伏，延续不绝

① 刘大杰：《在古典文学研究的领域里高举毛泽东文艺思想的红旗》，《光明日报》1960 年 8 月 7 日。

② 同上。

③ 楼栖、肖殷：《文学遗产的批判与继承》，《光明日报》1960 年 8 月 14 日。

④ 同上。

的。此外，还有一个显著特点，即已初步找到了修正主义的老根子：资产阶级的个人主义、人性论和人道主义。从这些根本问题上划清了无产阶级和资产阶级的思想界限。”①

（三）修正主义批判的扩大化

随着反修正主义运动的深入发展，国家所掌控的传播媒介向更广大的意识形态领域灌输政策和方针。1963 年 12 月 18 日，中共中央向各中央局，各省、市、自治区党委，中央各部委、军委总政治部发出关于在报纸刊物上发表批判现代修正主义的文章和试办内部刊物的通知。该《通知》说：“根据当时的国际斗争形势的发展，中央认为，有必要在更大的范围内从更多的方面开展对现代修正主义的批判，不仅在《人民日报》和《红旗》杂志上，而且逐步在中央一级其他报刊和省、市、自治区一级的报刊上，发表批判文章；批判的内容，要从政治、理论方面，逐步扩展到整个哲学社会科学和文学艺术方面；要组织更多的党内外的理论学术工作者和有关的干部，参加到这个斗争中来。”② 具体的刊物，涉及从中央到地方的三种类别。“初步拟定了可以发表批判现代修正主义文章的报刊名单：一、中央一级的刊物：《哲学研究》《经济研究》《历史研究》《政法研究》《文艺报》《文学评论》《国际问题研究》《新建设》。二、中央一级的报纸：《光明日报》《大公报》《工人日报》《中国青年报》《解放军报》。三、省、市、自治区一级的刊物和报纸由各中央局确定。”③ 上述刊物在反修运动中发表了一些影响很大的斗私批修的文章。④

---

① 楼栖、肖殷：《文学遗产的批判与继承》，《光明日报》1960 年 8 月 14 日。

② 《中共中央关于在报纸刊物上发表批判现代修正主义的文章和试办内部刊物的通知》，1963 年 12 月 18 日。

③ 同上。

④ 具体篇目包括：王洪文：《坚决贯彻“斗私，批修”的战斗号令》，《人民日报》1967 年 10 月 3 日；《红旗》杂志编辑部：《“斗私，批修”，做好各学校各单位的斗批改》，《红旗》1967 年第 15 期；《人民日报》编辑部：《“斗私，批修”是无产阶级文化大革命的根本方针》，《人民日报》1967 年 10 月 6 日。

第三节 关于“现代派”的批判

新中国成立后对“现代派”的批评，其理论预设可以追溯到左翼文学认为无产阶级文学必须揭示“历史本质”，展现生活的“客观规律”，指明人类光明前途，表现对历史发展的乐观主义；文学风格和形式必须易懂、明朗，反对晦涩朦胧，更不能接受颓废；应该运用典型性艺术手法。

一 “现代派”的批判的缘起

新中国成立后，“现代派”批判所受的国际影响是苏联日丹诺夫 1934 年在第一次全苏作家代表会上的一次讲话，以及作为附录的几篇决议。当时中国把日丹诺夫看作马克思主义的文艺理论家，因而他对西方现代文学的论断当然就被看作为绝对的准则。日丹诺夫对西方现代派的评价是这样的：“由于资本主义制度的衰颓与腐朽而产生资产阶级文学的衰颓和腐朽，这就是现在资产阶级文化与资产阶级文学状况的特色和特点。资产阶级文学曾经反映资产阶级制度战胜封建主义，并能创造出资本主义繁荣时期的伟大作品，但这样的时代是一去不复返了。现在，无论题材和才能，无论作者和主人公，都是普遍地在堕落……沉湎于神秘主义和僧侣主义，迷醉于色情文学和春宫画片，这就是资产阶级文化衰颓和腐朽的特征。资产阶级文学，把自己的笔出卖给了资本家的资产阶级文学，它的‘著名人物’现在是盗贼、侦探、娼妓和流氓了。”[①] 而中国当时一切都紧跟苏联，因而就把日丹诺夫的这一论断作为我们必须遵循的文艺路线和方针政策。多年来的宣传，其结果是造成许多人对西方“现代派”文学的偏见，对其采取全部排斥的否定态度。

《人民日报》发表的《略谈苏联文艺界最近的思想斗争》一文介绍了 1946—1949 年苏联在文学艺术方面，包括在哲学、经济学、生物学方面

---

① 日丹诺夫：《在第一次全苏作家代表大会上的讲演》（一九三四年八月十七日，戈宝权译），载《日丹诺夫论文学与艺术》，人民文学出版社 1959 年版，第 34 页。

思想战线上的剧烈斗争。“而在文学艺术方面的斗争，持续得更久。”[1] 该文首先介绍了苏联国家意识形态部门及其重要媒体所发布的“批评和指示”。“自1946年8月起，直至1949年1月底止，联共（布）中央、中央书记日丹诺夫、苏联作家协会、苏联作曲家协会、党中央机关报《真理报》、中央宣传部报纸《文化与生活》对于文学、戏剧、电影、音乐等，曾连续不断地作了许多重要的批评和指示。”其次，介绍了苏联文艺所批判的文艺现象。“一批斗争的对象是妄自菲薄、甘拜洋风、食‘古’不化、弃古从‘今’、漠视政治、重视私交的文学艺术方面的创作者、批评家和领导者（后者包括编辑部、团体机关、地方党委等）。”[2] 最后，指出了苏联文艺界“资产阶级”作家的创作思想及其代表性作品。“所谓甘拜洋风，就是崇拜欧美资产阶级的堕落文化，如唯美主义、形式主义以及翻译和上演毫无思想艺术价值的资产阶级作家的作品。所谓弃古从‘今’，就是漠视俄国古典剧作，否定俄国和西欧古典音乐的基本原则而重视形式主义和现代派的音乐。如歌剧《伟大的友谊》和《一个真实的人的故事》。”[3]

苏联作家中的叶赛宁、布尔加科夫、古米廖夫、帕斯捷尔纳克、茨维塔耶娃、阿赫玛托娃、索尔仁尼琴等人，其创作被视为离开了“社会主义现实主义”路线，其作品被作为反动的或腐朽的思想艺术倾向而加以否定。“十七年”文学时期，除了索尔仁尼琴的小说以“内部发行”的方式供批判使用，中国没有翻译介绍上述作家的作品。西方文学中的现代主义作家、作品、流派、社团及其风格，被中国文艺理论界视为“20世纪欧美资产阶级没落期的颓废文学各派别”。

除了上述文艺观念的外在影响以外，国内理论界关于文学的哲学基础、创作方法的论述是当时国家意识形态批评坚决拒斥“现代派”的关键原因。茅盾在《夜读偶记》中认为：“现代派”（该文运用了“新浪漫主义”的概念）的思想根源是主观唯心主义，而创作方法是反现实主义，是反映了没落中的资产阶级的狂乱的精神状态和不敢面对现实的主观心理；在极端歪曲“事物外形的方式下”，来发泄作者个人的幻想、幻觉。

① 郁文哉：《略谈苏联文艺界最近的思想斗争》，《人民日报》1949年6月20日。

② 同上。

③ 同上。

因而，不论对于社会主义时代的读者，还是创造社会主义文学的作家，都只有害而无利，是不值得借鉴的。其次，当革命文学成为文坛的主流以后，非理性的内容受到了冷遇。1949 年以后的中国文学，是在政治上的巨大变化和文化上的封闭状态下发生的，西方 20 世纪文化被当作资本主义发展到帝国主义阶段后出现的反动、腐朽、没落的东西遭到了否定，非理性主义自然首当其冲。他指出“‘现代派’诸家”对于现实的看法和生活的态度是“像鸦片一样有毒的”。[①]

茅盾对现代派的批判抓住了“形式主义”作为突破口，他认为形式主义“这是就它们的坚决不要思想内容而全力追求形式而言；‘只问怎样表现，不管表现什么’，这句话正说明了‘现代派’的这个特点”。[②]“如果说它的始祖（在文学是象征主义，在造型艺术是印象主义）虽然不要思想性，可还注重形式的美（象征主义注重神秘美，只能意会不能言传的美等等，印象主义在技法上的特点，上文已经提到），因而在艺术的表现手法（即所谓技巧）方面有些新的前人未经探索过的成就，那么，它的末代的子孙就只能以不近人情的怪诞的‘表现手法’来吓唬观众，实际上它们是没有形式主义（这里是照向来的涵（含）义，意即仅有形式美而无思想内容的作品）的形式主义。这是现代派的思想方法、创作方法必然要走到的绝境。”[③] 茅盾上述文艺批评的理论基础来源于唯物论与反映论，当然，文学观念的对立还不仅仅因为哲学上的差异，阶级论才是具有政治性质的立场差异。

“十七年”关于外国文学经典的批评观念问题，批评立场的形成主要围绕“资产阶级”、“无产阶级”、“资本主义”、“社会主义”的政治分歧。“由于没有进行以唯物史观为理论基础的科学研究，这种种概念和观念便始终处在非常模糊朦胧的状态中。它无所不包却似是而非。当不断地人为地制造运动，把这种‘两军对战’理论模式普及到广大群众和社会生活中去时，便很容易地把一切坏的事物、现象都归入为以‘剥削’为基础的所谓资产阶级、资本主义范畴。把一切好的事物、现象都归入以‘劳动’为基础的无产阶级、社会主义范畴。于是，在这里，无产阶级、

① 茅盾：《茅盾全集》第 25 卷，人民文学出版社 1996 年版，第 177 页。
② 茅盾：《夜读偶记》，百花文艺出版社 1958 年版，第 56 页。
③ 同上书，第 64 页。

社会主义与资产阶级、资本主义便变成了‘劳动’与‘剥削’、‘公’与‘私’、‘善’与‘恶’的对立和斗争。本来具有特定历史内容的唯物史观的范畴便逐渐变成了超时代的道德伦理范畴。道德的观念、标准、义愤日益成了现时代的政治内容。政治变成了道德，道德变成了政治。”① 其形成原因除此之外，还反映了一种特定的批评心态——民族性诉求与民族主义倾向。

（一）以意识形态作为划分敌我的标准

国家意识形态文学批评对西方文学的这种极其敏感的判别姿态，反映了文艺界的当政者在面对中华民族长达一个半世纪的殖民屈辱的历史经验时，力图以独立自主的姿态确立其民族的尊严感和豪迈感。周扬在新中国成立之初的一段话袒露了一种积淀于集体心理的文化无意识。“帝国主义、封建主义对中国人民长期残酷的黑暗统治，一方面造成了中国人民无限的革命毅力和决心，另一方面也在部分中国人身上造成了某种程度的民族自卑心，这种民族自卑心和中国资产阶级、小资产阶级所固有的动摇性、软弱性的特点是正好结合着的。”② 因此，他大力倡导，“文艺应当帮助人民扫清这种由于长期民族屈辱地位所造成的自卑心理，而建立起适应于我们今天国家地位的，伟大中国人民应有的民族自尊心，加强人民对自身伟大力量和光明前途的信念”。③

（二）民族主义的褊狭与悖论

自晚清开始，中国跨入了一个由欧洲两个世纪的现代化所开拓的广阔的文化和知识空间，中国文化进入了动荡的旋涡中，当时中国人正试图寻找一种与他们选择的现代性范式相应的文化。根源于对自强、独立、繁荣的现代化民族国家的诉求，在文化上相应追求的是“中国作风与中国气派”的民族风格。这种民族化追求是由毛泽东于 1938 年 10 月提出创造“新鲜活泼的、为中国老百姓所喜闻乐见的中国作风和中国气派”的号召

① 李泽厚：《中国现代思想史论》，天津社会科学院出版社 2003 年版，第 189 页。

② 周扬：《坚决贯彻毛泽东文艺路线——一九五一年五月十二日在中央文学研究所的讲演》，《周扬文集》第 2 卷，人民文学出版社 1985 年版，第 56 页。

③ 同上。

(《中国共产党在民族战争中的地位》)引起的。解放区的文艺是真正新的人民的文艺，表现为新的主题，新的人物，新的语言、形式。凡是“新鲜活泼的、为老百姓所喜闻乐见的中国作风与中国气派”的形式，就是美的，反之就是丑的。[①] 周扬的具体主张是，“我们的一切创作，都应该具有自己民族的形式和特点。民族化，就是把外来的形式结合本国的实际和民族特点加以改造，使之变为自己民族的形式，成为大多数人民能够接受的东西，用以丰富和发展自己民族原有的形式”。[②] 由于外敌入侵以及本身国力衰颓造成的积弱积贫局面，中国人在屈辱心境中面对西方文化时形成了维护民族自尊与独立的心态。在认识到“作品的艺术水平也必须提高，必须承认现在解放区的作品还远没有达到形式上完成的程度”这一现实的同时，又有所警惕，“我们必须学习技术；但我们又必须反对与防止一切技术至上主义（例如技术与思想分开，盲目崇拜西洋技巧等等）、形式主义，必须确立人民文艺的新的美学的标准”。[③] 周扬认为：“机械地硬搬，人民是不会接受的，不会承认的，那种做法，只能说明我们的有些文艺工作者还摆脱不掉崇拜西洋的心理。这也可以说是殖民地半殖民地买办资产阶级思想的一种反映，不清除这种心理，我们的文艺就不能有真正的独立性和创造性，我们就不能建设自己民族的群众的社会主义的新文艺。”[④]

20世纪50年代末，中苏关系由社会主义阵营内部意识形态论战逐渐走向公开的破裂。国际局势的突然逆转引发了思想领域的强震，中国必须改变对苏联老大哥的学习姿态，进而对马克思主义做出自己的理解并将它应用于社会主义建设事业的实践。当时主流权力话语扭转意识形态方向的关键性举措便是对高校文科教材进行改革。就文科教材与社会的关系来看，教材的思想导向、编写方针、理论来源牵涉到国家的思想控制与舆论

---

① 洪子诚编：《中国当代文学史·史料选：1945—1999》（上、下册），长江文艺出版社2002年版，第159页。

② 周扬：《在全国文艺工作会议上的讲话》（作者于1963年4月9日的讲话，未公开发表过），《周扬文集》第四卷，人民文学出版社1991年版，第284页。

③ 洪子诚编：《中国当代文学史·史料选：1945—1999》（上、下册），长江文艺出版社2002年版，第159页。

④ 周扬：《在全国文艺工作会议上的讲话》（作者于1963年4月9日的讲话，未公开发表过），《周扬文集》第四卷，人民文学出版社1991年版，第284页。

导向。1959年年底文化工作会议向中央书记处报告时，邓小平提出“先立后破，未破不立”的方针，特别要求编好具有科学价值的文科教材。中共中央书记处书记彭真受总书记邓小平的委托向周扬下达了这一任务，限期解决文科教材问题。周扬与林默涵分别抓文科教材和艺术院校教材的编写工作。就文科教材的存在方式来看，它是通过权威部门的编订与认可，从而获得经典化的言说权力。这次文科教材编写工作，并非临时配合政策，而是“学校建设的一个重要部分，也是学术建设的一个重要部分”。[①] 作为长期的文化积累，“也是不断革命论和革命阶段论相结合”，“使教材编写工作成为推动学术研究和培养干部的重要环节”。[②] 在改变了对苏联的简单模仿与盲目跟风之后，文科教材的编写既是文化政策的有力调整，又是社会主义文化建设走向自主化的重要标志。

然而，过于强硬的民族性立场与政治意识形态化的批评话语相结合，又产生了民族主义的褊狭与矛盾。中国人面临的现代性的矛盾在于，一种现代性是霸权主义的现实，另一种现代性则是革命与建设事业。两者间的窘境就是既要在政治、军事、意识形态上与西方对抗，保卫革命成果；又要积极投身于现代化建设，加入全球性的现代性历史行列。前者试图通过创造一种新的政治来改造中国，带有羡憎意味，体现为民族主义心态；后者则体现为鲜明的现代性焦灼感。

二　激烈批判“现代派”的态度

新中国成立前，“人道主义”与“个人主义”通常被认为是与资产阶级的政治属性紧密结合在一起的。由于鲁迅与梁实秋关于人道主义的论战以及毛泽东《在延安文艺座谈会上的讲话》的批判，这两个不光彩的词语，使人敬而远之。从50年代中后期到“文化大革命”，某些激进的意识形态领导者高扬虚伪的道德旗帜，大讲牺牲精神；宣称“个人主义乃万恶之源”，要求人人“斗私批修”做舜尧，这种思想取向深刻地影响了

① 周扬：《高校文科教材编写工作漫谈》，《周扬文集》第四卷，人民文学出版社1991年版，第245页。

② 周扬：《在〈中国古典文学作品选〉编写会议上的讲话》，《周扬文集》第四卷，人民文学出版社1991年版，第125页。

这一时期批评界对西方文学资产阶级文学经典的评价。

新中国成立后，对资产阶级文学的人道主义与个人主义思想的批判是与1957年下半年开始的“反右”运动有密切关系的。据冯至说：“中国现在的知识分子绝大多数还是从剥削阶级出身的，过去一向受的是资产阶级教育，在思想感情上，他们对于欧洲资产阶级文学比对于祖国长期封建时代遗留下来的古典文学还要更接近些。”因为封建社会的文学与今天有一定的距离，而资产阶级文学的一些主题思想在我国民主主义阶段发生过不少影响，容易引起知识分子的共鸣。由于欧洲资产阶级文学“对于我们的思想感情有着比中国过去的封建时代文学更为复杂错综的关系”。因此，“胡风反革命集团为了破坏文艺上的工农兵方向，是那样处心积虑地推崇欧洲资产阶级文学，而否定中国的古典文学”；“右派分子向党、向社会主义猖狂进攻，有些人大量地从欧洲资产阶级文学中窃取文句，而很少从中国古典文学中窃取”。“其中他们狂妄地认为最能得心应手的是人道主义思想和个人主义的人生观。”[①] 一方面有“胡风反革命集团”的“罪行”作为法定的“靶心”，另一方面又有“反右”运动的时代需要，导致资产阶级文学的人道主义与个人主义在劫难逃，一时成为批评界的热门话题。笔者将一方面从人道主义与个人主义文学批判的历史过程，另一方面从抗衡片面批判、维护经典的角度来讨论这个问题。

外国文学研究专家袁可嘉通过具体的文本分析指出，艾略特是“第一次世界大战以来英美两国资产阶级反动颓废文学界一个极为嚣张跋扈的垄断集团的头目，一个死心塌地为英美资本帝国主义尽忠尽孝的御用文阀。从20世纪20年代起，他在美国法西斯文人庞德，英国资产阶级理论批评家瑞恰慈等人的密切配合下，在英美资产阶级理论批评界和诗歌创作界建立一个‘现代主义’的魔窟。四十年来，他们盘踞着英美资产阶级文坛，一直散布着极其恶劣的政治影响、思想影响和文学影响。”[②] 袁可嘉进一步对以休姆诗歌理论为代表的美英“现代派”诗歌进行了个案分析。他认为，古典主义人性论、直觉主义哲学和象征派文学是休姆诗歌理论的三大根源，后来再加上弗洛伊德主义，就成为从意象派到超现实主义的“现代派”诗歌的总根子。这种反进步、反理性的世界观和同样是反

---

① 冯至：《略论欧洲资产阶级文学里的人道主义和个人主义》，《文艺报》1958年第11期。

② 袁可嘉：《托·史·艾略特——美帝国主义的御用文阀》，《文学评论》1960年第6期。

理性、重直觉，反陈述、重象征的艺术方法为后来的“现代派”诗人所承袭。[①] 袁可嘉的诗评标准为：“诗歌是心灵的呼唤，是时代的脉搏。”与社会主义现实主义崇尚理性、明朗、通俗的诗歌风格相比，“思想知觉化，联想自由化，象征隐秘化，意义晦涩化——这是‘现代派’诗歌艺术的突出特点。”袁可嘉将它称为“反理性、尚未蒙昧的艺术方法”。[②] 袁可嘉过于注重“现代派”的艺术手法与思维方式，而忽视了其中很多作品实际上恰恰是对资本主义社会黑暗面的揭露和批判。袁可嘉说，“剥开‘现代派’诗歌形形色色的外衣，看到的主要是虚无主义、神秘主义、本能主义和法西斯主义——现代资产阶级一颗腐烂透顶的黑心，分崩离析的资本主义社会欲停未止的脉息。”[③] 过去我们的文学理论认为现代主义反映了颓废落后的资产阶级价值观。其实，现在看来，如果我们从现代主义在整个审美现代性中所起的作用来看，上述看法是有问题的。现代主义的思维方式隐含着一种本质上的政治激进主义和颠覆倾向。如果我们把现代性的内在张力视为启蒙现代性（工具理性）和审美现代性之间的冲突，那么，现代主义主张生活模仿艺术，有一种对抗启蒙理性的工具主义的颠覆功能。强大的权力话语本身就是以工具理性思维为依托，“现代派”的边缘化宿命也就在所难免。

1958 年 3 月，姚文元发表《评钱谷融先生的“人道主义”论——和钱谷融等辩论》，他认为：钱谷融的文章《论“文学是人学”》和何直、周勃、陈涌等人的文章，是文学上的资产阶级思潮中两个自成系统的极端。何直用所谓“写真实”来反对社会主义文学的阶级性，反对马克思主义世界观；钱谷融先生则用“人道主义”来反对社会主义文学的阶级性，反对马克思主义世界观。一个强调“忠于客观真实”，另一个强调发扬“主观”上的“人道主义精神”。表面上一重客观，另一重主观。但在反对马克思主义阶级论上面则是“殊途同归”、完全一致的。[④]

---

① 袁可嘉：《略论美英“现代派”诗歌》，《文学评论》1963 年第 3 期。

② 同上。

③ 同上。

④ 姚文元：《评钱谷融先生的“人道主义”论——和钱谷融等辩论》，《文艺思想论争集》，作家出版社 1965 年版，第 85 页。

法国文学研究专家罗大冈的长篇论文[1]对《约翰·克利斯多夫》有精深的评价，他客观肯定了《约翰·克利斯多夫》的社会影响，提倡辩证、批判地接受。既有尊重历史与文本的解读，又体现了马克思主义批评方法。然而，罗大冈的评价态度随着时间推移有不断激进的趋势。同样在1961年，罗大冈的《必须正确评价〈约翰·克利斯朵夫〉》[2]一文的批评观点远远比《〈约翰·克利斯多夫〉与资产阶级人道主义》要更为偏“左”。观点变化的起因是罗大冈通过第三次全国文代会的学习，完成了文学批评讲究实用、强调批判的学习。他认识到：“外国文学遗产的批判和介绍工作也必须贯彻古为今用、外为中用这一原则。”文学批评的根本问题在于解决为谁服务和如何服务的。外国文学的介绍和研究，“作为革命无产阶级在思想意识领域里进行兴无灭资斗争的工具，无疑地，应该为无产阶级的政治服务、为工农兵服务”。在后一篇论文中，罗大冈检讨了《〈约翰·克利斯多夫〉及其时代》一文的问题在于“对于资产阶级文学名著的盲目和过分的推崇”，其次是对于马克思主义的历史观理解不正确。因此，罗大冈对《约翰·克利斯多夫》为什么如此畅销进行了重新解释。他认识到：“一部文学作品所产生的影响，就其性质而言，是不可避免地反映着当时的阶级关系的。所以不但对作品本身，对作家主要通过典型人物的塑造所表达的思想，必须进行阶级立场和阶级观点的分析，即便对于作品在读者间产生的客观影响，也有做阶级分析的必要。”通过无所弗界的阶级分析法，罗大冈否定了先前作出的“《约翰·克利斯多夫》是本世纪初期世界文学上最重要的收获之一”这个客观的判断。政治学习之后，罗大冈所获得的“历史主义”文学观是，“历史主义所要求的从发展的观点看问题，也不仅是所谓古往今来这一个单纯的时间概念，而是指历史的现象必须放在社会发展从低级形式到高级形式的过程去考虑”。既然“在阶级社会里，时间的推移实际上就是阶级力量对比的变化过程，也就是阶级矛盾发展的过程”。因此，罗大冈认为“对于文学遗产的估价和批判继承，是应当从阶级斗争发展的进程去衡量的”。依照资本主义社会必将灭亡的共产主义信仰，就不难理解，罗大冈最后的结论是：“像

---

① 主要作品有：罗大冈：《〈约翰·克利斯多夫〉及其时代》，《文学研究》1958年第1期；《〈约翰·克利斯多夫〉与资产阶级人道主义》，《文艺报》1961年第9、10期。

② 罗大冈：《必须正确评价〈约翰·克利斯朵夫〉》，《光明日报》1961年1月7日第3版。

《约翰·克利斯多夫》这样影响较广的资产阶级文学作品，它的积极意义恰好和历史的发展进程成反比例。”①

冯至认为个人主义问题具有时代性与阶级性。在资本主义社会，个人与社会几乎是永久地处于对立的地位，因此，怎样处理个人与社会的关系是资本主义的主要问题。然而，“在社会主义社会里，个人主义则成为一个可耻的名词。因为社会主义制度和资本主义正相反，它是为绝大多数的人民谋利益的，个人和社会的关系是基本上得到了解决——这并不是说二者中间已经没有矛盾”。所以，“谁若是强调个人的意志，不顾集体的利害，这就等于与绝大多数的人民为敌，是不会获得人民的同情的”。②

从1958年起，文学界对司汤达的小说《红与黑》进行了讨论和批判。姚文元的观点具有代表性，他的《论司汤达的〈红与黑〉看西欧古典文学作品中的爱情描写》，以“左”的面貌出现，从否定《红与黑》的“爱情描写”到否定欧洲古典文学作品的“爱情描写”，并进而否定对古典文学遗产继承的必要性。在他看来，《红与黑》等名著都是“恋爱自由和自私自利、互相玩弄以至狂热地追求生活的放荡等等结合在一起，通奸、乱搞男女关系作为对封建社会的反抗”。姚文元认为，“人道主义或人文主义”就是“资产阶级的意识形态”，③ 它与无产阶级思想“是两个敌对的世界观”。④“我们要坚决地同一切超阶级的人道主义划清界限”，⑤ 因为“人道主义是以个人为中心”，“是资产阶级个人主义的世界观”。

江青在《林彪同志委托江青同志召开的部队文艺工作座谈会纪要》中，猛烈抨击资产阶级的“创新独白”，倡议“我们也要标新立异，要标社会主义之新，立无产阶级之异。要努力塑造工农兵的英雄人物，这是社会主义文艺的根本任务”。她谈道：“要破除对中外古典文学的迷信。斯大林是个伟大的马克思列宁主义者，他对资产阶级的现代派文艺的批评是

---

① 罗大冈：《必须正确评价〈约翰·克利斯朵夫〉》，《光明日报》1961年1月7日第3版。

② 冯至：《略论欧洲资产阶级文学里的人道主义和个人主义》，《文艺报》1958年第11期。

③ 姚文元：《文艺思想论争集》，人民文学出版社1966年版，第281页。

④ 姚文元：《文学上的修正主义思潮和创作倾向》，《上海十年文学选集·论文选（1949—1959）》，上海文艺出版社1960年版，第317页。

⑤ 同上书，第338页。

很尖锐的，但是，他对俄国和欧洲的所谓经典著作却无批判地继承，后果不好。中国的古典文艺，欧洲（包括俄国）古典文艺，甚至美国电影，对我国文艺界的影响是不小的，有些人就当作经典，全盘接受。我们应当接受斯大林的教训。古人、外国人的东西也要研究，拒绝研究是错误的，但一定要用批判的眼光去研究，做到古为今用，外为中用。"[①] 江青企图全盘否定西方文艺，从而创造高度纯粹的社会主义文艺，这种思路实际上陷入了一个悖论，因为拒绝开放地吸收与继承的话，所谓的创新就会营养不良，难以为继。

三　为经典辩护

（一）冯至维护歌德的地位

1946 年 7 月至 1964 年，冯至执教于北京大学西语系。据他的学生叶廷芳回忆，在 1958 年开始的"大跃进"年代，北京大学提出"要用党校标准办大学"的口号，西语系掀起了一股"批判西方资产阶级文学"的热潮。各个专业都忙着拟定自己的"重点批判对象"。德语专业的五个年级的一百多位师生集中在民主楼的一间大教室里，大家几乎一致提出要以歌德为重点，因为歌德从年轻时就欣然去朝廷做大官，不惜与王宫贵族为伍，而且恩格斯也说他有"渺小"的一面。这时站在讲台上主持会议的冯至先生表现出一种难言的苦衷，但大家都在等待着他的发言。最后冯先生不得不以深沉而诚恳的语调说："同学们，你们现在还不知道，歌德在德国人民的心目中具有多么崇高的威望！如果我们批判了歌德，会伤害德国人的民族感情的。""伤害民族感情"六个字掷地有声，大家心灵上受到极大的震动，会场上久久鸦雀无声！冯先生鼓励大家提别的作家，但学生们个个目瞪口呆。这个由冯先生亲自主持的"大批判动员大会"就这样不了了之。结果，英语专业和法语专业都有了重点批判对象，只有我们德语专业没有对象。[②] 叶廷芳说："后来我一直想，冯先生作为全系的主要负责人，给同学们的'革命热情'泼了这么大的一瓢冷水，这在当时

---

① 《林彪同志委托江青同志召开的部队文艺工作座谈会纪要》，《人民日报》1967 年 5 月 29 日。

② 叶廷芳：《缅怀冯至先生》，《文汇报》2005 年 9 月 16 日。

是冒了很大风险的。他在大会上的这一勇敢行为，在他力所能及的范围内，给当时甚嚣尘上的“左”倾思潮一个阻击，不仅维护了德国古典文学的尊严，保护了德国人民的民族感情，而且也维护了北京大学在德国人民面前的固有形象，尤其重要的是给我们这些根基还很浅的青年学子上了一堂‘什么是科学态度’的深刻一课。”①

（二）朱虹评价詹姆斯·乔伊斯

1957年“百花文学”时期《译文》发表过波德莱尔的《恶之花》，60年代初的文学批评标准随着国内文艺政策的调整与国际关系的亲疏也处在不断调整之中。

1962年6月22日，首都作家、学者、文艺界人士共150人，集会纪念爱尔兰著名作家詹姆斯·乔伊斯诞辰一百周年。对外友好协会会长、中国文联副主席夏衍在会上致词说，今天我们在这里纪念驰名世界的爱尔兰作家、西方现代小说的主要代表之一的詹姆斯·乔伊斯诞辰一百周年，欣逢中、爱两国建交三周年，这就使它具有特殊意义。中国社会科学院外国文学研究所副研究员朱虹作了关于乔伊斯的生平和文学成就的报告。她说，由于乔伊斯运用了丰富的艺术手段来处理人的意识流，从而大大扩展了西方小说的表现力。乔伊斯试图从新的角度揭示人、掌握人的内心世界和人的潜意识。他的作品在当时的社会条件下，不是歌功颂德，不是奉命行事，也不是正统的，而是反映了资产阶级没落彷徨的情绪。当政治标准的方向偏向于肯定詹姆斯·乔伊斯时，朱虹做出了恰如其分的中肯评价。

（三）何其芳关于资产阶级文学

何其芳指出：“和我们自己的古典文学一样，对外国的文学遗产也是要采取分析的态度的。不是无批判地盲目地崇拜，也不是粗暴地反历史主义地否定。”② 对于《红与黑》和《约翰·克里斯朵夫》批评争执上的症结，何其芳指出读者对消极因素的认识与积极方面的肯定都有不足。他注重从艺术上进行实事求是的审美分析：

① 叶廷芳：《缅怀冯至先生》，《文汇报》2005年9月16日。

② 何其芳：《文学艺术的春天》，《文艺报》1959年第18期。

> 按照我们今天的思想和兴趣，我们是不会喜欢《红与黑》里面的生活和人物的。然而我们却又不能否认它的艺术力量，那些我们并不喜欢的生活和人物它也能够写得紧紧抓住读者。这里面就总有一些值得研究和吸取的东西吧。①

相对而言，为什么当前有些作品里面的生活和人物都是重要的，然而却写得并不很吸引人。这又是什么缘故呢？何其芳认为，《约翰·克里斯朵夫》所反映的生活比较广阔一些，它的主人公也更能引起同情人一些。

何其芳又以辩证的态度对待作品的思想内容，他认为固然要看到作品里面的思想的消极方面，这是十分必要的。“但如果只着重在这一方面，忽视了它里面所写的少年人的生活、友谊、爱情，对不合理的社会的反抗和长期的奋斗，不指出这些生活本来是读者有兴趣的，而且作者又把这些生活表现得有意义、感动人，我们就无法解释这部作品为什么能吸引那么多的读者了。”他是从读者接受与作家对生活高超的表现力出发，来肯定资产阶级作品的学习价值的。最重要的是，何其芳从总体上指出了文学杰作所具有的深广的内容与深刻的思想。他说，“有些杰出的作品尽管有比较严重的思想缺点，然而它们到底还是杰出的文学作品，它们不会是赤裸裸的哲学的告白，它们总是反映了比较复杂的社会生活的。因此它们的全部的思想意义，或者说它们的主要的思想意义，就绝不会只等于书中的思想内容……”② 分析何其芳的观点可以看出，在以作品的思想性作为判断文学作品价值唯一标准的时代氛围里，何其芳勉为其难地为西方文学经典辩护，他的理由，第一，“它们不会是赤裸裸的哲学的告白”，具有反映复杂、广阔生活的深度；第二，他虚置了一个想象的读者效果，认为全部的或主要的思想意义由于在读者中能产生良好的阐释效果，因此“就绝不会只等于书中的思想内容”。总而言之，何其芳为西方文学经典辩护的逻辑思路是，肯定作品的艺术力量—读者的阅读兴趣—作品的认识价值—可能存在的更大的阅读效果。他的独到之处在于，抓住了可能存在的、无法具体确证的更大的阅读效果来肯定作品的存在价值，使文学经典的绝对

① 何其芳：《文学艺术的春天》，《文艺报》1959年第18期。

② 同上。

否定者无懈可击。

（四）杨周翰总结外国文学研究的方法

1964 年，杨周翰与吴达元、赵萝蕤主编出版了《欧洲文学史》上册。[①] 与此同时，杨周翰根据编撰《欧洲文学史》的经验，从理论与实践出发，比较全面地指出了欧洲文学史研究存在的问题以及解决的办法。他着重论述了欧洲文学史的范围、分期、发展线索与评价问题，并认为后面两个问题尤其值得重视。

1. 文学发展历史的内在规律

在论述文学史发展线索的时候，当时国内的很多学者根据经济基础决定上层建筑的理论，习惯性地探讨西方国家的经济与政治如何影响文学这一上层建筑的发展。杨周翰首先肯定了这一研究方法的合理性，并且认为学者们对此“注意较多”。“一般说来，过去对于欧洲文学发展和欧洲经济、政治发展之间的关系，注意较多；对于文学和社会思潮之间的关系，有一定的注意；文学本身的发展线索，注意不够。强调文学和经济基础的关系，和阶级斗争的关系，是完全必要的，这是马克思主义的文学史观和资产阶级文学史观根本区别所在。”[②] 杨周翰在此基础上认为，另外两个方面的研究路径还有待发展。

第一，文学研究者做得不够的地方是将文学与社会思潮相联系。他的理由是：“文学往往和其它意识形态关系更直接；每一时代的文学，作为上层建筑，又总与上一时代的文学发生批判继承的关系；文学还和一个时代的社会心理、习俗风尚有密切联系。因此要全面地反映文学发展情况，从中找出规律，这些方面都必须予以注意。”相比于从政治、经济角度考察文学的流变，从思潮、心理、习俗风尚出发，更贴近文学所表达的思想、情感和审美。杨周翰进一步指出：“在这问题上似乎不存在分歧的意见，问题倒是在于缺乏材料和研究，在有了材料的情况下，如何正确运用，如何正确理解‘全面、如实地’反映文学发展规律。在资产阶级学者写的文学史或专著里，这方面的材料较多，但往往不分主次，流于烦

---

① 杨周翰、吴达元、赵萝蕤主编：《欧洲文学史》，人民文学出版社 1964 年版。

② 杨周翰：《欧洲文学史研究工作中的一些问题》，《文学评论》1963 年第 1 期。

琐，或从形式上看问题。这些材料可以利用，但必须分析。”[①] 他从方法论的角度指出，占有了研究资料之后，需要厘清材料的主次关系，避免堆砌材料，流于烦琐论证。其次，不能停留在材料的表面形式，应该深入结合内容进行细致分析。

第二，杨周翰认为，学术界尤其“注意不够”的是“文学本身的发展线索”。这一观点在当时具有振聋发聩的意义。

根据国内当时普遍推崇现实主义与浪漫主义的创作方法，并且视之为主流的批评方法的状况，杨周翰也尝试追溯欧洲文学史中这两种创作方法的传统。他说：“探索文学发展线索，在欧洲文学史研究工作中具有特殊意义。欧洲文学是世界文学宝库中极为丰富多彩的一部分，许多文艺理论上的问题、文学流派和创作方法的问题等，都是首先在欧洲文学中提出的。”对此，他从历史发展和理论归纳的角度提出了具体的研究路径。“例如，如果能把现实主义、浪漫主义作为创作方法和作为流派，在欧洲文学史中，给以历史的叙述与描绘，把它们的来龙去脉勾画清楚，对于一些理论问题的进一步研究，是会有很大帮助的。即以浪漫主义而论，作为创作方法，可以说自古有之，但它在各个时代的具体特征为何，何以具有这些特征，自古到今串连起来看，又体现了怎样的规律，是很值得研究的问题，有很大的借鉴作用，帮助我们更加自觉地掌握它，同时对于欧洲文学史上浪漫主义流派的理解也可以加深，个别作家在文学史中的地位也可以摆得更恰当。”[②] 杨周翰通过梳理这两种创作方法的发展历史，从而建立起文学史的分析框架，并且为作家、作品的定位确立评价的坐标。

杨周翰抓住文学自身的历史发展规律这一问题，抽丝剥茧，步步深入，结合具体的文学流派和理论来探索可行的办法。他追问道：“怎样才算把一个文学现象、一个流派、一个理论、一种文学形式的发展线索描绘清楚了，怎样才算是真正的历史的叙述，还是一个有待于进一步探讨研究的问题。”他首先指出有的学者的历史考察存在的问题。“有人认为，对于一个流派、一种文学形式等等，似乎应当首先弄清楚它是在怎样的社会条件下、文学气候中产生的，它的全盛阶段如何，它的表现特点如何，它的影响如何，它是戛然而止地收场呢，还是逐渐消失。”

---

① 杨周翰：《欧洲文学史研究工作中的一些问题》，《文学评论》1963 年第 1 期。

② 同上。

杨周翰指出问题在于："我们往往只侧重一阶段、某一环节，对来龙去脉研究不足，这就影响了对这流派、形式等等全面、正确的看法。特别是在阐述一个流派等产生的时候，往往忽略了它作为一个新事物的性质。作为一个新事物，它总是在和旧事物的斗争中产生的，它总是反对些什么。例如三一律，它之所以产生，除了社会和其他原因之外，还在于它反对中古戏剧形式的散漫无际，三一律使戏剧的情节、人物、冲突更加集中，提高了艺术效果。但是后来它发展到了极端，成为清规戒律和束缚，不能容纳新内容，自身成了旧的东西，又为浪漫主义打破。文学史中如能注意新旧斗争，文学发展的线索也就基本勾画清楚了。"① 杨周翰结合三一律这一法国古典主义创作原则，指出一种新的创作理论的诞生往往与当时不同的文学思潮之间存在着一种竞争、颠覆的关系。同时，某一种创作理论在历史发展过程中也会面临自身的瓶颈，导致创新的停滞和形式的僵化，从而出现自身内部的裂变，最后被后起的文学理论所取代。新旧理论各有自己的历史命运，其更替兴衰遵循一定的规律，"在新旧的斗争中，新的事物最初不免受到打击，而后来被历史所肯定。代表旧的社会力量的文学现象，虽然在一个时期喧嚣一时，但终究会被抛弃，成为糟粕"。② 文学理论不得不顺从历史潮流，对文学理论的考察也不能不具有历史发展的视野。

杨周翰认为，应该辩证地、历史地、具体地看待文学创作、批评与理论之"新"。他提出了如下三种类型：第一，某些艺术创新虽然与人民性无关，但是仍然可以称之为艺术的进步。"文学史上有的革新虽然不一定和当时人民利益直接有关，但扩大了表达能力，解放了某种表达方法的束缚，仍然应当算作一种进步。"第二，某些艺术创新为大众所认可，需要一定时间的考验，因此考察这种现象需要历史发展的眼光。"也有些革新一时不能为人们所接受，最后才得到承认。"第三，某些完全脱离人民的创新，是一种"假革新"。"还有些革新只能算是假革新，如欧洲文学史上的'玄学派'、'现代派'、'抽象派'，晦涩难明，把创作纯然当作个人的事，完全脱离人民。"杨周翰所说的第三种情况是存在的，但是他所举的"现代派"等例子，在今天看来未必稳妥。当然，如果明白当时

① 杨周翰：《欧洲文学史研究工作中的一些问题》，《文学评论》1963 年第 1 期。

② 同上。

“现代派”在中国被作为修正主义文艺而批判，就不难理解杨周翰的局限。

2. 艺术评价的方法与技巧

在当时的学术界，研究者从反映论、人民性、阶级性角度评价文学作品，可以规避政治上的风险。而且，当时的国家意识形态主要强调文学艺术的认识和教化作用，而对审美价值不够重视。如果从艺术角度分析作品，很容易被人视为形式主义和资产阶级唯心主义方法。杨周翰不但没有回避艺术分析，而且还结合欧洲文学史深入提出了艺术评价的问题与方法。他说：“在评价问题上，欧洲文学史研究界对总结过去欧洲进步作家的艺术成就方面还做得很不够。过去，对作家的思想性的分析做过一定工作，也还有待于进一步深入。但对艺术性的分析则远远没有达到社会主义文化建设的要求。欧洲文学在思想上可供我们参考之处并非没有，它有很大的认识价值，但应该说在艺术成就方面有更多值得参考的地方。”在强调欧洲文学实际上是一个艺术宝库的同时，杨周翰指出了艺术评价中存在的误区。

比如，重小说，轻诗歌。“由于过去在这方面注意得不够，因此也没有摸索出一套总结艺术成就的方法。在分析小说时，分析它的主题思想、人物性格、情节结构以至风格特点，似乎还有一套办法。但是这套办法如果变成公式，往往不能显出具体作品的特色，似乎更应从具体作品特点出发，进行艺术分析。至于诗歌，困难更多，把分析小说的办法应用于诗歌，或则行不通，或则牵强附会，把浪漫主义说成现实主义。”当时评论界分析小说的时候，可以借助成熟的典型论方法，而且经典马克思主义文论有大量关于小说批评的范例。与诗歌相比较，研究者对小说的理解偏于理性化，这与小说的体式特点以及当时民众的政治化的社会心理也是吻合的。而诗歌强调想象、激情等非理性思维，诗歌批评者从美学角度切入的话，往往会被当做唯心主义者或者资产阶级来批判。杨周翰从学术角度提出诗歌分析的方法：“诗言志，主要以感情为内容，除了从历史、社会角度去分析以外，恐怕需要研究一点心理学。诗歌又是高度的语言艺术，语言最富于民族特点，也增加了困难。”① 掌握杨周翰提出的这一方法，还只是属于技术性的知识范畴。问题的关键是，正如笔者前面所提到的，谈

---

① 杨周翰：《欧洲文学史研究工作中的一些问题》，《文学评论》1963 年第 1 期。

文学批评的艺术性的话，是有政治风险的，谈诗歌的艺术性更是如此。

杨周翰最后不忘提醒："资产阶级文学中常常毒蜜混合，要把两者分析开，还要求有一定的理论水平。进行艺术分析确是一件艰巨的工作，但是这是一项重要课题，需要加强这方面的努力。"[①] 他具体以当时欧洲文学的颓废派为例，指出当时学术界对于颓废派还没有找到理解和分析的思路。"这种困难情况特别体现在对欧洲文学中颓废流派的评价问题上。一般文学史多从吸收、介绍的角度对待欧洲文学，多谈进步文学，不谈颓废文学，即使淡到时，往往简单地批判几句。应当肯定，欧洲文学史主要应当介绍进步文学，对待颓废、反动文学应予批判。但是简单的批判往往不能达到批判的目的，必须具体分析，否则当人们接触到具体作品时，仍然不知道如何去分析批判。"[②] 当时的评论界、理论界的思想和方法还缺乏令人信服的阐释力，也是一元化的理论话语长期控制而造成的困境。

3. 艺术评价的标准与尺度

杨周翰揭示了艺术批评最根本的问题："谈到评价问题，最主要的是标准、尺度的问题。文学反映现实，这是确凿不移的事实。评论作家的成就，总要看他反映现实的深度、广度。"但是，当时的批评界在具体的实践过程中，在运用"反映现实的深度、广度"这一标准时，出现了很多问题。

第一，在体式和创作方式上厚此薄彼。"往往只肯定这样一些作家，他们的作品反映了丰富的生活画面、补充了历史著作之不足、有极高的认识价值，由此出发就强调小说，忽略诗歌，强调叙事文学，忽略抒情文学，强调现实主义，忽略浪漫主义。莎士比亚只在现实主义方面有成就，拜伦的《堂璜》变成了诗体长篇小说，而不是一首长诗。"[③] 第二，简单、粗暴地评价文学作品的阶级性。"文学是阶级斗争的武器，这也是确凿不移的真理，但是在运用时也往往忽略了文学中体现阶级斗争的曲折性。在肯定作家时，往往只看到他是否批判揭露，作品中没有揭露批判就不值得肯定。过去作家揭露批判历史上的反动力量，这是他的进步性的重要表现。但也应看到有些优秀作品，特别是在一个阶级上升时期的作品，歌颂

① 杨周翰：《欧洲文学史研究工作中的一些问题》，《文学评论》1963年第1期。

② 同上。

③ 同上。

某些理想，在历史上有进步作用；有些优秀作品并不直接反映现实，而是抒发个人情感，在抒发的过程中曲折地反映了作者在阶级斗争中的进步立场。"① 第三，以反映现实作为单一的评价标准。"如果简单地以反映现实为尺度，这些作品就往往被排除在文学史以外，对作家的评价也不易公允。在欧洲文学史研究中，这种现象比较普遍。拜伦总是讲得多些，雪莱总是讲得少些；拜伦之所以多讲些，因为他比较富有现实主义精神，讽刺辛辣。莎士比亚只是一个简单的现实主义作家，强调哈姆雷特的典型意义，忽略了他的理想性。在处理文艺复兴时期文学时，唯一注意到的抒情诗人是彼特拉克，强调小说家薄伽丘、拉伯雷、塞万提斯，莎士比亚很少作为一个诗人来考虑，当时在诗歌、文艺批评、散文、政论等等方面的情况都没有反映，这就很难勾勒出文艺复兴时期文学的全面、生动、活跃的面貌。"②

杨周翰指出，产生上述三个方面弊端的原因是，认为某种创作方法具有唯一的优越性，而忽视了创作方法之间的内在相通性。他说："至于产生这一片面性的原因，是多方面的，其中一个原因有人认为是混淆了世界观和创作方法，似乎具有进步的世界观的作家只能用现实主义创作方法进行创作，而不能用浪漫主义方法或现实主义与浪漫主义相结合的方法。积极浪漫主义作家，因为他的世界观是进步的，他的浪漫主义创作方法也就与现实主义等同起来了，从而忽略了从方法上去研究积极浪漫主义作家。在对待积极浪漫主义和消极浪漫主义问题时，也更多考虑二者在世界观上的对立，在创作方法上的相通之处往往不淡。"③ 那么，是否将现实主义与浪漫主义结合起来评价就一定合理可行呢？杨周翰认为并不尽然。"在评价作家时，是否要用两结合的标准，关于这个问题，在欧洲文学史的研究者中固然有过一些尝试。这是考虑问题的一个新角度，过去对作家的研究多以其现实主义的成就为评价的尺度，两结合的问题，必须进行具体细致的分析，对今后研究工作有指导意义，但在没有具体分析之前，不宜于硬套，硬套反而不能真正总结出经验，而把这原则庸俗化了。"④

---

① 杨周翰：《欧洲文学史研究工作中的一些问题》，《文学评论》1963 年第 1 期。

② 同上。

③ 同上。

④ 同上。

杨周翰以上的论述，高屋建瓴，有理有据，切中肯綮。既是杨周翰长期的欧洲文学批评史研究经验的总结，也体现了当时一些优秀学者的智慧，具有重要的学术史价值。

四　部分高校学生的逆反态度

如下所述的高校青年学生的思想动态，揭示了民间底层的真实心态。反映这些思想状况的资料在今天看来具有相当重要的认识价值。因为目前学界史料挖掘不够深入细致，而且通常更重视高层领导的思想和实践，这一时期全面而具体的历史状况还有待更深的考察。

虽然国家在意识形态领域对西方现代主义文学观念严防死守，但是在大学校园内仍存在一种与主流文学观念相左的潜流，其倾向主要体现在如下四个方面。

（一）思想观念

1960 年 3 月，据文化部、国家广播事业局等单位的团员组织反映，当时有些青年对文学艺术有严重的修正主义观点，他们欣赏资产阶级的“人情味、人性论、人道主义”，反对文艺为无产阶级的政治服务。

第一，认为“刻画人性是文艺的最高准则”，反对文艺反映阶级斗争。文化部有些青年说：“文艺描写爱情应当撇开阶级性，什么人都可以爱，问题在于如何爱法。”他们认为苏联电影《第四十一》中女红军打死她所爱的白匪军官后又去拥抱的镜头，是“人性的绝妙的表现”。①

第二，主张“创作自由”。煤炭部、文化部有的团员认为，“毛主席在延安文艺座谈会上的讲话，现在只有参考作用，没有指导意义了”。他们反对写英雄人物的崇高品质，反对创作应有崇高的目的。文化部有的团员攻击党的文艺方针说：“以无产阶级世界观指导创作，把生活中的新事物典型化了，就没有艺术生命了。”②

第三，主张“艺术第一”，反对以政治倾向为标准评判作品。文化部电影出版社有些人认为选择影片的标准是：“政治无害、艺术可取”，结

① 新华通讯社编：《有些青年对文学艺术的修正主义观点》，《内部参考》1960 年 3 月4 日。
② 同上。

果把一些有政治错误的片子也放过去了。有些青年评判文艺只看艺术成就，不问政治效果，把一些大跃进的纪录片污蔑为“枯燥片”；把配合政治运动的文艺创作污蔑为“标语口号”。①

第四，认为“揭露缺点者写生活、写真实”。这种人对社会主义有严重的敌对情绪，对丑化党的干部和积极分子的作品大为欣赏，认为这就是“生活”、“真实”，到处宣扬。如国家广播事业局有个团员发誓要一生写悲剧，说：“写英雄人物一定把他处理死，写新事物一定处理成毁灭的结局，这才是惊心动魄的作品。”文化部青年吴荫循（党员）认为“被摒弃的作品才是独具慧眼，才华横溢”，他主张办同人刊物，发表报刊上不用的“有棱角的作品”。②

1964 年 7 月，据福建省委《宣教动态》介绍，福建师范学院党委在中文系调查中，发现部分师生存在着相当严重的资产阶级文艺思想。主要表现如下：个别学生一听人家提起批判人性论就反感，并说：“人性论是创作的命根子。”还有个别学生说：“冯雪峰有很多理论是对的，被否定了，很可惜。”有的认为我们批判《第四十一》（苏联电影，宣扬阶级调和）是“缺德”。③

（二）作家作品

有的大学生崇拜西方资产阶级的文化艺术。有的青年对意大利电影片《偷自行车的人》大肆吹捧，说它“比一部伟大的社会主义的作品还崇高”。广播局管弦乐队有的青年认为世界上最好的乐队是美国的“好好乐队”，认为中国的音乐作品“没有交响性，手法不高”，他们演奏外国音乐时精神抖擞，演奏我国民间音乐时吊儿郎当，说：“拿着小提琴别人一定羡慕，拿着鼓和喇叭象个吹鼓手，无脸见人。”④

福建师范学院党委最近在中文系调查中，发现部分师生存在着相当严重的资产阶级文艺思想。主要表现如下：有些人热衷于古人的、外国的文学，瞧不起革命文学。有个教外国文学的教授说：“欧洲资产阶级文学是

---

① 新华通讯社编：《有些青年对文学艺术的修正主义观点》，《内部参考》1960 年 3 月4 日。

② 同上。

③ 《福建师范学院部分师生资产阶级文艺思想的一些表现》，福建省委《宣教动态》，新华社《内部参考》1964 年 7 月 10 日。

④ 新华通讯社编：《有些青年对文学艺术的修正主义观点》，《内部参考》1960 年 3 月4 日。

高不可攀的，每一部作品都是伟大的，写得好极了。”有的人说：“苏联的文学精华，是高尔基以前的俄罗斯文学，高尔基以后的文学作品，就没有好看的了。”文艺理论讲师李联明说：“托尔斯泰的作品是经过世界考验的，当代作品没有什么。”图书室里一部《红与黑》（是一部主要宣扬小资产阶级拼命往上爬的法国小说），许多人抢着读。《万花楼》《七侠五义》《小五义》《五虎平西》之类坏书，至今还有些学生在阅读。有些学生说：“我国今天的革命文学作品，没有一部称得上是内容和形式统一的，读起来没味道”；“作品不真实，英雄人物都是公式化的，干巴巴的，没有一点人情味。”“《红岩》《红旗谱》肯定红不多久。”有人说：“民歌不是艺术品，不能列入文艺之林，应当清除出去。”有个学生未看过话剧《龙江颂》，便说“《龙江颂》一定不好，这样的戏，请我看也不看”。有些四年级学生，还没有看过一部当代的革命文学作品。①

1964 年 7 月，新华社报道说，陕西师范大学中文系许多学生，对文艺问题有着不少严重的错误观点。

“有些人非常崇拜古代的、外国的文学作品。他们对古人的东西，不分好坏，都捧得很高，特别欣赏李商隐那些情意悱恻的无题诗和李清照的‘千古名句’；羡慕古人的生活、性格和行侠仗义，喜欢贾宝玉和林黛玉，有的甚至后悔自己迟生了几百年，未能当他们那样的人物。”②

“有些学生对十八九世纪的资产阶级外国文学更是崇拜得五体投地。他们特别欣赏那些描写个人奋斗与三角恋爱的作品。三年级有个学生为了看《哈姆雷特》通宵不眠；为了赶快读完《复活》，两顿不吃饭；为了看电影《第十二夜》《奥赛罗》，冒着风雪、不避严寒排队买票。有的学生认为西欧十八九世纪的大部分作品，艺术性高，读了过瘾；而我国当代文学都是小学生作文，情节简单，政治性强，没艺术性，没人情味，没有什么可看的。”③

“在一些古代作品和西欧资产阶级文学的影响下，有的学生意志消沉，情绪颓废，滋长了不健康的思想感情，甚至悲观、厌世。”④

---

① 《福建师范学院部分师生资产阶级文艺思想的一些表现》，福建省委《宣教动态》，新华社《内部参考》1964 年 7 月 10 日。

② 刘野：《一些大学生对文艺问题的错误看法》，《内部参考》1964 年 7 月 28 日。

③ 同上。

④ 同上。

（三）思想主题

福建师范学院党委最近在中文系调查中，发现部分师生存在着相当严重的资产阶级文艺思想。主要表现如下：

部分学生受到古典文学和欧洲资产阶级文学的严重影响。如有人羡慕资产阶级文学作品里所提倡的个人英雄主义，欣赏《红与黑》主人公于连的个人奋斗，还说要学习于连那样向上爬的“勇气和毅力”，才能出人头地，否则一生就算完了。有人倾向于资产阶级超阶级的人性论和人道主义，认为：“人道主义是人类的感情，是友谊的标准。”有人把宿命论、虚无主义与玩世不恭、爱情至上等人生观，当作“人生真理”。有人要从古典作品中探索“人生的道路”。有人羡慕古代人遭遇不幸后所过的隐士生活。有人认为“孤独是人生的幸福”，说：“要是经济条件许可，关门读书几年，那才痛快。”有人想效仿“蔑视权贵”的屈原、“爱发牢骚”的苏东坡、“放荡不羁”的李白等古人的性格。有人竟留起长指甲、长头发，模仿起古人的模样来。有人追求才子佳人式的“卿卿我我”的爱情，沉溺在感伤主义小说和浪漫主义诗歌里。有个女学生，以《红楼梦》中的妙玉自居，写了一首《妙玉赞》，递给一个男同学，这个男同学回给她一首《叹妙玉》。从此俩人模仿《红楼梦》中人物谈恋爱，来来往往写了几十首诗。有个学生很欣赏林黛玉，看《红楼梦》电影六次还不满足，第七次跑到电影院去没买到票，便坐在影院门口“欣赏”音乐。有个学生讲话、走路、吃饭、睡觉的姿态动作，都学林黛玉。[①]

（四）创作实践

1963 年 1 月，新华通讯社报道，北京高等艺术学校少数师生崇拜资产阶级现代派艺术。北京一些高等艺术院校有少数青年师生，受了“现代派”的影响，推崇资产阶级艺术。在中央戏剧学院国庆晚会开幕以前，学校发现一个内容荒诞的舞台布置：在一块大帷幕上画了一个大骷髅、两根骨头，旁边是一个红嘴唇、一个眼睛、一只手，右角上又来了一列火车。这个布景，是这个学院舞台美术系一年级的一部分新生设计的。当时

---

① 《福建师范学院部分师生资产阶级文艺思想的一些表现》，福建省委《宣教动态》，新华社《内部参考》1964 年 7 月 10 日。

许多同学看了很反感，把它去掉。设计这个晚会布幕的于宗文、高柏龙还故意打碎镜子，然后对着破镜子画自画像。别的学生觉得很难看，问他们这画的是什么？他们却以轻蔑的口吻回答说："没有那个水平就甭想看懂！"[①]

"前些时在北京展出土耳其、突尼斯画家的画展时（其中有相当一部分是现代派的东西），有一部分艺术院校学生便争着去看，去临摹一些现代派的画。一部分学生争着排队去借阅图书馆的外国画报、现代派的画等，有的在本校图书馆借不到，就到北京图书馆去借或向朋友借。"[②]

中央美术学院版画系黄永玉工作室的广军、李小麦联合四五个学生组织了一个"沙龙"，在黄的支持下模拟现代派绘画。黄还介绍一些美、英、日本等国杂志、画册上的现代派、表现派等离奇古怪的东西给他们看。这几个学生为了追求"新的表现方法"，画出一些很丑恶的东西。这部分学生认为现实主义画派过时了，列宾·苏果可夫的画没有意思，不值得学习；唯有现代派绘画艺术水平高，越看越有意思。[③]

中央工艺美术学院陶瓷系素描教员周成标，对资产阶级现代派绘画、建筑赞不绝口。他认为："现代艺术无所谓民族的、传统的，艺术无国界。"辅导学生时宣扬现代派的建筑如何美、水平如何高。还常把他认为好的学生叫到屋里玩，听外国音乐，看一些资产阶级现代派的画报。[④]

"中央美术学院个别学生很赞赏拜金主义，说过去一个大师出一张画，既能得很多钱，又能享有很高的社会地位，因而能使他们获得那么大的动力去创作。中央工艺美术学院少数学生认为，有了本事就可以走遍天下，谁给我钱，我就给谁工作。"[⑤]

"我们要在党中央和毛主席的领导下，在马克思列宁主义和毛泽东思想的指导下，去创造无愧于我们伟大的国家，伟大的党，伟大的人民，伟大的军队的社会主义的革命新文艺。这是开创人类历史新纪元的、最光辉

① 新华通讯社杜虹：《北京高等艺术学校少数师生崇拜资产阶级现代派艺术》，《内部参考》1963 年 1 月 15 日。

② 同上。

③ 同上。

④ 同上。

⑤ 同上。

灿烂的新文艺。”①

上面笔者列举了大量的史料，目的在于原汁原味呈现当时高校师生的趣味与追求。从目前出版的著作、论文和教材来看，上述所披露的大量“异端”的言行极为少见；而从客观事实来看，当时高校师生的思想与国家主流意识形态之间并非完全一致。一方面说明，艺术院校的部分学生容易反复出现一些当时主流文艺观念不能允许的文艺思想问题。《艺术院校思想政治工作座谈会纪要》认为主要表现如下：“盲目崇拜西洋艺术，轻视民族民间艺术；迷恋古典作品，轻视反映现实斗争的作品；强调艺术形式和技巧，忽视思想内容；离开阶级观点和当前斗争，醉心于写各阶级共赏的传之永久的作品；艺术趣味不健康，把现代西方资产阶级的没落艺术当作‘新奇’的东西等等。”② 另一方面说明，在当时高压、封闭的文艺思想氛围中，部分高校师生希望接受更为自由、多元的艺术观念。针对上述艺术院校出现的思想动态，1963 年 2 月 28 日至 3 月 18 日，文化部在北京召开了全国艺术院校思想政治工作座谈会，目的是改进和加强思想政治工作的具体措施，讨论艺术教育中的特殊问题。“会议首先由林默涵同志传达了中央负责同志关于加强阶级和阶级斗争的教育，关于保证文科与艺术院校入学新生的政治质量，关于加强文学艺术的战斗性和民族化、群众化的指示。根据上述中央指示的精神，会议着重讨论了反对现代修正主义和加强艺术院校学生的思想教育问题。”③ 这次会议确定了七条具体措施，一定程度上遏制了艺术院校学生的思想“越轨”现象，然而，从客观效果来看，也很大程度上压制了艺术创新和思想自由的空间。

---

① 《林彪同志委托江青同志召开的部队文艺工作座谈会纪要》，《人民日报》1967 年 5 月 29 日。

② 《艺术院校思想政治工作座谈会纪要》（1963 年 4 月 25 日），文化部公文。

③ 同上。

第四章

中国现代文学批评

中国古代文学经典与现代文学经典在20世纪五六十年代面临着如何被“当代文学”所用的问题。这就涉及现代资源可不可以，或者如何被当代所利用的问题。相对古代文学而言，中国现代文学与当代文学在文学观念、创作流派等方面有着更近的承续联系，因此现代文学经典的批评关系到“当代文学”的传统、发展方向，也就是“现代文学”如何在当代被“文学”观念制造出来的问题。从“当代文学”急切地寻求区别于“五四”至40年代的新文学论述，并建立有效的阐释机制开始，伴随着社会主义文学的批评性预设，国家意识形态文学批评机制总是自觉不自觉地以“现代文学”中的经典化批评资源作为文学经典阐释的参照和前提。在这个过程中，或是强调当代文学经典与现代文学经典的差异，肯定社会主义文学的新质；或是重视它从现代文学史中所汲取的优良传统，并对反传统的倾向予以批评；或是表现为一种质疑，对现、当代文学之间的历史断裂和延续反复追问，通过发掘二者之间的复杂关系来为当时的权力话语寻找合法性。

第一节 “当代文学”传统与“五四”的关系

在20世纪四五十年代的文化转折点上，从新政权的角度来说，清扫旧时代的文化战场，建立新型文化的地基，从而确定无产阶级文化思想的领导权，除了马克思列宁主义这些外来的革命理论以外，还必须建立一个可凭依的文学史的本土传统。对于文学历史发展主流话语的控制、组织和确认，可以通过辨析、追溯文学史传统开始。“在任何社会中，话语的产生既是被控制的、受选择的、受组织的，又是根据一些秩序再分配的，其作用是防止它的权力和它的危险，把握不可测的事件。”[①] 由于不同的知识群体对于“五四”文学传统以及它与当时的历史与逻辑联系有着不同的理解，在意识形态领域控制话语权、确立主流文学存在的历史合理性，显得尤为重要。而不同的知识群体对“五四”文学传统的不同阐释，对现代文学的批评标准实际上潜藏其间；也暗示着对社会主义时期新的经典范式的追求。同是处于国家意识形态文学批评的同一营垒，国家意识形态文学批评内部有着一定的歧义，周扬、邵荃麟与冯雪峰、胡风关于“五四”传统的阐释异中有同、同中有异。异中之同决定了在“文化大革命”中将同样遭遇被打击的命运；同中之异决定了内部立场的分裂。

一 毛泽东对“五四”运动的阐释

毛泽东在《新民主主义论》中对五四运动过程、历史意义的权威阐释，是新中国成立后中国共产党关于中国现代思想史发展渊源的经典表述。

无产阶级文学与“五四”的关系问题，体现了文学史发展存在着延续与断裂的“合奏”这一辩证关系。新中国成立后，“五四”新文化运动是一个足资依托的传统资源。毛泽东早在1938年的《新民主主义论》中曾经指出，在“五四”以前，中国的新文化，是旧民主主义性质的文化，属于世界资产阶级的资本主义的文化革命的一部分。在“五四”以后，中国的新文化，却是新民主主义性质的文化，属于世界无产阶级的社会主义的文化革命的一部分。“所谓新民主主义的文化，一句话，就是无产阶级领导的人民大众的反帝反封建的文化”。“而鲁迅，就是这个文化新军的最伟大和最英勇的旗手。” “鲁迅的方向，就是中华民族新文化的方向。”[②]

“五四运动”作为爱国、民主与文化运动，在中国现代史上具有重大影响，不同的党派与知识分子都力图争取成为这一运动的正统、主流，或者理所当然的继承者，从而确立自身的合法性。毛泽东指出：资产阶级在

---

① 王治河：《福柯》，湖南教育出版社1999年版，第112页。

② 毛泽东：《新民主主义论》，《毛泽东选集》第2卷，人民出版社1991年版，第698页。

“五四”以前还有领导作用。在“五四”以后，这个阶级就绝无领导作用，“至多在革命时期在一定程度上充当一个盟员，至于盟长资格，就不得不落在无产阶级文化思想的肩上。这是铁一般的事实，谁也否认不了的”。[①] 根据权威表述，工人阶级是无产阶级的一部分，中国共产党是工人阶级的先锋队，因此，中国共产党也就是“五四”新文化运动的领导者和继承者。

在1949年“五四”运动三十周年之际，《人民日报》不失时机发表了文章《五四运动介绍》，该文不仅仅是一篇介绍“五四运动”历史过程的普及读物，它承续毛泽东的《新民主主义论》，重申了五四运动与无产阶级革命之间的关系。“从运动的性质来看，它是中国新民主主义革命运动开端的节日，是中国革命青年运动的节日，也是中国新文化运动的节日。”[②] 国家主流意识形态对于“五四”运动无产阶级性质的确认，弥合了中国现代和当代历史发展的统一性，也使中国共产党成为“五四”新文化名正言顺的继承者。因此，如何阐释“五四”运动的源头、性质以及影响，涉及新政权文化领导权的合法性与合理性。

二　周扬对“五四”的阐释

周扬在1949年中华全国文学艺术工作者代表大会上作总报告时，不厌其烦地对“五四”运动的性质做了仔细的阐释。通过对“五四”运动的性质、领导者与代表者的郑重命名，从而实现国家意识形态历史元叙事与“五四”新文化运动的成功对接，“五四”以来历史任务的合法继承者身份自然确定了。周扬宣布：“毛主席的《在延安文艺座谈会上的讲话》规定了新中国的文艺的方向，解放区文艺工作者自觉地坚决地实践了这个方向，并以自己的全部经验证明了这个方向是完全正确的，深信除此之外再没有第二个方向了，如果有，那就是错误的方向。”[③] 周扬作为文化界的领导人，他要做的是为毛泽东的权威理论作出具有合理性的阐释。新中国成立后他在《发扬“五四”文学革命的战斗传统》中说：“一九四二年

---

① 毛泽东：《新民主主义论》，《毛泽东选集》第2卷，人民出版社1991年版，第698页。

② 《五四运动介绍》，《人民日报》1949年5月4日第3版。

③ 周扬：《新的人民的文艺》，《人民文学》1949年第1期。

毛泽东同志的《在延安文艺座谈会上的讲话》及在文艺上所引起的变革，是‘五四’文学革命在新的历史条件下的继续和发展，毛泽东同志根据马克思、列宁主义的理论，概括地、批判地总结了‘五四’以来新文学运动的历史经验，促使我们的文学艺术运动进入了一个新的阶段。”① 周扬将《在延安文艺座谈会上的讲话》与“五四”文学革命之间建立了顺理成章的历史联系，并在字里行间表明，继承“五四”这一遗产的理论资源是马克思列宁主义理论。

而从“五四”到中华人民共和国成立，一个最使大众服膺、足资典范的文化巨人就是鲁迅，周扬说：“我们必须批判地、创造性地继承‘五四’的遗产。我们应当首先整理和研究鲁迅的著作，它们是‘五四’遗产中最光辉、最重要、最有价值的部分。”② 因此，对鲁迅思想、人格、精神的阐释就一直与国家意识形态主导思想的建设、完善如影随形。同时，对“五四”遗产也并不是全盘接受，当时的阐释者是以优越的自主心态，根据现实需要为我所用的。

周扬在论证“‘五四’以来的新文艺从一开始就是向着社会主义现实主义发展的”这一论断的时候，他的做法显得勉为其难。他的解释是：“这是指它的整个发展的趋向而言。我们不能采取从地图上找地名的办法，简单地根据作品中的个别字眼来判定哪一篇文学作品是社会主义现实主义的，哪一篇不是。”那么，周扬的评价标准是什么呢？“我们在文学作品中所应当看取的，是作者对于生活的忠实，对于阶级矛盾的揭露的深刻，对于黑暗势力的强烈的仇恨和对于人民利益的坚决的拥护，这些就是我们从‘五四’文学遗产中所必须当作优秀传统来加以继承和发展的东西。”③ 实际上，经过周扬的选择性置换，“五四”运动中的人道主义、个人主义等启蒙思想被遮蔽了。

那么，在当时如何继承“五四”传统，以及继续完成在“五四”的历史条件下所不能完成的工作呢？“我们的文艺工作者必须表现中国历史上空前未有的社会主义建设和社会主义改造的伟大事业，表现社会主义和民主主义阵营反对帝国主义反动集团的巨大斗争。文艺作品必须表现新的

① 周扬：《发扬“五四”文学革命的战斗传统》，《人民文学》1954 年第 5 期。

② 同上。

③ 周扬：《发扬“五四”文学革命的战斗传统》，《人民日报》1954 年 5 月 4 日第 3 版。

工人、新的农民、新的知识分子，批判和鞭挞一切阻碍人民前进的旧事物旧思想，引导人民积极参与建设社会主义和保卫社会主义的伟大斗争。这就是今天人民所要求于文艺工作者的最严重也最光荣的任务。”[①] 如果说“五四”的启蒙主题曾经在抗日战争的危机中被救亡主题所转换的话，那么，新中国成立之后“五四”的思想内涵被建设社会主义新社会的任务所取代。

周扬对“五四”知识分子激烈否定中国文化遗产的行为，进行了理性反思，提出了根据现实需要重建文化传统的问题。他说：“五四运动，是革命，但是完全拒绝遗产，就剩下民歌还可以要，当时否定得厉害，比起现在的大学生来，要粗暴得多……‘五四’时代，把两千年来的文化一概打倒，我们要重新来估价、整理和研究，提出我们自己的概念。”[②] “我们自己的概念”在本书后面要论述的文学史写作、文学经典的批评中得到了鲜明体现。

主流文艺在继承“五四”新文艺的过程中，对过去的作家和流派进行了一定程度的筛选。这从 1957 年整风运动中党外作家的批评可以看出来。1957 年 5 月 22 日《文汇报》报道，整风运动把中国作家协会的大门打开了。他们当天下午举行第一次座谈会，中共中央宣传部副部长周扬和作家协会一些负责人都参加了会议，倾听作家们的意见。“参加会的三个读者的熟朋友，但却是解放后文坛上的陌生人：张恨水、陈梦家、汪静之是作家协会宗派主义最有力的见证人，他们被排斥在作家协会之外，不久以前刚刚被接受入会。”[③] 陈梦家在发言中希望大家扫除成见，接纳他进入文艺主流。陈梦家在感谢作家协会把他“发掘”出来以后说：“我们大家都非常愿意把文学事业搞好，作家协会应该让全国作家与研究家参加。”陈梦家是因为被看作“新月派”的诗人，而被排斥在作家协会以外的，他对这种持有成见的人很有意见。他说：“我很不愿意别人老把过去的招牌挂在我的头上，而且这块招牌对我也不太合适，当时我只不过是喜欢写诗，和‘新月派’诗人接近罢了，有一些诗人像何其芳等比我更接

① 周扬：《发扬“五四”文学革命的战斗传统》，《人民日报》1954 年 5 月 4 日第 3 版。

② 周扬：《周扬文集》第 3 卷，人民文学出版社 1990 年版，第 215 页。

③ 姚芳藻：《整风打开了作协的大门　党外作家坦率提出批评》，《文汇报》1957 年 5 月 23 日。

近‘新月派’，却因为入了党而不再给他挂这块招牌，我虽然没有入党，但入社会主义也有八年了，也不能老挂着这块招牌。”① 进入新的社会环境和体制之后，曾经的某些“五四”作家面对边缘化处境，努力淡化自己曾经的文学趣味，希望被新社会所接纳。由此可见，“五四”色彩的光谱在新社会展现出不同的色调，无法顺应时代要求的作家面临着新的认同困境。

三　邵荃麟对“五四”的阐释

“五四”运动40周年之际，在胡风、冯雪峰等人的叛逆思想得到清算之后，党的喉舌就有余力来对“五四”文学运动的传统进行专门的论述。关于“五四”文学的性质以及它与革命文学的关系，毛泽东、周扬早在40年代就有过提纲挈领的权威表述。下面以邵荃麟的“五四”阐释为个案，细致分析其内在思路与逻辑。新中国成立后，邵荃麟历任政务院文化教育委员会计划局局长、副秘书长，中共文教委员会委员，中共中央宣传部副秘书长兼教育处处长。1953年起担任中国作家协会副主席兼中共党组书记、作协创作委员会第一副主任。从上述履历来看，他是国家意识形态的管理者之一。

邵荃麟的总的看法是：“五四”文化革命，按其性质来说，是属于资产阶级的民主革命，就其参加的阵营来说，最初也确实只限于知识分子，但是，“五四”领导权的归属是一个关键的问题。“这一切正如《新民主主义论》所指出的，不能离开一个基本事实，即它是在俄国十月革命的号召下发生的，是在共产主义思想已经在中国知识分子中发生了巨大影响和资产阶级文化已经无力和腐化的条件下发生的，因而使这个资产阶级民主主义性质的文化革命，却不能不有无产阶级的文化思想来领导，不能不是国际社会主义文化革命的一部分。”② 上述判断有着明显的悖论，邵荃麟既然承认“五四”“按其性质来说，是属于资产阶级的民主革命”，而领导权却落到无产阶级手里，其论证逻辑，匪夷所思。

---

① 姚芳藻：《整风打开了作协的大门　党外作家坦率提出批评》，《文汇报》1957年5月23日。

② 邵荃麟：《关于“五四”文学的历史评价问题》，《人民文学》1959年第4期。

邵荃麟在对胡风、冯雪峰的“谬论”进行了严厉的批驳之后，将争论的焦点问题逐一摆出论析。邵荃麟解决的问题是：第一，在中国共产党成立之前，无产阶级是怎样领导文艺运动的呢？“五四”是中国新民主主义文化革命的最初阶段。在这个阶段中，政治的中心任务是彻底反对帝国主义和军阀统治，文学的中心任务则是“反对封建古装的旧文学和文言文，提倡了以反帝反封建为内容的新文学和白话”。“无产阶级的文化思想——共产主义宇宙观和社会革命论，是通过统一战线来发挥其领导作用的。当时统一战线的内部也有斗争，即无产阶级和革命小资产阶级所坚持的彻底不妥协的反帝国主义反封建主义和资产阶级所主张的妥协的改良主义的斗争。这个斗争准备着后来无产阶级和资产阶级的分裂，形成四十年来文学上两条路线的斗争。”① 第二，中国共产党成立以后，党是怎样领导文艺运动的呢？“党成立后，它在文化方面的任务是团结广大知识分子和人民大众坚持彻底的民主革命而斗争。那时，共产主义思想的宣传，已经深入到知识分子和青年学生中间，在文学上也产生了极大的影响，但在党刚刚建立的时候，无产阶级的作家还极少，很不成熟，不可能一下就形成自己的队伍。党只有直接和间接地通过革命小资产阶级作家来领导文学运动，（在党成立以前，则由一些共产主义知识分子团结和影响这些作家来进行文学运动。）当时主要的任务是把无产阶级和劳动人民的政治要求，体现到文艺创作中去。社会主义现实主义还是在孕育和萌芽的初期，虽然这种因素，却是引导文艺逐步向集体主义发展的决定性因素。”② 这种看法无视民主、自由、科学的启蒙观念是经由深谙西方思想的学者传播光大的。“五四”文学革命是无产阶级思想领导的观点，现在看来，缺少实证的支持。20 世纪 40 年代以前的共产党人都认为“‘五四’是中国资产阶级的文化革命运动”，③ 所以才有瞿秋白的开展“无产阶级五四”的呼吁。④ 为了证明、维护“五四”是无产阶级领导的这一权威性观点，许多文学史家努力发掘，提供了李大钊的《什么是新文学》等文章，但毕竟证据不足，于是便采用逻辑逆推的方法进行论证。这并不能真正解决人

① 邵荃麟：《关于“五四”文学的历史评价问题》，《人民文学》1959 年第 4 期。

② 同上。

③ 瞿秋白：《“五四”和新的文化革命》，《瞿秋白文集》（第 3 卷），人民文学出版社 1985 年版，第 22 页。

④ 史铁儿（瞿秋白）：《普洛大众文艺的现实问题》，《文学》第 1 卷第 1 期，1932 年 4 月 25 日。

们心中的困惑。80年代以后，不少学者进行了“翻案”，“根据马列主义开始传播和马列主义文艺思想‘开始零星地’传播，就断定‘五四’文学革命的指导思想是无产阶级文化思想，这个立论是难以成立的。”又经论证指出：“与其说‘五四’文学革命的指导思想是无产阶级文化思想，不如说是小资产阶级革命民主主义思想和资产阶级民主主义思想更符合历史实际。”[①] 关于“五四”这一知识的真理不在于是什么，而在于是谁在讲述，如何被讲述以及讲述的历史语境。第三，“五四”文学运动的代表人物鲁迅、郭沫若是如何接受无产阶级文学思想的领导的呢？“一般说，当时无产阶级的成熟作家极少，所以党还必须通过一些杰出的革命作家去领导文艺运动。鲁迅成为‘五四’文化革命的主将和旗手，就是如此。”鲁迅是自觉接受党的指派成为“主将和旗手”，还是事后被人为赋予这一政党背景？历史真实如何认定，颇显吊诡。类似说法还有，“五四时期鲁迅、郭沫若以及文学研究会和创造社的功绩，无疑的是属于无产阶级领导的文学事业的功绩。”“在他那种正确、勇敢、坚决、忠实的战斗中间，他的有些看法是客观上符合于历史唯物主义的。”就因为如此，邵荃麟认为：“正是在这样意义上，说明了鲁迅是无产阶级思想领导下的五四文化革命的主将和旗手。”“郭沫若早期的思想是受多方面的影响，比较庞杂的。他有泛神论的思想（实际上是无神论的思想），有纯艺术的思想，也有初步的社会主义的思想。这也说明，在五四时期作为向集体主义过渡的革命诗人，在他世界观和艺术思想的复杂和矛盾内容中，作为其主导思想的，仍然是唯物主义和革命民主主义，而在创作方法上则倾向于革命浪漫主义。”[②] 既然难以找到鲁迅与郭沫若是否成为五四无产阶级文学的旗手的确凿论据，于是就从作品中去发掘其中符合历史唯物主义、社会主义因素的零星依据并不断放大。新中国成立后鲁迅等经典作家的研究，大都是在这样一个先验结论的前提之下，去寻找作品的进步性因素的。

四 冯雪峰对“五四”阐释的调整

冯雪峰在1950年当选为上海文联副主席，兼任《文艺创作丛书》编

① 许志英：《五四文学革命指导思想的再探讨》，《中国现代文学研究丛刊》1983年第1期。

② 邵荃麟：《关于“五四”文学的历史评价问题》，《人民文学》1959年第4期。

辑委员会主任委员。1951年任人民文学出版社社长兼总编辑。1952年兼任《文艺报》主编。1953年当选为中华全国文学艺术界联合会第二届委员会委员、中国作家协会副主席。冯雪峰与胡风关于“五四”传统的阐释在新中国成立前后是有区别的，这反映了他们在文艺思想方面的某种微调，但是依然保持着他们个人对“五四”运动的独特理解。这些特色反映了文学界文学批评思想的内部分歧。

1946年冯雪峰在《论民主革命的文艺运动》中认为“五四”新文艺运动“所根据和直接受影响的”是19世纪批判现实主义和反抗的浪漫主义，“‘五四’是近代资本主义的文学的一个最后的遥远的支流”。“中国‘五四’后的新文学，如果从近代资产阶级民主革命的世界文学范畴上说，那当然可以说是18、19世纪那以所谓批判的现实主义和否定的浪漫主义为其主流的世界资产阶级民主文学之一个最后的遥远的支流”。[①] 新中国成立后，冯雪峰阐述了中国文学现实主义的发展轨迹、思想来源与特色。他认为中国三千年的文学历史，凡是最具有代表性的著作“大都具有现实主义精神”。不同时期的现实主义都“富有浪漫主义的色彩，和浪漫主义相结合着，就是它的特色之一”；“富有人民性是这些现实主义文学的又一特征”；对现实矛盾“采取不掩饰和不妥协的态度”是“最基本的特质”。从中国现实主义文学中看出“浪漫主义”与“人民性”特征，这是新中国成立后冯雪峰关于现实主义认识的第一个进展。第二个进展是，认为“五四”后现实主义的来源除了“欧洲近代和现代文学中的现实主义，特别是十九世纪和二十世纪初的俄罗斯文学的现实主义”以外，另一来源是“中国文学上的古典现实主义，尤其是宋以后发展起来的‘平民文学’或‘市民文学’中的古典现实主义”。冯雪峰的这种看法加入了民族文学传统的影响。第三个进展是，他认为《在延安文艺座谈会上的讲话》关于“思想的改造和工农兵方向的确立”指出了“社会主义现实主义的创造任务、态度和方法的最根本的问题”。“无产阶级现实主义也就是社会主义现实主义，这是因为无产阶级的思想就正是社会主义和共产主义。”但无产阶级现实主义的特质，仍旧“在于它是完全唯物论的，在于它是以无产阶级的哲学为自己行动（创作）的指南的，在于它

---

① 冯雪峰：《鲁迅和俄罗斯文学的关系及鲁迅创作的独立特色》，《冯雪峰论文集》（第1卷），人民文学出版社1952年版，第124—125页。

以对于世界的正确认识来从事改造世界，即从对于现实的正确反映以推动现实的前进”。冯雪峰认为无产阶级现实主义应当以此来“实现艺术的高度肯定性、教育性和批判性”。[①] 冯雪峰关于社会主义现实主义的看法，最大的特点是强调了马克思主义的实践观点，而并不是强调现实主义和文艺对政治的从属。

尽管冯雪峰不断调整观念，力图适应新的国家意识形态的需要，1954年他被解除《文艺报》主编的职务。冯雪峰作为现代文学理论家、鲁迅研究专家，因“胡风事件”株连遭到批判，1957年被错划为“右派”。

如何评价“五四”，如何将无产阶级文学（作为整个20世纪乃至全球的“左翼”文艺运动的一部分）与“五四”进行顺理成章、水乳交融的弥合，涉及新中国成立后无产阶级新文化的历史渊源、自身定位与存在合法性的问题。对这一问题的不同回答预示着不尽相同的文学批评标准与走向。因此，笔者认为，对现代文学经典的批评现象的解释必须置于不同文化权力对于“五四”的不同解释这一框架之下来认识。

文学批评者们对“五四”文学传统的另类阐释，显示了文学史断裂与延续的“合奏”效应的另一重意义，“后来的文学潮流在反拨前代文学传统后，它可以逐渐取代前代文学的主流地位，但是被取代了的文学潮流并不会被完全取消，它只是处于蛰伏状态，成为一种背景材料，在日后新的时机，又有可能以新的方式、面貌重新出现”。[②] 钱谷融《说“文学是人学”》、巴人《论人情》、王淑明《论人情与人性》等文章，对于文学表现人、人性、人情和人道主义精神，如何看待文学的本质和功能等问题发表了自己的看法，可以说它是当代文学史上就文学与人的关系的第一次呐喊。虽然它还不是强大的声音，但“五四”文学传统的遥远回响已隐隐可闻。然而，经过批判胡适思想和反胡风集团等政治运动，“五四”新文学传统的核心价值已经很难找到开花、结果的土壤，它凡是能被毛泽东吸收到自己文艺思想体系中去的部分因素，也只能通过毛泽东自己的语言方式表达出来。其他因素都不能不转化为隐形状态，零零星星地结合着作家的创作实践被表现出来。

---

① 冯雪峰：《中国文学从古典现实主义到无产阶级现实主义发展的一个轮廓》，《文艺报》1952年第14期。

② 张荣翼：《文学史：延续与断裂的双重构造》，《学术研究》1996年第1期。

第二节　鲁迅研究

“十七年”期间国家意识形态关于鲁迅的评价与延安时期具有思想上的一致性。在延安边区政府时期，鲁迅被空前拔高、神化，毛泽东赞叹他为“中国文化革命的主将”、“空前的民族英雄”、“中国的第一等圣人”。然而，有必要说明的是，延安文艺时期的鲁迅只是一个影子一般的偶像被供奉，而并没有在实际阅读中产生影响。据记者赵超构观察：“延安有许多事情出乎意料之外，比如鲁迅的作品，我们总以为是应该大受延安人的欢迎的了，而事实上则并不流行。”在延安的各个书店中，文艺书籍印得最多的是秧歌和其他通俗读物，还有高尔基的书，“鲁迅的作品，我非常奇怪，竟是一本也没有”。尽管延安文艺界尊崇鲁迅，“然而在目前的延安却用不到鲁迅的武器。鲁迅的杂文，好像利刃，好像炸弹，用作对付‘敌人’的武器，自然非常有效；可是，如果对自己人玩起这个武器来，却是非常危险的。”[①] 除了在“鲁迅艺术学院”和高岗书架上看到过一部红面精装的《鲁迅全集》之外，“我们实在看不到鲁迅精神在延安有多大的权威。他的辛辣的讽刺，他的博识的杂文，并没有在延安留下种子来。唯一的理由，就是目前的边区只需要积极的善意的文艺，不需要鲁迅式的讽刺与暴露。要是需要的话，那也只有在对‘敌人’斗争的时候”。[②] 与之相反，新中国成立以后，鲁迅成了人们阅读与研究的中心。文学经典起着教育民众，规范文学发展方向的作用，对鲁迅的阐释事关意识形态合法性的构建。既然以毛泽东对鲁迅的高度评价为准则，那么，学术界对鲁迅的阐释便只能从这个预设的框架下进行。即便如此，鲁迅研究中不同的批评主体取得了不菲的研究成果，但是也留下了经验与教训。

一　毛泽东与鲁迅的契合与歧异

毛泽东与鲁迅作为20世纪中国历史的轴心人物，都是名副其实的文

① 赵超构：《赵超构文集》第2卷，文汇出版社1999年版，第677页。

② 同上书，第678页。

学家、思想家。鲁迅是“五四”文学的先锋，毛泽东是中国共产党文艺思想的决定者，二人既有交集，又有差异。分析这种复杂的思想关系，可以看出“十七年”文学批评观念的多元内涵。

毛泽东作为卓越的政治领袖从政治理想出发规范文学的价值与功能，鲁迅作为杰出的思想先锋从启蒙思想出发倡导文艺的独立性和功利性。毛泽东比鲁迅晚生 12 年，鲁迅比毛泽东早逝 40 年，从目前的历史记载来看，二人生前并没有过直接的交往，但有大量事实证明，鲁迅的作品与思想在毛泽东的政治理念中留下了极其深刻的印记，已有的不少研究成果对此作了细致的梳理。[①] 本书试图通过考察毛泽东的鲁迅论来打开 20 世纪中国思想的历史纵深层面：1. 鲁迅在生前死后被中国共产党国家意识形态进行了被动形塑的经典化；2. 毛泽东对鲁迅的理解反映了毛泽东“六经注我”的解释方法；3. 毛泽东不同阶段、不同立场的鲁迅论反映了他从青年、中年到晚年的思想演变轨迹；4. 毛泽东的鲁迅论作为反思毛泽东文艺思想的窗口和镜像，反映了革命现代性的内涵与演变。通过分析毛泽东在不同历史时期对鲁迅的不同评价，可以发现二人思想明显的契合之处。但同时我们也发现毛泽东的鲁迅论并不是铁板一块、固定不变的，从歧异之中可以发现毛泽东与鲁迅思想之间某些耐人寻味的缝隙，其差异反映了毛泽东革命现代性思想的裂变。无论是契合还是歧异，毛泽东的鲁迅论都直接或间接地给中国的革命和建设留下了深远的影响。

（一）毛泽东与鲁迅思想的契合

1940 年毛泽东在《新民主主义论》中总结 20 年来中国共产党领导的文化生力军所取得的成就，他对鲁迅作出了极其崇高的评价，认为“鲁迅的方向，就是中华民族新文化的方向”。[②] 为什么毛泽东对鲁迅精神的继承和违背都以鲁迅作为他的精神资源呢？其原因是，如果要论“五四”新文学的历史功绩的话，任何人都无法绕过鲁迅，因为鲁迅以深刻的启蒙思想和杰出的白话文创作实绩为“五四”文学和文化树起了历史的丰碑，

---

① 关于毛泽东的鲁迅论，学界目前主要有如下研究成果：蓝棣之：《症候式分析：毛泽东的鲁迅论》，《清华大学学报》2001 年第 2 期；陈晋：《和“圣人”对话——毛泽东晚年文化心态的一个侧面》，《北京党史》1997 年第 3 期；甄梁：《毛泽东对鲁迅的推崇》，《党的文献》2007 年第 2 期。

② 毛泽东：《毛泽东选集》，人民出版社 1991 年版，第 698 页。

并成了包括毛泽东在内的青年知识分子心目中民魂的象征。除此之外，笔者认为毛泽东与鲁迅思想上的某些相通之处也是重要的原因。古人云，“惟其有之，是以似之”。[①] 同样作为思想者的毛泽东与鲁迅“同明相见，同听相闻，惟圣知圣，惟贤知贤”。[②] 1966 年毛泽东在给江青的信中曾经坦承他与鲁迅思想的相通性：“晋朝人阮籍反对刘邦，他从洛阳走到成皋，叹道：世无英雄，遂使竖子成名。鲁迅也曾对于他的杂文说过同样的话。我跟鲁迅的心是相通的。”作为立独特行的思想者，他们都有着无法言说的孤独感，也许正是由于时空的阻隔，毛泽东对鲁迅的个性、思想有着精神上的共鸣。“我喜欢他那样坦率。他说，解剖自己，往往严于解剖别人。在跌了几跤之后，我亦往往如此。”[③] 鲁迅的个性气质、反思精神颇为毛泽东所欣赏，他将鲁迅引为不曾会面却神交甚契的知己了。在新中国成立后提倡“双百方针”的自由气氛中，毛泽东在同文艺界代表谈话时曾回答鲁迅在世的情况：“我看鲁迅在世还会写杂文，小说恐怕写不动了，大概是文联主席，开会的时候讲一讲，这三十三个题目，他一讲或者写出杂文来，就解决问题。他一定有话讲，他一定会讲的，而且是很勇敢的。”[④] 毛泽东不仅深谙鲁迅作品的思想，而且他深刻地理解作为文学家的鲁迅桀骜不驯的气质与威武不屈的人格。“如果今天鲁迅还活着，他会怎样？”毛泽东回答道，“我看鲁迅活着，他敢写也不敢写。在不正常的空气下面，他也会不写的，但更多的可能是会写。俗话说得好：‘舍得一身剐，敢把皇帝拉下马。’鲁迅是真正的马克思主义者，是彻底的唯物论者。真正的马克思主义者，彻底的唯物论者，是无所畏惧的，所以他会写”。[⑤] 可见，毛泽东还深深地理解鲁迅是一位有血性，有追求的思想者——宁可为真理殉道，不愿低头向强权妥协。具体来说，二人思想的契合还表现于如下几个方面。

痛感国运的艰难和民族的危局，新文化运动时期的进步人士都具有基本一致的思想追求，即反对专制、迷信和权威，揭露国民性的愚昧和落后，坚信文化革命是社会进步的根本之道。毛泽东与鲁迅思想的共同点之

---

① 《诗经·小雅·裳裳者华》。

② 王符：《潜夫论笺校正》，中华书局 1985 年版，第 93 页。

③ 叶永烈：《江青传》，作家出版社 1993 年版，第 186 页。

④ 毛泽东：《毛泽东文集》第 7 卷，人民出版社 1999 年版，第 253—254 页。

⑤ 毛泽东：《毛泽东新闻工作文选》，新华出版社 1983 年版，第 190 页。

一是：反对封建专制。从毛泽东的思想演变轨迹来看，他经历过一个相当混乱而复杂的阵痛期。他回顾在湖南第一师范学校读书的时候说："我的思想是自由主义、民主改良主义、空想社会主义等思想的大杂烩。我憧憬'十九世纪的民主'、乌托邦主义和旧式的自由主义，但是我反对军阀和反对帝国主义是明确无疑的。"① 与当时很多进步知识分子一样，他向启蒙思想的靠拢得益于风起云涌的新文化运动。毛泽东审视过自己思想的成长进程："《新青年》是有名的新文化运动的杂志，由陈独秀主编。我在师范学校学习的时候，就开始读这个杂志了。我非常钦佩胡适和陈独秀的文章。他们代替了已经被我抛弃的梁启超和康有为，一时成了我的楷模。"② 在毛泽东早期的文稿中，他猛烈地抨击封建专制："像我们反对孔子，有很多别的理由。单就这独霸中国，使我们思想界不能自由，郁郁做了二千年偶像的奴隶，也就不能不反对的。""故凡有压抑个人，违背个性者，罪莫大焉。"③ 毛泽东呼吁妇女解放，反对包办婚姻。他主编的四期《湘江评论》充满了反帝反封建的反叛精神。四十多篇文章中，《民众的大联合》提出："于今却不同了，种种方面都要解放了。思想的解放，政治的解放，经济的解放，男女的解放，教育的解放，都要从九重冤狱，求见青天。"④ 该文言辞激烈，观点尖锐，在全国影响最大。在北京大学图书馆工作时，毛泽东对政治的兴趣继续增长，思想越来越激进。但这时候他的思想还是混乱的，读了一些关于无政府主义的小册子，很受影响。那时候他赞同许多无政府主义的主张，常常和朋友讨论无政府主义及其在中国的前景。1920 年冬天，毛泽东在第一次组织工人的政治实践中，开始受到马克思主义理论和俄国革命历史的影响。第二次到北京期间，他读了许多关于俄国情况的书，找到了一些中译的共产主义书籍。他回忆道："有三本书特别深地铭刻在我的心中，建立起我对马克思主义的信仰。我一旦接受了马克思主义是对历史的正确解释以后，我对马克思主义的信仰就没有动摇过。这三本书是：《共产党宣言》，陈望道译，这是用中文出版的第一本马克思主义的书；《阶级斗争》，考茨基著；《社会主义史》，

---

① ［美］埃德加·斯诺：《西行漫记》，董乐山译，生活·读书·新知三联书店 1979 年版，第 125 页。

② 同上。

③ 毛泽东：《毛泽东早期文稿》，湖南人民出版社 1990 年版，第 115 页。

④ 同上书，第 71 页。

柯卡普著。到了一九二〇年夏天，在理论上，而且在某种程度的行动上，我已成为一个马克思主义者了，而且从此我也认为自己是一个马克思主义者了。”[①] 毛泽东以反帝反封建作为思想的起点，对马克思主义的接受成为他一生思想最重要的转折。

二人思想的共同点之二是塑造新人。从梁启超、胡适到鲁迅等启蒙思想家都有一个根深蒂固的文化革命的理想，那就是塑造新人来改变中国积弱积贫的落后局面。鲁迅弃医从文以后终生信守“新文化运动”中提出的信仰，即以文艺改造国民性。他的这一想法影响了许多青年。同鲁迅一样，毛泽东对于国民的愚昧、麻木也深有体会，他在《商鞅徙木立信论》中写道：“吾读史至商鞅徙木立信一事，而叹吾国国民之愚也，而叹执政者之煞费苦心也，而叹数千年来民智之不开、国几蹈于沦亡之惨也。”[②] 毛泽东曾经感慨道：“现在国民性惰，虚伪相崇，奴隶性成，思想狭隘，安得国人有大哲学革命家、大伦理革命家，如俄之托尔斯泰其人，以洗涤国民之旧思想，开发新思想。”[③] 在中国的革命与建设实践中，毛泽东将儒家的道德革命与法家的法、术、势以及阶级斗争理论有机结合起来，作为实现共产主义社会的思想策略。

那么，二者思想契合的原因是什么呢？在中国共产党革命最艰难的时候，鲁迅给予了声援和鼓舞。对中国共产党倡导的抗日统一战线，鲁迅表示了赞同。这些固然是毛泽东对鲁迅具有好感的直接原因，从深层心理分析来看，笔者认为，毛泽东将鲁迅推崇为圣人的做法，恰恰反映了他终其一生根深蒂固的圣人情结。

毛泽东曾在鲁迅逝世一周年纪念日作了题为《论鲁迅》的讲演。他说：“鲁迅在中国的价值，据我看要算是中国的第一等圣人。孔夫子是封建社会的圣人，鲁迅则是现代中国的圣人。”鲁迅之所以是圣人，是由于“他的思想、行动、著作，都是马克思主义的”，也就是掌握了“大本大源”：鲁迅的政治远见符合“圣人通达天地，明贯过去现在未来”的标准。他的斗争精神、牺牲精神也是与圣人“抵抗极大之恶而成”一致

---

① 毛泽东：《毛泽东新闻工作文选》，新华出版社 1983 年版，第 131 页。

② 毛泽东：《毛泽东早期文稿》，湖南人民出版社 1990 年版，第 1 页。

③ 同上书，第 693 页。

的。[1] 1971 年毛泽东说："我劝同志们看看鲁迅的杂文。鲁迅是中国的第一个圣人。中国第一个圣人不是孔夫子，也不是我，我算贤人，是圣人的学生。"[2] 毛泽东为什么将鲁迅比作中国圣人第一呢？这固然反映了毛泽东对鲁迅思想的极度推崇，其实也从侧面反映了毛泽东自己的崇圣思想以及圣人理想——立志成为开万世太平的圣人。他在早年的文稿《伦理学原理》中写道："服从神何不服从己，己即神也，己以外尚有圣贤。"[3] 当毛泽东读高小时，他曾抄录一首古人的《咏蛙》："独坐池塘如虎踞，绿杨树下养精神。春来我不先开口，哪个虫儿敢作声！"[4] 何等的霸气与雄心！与中国传统知识分子的仁道追求相似的是，毛泽东毕生都在追求内圣外王之道。1917 年在湖南一师读书的毛泽东就思考过这个问题。他在《体育之研究》中指出，圣人是最大的思想家，在《致黎锦熙信》中又作了进一步阐述，认为圣人就是得到"大本"的人，而贤人则低一个层次，是"略得大本的人"。所谓"本源者，宇宙之真理"，因为圣人握有真理，所以能"动天下之心"，产生"动天下"的效果。他认为，"吾国人积弊甚深，思想太旧，道德太坏……吾国思想与道德可以伪而不真，虚而不实之两言括之，五千年流传到今，种根甚深，结蒂甚固，非有大力不易摧陷廓清。"而救弊之道在于从大本大源的圣人哲学入手。如果普及了圣人哲学，那么对民众就可以"开其智而蓄其德，与之共跻于圣域"。"彼时天下皆为圣贤，而无凡愚，可尽毁一切世法，呼太和之气而吸清海之波。孔子知此义，故立太平世为鹄，而不废据乱、升平二世。大同者，吾人之鹄也，立德、立功、立言以尽力于斯世者，吾人存慈悲之心以救小人也。"[5] "文化大革命"中林彪给毛泽东以"伟大的导师""伟大的舵手""伟大的领袖""伟大的统帅"的称号。后来毛泽东在同斯诺的谈话中说，这四个太多了，愿意只保留"伟大的导师"一个称号。毛泽东坚信，只有掌握了大本大源宇宙真理的人才可以把握世界的变革，而如同圣人的"导师"堪当此任。

① 毛泽东：《论鲁迅》，《七月》1938 年第 3 期。

② 陈晋主编：《毛泽东读书笔记解析》，广东人民出版社 1996 年版，第 289 页。

③ 毛泽东：《毛泽东早期文稿》，湖南人民出版社 1990 年版，第 224 页。

④ 转引自陈晋《毛泽东与文艺传统》，中央文献出版社 2007 年版，第 326 页。

⑤ 毛泽东：《毛泽东早期文稿》，湖南人民出版社 1990 年版，第 238 页。

（二）毛泽东与鲁迅思想的歧异

毛泽东与鲁迅思想之间虽有契合之处，但并不是简单雷同的。毛泽东对鲁迅的看法更多是依据政治上的需要，摘取片言，古为今用，赋予新解。二者思想歧异之一是毛泽东的政治化解释。毛泽东是从中国现代的文学革命、思想革命与政治革命的角度来评价鲁迅的，着重强调的是鲁迅的“政治远见”：“他用显微镜和望远镜观察社会，所以看得远，看得真。……他的见解是那样的稳定，那样的清楚。”① 其次是他的“斗争精神”：他的骨头是最硬的，“没有丝毫的奴颜和媚骨”，在黑暗与暴力的进袭中，他“是一株独立支持的大树，不是向两旁偏倒的小草”，“他把自己的全部力量都献给了革命斗争”，“一贯不屈不挠地同封建势力和帝国主义作坚决的斗争……充满了艰苦奋斗的精神”。毛泽东还指出，鲁迅虽然“并不是共产党组织的党员，然而他的思想、行动、著作，都是马克思主义化了的”，他是一个“民族解放的急先锋”。② 鲁迅这一切品质都是毛泽东反帝反封建，为建立现代民族国家所需要的。毛泽东把鲁迅思想全盘政治化，而没有给出其他阐释的可能性。事实证明，当他的判断成为经典化的定论以后，新中国成立后30年学界对鲁迅的研究要突破这个框架就相当艰难了。

毛泽东的鲁迅评价代表了无产阶级政党对他的崇高定论，主宰着20世纪50—70年代鲁迅研究的主流，也直接影响了研究者的解读角度、解读目的与思维方式。同样是对鲁迅的肯定，黄秋耘认为鲁迅精神的实质是大勇与人道，邵荃麟却认为是唯物主义、无产阶级与共产主义，与毛泽东的鲁迅评价最为接近的是以周扬为首的鲁迅研究。周扬在《社会主义现实主义——中国文学前进的道路》一文中认为，“五四”以来革命的民主的现实主义是以鲁迅为代表的，“在中国文学史上开创了一个新的时代，并准备了向社会主义现实发展的条件”。“鲁迅的现实主义精神，主要表现在他对旧中国的黑暗的仇视和对新中国的热望与追求，以及他的是非分明，爱憎强烈的原则态度上。”这个评价便是遵循将鲁迅纳入斗争哲学范畴的思路，鲁迅思想的深刻、复杂与犀利被搁置起来，被工具化与肢解。

---

① 毛泽东：《论鲁迅》，《七月》1938年第3期。

② 同上。

鲁迅的《野草》及一些杂文因不能纳入这个思路而被搁置起来便是证明。

歧异之二是道德化解释。毛泽东从道德评判的角度高度评价鲁迅的“牺牲精神”：“他一点也不畏惧敌人对于他的威胁、利诱和残害。他一点也不避锋芒，把钢刀一样的笔刺向他所憎恨的一切。他往往是站在战士的血迹中坚韧地反抗着、呼啸着前进！”① 伦理道德是中国文化倚重的核心精神，在特殊的战争环境里，鲁迅的这种道德化的形象可以凝聚民族精神，可以将刚勇无私的献身精神典范化。毛泽东结合他对革命的看法引用鲁迅的话论证自己的观点。例如，毛泽东认为：“要去掉宗派主义，也只有把为工农，为八路军、新四军，到群众中去的口号提出来，并加以实行，才能达到目的，否则宗派主义问题是断然不能解决的。”他引用鲁迅的话“联合战线是以有共同目的为必要条件的”作为论据。② 谈到反对“党八股”时，毛泽东说“装腔作势，借以吓人”之类的“党八股也就是一种洋八股。这洋八股，鲁迅早就反对过的”。③

歧异之三是实用化解释。1958 年 12 月，毛泽东为《毛泽东诗词十九首》写批注时，从鲁迅的一句“于时云海沉沉，星月澄碧，饕蚊遥叹，予在广州”出发借题发挥。鲁迅说的“饕蚊遥叹”实际上是说的一段个人的情感纠葛。而毛泽东以他人之酒杯浇自己胸中之块垒，写道：“从那时到今天，三十一年了，大陆上的饕蚊灭得差不多了，当然，革命尚未全成，同志仍须努力。港台一带，饕蚊尚多，西方世界，饕蚊成阵。安得起全世界各民族千百万愚公，用他们自己的移山办法，把蚊阵一扫而空，岂不伟哉！试仿陆放翁曰：人类今娴上太空，但悲不见五洲同。愚公尽扫饕蚊日，公祭无忘告马翁。”④ 新中国成立以后随着极左思想的发展，文学艺术在毛泽东的眼中一步步成了政治的附庸与工具，是不是毛泽东并不理解文学的本质属性呢？当然不是。毛泽东曾经一针见血地评论说：“鲁迅的小说，既不同于外国的，也不同于中国古代的，它是中国现代的”，是民族化的。但是，他谈到鲁迅后期“杂文有力量”时，认为原因“就在于有了马克思主义世界观”。

---

① 毛泽东：《论鲁迅》，《七月》1938 年第 3 期。

② 毛泽东：《毛泽东论文艺》（增订本），人民文学出版社 1992 年版，第 45—46 页。

③ 毛泽东：《毛泽东选集》第 3 卷，人民出版社 1991 年版，第 830 页。

④ 毛泽东：《毛泽东文集》第 7 卷，人民出版社 1999 年版，第 459 页。

毛泽东在《论十大关系》的报告中，将某些不允许别人犯错的人比喻为《阿Q正传》中的假洋鬼子。“鲁迅在这篇小说里面，主要是写一个落后的不觉悟的农民，他专门写了‘不准革命’一章，说假洋鬼子不准阿Q革命。其实，阿Q当时的所谓革命，不过是想跟别人一样拿点东西而已。可是，这样的革命假洋鬼子也还是不准。我看在这点上，有些人很有点像假洋鬼子。他们不准犯错误的人革命，不分犯错误和反革命的界限，甚至把一些犯错误的人杀掉了。我们要记住这个教训。无论在社会上不准人家革命，还是在党内不准犯错误的同志改正错误，都是不好的。”[①]他认为：“鲁迅后期的杂文最深刻有力，并没有片面性，就是因为这时候他学会了辩证法。”“文化大革命”后期，针对“缺少诗歌，缺少小说，缺少散文，缺少文艺评论”的情况，毛泽东进行文艺政策调整时，又搬出了鲁迅作为调整的依据。他对江青说：“鲁迅那时被攻击，有胡适、创造社、太阳社、新月社、国民党。鲁迅在的话，不会赞成把周扬这些人长期关起来，脱离群众。”[②] 鲁迅可以成为激进革命的急先锋，也可以成为平衡政策的砝码，鲁迅到底是谁？

二人文艺思想歧异的原因，从毛泽东《在延安文艺座谈会上的讲话》中可以鲜明地看出来。该文献在毛泽东的文艺思想发展过程中承前启后，成为日后各种文艺方针的“元叙事”。毛泽东认为：“在现在世界上，一切文化或文学艺术都是属于一定的阶级，属于一定的政治路线的。为艺术的艺术，超阶级的艺术，和政治并行或互相独立的艺术，实际上是不存在的。无产阶级的文学艺术是无产阶级整个革命事业的一部分，如同列宁所说，是整个革命机器中的‘齿轮和螺丝钉’。”[③]“任何阶级社会中的任何阶级，总是以政治标准放在第一位，以艺术标准放在第二位的。”[④] 而这一文献背后的思想支撑其实导源于毛泽东青年时代坚信的阶级斗争革命模式，文学艺术只是服从这一斗争策略的工具。1941年毛泽东曾对斯诺介绍他的思想发展过程：“记得我在1920年，第一次看了考茨基著的《阶级斗争》，陈望道翻译的《共产党宣言》，和一个英国人作的《社会主义

① 毛泽东：《论十大关系》，《人民日报》1976年12月26日。

② 毛泽东：《党的文艺政策应当调整》，《人民日报》1976年11月5日。

③ 毛泽东：《毛泽东选集》第3卷，人民出版社1991年版，第865—866页。

④ 同上书，第869页。

史》，我才知道人类自有史以来就有阶级斗争，阶级斗争是社会发展的原动力，初步地得到认识问题的方法论。可是这些书上，并没有中国的湖南、湖北，也没有中国的蒋介石和陈独秀。我只取了它四个字：'阶级斗争'，老老实实地来开始研究实际的阶级斗争。"① 当阶级斗争成为唯一的政治理性，成为历史的必然逻辑，具有模糊阶级界限可能性的人性、自由、博爱就成了值得警惕的观念。

总之，毛泽东对鲁迅的评价始终是一种以我为主，为我所用的论断。他首先把鲁迅思想、精神与人格经典化，然后利用鲁迅来论证自己思想的"政治正确"，从而实现自身判断的经典化。因此，"文化大革命"后的研究者们批评鲁迅被肢解，被庸俗化的倾向，力求"把鲁迅还给鲁迅"。

（三）反思毛泽东的革命现代性思想

当我们套用启蒙现代性与审美现代性的二元对立这一西方现代性文化视角去分析中国个案时，在毛泽东这一第三世界国家代表性的思想者面前，这一模式的分析有效性是值得怀疑的。目前中国学界通常以美国学者卡林内斯库《现代性的五副面孔》关于现代性的分类来作为理解中国现代性历史的理论视角，笔者认为，简单套用的模式反而遮蔽了本土历史与文化的复杂性与丰富性。毕竟中西思想发展线索与社会革命道路都具有巨大的差异。如果说20世纪的中国是一个革故鼎新的革命时代的话，毛泽东为世界思想提供了具有中国特色的中国思路——革命现代性。

按照郑玄（郑康成）的阐释，《易经》包括"三易"，即"简易、变易、不易"。易即变化。革命的哲学意义便是"变易"。但它不是"简易"，即不是从简到繁的渐进与量变，而是"突进"、"跃进"、"质变"、"裂变"。在中国，"革命"一词的古义是指顺应天命民心改朝换代，如《易·革》中有："汤武革命，顺乎天而应乎人，革之时大矣哉！"在西方"Revolution"本义是指工程学中循环运动的一个单位；在政治上指方向的突变。在中西方不同的历史时期"革命"一词歧义丛生，例如英国光荣革命、法国巴黎革命、美国独立革命、俄国十月革命、中国的资产阶级革命与无产阶级革命等。毛泽东根据马列主义的诠释者的论述，并结合中国的具体国情，将"革命"理解为暴力性的阶级斗争。他认为："革命不是

① 毛泽东：《毛泽东文集》第2卷，人民出版社1999年版，第378—379页。

请客吃饭，不是做文章，不是绘画绣花，不能那样雅致，那样从容不迫，文质彬彬，那样温良恭俭让。革命是暴动，是一个阶级推翻一个阶级的暴烈的行动。”① 而革命的推行方式就是阶级斗争，阶级斗争是一种历史常态。“一些阶级胜利了，一些阶级消灭了。这就是历史，这就是几千年的文明史。拿这个观点解释历史的就叫做历史的唯物主义，站在这个观点的反面的是历史的唯心主义。”② “斗争哲学”，即“你死我活”的哲学；传统的革命哲学是“斗争哲学”。

在西方文化里现代性（modernity）指关于“现代”的性质和经验。而西方的“现代”历史一般认为是从文艺复兴开始的，涉及资本主义、世俗文化、民主、人权、启蒙等具有普世价值的精神理念。从思想史的角度来看，现代性是指17世纪笛卡尔以后哲学观念的后续发展。近代中国社会的发展是对西方外来力量冲击后的反应。中国现代性既是西方现代性时间上的延续，也是异域空间自身现代性的演变，还是中西现代性观念融合与分裂的历史。从现代性角度梳理毛泽东与时代社会变动的关系，我们可以发现“革命”是毛泽东现代性思想最关键的定语，“革命”也是编织毛泽东思想碎片的线索。在毛泽东眼中，革命现代性不仅是对封建专制制度的颠覆，还包括对帝国主义剥削与压迫的对抗。在生产力十分落后的基础上，他力图通过革命的手段改变经济文化落后的旧中国，尽快消灭社会的各种差别和不平等现象，从而建设公正、平等、民主的现代性社会，以至不断逼近理想的共产主义社会。革命现代性并不简单排斥审美，但它所要求的审美必须是“新古典主义”的艺术形式，因而它的美学是一种政治美学。

毛泽东的关于中国革命与建设思想成了一份我们无法绕开的历史遗产，在公平、正义、民主成为人们自觉追求的普世价值的时候，人们带着复杂的心态不禁对火红的革命岁月投去温情一瞥。那么，毛泽东身后的革命遗产在何种意义上具有反思的价值呢？我认为，我们需要对毛泽东的革命现代性观念进行冷静的反思，这种反思并非简单否定，而是在反思中获得启示。第一，毛泽东的“不断革命”思路体现了启蒙现代性的线性历史观与革命理性的政治工具论。“文化大革命”时期，他以同一性思维在

---

① 毛泽东：《毛泽东选集》第1卷，人民出版社1991年版，第17页。

② 毛泽东：《毛泽东选集》第4卷，人民出版社1991年版，第1487页。

国际国内推行无限扩大的阶级革命。结果，以实现自由、民主、平等为初衷的革命在革掉制度性的官僚压迫之后，革命者本身的历史地位遭到消解、权力遭到剥夺。革命者陷入“革命的辩证法”的怪圈，被作为“反革命”接受清算，如周扬、林默涵、田汉等毛泽东文艺路线的忠实执行者沦为阶下囚，甚至含冤自杀。可见毛泽东以群众觉悟作为标尺来界定“左”右，只具有相对的意义。第二，毛泽东的革命理想带有极其强烈的浪漫主义想象，他希望成为全球无产阶级的政治领袖与精神导师，以不断激进的社会革命与思想教化实现大同梦想。而当缺乏严格约束的政治权力结合乌托邦激情势不可挡、狂飙突进时，毛泽东置身的现代民主政治框架被逐渐拆解、胀破，封建社会的独断专行、权力斗争得到滋生的土壤。“在毛泽东的内心深处，推动民主和自由的冲动的确在渐渐消失。对个人来说什么是自由？答案之一是：己所不欲，勿施于人。第二个概念是个人能最大程度地实现自我。已经成熟起来的毛泽东对自由的这两个概念都不相信——尽管他喜欢前者甚于后者。他清楚地‘知道’什么样的中华人民共和国公民是他所想要的。那绝不是每个公民都去实现自我，而是按照毛泽东设想成为建设斯巴达式的亚洲的一块砖瓦。从某种意义上说，他将带有孔子、托尔斯泰色彩的改良冲动和现代国家的功能混为一谈了。”①毛泽东是天才式的诗人、有创造力的哲学家，也是实用主义型的政治家。三者结合起来，他是成功的政治诗人、诗人哲学家、政治哲学家。但是，在他以诗人政治家领导社会建设时遭遇了挫折。第三，毛泽东以道德伦理作为思想动力进行社会动员，而忽视了现代性的问题并非仅仅是精神革命所能解决的，制度建设也是现代性政治文明的题中之意。毛泽东受王船山、颜习斋、曾国藩、谭嗣同、杨昌济等湖湘学派的影响，极其重视理想和道德力量，讲究“立志”“修身”的理学精神。他认为哲学是一切事物的“大本大源”，“思想主人之心，道德范人之行”。人生目的在“实现自我”，极力主张“身心并完”，“发达自己身体及精神之能力至于最高”。从而十分强调个人主观意志的能动作用，即“个人精神主义”，追求“独立所有”的道德完美境界。长期艰苦的战争年代，中国共产党依靠政治觉悟、思想教育引发高昂的革命热情、不怕牺牲的奋斗精神。这种动员广

① ［美］罗斯·特里尔：《毛泽东的自由观：他的早年与晚年》，齐卫国译，《湖南科技大学学报》（社会科学版）2007年第6期。

大群众的政治力量、精神力量被认为是无坚不摧、不敌不克的。而当“林彪事件”如惊雷炸裂，人们在震惊之余，也开始转向怀疑和失望，于是道德理想国无情地粉碎了。第四，革命现代性的悖论。在中国的历史情境中，现代化的努力与对“理性化”过程的拒绝相并行，构成了深刻的历史矛盾。对此，汪晖有相当精辟的分析，他认为，对于毛泽东来说：“他一方面以集权的方式建立了现代国家制度，另一方面又对这个制度本身进行‘文化大革命’式的破坏；他一方面用公社制和集体经济的方式推动中国经济的发展，另一方面他在分配制度方面试图避免资本主义现代化所导致的严重的社会不平等；他一方面以公有方式将整个社会组织到国家的现代化目标之中，从而剥夺了个人的政治自主权，另一方面他对国家机器对人民主权的压抑深恶痛绝。”因而，“中国社会主义的现代化实践包含着反现代性的历史内容。这种悖论式的方式有其文化根源，但更需要在中国现代化运动的双重历史语境（寻求现代化与对西方现代化的种种历史后果的反思）中解释。”①文艺批评的成功与失误也同样应该从毛泽东社会主义现代性追求的价值取向及其历史迷误进行反思。

毛泽东对鲁迅的评价是在个人思想发展过程中动态形成的，他与鲁迅在思想上的歧异、矛盾重重，甚至水火不容，实际上体现了毛泽东思想的鲜明个性。从启蒙思想的个性解放、非理性的无政府主义到信奉马克思主义，从新民主主义革命、社会主义革命和建设到无产阶级“文化大革命”，其中的内在线索是：建立独立自主、平等富强的国家，建设平等、民主的社会，塑造纯洁、无私的无产阶级人性，实现共产主义理想所许诺的乌托邦社会。毛泽东对鲁迅思想与文艺的不同判断，反映了毛泽东文艺思想的内在矛盾。毛泽东非常清醒地明白文学的特性，他曾经给陈毅的信中说，诗要用形象思维。从他《讲堂录》②的记载来看，他很清楚文学的美感特质。他对“文化大革命”后期“样板戏”一统天下而造成的百花凋零也深为不满。但他更加理智地明白，为了完成反帝反封建的历史使命，文艺必须成为一条没有硝烟的革命战线。毛泽东身上纠集着个人与历史的深刻矛盾，例如传统与现代、人格道德与世俗社会、政治革命与文化

① 汪晖：《当代中国的思想状况与现代性问题》，《死火重温》，人民文学出版社2000年版，第50—51页。

② 毛泽东：《毛泽东早期文稿》，湖南人民出版社1990年版。

变革等。这些矛盾有时是对立的，有时是统一的，有时既有对立又有统一。以这些矛盾作为分析的切入口，我们可以获得理解当前中国问题的钥匙。

二 周扬的鲁迅研究

在鲁迅逝世两周年之后，周扬将鲁迅的遗产概括为三个方面。首先认为鲁迅的“全部著作贯彻着为民族解放而奋斗的精神”。其次，“他的著作是‘五四’以来中国民主主义的最战斗的传统”。最后，“鲁迅的作品是中国新文艺最初的也是最丰盛的收获，是中国新文艺上的现实主义的第一块坚固的基石”。[①] 上述三个方面，也是鲁迅思想具有内在统一性的结构与要素，分别强调了鲁迅的创作和思想在民族主义、民主主义、现实主义意义上的地位和价值，这三个主题无疑也是“五四”新文化运动的核心价值。

1954年5月4日，周扬发表《发扬“五四”文学革命的战斗传统》纪念“五四”运动。他通过评价鲁迅的功绩高度肯定“五四”运动的历史意义。下面本书以此文为个案，解析周扬的鲁迅观。

（一）鲁迅反封建的意义

周扬认为，“五四”文学革命传统作为反帝反封建革命斗争的一种形式，它的力量首先就在它的反对封建文化的彻底性和坚决性。“中国新文学的第一篇作品，鲁迅的《狂人日记》，就是一篇对封建主义充满正气和勇敢的宣战书。它像烈火一样地烧毁了封建宗法的思想和制度的全部假面，无情地揭露了几千年来封建礼教的吃人的本质，它发出警告：‘将来容不得吃人的人，活在世上’，号召人们过‘真的人’的生活。”[②] 周扬突出了鲁迅反封建文化的彻底性和坚定性，这与新中国成立之前的评价基本是一致的。不仅如此，他认为鲁迅的精神还体现在爱国主义和人民性方面。“鲁迅的作品中，充满了热烈的爱国主义、对于封建秩序及一切阻碍

---

① 周扬：《一个伟大的民主主义现实主义者的路——纪念鲁迅逝世二周年》，《解放》第56期，1938年11月7日。

② 周扬：《发扬“五四”文学革命的战斗传统》，《人民日报》19545年月4日第3版。

中国进步的旧事物的不可调和的仇恨和对人民利益的深切关怀。在这些作品中，出现了中国文学史上从未有过的彻底反封建的新的主题和人物。"①显然，周扬此处的进一步阐释将鲁迅从民族主义转换到爱国主义，通过认定鲁迅的国家认同从而激发民众对新生国家和政权的热爱。

（二）对农民进行启蒙

农民问题是鲁迅创作的重要主题，也是反思国民性的主要对象。周扬指出鲁迅的作品对于旧中国的农民具有深刻的启蒙价值，同时也指出农民自身的局限性，即缺乏民主主义的革命觉悟。"鲁迅对于农民是有极深刻的理解的，对于他们的命运是最关心的。他作为一个启蒙主义者，提出了一个严重的问题——如何启发农民的革命性，提高农民的民主主义的觉悟。他发现了农民不能不革命的悲惨的生活地位和他们在主观上还缺乏民主主义的革命觉悟性两者之间的矛盾，找不出解决这个矛盾的出路。"②周扬评价道："这正表现了一个真正革命人道主义者的胸怀和革命启蒙主义者的特色。"但是周扬认为鲁迅不仅仅是一个革命启蒙主义者，他说："社会主义现实主义的文学是只有作者站在工人阶级的思想和党的政策的立场来观察和描写社会阶级的矛盾和斗争，并真实地表现了推动这个斗争前进的一切先进的和社会主义的因素的时候，才有可能。"③ 周扬指出了社会主义现实主义创作的方向和道路。他认为，只有站在工人阶级这一个革命的领导阶级的立场，只有从党的政策的出发，才能创作出社会主义现实主义文学，才能克服启蒙文学的局限。

以周扬为代表的鲁迅研究其特点是，先有马列主义、毛泽东思想这个自在的，有自身完整性的理论预设，然后把鲁迅思想按照政治需要纳入这一理论原则下进行衡量、检验，其结果是鲁迅思想的伟大性表现在它比任何一个中国知识分子的思想都在更大程度上符合马列主义、毛泽东思想，因而它又是中国知识分子的最杰出的代表，是中国知识分子的榜样。

---

① 周扬：《发扬"五四"文学革命的战斗传统》，《人民日报》1954年5月4日第3版。

② 同上。

③ 周扬：《发扬"五四"文学革命的战斗传统》，《人民文学》1954年第5期。

第三节 通俗文学的边缘化

中国传统的文学观念的主流是文以载道，自晚清以来，文学服从于实现民族国家的现代性想象，被当成实用性的斗争工具。毛泽东是把文学当武器看待的，用它来“团结人民、教育人民、打击敌人、消灭敌人”。[①]周扬认为，中国的新文学是沿着现实主义的主流发展来的。现实主义和文学的功利主义常常连结在一起……文学上的现实主义，功利主义的主张，正是五四以来新文学的优秀传统，我们今天主张文学应成为抗战中教育和推动群众的武器，就正是把这个传统在新的现实的基础上发扬。[②] 小而言之，“我们文艺工作者的一个重要任务，就是帮助人民培养和发展新的个性”。这种个性“是与人民联系的、和人民打成一片的个性，是愿意把自己的一切贡献给人民的事业的个性，这才是建设性的个性”。而“必须反对和人民脱离的、同人民对立的个性，反对资产阶级的卑鄙的个人主义的个性，那是破坏性的个性，和新社会不相容的”。文艺作品“应当以积极培养人民集体主义思想，克服人们意识中的个人主义作为自己的任务”。大而言之，文艺工作者“必须表现中国历史上空前未有的社会主义建设和社会主义改造的伟大事业，表现社会主义和民主主义阵营反对帝国主义反动集团的巨大斗争”。文艺作品“必须表现新的工人、新的农民、新的知识分子，批判和鞭挞一切阻碍人民前进的旧事物旧思想，引导人民积极参与建设社会主义和保卫社会主义的伟大斗争”。这才是“今天人民要求于文艺工作者的最严重也最光荣的任务”。[③] 而滥觞于晚清的通俗文学具有商业性、娱乐性与模式化的特点，要求通俗文学作家直接从主题上完成上述政治功能，是有一定难度的。虽然通俗文学与赵树理为代表的大众文学都有通俗性的特点，但赵树理的创作动机在于解决现实社会问题，正如作者所说：“我在做群众工作的过程中，遇到了非解决不可而又不是轻易

① 毛泽东：《毛泽东选集》第3卷，人民出版社1991年版，第848页。

② 周扬：《抗战时期的文学》，《周扬文集》第1卷，人民文学出版社1984年版，第236—237页。

③ 周扬：《我们必须战斗——一九五四年十二月八日在中国文学艺术界联合会主席团、中国作家协会主席团扩大联席会议上的讲话》，《文艺报》1954年12月30日，第23期。

能解决了的问题，往往就变成要写的主题。”[①] 其效果是“老百姓喜欢看，政治上起作用”。[②] 既是喜闻乐见的，又能普及文学的政治诉求。在文学经典的认定和功能上，娱乐与教化存在明显的冲突。国家意识形态又是如何将娱乐功能进行压抑？其后果是什么呢？笔者试图从读者的阅读状况、阅读心理，通俗文学的创作、批评与出版，以及通俗文学作品的戏剧改编三个方面来探讨。

一 被引导与被规训：现实的阅读心理与刚性的阅读导向

在读者的阅读需求上，政治教化与市民趣味构成了严重的冲突。1949年8月，按照传统习俗北平上演了改编版的《鹊桥相会》，却招来了观众极大的不满。原因是，根据消除封建迷信需要而改编的此剧本去掉了天帝下旨赐婚的戏段，观众情绪激愤地大叫：“戏没完！戏没完！”剧场工作人员出来解释说是出于反封建的需要，可观众还是拒绝退场。[③] 据外国记者记载，城市居民拿着茶壶、嗑着瓜子观看《白毛女》是出于休闲、娱乐的目的，更多的是欣赏故事的离奇、惊险的情节，相对疏远于阶级斗争的教育目的。[④]

新中国成立之初新解放区一些爱好文艺的知识青年给丁玲所在的《文艺报》写信，抱着热情直言不讳地谈到对书籍的好恶与需求，这些知识青年的看法主要有如下几种：

> 一、不喜欢读描写工农兵的书，说这些书单调、粗糙、缺乏艺术性。说这些书既看不懂也不乐意看。又说这里主题太狭窄，太重复，天天都是工农兵，使人头疼。还有人举了一个工人的例子，说工人也不喜欢，那个工人认为这些书太紧张了，他们乐意看点轻松的书，如神话戏，或山水画。他们工作生活都紧张，娱乐还要紧张，怕要

① 赵树理：《也算经验》，《赵树理全集》第4卷，人民文学出版社1992年版，第186页。

② 转引自陈荒煤《向赵树理方向迈进》，《赵树理研究资料》，中国社会科学出版社1985年版，第200页。

③ 德克·博迪：《北京日记——革命的一年》，洪菁耘、陆天华译，东方出版中心2001年版，第210—211页。

④ 同上书，第147—150页。

> “崩了箍”，他们说这些书只是前进分子的享乐品。[1]
>
> 二、他们喜欢巴金的书，喜欢冯玉奇的书，喜欢张恨水的书，喜欢“刀光剑影”的连环画，还有一批人则喜欢翻译的古典文学。
>
> 三、要求写小资产阶级知识分子的苦闷，要求写知识分子典型的英雄，写出他们在解放战争中的可歌可泣的故事。要求写知识分子改造的实例，或者写以资产阶级为故事的中心人物，或者写城市的小市民的作品。并且要求这些书不要写得千篇一律，老是开会，自我批评，谈话，反省……[2]

上述看法在一定程度上真实地反映了新解放区一批知识分子与市民的阅读状况和阅读心理。当时一般将识字的人也划入知识分子行列，可见反映的读者面是很广泛的。概而言之，有两种呼声：不满于工农兵作品艺术方面的单调、枯燥；不满于主题的重复、狭窄。希望看到与现实紧张生活相疏离，具有奇闻趣事的作品，从而获得休闲、松弛的享受。希望看到挖掘知识分子心灵苦闷、思想改造的作品，展示出人物精神的内在深度，而不是带有行政规约性质的千篇一律的说教。

上述读者的呼声确实是存在的，1957 年 5 月 7 日上午，中共上海市委召开了第二次作家座谈会，作家们秉持“百花齐放、百家争鸣”方针，直陈当时文坛的问题。严独鹤说：“我是一个打问号的作家，毛主席说，老年人可以跑跑龙套，我听了很兴奋，也打算跑龙套。”“通俗文学直到现在还没有引起领导上和各方面的重视。它处在古典文学和现代文学之间，大家都瞧不起它，认为不能登大雅之堂，或者认为是落后的东西，可是广大群众和工农兵都很需要通俗读物。”[3] 适应商品社会而生存的通俗文学作家，在市场基本上被取消的新时代，感到了失落与焦虑。

丁玲以具有号召性的标题《跨到新的时代来》一文分析了知识分子的旧兴趣与工农兵文艺的关系。她首先指出了文学阅读的个体差异性与工农兵作品中存在的问题，态度是坦诚而严谨的。“读者的文化程度，社会

---

① 丁玲：《跨到新的时代来——谈知识分子的旧兴趣与工农兵文艺》，《文艺报》第 2 卷第 11 期。转引自洪子诚《〈二十世纪中国小说理论资料〉前言》（第 5 卷）（1949—1976），北京大学出版社 1997 年版，第 37 页。

② 同上书，第 37—38 页。

③ 王若望、谷斯范：《王若望等人在上海作家座谈会上的发言》，1957 年 5 月 7 日。

经历，政治水平都不一样，作品也不该一样，但的确是属于进步的和要求进步的，向我们提出问题的读者也至少是要求进步的。但这些书按今天革命斗争的深入和复杂、雄壮和胜利来说，取表现的角度、气派、生动与深刻，都是很不够的，其与政治经济文化各种建设要求的配合也是很不够的。”意思是读者应该与时俱进，接受思想改造。

就主题的狭窄问题，丁玲认为中国文艺抛弃“个人情感的小圈子”、“知识分子的孤独绝望”以及“少爷小姐”因恋爱而苦闷的主题，走向揭示“阶级斗争的本质，和它的激烈尖锐和复杂”，这是文学主题扩大的正确路向。丁玲充分肯定了解放区文学大众化的创作成就，《吕梁英雄传》《新儿女英雄传》《李有才板话》等正是脱胎于旧形式，又有政治性、思想性的作品。然而，与当时小知识分子的分歧在于，新解放区人们要求的不一定全是载阶级斗争之道的宏大叙事，而是偏向于轻松、惬意的日常生活。

丁玲指出了倾心于革命文艺还是通俗文艺的两种不同的命运：

> 知识分子有喜欢读高尔基读鲁迅，读一切较进步作品的人，也有只喜欢读《霍桑侦探案》，或者《金粉世家》的。有的革命了，有的却堕落了。不管唯艺术的艺术家们怎样捧着几本古典文学，拉着几个贵族王子，或公爵夫人，怎样的骂左翼文学单调粗糙，缺乏艺术性，可是到了人民的时代，这些艺术家又到哪里去了呢？这些唯艺术的作品又到哪里去了呢？①

丁玲的这些话语对于读者和通俗文学作家都隐含有较为严厉的政治批判性，其告诫、警示意义不言自明。

由于国家出版机构对通俗文艺的限制，“喜欢看《金粉世家》这一类书的，现在的确难得找到书读了”。那么，喜欢巴金作品的读者该怎样走出旧时代巴金，跨到新时代来呢？丁玲进一步引导，“不要管二少爷、三少爷，以及他们的表妹从家里出走以后怎么样，就假定这些人已经完全找

---

① 丁玲：《跨到新的时代来——谈知识分子的旧兴趣与工农兵文艺》，《文艺报》第2卷第11期。转引自洪子诚《〈二十世纪中国小说理论资料〉前言》（第5卷）（1949—1976），北京大学出版社1997年版，第42页。

到了正确的道路，已经参加了革命，到了部队，到了农村，到了工厂，当了干部吧。看看这些人在实际生活中如何受锻炼吧”。丁玲希望知识分子读者通过对作品中知识分子的自我改造过程的认识，来完成个人思想上的脱胎换骨。那么，作品中知识分子思想改造的具体过程是什么呢？丁玲的看法是，这个过程可以省略。丁玲说：“（巴金作品中的知识分子）其实到了上海怎么样，也还是可以在过去的一些书中找到另外的答案的，不过我们何必一定要经过一些曲折的道路而不直捷了当地跨到现在的时代呢！”那么，通过政治教化去生硬地改变读者的审美感受过程，理由是什么呢？丁玲认为：“这也的确因为一个知识分子在动荡时代中的一些摇摆，一些斗争，比起工农兵的斗争来，的确是显得单薄无力得多。知识分子在这样庞大的作为人民主体的工农兵队伍里面就不觉得自己有什么值得表扬了。”由此，我们可以明白知识分子与工农兵人物形象高下、主次的等级差别了。即使将改造过程展示出来，一个更加不能让人接受的情形是：“假如有一个真真改造好了的知识分子，作家们又把他当一个干部，一个无产阶级的战士来出现了，因此像过去的那些又漂亮、又多情，又有表哥表妹，又有朋友又需要找出路，又无路可走，那末充满了所谓知识分子的倜傥风流的情调实在太少了！”[①] 言外之意是，知识分子犹豫、彷徨、多情、善感的劣根性决定了他们形象的不光彩。

丁玲对比了古典文学与当前文学在艺术上的差距，“也承认，今天以劳动人民为主体，写新人物的这些作品，还不是很成熟的，作者对于他所喜欢的新人物，还没有古典文学对于贵族生活描写的细致入微，这里找不到巴尔扎克，也没有托尔斯泰。甚至于对于这些新的人物虽然显出了崇高的爱，却还不能把一些伟大的事变写得更有组织、有气氛，甚至不如过去一个时期知识分子写知识分子的苦闷那末深刻。这是今天在文学作品方面的不够，应该承认，也许这是遭受指摘的最大的理由，这个缺点应尽可能快地克服。”然而，丁玲为此找出的是寄托于未来的理想性理由：“这是必然的，因为一切是新的，当文艺工作者更能熟悉与掌握这些新的内容与

---

① 丁玲：《跨到新的时代来——谈知识分子的旧兴趣与工农兵文艺》，《文艺报》第 2 卷第 11 期。转引自洪子诚《〈二十世纪中国小说理论资料〉前言》（第 5 卷）（1949—1976），北京大学出版社 1997 年版，第 42 页。

形式时，慢慢就会使人满意起来。”① 文学发展的实际结果是，丁玲的乐观预计并没有实现。带有一定传统审美趣味与娱乐性、商业性的通俗文学被逐步废黜。上述反映的是新中国成立初期普通读者真实的阅读心态以及文艺领导者的纠偏，1965 年《文学评论》刊登的一封读者来信，反映了文学阅读中娱乐性与消遣性的冲突。一位读者在工作之余喜欢看情节惊险紧张的小说来作为消遣，而同事却认为“看小说最主要还是为了受到思想教育，不能光为了消遣”。编辑在回信中将这种看法推进了一步，他认为“娱乐活动从根本上来说，是带有一定阶级性的”，而“把娱乐活动叫作‘消遣’，这可能就是旧社会遗留下来的说法”，“本身是带有消极意味的”。编辑着重分析了文学作品从来都不单纯是娱乐的工具，是进行阶级斗争的武器，而阅读文学作品就具有潜移默化通过形象、感情接受思想教育的功能。这位编辑的颇具代表性的看法，充分反映了读者多样化的阅读心理在刚性的文艺政策的规约下，已被生硬地扭曲以至格式化。

二　被忽略与被挤压：通俗文学的创作、批评与出版

那么，当时通俗文学在创作、批评与出版状况方面实际情形又是怎样的呢？1957 年《文艺报》上的《通俗文艺作家的呼声》② 为我们揭开了一个展示真实面目的盖子。通俗文艺出版社邀请通俗文艺作家举行座谈会，陈慎言、张友鸾、张恨水等通俗文学作家纷纷发言，反映的问题主要有如下几个方面。

第一是新文学阵营瞧不起通俗文艺。座谈会上，大家谈起通俗文艺和通俗文艺作家在社会上受轻视，在文学领域没有地位，一提起章回小说、单弦、弹词，就好像是不入流的作品，搞这一行的作家，似乎低人一头。“再加上文学评论一提到通俗文艺，就是概念化、公式化。粗制滥造，使得一些作家不敢动笔，这样下去，通俗的东西怕要绝种了。”苗培时当时就为通俗文艺辩护道：“文艺批评者动不动就把公式化、概念化加到通俗

---

① 丁玲：《跨到新的时代来——谈知识分子的旧兴趣与工农兵文艺》，《文艺报》第 2 卷第 11 期。转引自洪子诚《〈二十世纪中国小说理论资料〉前言》（第 5 卷）（1949—1976），北京大学出版社 1997 年版，第 42 页。

② 《通俗文艺作家的呼声》，《文艺报》1957 年第 10 期。

文艺的头上，好像文艺作品的公式化、概念化是由通俗文艺制造出来的，这是很不公允的。”①

第二，新中国成立后，除了张恨水被新文学阵营有限地承认，通俗文学作家大多被排除在权力机构之外。大家谈到文艺界不但不重视章回小说，也不重视章回小说家。张友鸾激动地说：“章回小说为人民所喜爱，但章回小说家却不被重视，往往被看作旧文人。现代文学史上就没有提到过章回小说。《啼笑因缘》印得那么多，作者张恨水到底好不好？在文学史上只字不提，这不是虚无主义？不是取消主义？”② 通俗文艺出版社编辑陈允豪也指出通俗作家受到歧视的情况，他说：“1954 年北京市文联选理事时，各个方面都选上了，就是这个方面没有，张恨水先生就这样被排斥在外边。作家协会对章回小说作家也是采取关门政策，作家会员中有几位是章回小说家呢？”③ 作协从来也没有通知过通俗文艺出版社开会，通俗文艺出版社出了多少书，作协也不了解。为了听取党外作家对中国作家协会和文艺工作领导方面的批评和意见，中国作协党组在 1957 年 5 月 22 日下午召开了第一次的座谈会。“张恨水在发言中替章回小说家呼吁，要求重视章回小说，他说过去写章回小说被认为是下流的事，现在稍稍重视了，但除他之外，没有第二个章回小说家是作协会员，年纪七十很有学问的陈慎言先生也还不是，实在值得考虑。”④ 尤其是评论界对通俗文学也没有足够的重视，“张恨水写了 80 多部书，2000 多万字，在群众中影响很大，《啼笑因缘》解放前出了 27 版，解放后再版，可是没有一篇评论谈到它。”⑤ 评论界与通俗文学性质相适应的理论话语没有建立起来，作家与批评家之间也并未形成良性互动。

第三，通俗文学的创作题材与思想内容被批评界硬性地置于排斥性机制之外。在批评界口诛笔伐之下，谁也不敢动笔写现代题材。张友鸾说：“谁不愿写现代生活呢？想是想写，就是不敢写。”⑥ 一部小说出来，不是说歪曲现实生活，就是没有思想内容（也就是没有值得学习的英雄人物，

① 《通俗文艺作家的呼声》，《文艺报》1957 年第 10 期。

② 同上。

③ 同上。

④ 《作家协会党组听取非党作家的批评》，《人民日报》1957 年 5 月 23 日。

⑤ 《通俗文艺作家的呼声》，《文艺报》1957 年第 10 期。

⑥ 同上。

或者被认为对社会主义建设不能起什么推动作用)。找个出版地方，也有困难。只得在历史题材上兜圈子，改编民间故事，就是历史题材，也会遭到非难。不仅通俗文艺作家受歧视，就是通俗文艺出版社也受到歧视，得不到支持，出版社很难得到好的书稿。歧视，只是事情的一方面。造成歧视的原因，主要还来自文艺批评界。大家指出，近年来文艺批评界对通俗文艺是采取一概抹杀的态度，对一些作品则是一棍子打死的。

通俗文学作家诘问，人民是不是不需要“下里巴人”？是不是需要普及？对于这个问题，大家认为与批评界的看法相反，广大的人民却是很欢迎章回小说、喜欢通俗文艺的，它的销量远超过新文艺书籍。

第四，通俗文学创作在50年代初连连走下坡路，同稿酬低、印数定额高也有很大的关系。张恨水“出版的几本书最少的是七万册一个定额，《白蛇传》竟达十万册一个定额，《白蛇传》销到九万，不满十万就拿不到稿费。这样做，作家是吃不消的，因为十万字的一本书，作家要写一年，定额十万册，就很难再拿到第二次稿酬了”。[①] 苗培时指出，目前稿费标准极不一致，通俗文艺比一般文艺创作低得多，新诗20行算一千字，曲艺一千行只有二三十元。他写了《婚姻自由歌》，有800行，印了70万本，他只拿到210万元（旧币），外边还传说他发了财。他说今年开始作家职业化，稿费这么低，非饿死不行！稿费低是不利于繁荣创作的。张友鸾说，章回小说的稿费千字只有五十七元，定额却是十数万，这不合乎按劳取酬的原则，这会减低作家写作的积极性。他问：“今日定额够十万，几人乐意写章回？”另外，对通俗文学作品乱删乱改的现象也很严重。[②]

三　肯定与否定的博弈：通俗文学作为戏剧改编的争论[③]

新中国成立后，滥觞于晚清、成熟于20世纪30年代的通俗文学面对新的文学生产体制与文艺政策，生存的空间日益促狭。受到文艺主流话语

① 《通俗文艺作家的呼声》，《文艺报》1957年第10期。

② 同上。

③ 《光明日报》1963年12月3日第3版，刊登了对现代通俗文学已成定论的权威批判，以此确定了刊物观点的基调。另外，还就通俗文学戏剧改编的争论问题集中刊登了有代表性的观点。

有限承认的通俗文学大家张恨水有些作品虽然被准予出版，但是通俗文学的封建性、买办性的文化定性依然没有改变。由于20世纪五六十年代戏曲改编受到相当的重视，通俗文学作品以题材的广泛性、情节的离奇性、剧情的观赏性受到一些改编者的注意。

上海等地的一些剧团，曾上演了一些从《玉梨魂》《秋海棠》《啼笑因缘》等“鸳鸯蝴蝶派”小说改编的戏曲剧目，并上演了一些创作或根据其他文学作品改编，在不同程度上存在“鸳鸯蝴蝶派”倾向的戏曲，如《碧落黄泉》《叛逆的女性》等。这类戏大约在1949—1953年上演较多，当时就引起了争论。有的人认为这类小说是现实主义的，今天演出有现实的教育意义。大多数人则不同意这种看法，认为上演这类剧目宣扬了资产阶级、小资产阶级的思想和生活方式，有消极作用。1954年以后，这类剧目不常演出。1956—1957年，“阿飞戏”、“凶杀戏”等坏戏出现时，这类戏有少量演出。1961—1962年，这类戏的演出较多，上海的报刊还发表了一些有关的评论文章。

（一）肯定的看法：这类戏具有现实的认识价值

有些人对这类戏基本给以肯定的评论，认为《啼笑姻缘》等言情小说是现实主义作品，上演这类小说改编的戏曲剧目或类似剧目有现实意义。其依据是，第一，在主题上揭露社会黑暗，在思想倾向上同情底层人民。“西装旗袍戏”，“它主要描写半封建半殖民地的旧中国十里洋场、畸形繁华的大都市生活，暴露和鞭笞军阀、国民党反动派和帝国主义者凶横暴戾、荒淫无耻、祸国殃民的丑恶面貌，而对被压迫被凌辱的广大知识分子和小市民寄予深切同情”。[1] 有人认为：“北京曲艺团的曲剧《啼笑姻缘》，是一部旧社会说唱艺人的血泪史。它的演出，情致哀婉，使不少观众受了感动。这是很好的一出社会悲剧。”[2] 观点与之相似的是，有人认为：“《啼笑姻缘》这部小说，曾经是当年轰动一时的名著，由于它现实主义地反映了当时人吃人的社会的种种现象，受到群众的喜爱。取这部小说中的若干章节，演为戏剧，从今天看来，也仍然是有意义的，我们看到旧社会的普通群众受着怎样的迫害，这可以反映出社会主义是多么的光明

① 天方：《当观众蜂拥而至时》，《文汇报》1962年9月11日。

② 张真：《旧社会艺人的血泪史——谈曲剧〈啼笑姻缘〉》，《戏剧报》1962年第3期。

和优越。”[①] 第二，在艺术上功不可没。“（《啼笑姻缘》）在艺术上也有一定特色，因此，得到群众喜爱。如果把这批剧目经过慎重的整理、加工，不仅能满足人民群众多种多样的文化生活需要，而且能使老一辈的人抚今追昔、不忘旧痛；让年青一代看了，更体会到今日新生活之可贵。它是我们文艺百花园中的一朵鲜花，是贯彻‘百花齐放，推陈出新’的文艺方针的一个收获。”[②] 有的人认为，《秋海棠》是解放前的一个老剧本。“它抓住了魑魅魍魉的旧社会的一角，唱出了旧时代的悲歌。”“剧本通过鲜明的艺术形象，深刻地揭露和控诉了旧社会的残忍，军阀流氓残暴丑恶的嘴脸，使人在艺术享受中，引起对旧社会的憎恨，从而更加激励我们热爱身边的幸福生活。”[③]

（二）辩证的看法：这类戏有严重缺陷，但某些方面还值得继承

有的人认为对这类剧目应该用历史唯物主义观点给予正确估价，不应盲目捧场，也不能简单地否定，对待具体剧目应该作具体分析。这类剧目存在严重的缺陷，但在某些方面仍值得批判地继承。

持这类意见的人认为，这类剧目中，有的基础好些，有的基础差些，不可一概而论。比如《碧落黄泉》基础就较好。透过它所写的爱情悲剧，“隐约可以看到旧社会阴暗生活的某些侧面”，“在不同人物、不同生活的交迭介绍中，给我们勾勒出沦陷时期上海社会生活的若干真实面貌”。然而，这类剧目由于作者都是非无产阶级，因而存在一些共同的问题：第一，“在整个舞台上看不到当时的时代精神与政治气氛”。这些戏只能“浮浅地揭露某些旧社会的黑暗和小市民的苦难生活，而不能从中发现造成这些苦难生活的社会根源”。第二，“美化小资产阶级，袒护他们的弱点，甚至把他们的丑事当做好事来击节赞赏”。第三，“剧本充满了悲观厌世、颓废伤感的哀情愁绪。……剧本作者往往总以哀伤的情怀，缠绵的笔触，在‘薄命’与‘悲剧’上大肆渲染，剧中的女主人翁总是‘对花流泪，见月伤情’，而男主角也常常只是看到了旧社会黑暗，但无力抗争，对压迫他们的四周围的势力抱着‘怨而不怒’的态度，除了长吁短

---

① 刘乃崇：《充满了生活气息的曲剧〈啼笑姻缘〉》，《北京日报》1962年2月15日。

② 天方：《当观众蜂拥而至时》，《文汇报》1962年9月11日。

③ 丁权：《演员们在成长》，《大众日报》1962年3月14日。

叹，喋喋不休地诉说生离的烦恼、死别的痛苦而外，别无其他出路”。

但是，这类剧目“如果认真地对待它，对丰富当前上演剧目的花色品种还是有一定作用的”。这是因为，第一，“这类题材可以反映，也值得反映”。因为反映“五四”前后几十年内资产阶级与小资产阶级生活的戏不多，大多数剧种这方面还是个空白。沪剧既然有这份财产，应该是件好事。第二，“在艺术技巧方面，这类戏也有不少可供参考借鉴的地方。这些作者是很善于把握戏曲创作的特殊规律的。”第三，这些剧目大多是与演员共同创造的。某些剧目往往也成为某一主要演员的“拿手戏”。其中有些艺术创造的特点和经验，今天仍可作为借鉴。[①] 上述分析既看到了通俗文学的流弊，也分析了参考借鉴、改造提高的可行性，不失为批判继承的良方。然而，在要求工农兵形象占领文艺舞台，体现工农兵情趣、追求的时代氛围里，通俗文学纵然有生存发展的民众土壤，但是毕竟还无法逾越主流意识形态文学批评标准的规训。

（三）否定的看法：这类戏应当批判

占据话语中心权的主导观点对通俗文学持否定性看法。1963 年 12 月 3 日《光明日报》的第 2 版刊登了关于鸳鸯蝴蝶派的一些原始材料和新文学运动对它的批评，以及一些报纸杂志对鸳鸯蝴蝶派小说的不同评价。该报第 3 版同时刊发了罗荪的长篇论文《论鸳鸯蝴蝶派对戏曲的思想影响》。论文认为鸳鸯蝴蝶派的源头“是中国近代文学发展中的一股浊流”。“它宣扬的是陈腐的封建意识和没落的资产阶级思想，追求的是小市民的低级趣味，渲染的是纸醉金迷的糜烂生活，散布的是悲观厌世、玩世不恭的情绪，描写的是旧社会黄色新闻、桃色事件，根本是脱离现实生活的，反现实主义的。”在过去的旧社会里，“给群众带来了极其恶劣的影响”。[②]

其中最有代表性的看法认为，受鸳鸯蝴蝶派影响的“言情”戏曲充满“那种颓废、没落、感伤、糜烂、疯狂、混乱的资产阶级思想感情”。关于这类作品的暴露黑暗的作用，该文认为，这种暴露通常表现的是恶人荒淫、纵欲，仗势欺人，而对其政治本质没有揭露；没有写出典型的积极

---

① 诸葛文谦：《试从三个剧目谈沪剧的“西装旗袍戏”》，《上海戏剧》1962 年第 12 期。

② 罗荪：《论鸳鸯蝴蝶派对戏曲的思想影响》，《光明日报》1963 年 12 月 3 日第 3 版。

的革命力量，效果是消极的。[1] 有人以《龙凤花烛》为例，认为以十八岁女儿嫁给六十岁老翁以骗取一块贞节牌坊的故事，卖弄的是庸俗的趣味。[2]

新中国成立后的通俗文学戏剧改编，说明文艺界对通俗文学开始进行了改造的有益尝试。问题是，偏重于对通俗文学的片面否定，而没有将重心放在如何改造的合理性选择上。当思想内容的政治性成为唯一标准，题材被赋予一定意识形态色彩时，肯定性看法与否定性看法的博弈结果是，通俗文学富有生命力的艺术形式与合乎时代的题材被全盘抛弃了。

新中国成立后通俗文学的命运多舛，始终没有取得加入文学主流或载入文学史著作的资格。“即使作为‘通俗小说’的取代品的《新儿女英雄传》、《烈火金刚》、《敌后武工队》等‘革命英雄传奇’小说，最终并没有形成一条强有力的、独立的小说创作路线。但是‘通俗小说’的读者群仍然存在，上述带有某些通俗小说特征的小说的广泛流行，以及富于传奇故事色彩的《林海雪原》在当时拥有众多读者，就是证明。”[3] 然而，读者的阅读范围被有效控制，审美趣味被严格修正，情感方式被硬性限定。毛泽东曾经说，文艺舞台全被帝王将相、才子佳人统治着。一方面反映了传统文艺题材延续演变的强劲力量以及老百姓欣赏趣味深层次的历史传承；另一方面表明了毛泽东对文艺现状的强烈不满——一场文艺主题与题材的彻底变革在悄然酝酿之中，这是“文化大革命”的任务了。

---

① 罗荪：《论鸳鸯蝴蝶派对戏曲的思想影响》，《光明日报》1963 年 12 月 3 日第 3 版。

② 曹干刊：《莫把艺术趣味庸俗化》，《解放日报》1962 年 11 月 22 日。

③ 洪子诚：《〈二十世纪中国小说理论资料〉前言》（第 5 卷）（1949—1976），北京大学出版社 1997 年版，第 7 页。

第五章

中国古代文学批评

相对于前述的外国文学、现代文学的批评而言，20 世纪 50—60 年代对中国古典文学的评价中，主流意识形态文学批评的痕迹相对要淡薄得多。但是，绝不是没有。学者之间争论的焦点问题的提出，无一不是受主流意识形态文学批评的直接影响，其解决方式无一不是在既定权威标准的“牢笼”中对批评的困境艰难突围。当然，也要看到，学院派批评者之间一些学术性讨论基本上是心平气和的，很少意气之争。其严谨务实、平等民主的学术争鸣之风，在这一批评时期是难能可贵的。某一历史时期的文学批评对具体文学经典对象的选择，以及相应体现出来的文学批评观念，可以使我们在长远的历史阶段中去认识批评观念的流变，以及批评不可避免的当代性特征。对于前代的文学批评遗产，我们应该去除绝对否定的虚无立场，而是在理性分析中吸取失误的教训，揭示其复杂的历史迷雾为今天的理论建构提供有益的参照。本章涉及的主要问题有文学遗产的评价、《中国文学史》的书写、文学批评的阶级性标准等问题。

古代文学批评的主要议题有：关于古代文学中的爱国主义问题的讨论，关于《琵琶记》的讨论，关于李煜词的讨论，关于李清照词的讨论，关于《文心雕龙》问题的讨论，关于山水诗问题的讨论，关于蔡琰与《胡笳十八拍》的讨论，关于陶渊明的讨论，关于“中间作品”的讨论，关于古代文学中的现实主义与浪漫主义问题的讨论，关于文学史主流问题的讨论，关于文学遗产的批判继承问题的讨论，等等。

第一节　“厚今薄古”方针与文学史书写

新中国成立之后的文学批评运动往往和政治运动缠绕在一起，前者服从后者的号召和发动，并成为实现后者政治目标的工具和手段。文学批评运动主要以学术批判的方式来实施，而学术批判又和思想改造运动、“向党交心”运动、“双反运动”、批判资产阶级的学术思想等群众性运动结合在一起。

1958 年 4 月 16 日，据新华社报道：“各地高等学校在双反运动中揭露出教学中的资产阶级学术思想相当严重。这里所反映的仅仅是从教育部的汇报中整理出来的一些事例，其中厚古薄今是一个主要倾向之一。北京大学历史系的教师中流传着‘古代史是浓茶，现代史是淡水’的论调。教学计划中，古代比重多于近代，近代多于现代。中国现代史不讲中华人民共和国历史，世界现代史也只讲到第二次世界大战结束。考古专业干脆把近代史、现代史作为选修课。尤其严重的是马列主义的指导作用在哲学系的教学计划中看不出来。中国哲学史只讲到近代史，而‘五四’后关于马克思主义在中国的传播、发展和光辉胜利的历史都不讲。文科各系脱离当前的实际斗争。中文系的文艺理论教研室，对胡适批判、红楼梦研究批判，以及文艺界的反右派斗争，都没有参加。北京师范大学中文系语言专业四年共学十九门课程，却没有文字改革、普通话、现代汉语规范化等相应课程。语言学教研组教授陆宗达很少看新东西，甚至《汉语拼音方案》都没有看过。他讲文字学绪论花了七周时间，讲得海阔天空。教学中重史料，繁琐地考据。北京师范大学古典文学教研组某教授认为，最有学问的东西是考古。在讲蚩尤时用很多时间去分析‘蚩’字的字源；讲桃花源记，也讲版本的考据。北京大学中文系中国文学史的讲授林庚讲楚词，一学期只讲一篇《离骚》，实际上只讲了《离骚》中的几个词，即：‘摄提’、‘宜’、‘彭咸’、‘民’等。他为了证明‘摄提’非‘摄提格’，‘彭咸’即‘彭鉴’就花了几十个钟头。”① 上述报道披露的情况主要出

① 张丽君：《高等学校教学中的资产阶级思想》，见新华通讯社编《内部参考》1958 年 4 月 16 日。

现在文科领域的文、史、哲学科，从叙述中的“只讲……”而“不讲……”这种话语方式所表达的不满可以看出，当时国家意识形态反对研究和教育工作中的厚古薄今倾向。所列举的典型事例，体现了当时文史哲学术界推崇考古、训诂、古籍整理、文本细读等传统朴学功夫，而对功利性、实用性、应用性的现实问题关注不够。

《教育部整风简报》中整理的资料还指出：“唯心论的观点到处泛滥。北京大学哲学系的课程无论从课程的分量或者内容来说，都是唯心主义压倒唯物主义。辩证唯物主义与历史唯物主义教研室没有担负起哲学专业的主要课程，历史唯物主义至今未开出来。中国哲学史主要还是唯心主义的东西。冯友兰讲的史料学几乎全部是唯心班底的史料学。黄子通把孔、孟、荀、董仲舒都讲成唯物论者。”① 无疑，《教育部整风简报》认为这是属于更严重的问题，因为当时研究者的世界观、认识论、方法论出现了偏差。

一　古代文学研究方法的检讨

复旦大学王运熙检讨自己，由于出身地主家庭，少年时即受了许多年的儒家经典教育，诵读四书五经。中学大学，受的都是资产阶级教育。因此思想中接受了许多封建的资产阶级的东西。大学毕业后开始进行科学研究工作时，全国还未解放，研究方向和方法，完全受资产阶级思想的指导。他说：“解放后经过不断的学习，逐渐认识自己的错误缺点，要求改变，但由于认识不深，努力不够，在学术上的兴无灭资的工作，还仅仅是开始。现在这里分两点作初步的自我批判，希望获得大家帮助，以期彻底在学术思想上拔白旗，插红旗。”②

王运熙认为，自己的学术研究主要存在如下几个方面的问题：第一，重材料，轻理论的烦琐考证方法。“我的资产阶级学术思想的第一个突出的表现是重材料，轻理论，往往以烦琐的方法来对史料进行考证，而不能

① 张丽君：《高等学校教学中的资产阶级思想》，见新华通讯社编《内部参考》1958年4月16日。

② 王运熙：《批判我的厚古薄今资产阶级学术思想》，复旦大学中文系文学教研组编：《“中国文学发展史”批判》，中华书局1958年版，第138页。

运用马列主义观点对作品的思想艺术进行正确深入的分析。”第二，有盲目颂古的倾向。“在古典文学教学和研究工作中，我的资产阶级学术思想第二个突出的表现是对古典作家作品肯定太多，批判不够，形成精华与糟粕不能严格区分的盲目颂古的现象。例如对李白、王维、李商隐等作家的评价，都受到别人文章的影响。但这只是次要的原因，主要的原因还是自己在思想上存在问题。这可以从人生观和艺术观两方面分别来谈。在艺术观方面就是重视艺术性忽视思想性，重视古典作品的艺术形式的完整和语言的精练，忽视其思想内容的包含毒素。”[①] 王运熙所检讨的问题在文史学者中很有普遍性和代表性，中国古典文学长期形成的学术准则和规范在新时代经受着质疑和考验。

二　研究方法的批判

复旦大学中文系三年级中国文学史小组的学生，对老师们的研究方法提出了批判，他们通过“创造性学习”，提出“我们可以做‘翻案文章’”的口号。中文系三年级党支部和中国文学史的两个学习小组通过共同讨论，重新评价王维和苏轼二人在文学史中的地位。

总的来说，他们指出了过去的文学史教学的弊端。“过去中文系教学中的厚古薄今倾向和严重的资产阶级文艺观点，使王、苏二人的作品在同学中产生了很不良的影响，隐逸、清高、孤傲、颓废等，在不少人身上得到反映。肃清遗毒，同学们早有这个要求；再则，王、苏是中国文学史中的代表人物，历来享有很高的声誉，备受文学史家的赞赏，这次通过对二人的评价，不仅可以树立对古典作家的正确观点，还可以学习到怎样评价古人。”[②] 之所以选择王维和苏轼，原因之一是，同学们试图肃清两位作家“隐逸、清高、孤傲、颓废”气质对于当下人们的影响。其没有明说的想法是，王维的士大夫文人趣味不适合成为新社会知识分子的人格典范；原因之二是，王维和苏轼的文学史地位很崇高，同学们初生牛犊不怕

---

① 王运熙：《批判我的厚古薄今资产阶级学术思想》，复旦大学中文系文学教研组编：《“中国文学发展史”批判》，中华书局 1958 年版，第 139 页。

② 《我们可以做“翻案文章”——中文系三年级中国文学史小组的创造性学习》，中国共产主义青年团复旦大学委员会编：《大学生在教育革命中战斗——复旦大学的创造性学习运动》，上海教育出版社 1958 年版，第 121 页。

虎，试图用新时代的文艺思想来重新估量古代作家的价值。从某种意义上而言，中国古典文学的成就对当代文学形成了美国文论家布鲁姆所说的“影响的焦虑”。社会主义作家不愿意在含有“封建糟粕”的古代作家的阴影下成长，急迫地希望创作出摆脱古人影响的作品，并且甚至超越古人的成就，从而证明社会主义制度的进步性和优越性。

学生们根据毛泽东“政治第一、艺术第二”的标准认为，王维的作品“基本上没有能反映出时代的精神面貌（特别在他的后期），是属于反现实主义的作家范畴的。这一评价与以《中国文学发展史》为代表的文学史家的论断是根本对立的”。上述观点的依据来自于复旦大学中文系刘大杰教授的《中国文学发展史》。学习小组内部出现了正反两种看法，肯定王维的理由如下：1.“无论怎样，王维的诗的成就确实高，艺术感染力非常强。”2.“有的说王维在反对齐梁体，开启一代诗风上有功。”3.“有的说王维在政治上赞成过张九龄。”① 这些理由主要基于艺术的感染力、创造性以及政治上的进步性。

反对派针锋相对提出的理由是：1.“反对齐梁体、开唐一代诗风的是李白而不是王维。”2.“王维虽赞成过张九龄，但当张罢相后，他非但没有支持他，反而作诗奉承张的政敌李林甫，正好说明他政治上的妥协性。”3.“不看作品的思想内容，单纯地从唯美主义出发，过分赞扬艺术成就的看法正是‘艺术第一’、‘艺术至上’的资产阶级观点。”4.“从王维的诗来看，虽然他也写过描绘祖国河山的诗，但是凤毛麟角，少得可怜。就是这些，也没有像李白的诗那样给人以鼓舞。大家指出：他的绝大部分作品，所谓他的精华则是写他狭小的地主阶级的田园生活。他在当唐帝国由盛而衰、社会动荡、人民叫苦不迭的时代，逃避现实，无视现实，没有能像他同时代的其他作家那样写出忠实反映历史现实的诗句来。”②基于上述四点理由，反对派认为：“这些事实雄辩地说明了过去文学史家的评价是不正确的。按照毛主席的文艺批评标准，重新给以评价是完全必要的。”③

---

① 《我们可以做“翻案文章”——中文系三年级中国文学史小组的创造性学习》，中国共产主义青年团复旦大学委员会编：《大学生在教育革命中战斗——复旦大学的创造性学习运动》，上海教育出版社1958年版，第122页。

② 同上。

③ 同上。

评价苏轼的学习小组也出现了很多不同意见。与评价王维相比，“所不同的，一部分同学提出的问题似乎更困难些”。肯定苏轼的学生认为：1. “苏轼虽然反对王安石变法，却为人民做过好事，受到人民爱戴。” 2. “在艺术上，苏轼开宋一代豪放派词风，词的境界从此扩大。” 3. “在政治上他也曾反对过司马光等等。”[①] 这些为苏轼辩护，而且提出的强有力的理由，使得反对派觉得颇为棘手，他们认为这种倾向与大学课堂教学中教授的引导有关。“几年来，中文系教师讲课中赞赏苏轼的惜才观点，曾深深地影响着很多人，即使在教学整改辩论中也不能触动它。某教授因此就感到安慰，说：‘我为大家没有否定苏轼而高兴。’”[②]

尽管如此，反对派认为：“当掌握了毛泽东同志思想的武器以后，就是无坚不摧的。大家除以历史事实反驳了各种问题以外，特别对苏轼的才华、艺术技巧进行了分析。他们提出的第一个理由是：“苏轼不论在诗、词、散文方面都造诣很高，这是事实；但是这些艺术为什么政治内容服务的呢？由于苏轼一贯的反动政治立场，他的诗、词、散文都充满着对新法的仇视，他的艺术是为其反动的政治内容服务的。”这里秉持的是政治性标准，他们指出为“反动的政治内容服务的”艺术，是无所足道的。第二个理由是：“虽然苏轼的作品也有像‘大江东去’那样的豪迈章句，但其基调是悲观的。”[③] 言外之意是，在人民当家作主的新时代，革命的乐观主义精神无法容忍悲观基调。总之，反对派的主要依据是：“所谓才华，必须看它对谁有用，不加分析地评价是违反毛主席提出的文艺批评原则的。”[④] 这里的标准实际上是人民性原则，即以是否对人民有利作为判别价值高低的准绳。

上海市文联、作家协会副主席、文学理论家以群批评社会上很多人不懂得“青出于蓝”却又胜于“蓝”的道理。“今天从事某些艺术工作的人们却似乎还不懂得这个道理，也不相信这个道理。他们心目中只有‘学宗’某某，‘师承’某某，把艺术看成了一成不变的死东西，放弃了自己

① 《我们可以做“翻案文章”——中文系三年级中国文学史小组的创造性学习》，中国共产主义青年团复旦大学委员会编：《大学生在教育革命中战斗——复旦大学的创造性学习运动》，上海教育出版社1958年版，第122页。

② 同上。

③ 同上书，第123页。

④ 同上。

创造和发展的责任。这种旧思想、旧习惯，说得好一点是谦虚过度以至于妄自菲薄；说得坏一点，那就是泥古不化，墨守成规，只是‘厚古薄今’的一种表现形式而已。我们今天必须以共产主义的精神来提倡‘厚今薄古’，鼓励‘后来者居上’——这在我们的文艺部门中就特别感到迫切！这是历史发展的客观规律，也体现着新生的事物必然胜利的唯物主义的真理。”[①] 实际上，以群要求政治原则与功利需求取代学术共同体内部的知识传统、师承关系。

邵荃麟不仅仅将厚今薄古与厚古薄今看成一个简单的历史观问题，认为它是一个哲学上的大问题——“厚今薄古与厚古薄今既然是唯物论与唯心论的斗争，所以它是个世界观问题。”[②] 因为，“唯心主义对待文学作品，总是片面地强调主观的感受，因而否认艺术的政治标准。唯物主义者则首先从正确的立场观点上去认识作品中所反映的客观真实性和其社会价值，因此要求政治是与艺术的统一，而以政治标准为第一。这是唯心主义与唯物主义者在对待古典作品上的一个基本区别。”[③] 邵荃麟将对待文学遗产是持艺术标准还是政治标准，简单地上升为唯物主义与唯心主义的高度，未免牵强。但是，邵荃麟的观念道出了唯物主义反映论与政治第一的批评标准之间具有同一性的秘密，而“总是片面地强调主观的感受”将会解放阅读主体心灵自由，从而瓦解政治标准的唯一性，因而，我们也就能够明白为什么唯物主义反映论在这个时期会成为唯一具有合法性的哲学观。20世纪60年代邵荃麟在“写真实”的讨论中力求为反映论的广阔性、深刻性扩容，结果却遭到政治性铁律的批判。邵荃麟也认为，对待古典作品的正确态度，“应该以历史唯物主义的态度去分析它们，和以马克思主义的立场和观点去评价它们”。[④] 但是他如下的一段论证却恰恰是“唯心主义”的。——“既然，今天的革命作品在政治上具有比过去经典不可比拟的优越性，那么在艺术上呢？”邵荃麟的看法是：“即使就艺术的水平来说，现代革命文学在短短几十年中的成就和发展，和两三千年的

---

① 以群：《从“后来者居上”说起》，《文汇报》1958年6月5日。

② 邵荃麟：《如何对待古典文学，怎样古为今用》，《文学遗产选集》第三辑，中华书局1960年版，第1页。

③ 同上书，第3页。

④ 同上书，第4页。

封建时代文学的成就和发展相比，难道还不如吗?”[①] 这种没有历史地基的乌托邦冲动，最终不得不直面历史悖论。

邵荃麟在四川大学向川大和四川师范学院文科师生的讲演中，就“厚古薄今”批判中涉及的许多问题作了总结，还特别提到了“厚古薄今”与“批判地继承”两者之间的关系。

首先，邵荃麟辩证地指出古代文学具有“民主性精华”之后，指出文学遗产也有厚薄之分，应该为今天的现实需要服务。“古典文学中间有民主的精华，我们是尊重的。文学中的民主精华总没有现代社会主义精华丰富，但古典就应该有厚薄之分。社会主义之今，是我们的目的，是主要的；接受古典文学遗产，是为了借鉴，为了服务于今，借鉴不能代替创造，所以是手段，是次要的。把它们颠倒过来就不合理了。”然后，他提出了“厚今薄古”与“继承传统”的关系是，继承的根本目的是为社会主义服务。“又要厚今薄古，又要讲继承传统，这两者关系怎么样?……我们是历史唯物主义者，我们首先肯定文学必须面对当前的现实，必须为工农兵服务，为政治服务。我们又承认社会生活是历史地发展过来的，文化也是历史地发展过来的，所以我们又要站在历史唯物主义的立场，有批判地去继承古代文学的传统。接受遗产、继承传统是为了丰富我们社会主义的文学，厚今薄古和继承传统，在我们看来并不矛盾，都是为了社会主义，而在资产阶级看来，讲继承传统就是厚古或复古，这是反历史主义的看法。”[②] 也就是说，古代文化是一个需要根据政治属性进行甄别的文化库存，其取舍完全取决于今天的需要。然后，邵荃麟指出了解决厚今薄古问题的关键是，知识分子应该回到群众中去解决实际问题。“前面说过，厚今薄古是世界观的问题。解决这个问题，靠大辩论、大字报，都是很好的办法。但还有一个根本问题，就是要解决与群众相结合的问题。这是改变我们思想、立场、观点的根本问题。我们研究文学、不去研究现实，那就解决不了问题；要研究当前的现实生活。又不同群众结合，那就不能解决世界观的问题。世界观问题不解决，厚今薄古的问题也不能解决。破与

① 邵荃麟：《如何对待古典文学，怎样古为今用》，《文学遗产选集》第三辑，中华书局1960年版，第6页。

② 邵荃麟：《谈厚今薄古——在四川大学向川大和川师文科师生的演讲》，作家出版社编辑部编：《中国古典文学厚古薄今批判集》第四辑，作家出版社1958年版，第170页。

立是长期的斗争，毛主席说知识分子革命不革命或反革命，基本关键就在于是不是与群众相结合。这是毛主席思想中最基本的一点。学文学必须到群众中去，参加劳动、参加锻炼，同群众结合。这样，许多不能解决的思想问题都能解决了。去劳动……时候。你就再不会要‘寻寻觅觅，冷冷清清’了。”① 也就是文学教育必须与生产劳动相结合。“譬如你们要讲浪漫主义与现实主义相结合，这不是坐在家里翻书本查字典解决得了的。浪漫主义就在群众生活中间，就在这大跃进的浪潮中间。你不和群众相结合，你就感觉不到。当你们经过了劳动锻炼。思想感情变化了，对文学上许多问题就容易理解了。”②

三　研究方法的探索

其实，这种片面强调批判、忽略继承的现象在20世纪50年代初期就已经初露端倪，冯雪峰曾对此进行过抵制。据舒芜回忆，在社会上有一些人怀疑“现在还要不要封建时期的文化遗产”，以致影响到从事中国古典文学方面的编辑也信心不足。正是在这个时候，冯雪峰肯定了《诗经》、屈原、司马迁、杜甫、施耐庵、曹雪芹等人的作品。舒芜在回忆这段往事时曾说：“雪峰同志还说过：对遗产的批判，就是通过具体的分析和综合性的总结，达到科学的、历史主义的新看法，达到对遗产的看法上的革新；至于‘对于遗产本身，本来并无所谓革新，例如我们就不能修改古书’。这对于50年代初期的中国古典文学整理出版工作，更是直接有用的提示。当时，弄不清我们出版古典文学是否应该学太平天国删改《四书》、《五经》的榜样，这种糊涂观念还是比较普遍的。我们对古典作家的思想进行具体分析的时候，常常苦于究竟哪些是民主性的精华，哪些是封建性的糟粕，不大好区别。这时，我们从雪峰同志的论文得到一个深刻而又简明的公式。他说：古典作家的成体系的思想，往往是封建的，而他们同情人民疾苦、痛恨黑暗政治和残酷剥削的思想倾向，则是有人民性

---

① 邵荃麟：《谈厚今薄古——在四川大学向川大和川师文科师生的演讲》，作家出版社编辑部编：《中国古典文学厚古薄今批判集》第四辑，作家出版社1958年版，第171页。

② 同上。

的。这个公式曾经帮助我们解决了不少纠缠不清的问题。”① 这个公式也有些简单化，但毕竟为古代文学经典的历史地位找到了价值依据。

何其芳则从文学编写的历史观出发对“厚今薄古”的理论、实践与后果进行了质疑、驳斥。他在文学研究所召开的少数民族文学史讨论会上，指出研究古今中外文学，都是为了丰富和发展马克思主义文艺理论，促进我国文艺科学水平的提高和文学创作的繁荣，这就是古为今用。他对古、今关系的看法是：“并不是要在叙述过去的文学历史的时候勉强和现在的事情联系起来，也不一定要特别突出和我们的时代有关的作品，才算古为今用。”“我们对古代、近代和现代的作品的评价，仍应实事求是，力求恰当，不能对离我们越近的作品就越加以不合实际的抬高，对离我们越远的作品就越加以苛求和贬低。”② 他批评了那种用上卷写古的、下卷写今的做法。他指出“厚今薄古”作为口号提出可能产生的不利影响，一针见血指出“厚今薄古虽然是一个带方针性的口号，但究竟还是一个针对学术界一定时候的偏向提出的口号，和学术工作的根本方针、根本政策还不同”。“由于学术界的确存在过厚古薄今的不正常的风气，这个口号在全国发生了很大的影响。但随着也产生了一些错误的理解。有些人以为提倡厚今薄古就可以对文化遗产采取粗暴的态度，就不必再进行整理和研究文化遗产的工作，在学校里也不必给学生以必要的历史知识，不必读古典作品，等等。”

在此基础上，何其芳指出：“厚今薄古的口号应该包括这样一些基本内容：我们的学术应该以研究现实生活中的新问题为主，应该为今天服务；我们对待遗产应该采取批判的态度，不受老传统的束缚；这样我们的学术活动才有创造性，才能大大提高我们的学术水平”。更为要紧的是，他认为“一定的口号和公式都有一定的局限性，像这样一些基本内容就不是厚今薄古这个简单的口号所能完全表达出来的。因此，人们就容易只在厚今薄古这四个字的字面上着眼，就容易产生一些简单化和庸俗化的理解。”③ 何其芳力图辩证分析，正本清源，来抵消“厚今薄古”这个口号

① 舒芜：《忠贞的灵魂》，《读书》1982年第10期。

② 何其芳：《少数民族文学史编写中的问题》，《何其芳文集》第6卷，人民文学出版社1984年版，第289页。

③ 同上书，第287页。

的影响，提倡实事求是的科学精神，鼓励学术研究的创造性，有力地抵消了这一口号的负面影响。

何其芳根据文学研究的实际情况，采取实事求是的研究方法，他一方面及时传达周扬策略性调整的观点，另一方面又尽量在文学研究所营造相对宽容、自由的研究气氛。据王平凡记载：1959 年 3 月 6 日、11 日，文学研究所先后召开党内会议，向参加所务会议的人员（副研以上）传达贯彻中宣部领导讲话精神。在所务会议上，何其芳传达周扬的指示，“研究机关不能只搞今天和只抓普及，主要是搞提高”，“其方针是：中外古今，以今为主，对古外也要注意研究”，“《文学评论》要搞中外古今……马克思非马克思的都可以发表，研究现代也要发表老专家的文章。归结三点：古今中外，百家争鸣，保证质量”。[①] 学术研究响应国家思想战线“厚今薄古”的方针，但是在具体执行的尺度上进行了一定程度的修正，从而尽可能符合研究工作的科学性与客观性。

何其芳说：“这次开所务会议所以请副研以上参加，主要是要求大家写文章，展开辩论的风气，特别是被批评的本所同志，如孙楷第、钱锺书、杨季康、李健吾，都可以写文章。外地的老专家有的说时机不到，所内的同志带头写。”[②] 本书第三章第三节谈到了学术界对于钱锺书《宋诗选注》的批判，这里提到“特别是被批评的本所同志”，其中就有钱锺书。由此可见，何其芳在被动应对高层政治批判的同时，始终注意安慰学者的情绪，提振研究的士气。

1959 年 4 月 12 日，《文学评论》《文学遗产》联合的编委扩大会议在和平宾馆召开。何其芳在会上传达了周扬的三点指示，号召“以周扬同志指出的三点，热烈开展讨论”。4 月 14 日，林默涵出席会议，对周扬指出的三点作了进一步阐明，并说学术批判的群众运动“影响了百家争鸣”，“需要的是有科学研究的论文，而不是广泛的群众批判”。[③] 将学术批评限定在一定的范围，可以防止群众性政治运动的干扰。文学研究所的何其芳时期，因为有何其芳坚持学术为本位，在普及基础上着重提高的原则，因此在“十七年”时期留下了相当厚重的学术成果。

---

① 王平凡口述，王素蓉记录：《文学所早期大事记》，《中国作家》2010 年第 22 期。

② 同上。

③ 同上。

四　文学研究的历史主义问题

新中国成立后十七年间，中国古代文学遗产的价值问题是学术界争论的焦点之一。批评者通常都自称坚持历史主义的立场，以历史主义作为评价中国古代文学遗产的基本原则和方法。本书将在对“历史主义”进行理论辨析之后，对文学遗产价值论证的具体问题进行评析。

历史主义的文学批评一个基本诉求是，历史言说者力求回到历史人物与事件的原生现场，还原历史本来面目。这涉及对“历史”与“真实”的理解问题。“历史”包含三重含义，一是客观的历史，即所谓历史本身；二是主观想象的历史；三是通过言说者的叙述所体现的历史。所谓的“真实”有两重含义：首先指的是客观实在性，不以人的主观意志为转移；其次则是指主观意志所赋予对象的价值判断。还原历史如何可能呢？从时间的角度看，文学批评的“历史”作为时间坐标，其内涵包括三个方面：一是文学批评所叙述的历史；二是叙述这一历史的时代；三是研究者阅读历史“叙述”所处的时代。我们要还原的历史本身既不可能是所谓的原生态，也不可能是某种叙述话语中的历史的真理性，我们能做的是辨析以上三个历史内涵之间的复杂关系，也就是说，文学批评所叙述的历史如何改变了我们想象、叙述历史的方式，叙述历史的文学批评又是如何推动某一历史叙述的经典化。我们可以试图拆解某种叙述的知识来源、运作方式及其意识形态内涵。如何看待历史？“什么是‘历史的辩证法的发展’呢？所谓历史主义，无非是一种发展观点，一种正确地掌握了昨天、今天和明天之间关系的观点。这种观点要求我们懂得对立和统一的法则，对古代和今天进行既有区别又有联系的分析。在新旧事物之间，一面要看到它们的区别和矛盾，另一面又要看到它们的联系和承续，忽略了任何一面，都将是对历史的背离和歪曲。”① 可以用这种历史的辩证法理解文学批评史的新与旧、常与变、断裂与延续。

文学批评史作为一种知识形态，它是研究者对文学历史发展的主观评价，而批评的历史是文学发展的客观存在。从批评的历史到文学批评史的形成，其史料的选择、史实的认定、史识的形成、史观的建构背后有着非

---

①　唐弢：《略谈历史主义》，《光明日报》（《文学遗产》栏目第331期）1960年9月18日。

常复杂的动因。杰姆逊指出："文学批评不是直接面对本文作为事物本身，而是将之看待为不断被阅读的过程，我们通过前人积累下来的阐释去理解它，或者——如果本文是刚出现的话——通过由承袭下来的阐释传统所发展出来的阅读习惯和类别。"① 因此，本书在展开中国古代文学经典的批评时，首先要考虑文学批评的传统在新中国成立前后是如何通过文本完成自身历史书写的演变的。"历史必定'进入'文本，主要是进入'历史的'文本。不过，它恰恰是作为意识形态，以意识形态的严重缺失所决定和歪曲的在场方式进入文本。这并不是说，真实的历史就在文本里面，只不过以一种伪装的形式存在着，批评家的任务就是撕去这种伪装，而是说历史是以双重缺失的形式存在于文本之中。文本的对象不是真实，而是真实得以存在的那些表意活动，而表意活动本身就是真实被部分地消除的产物。因此在文本之内，意识形态一个支配结构，决定某些'伪真实'构成物的特点和特性。真实历史过程的这种事实上的颠倒最终自然是由历史本身所决定的，但是在文本中，似乎意识形态决定着历史的真实，而不是相反。"② 既然"历史是通过意识形态的决定作用而作用于文本的，在文本之内，意识形态被独尊为决定自己的想象性历史或'伪'历史的支配结构"。③ 那么，为了认识新中国成立后的文学批评的历史态度，自然离不开把握当时的意识形态的历史态度。然而，纵观20世纪中国文学批评理论的嬗变过程，"厚今薄古"的文化继承态度曾经造成的是断裂的历史叙述。

如何对待历代的文化遗产，这是任何一个"历史中间物"都无法回避的。在今天看来，当时的这场讨论留下的意义有三点：第一，学者们基本上是以严谨务实的学术心态研究问题的，没有带着"厚今薄古"的先入为主的教条式态度。第二，这场讨论反映了某一历史时期的文化心态：学者们满怀着追求现代化梦想的焦虑，力求汲取文化资源转化为现世功用。第三，讨论随着辩证唯物主义与历史唯物主义方法的贯彻走向了深入。在关于文学遗产的评价中，批评者们以不断"革命"的态度力图超

---

① F. Jameson：The Political Unconcious—Narrative as a Socially Act，Routledge，p. 12.

② ［英］特里·伊格尔顿：《批评与意识形态》，刘向愚、陈永国等译，北京大学出版社2000年版，第505—506页。

③ 同上书，第506页。

越前代，反映了社会主义新文化面对历史要求确立自身合法性的强烈焦虑，然而，所留下的历史教训始终无法走出“革命”辩证法的怪圈。

面对文学经典这一研究对象，笔者在前面对“经典”一词的含义进行了较为详细的分析，回过头来有必要对经典的修饰语“文学”进行重新认识，因为对“文学”内涵的理解直接决定了文学经典的评判标准、选取范围。

一个时代有一个时代之文学，一个时代也有一个时代关于文学的定义。关于文学的定义说法很多，最常见是两种，一是把文学作为一个独立自足的自律本体，研究它的形式、结构、修辞等内部要素。然而，“我们可以一劳永逸地抛弃下述幻觉，即：‘文学’具有永远给定的和经久不变的‘客观性’。任何东西都能够成为文学，而任何一种被视为不可改变和毫无疑问的文学——例如莎士比亚——又都能够不再成为文学。以为文学研究就是研究一个稳定、明确的实体，一如昆虫学是研究各种昆虫，任何一种这样的信念都可以作为妄想而加以抛弃”。① 既然文学的定义处于流变之中，那么，是哪些因素决定文学成为文学的呢？这个问题自然引出另一种关于文学的看法：是将文学看作社会与历史建构的产物，还是一种流动变迁的话语实践？伊格尔顿否认文学具有某种固定的“本质”。他清理了一批支持这种意识形态幻象的理论范畴，例如“超越性”、“美”等。在他看来，只能根据特定历史时期的文化网络和权力关系解答“什么是文学”。历史是无法预测的。也许，某一天人们会毫不犹豫地将莎士比亚逐出文学之列，同时又将一张借条郑重其事地称为文学。所以，伊格尔顿认为，“什么是文学”仅仅是一个历史性的问题，人们无法也没有必要为文学设计一个无懈可击的形而上的定义。“现代文学理论的历史就是我们这个时代的政治与意识形态的历史的一部分……那种‘纯’文学理论不过是学术上的神话，因为……某些理论在它们不理睬历史与政治的企图中最清楚地表明了它们是意识形态的东西。”② 既然无法得出一个本质主义的文学定义，那么，文学批评以及关于经典的评价又未尝不是如此。

---

① ［英］特里·伊格尔顿：《二十世纪西方文学理论》，伍晓明译，陕西师范大学出版社1986年版，第12页。

② ［英］特里·伊格尔顿：《文学原理引论》，刘峰译，文化艺术出版社1987年版，第228—229页。

伊格尔顿论述文学的角度与毛泽东的思路是相似的。作为政治家，毛泽东通常引用大量的雅俗共赏的情节和形象，在思想、理论、政策的表述和宣传上有特殊效果，并赋予他别具魅力的通俗文学式的领导风格。他的评论，习惯从作者的思想倾向，作品的结构、题材、细节，人物形象的命运，来挖掘小说同其时代的“同构”关系，揭示它们在经济关系、上层建筑、思想文化诸方面的认识价值。阶级关系则是他品评古典小说的基本宗旨。毛泽东认为，文学是文化的一部分，而文化是属于意识形态的。“一定的文化（当作观念形态的文化）是一定社会的政治和经济的反映，又给予伟大影响和作用于一定社会的政治和经济；而经济是基础，政治则是经济的集中的表现。这是我们对于文化和政治、经济的关系及政治和经济的关系的基本观点。那末，一定形态的政治和经济是首先决定那一形态的文化的；然后，那一形态的文化又才给予影响和作用于一定形态的政治和经济。”① 毛泽东揭示了文化背后的深刻根源是经济基础，而经济基础对政治的制约作用又决定了文学不可避免的意识形态属性。新中国成立后，国家意识形态的文艺理论关于文学的定义也是这样表述的，例如以群的《文学的基本原理》、蔡仪的《文学概论》等。

根据经济基础决定上层建筑的政治经济学观点，阶级性被作为判别文学价值高低的首要标准，这可以称为意识形态化的文学价值论。

首先，它的指导思想来源于毛泽东的讲话。“我们不但否认抽象的绝对不变的政治标准，也否认抽象的绝对不变的艺术标准，各个阶级社会中的各个阶级都有不同的政治标准和不同的艺术标准。但是任何阶级社会中的任何阶级，总是以政治标准放在第一位，以艺术标准放在第二位的。”②“在现在世界上，一切文化或文学艺术都是属于一定的阶级，属于一定的政治路线的。为艺术的艺术，超阶级的艺术，和政治并行或互相独立的艺术，实际上是不存在的。”③ 毛泽东的这个思想来源于列宁《党的组织和党的出版物》，但在某些方面又在列宁的基础上有所发展，例如关于文艺批评的两个标准——政治标准第一、艺术标准第二的提法，后来在实践中

① 毛泽东：《新民主主义论》，《毛泽东选集》第2卷，人民出版社1991年版，第663—664页。

② 毛泽东：《在延安文艺座谈会上的讲话》，《毛泽东论文艺》（增订本），人民文学出版社1992年版，第58页。

③ 同上书，第54页。

甚至发展到政治标准唯一。新中国成立以后，文艺与政治的关系更为密切了，不仅在总的方向上完全一致，而且在实际工作中，特别是从组织领导和工作步调上也完全结合起来。从一开始，文艺与政治的关系就被定为“文艺批评与文艺理论中心的问题。文艺批评的展开与文艺理论的建设，主要依靠这一中心问题的正确解决”。①

其次，阶级性被作为判别文学政治属性的首要标准在中国的历史语境有着深刻的社会根源。19 世纪中期以来，中国半殖民地半封建社会空前严重的民族矛盾，尖锐的贫富对立，力图救亡图存、富强民主的心理渴求为接受阶级斗争理论准备了合适的土壤。受马克思主义关于阶级斗争学说的影响，毛泽东在革命的早年就将阶级作为划分敌我阵营的依据。1926 年，毛泽东在《中国社会各阶级的分析》中指出：“谁是我们的敌人？谁是我们的朋友？这个问题是革命的首要问题。中国过去一切革命斗争成效甚少，其基本原因就是因为不能团结真正的朋友，以攻击真正的敌人。”②以阶级性作为群体政治属性区分的鲜明标记，于是共产党人就清晰地找到了革命的方向、目标以及力量源泉。在《中国革命和中国共产党》中，毛泽东重点分析了当时的阶级状况和在抗日战争中的立场，详细分析了六个阶级以及其中的七个阶层。阶级和阶级斗争理论成为毛泽东一切革命活动和理论的思想基础。土改和工商业社会主义改造完成后，1957 年初，毛泽东说：“在我国，虽然社会主义改造，在所有制方面说来，已经基本完成，革命时期的大规模的急风暴雨式的群众阶级斗争已经基本结束，但是，被推翻的地主买办阶级的残余还是存在，资产阶级还是存在，小资产阶级刚刚改造。阶级斗争没有结束。无产阶级和资产阶级之间的阶级斗争，各派政治力量之间的阶级斗争，无产阶级和资产阶级之间在意识形态方面的阶级斗争，还是长时期的，曲折的，有时甚至是很激烈的。”关于阶级斗争长期存在的判断，影响了文学批评对作品主题、人物关系的理解，也留下了庸俗社会学的隐患。“我国社会主义和资本主义之间在意识形态方面的谁胜谁负的斗争，还需要一个相当长的时间才能解决。这是因为资产阶级和从旧社会来的知识分子的影响还要在我国长期存在，作为阶

① 《编辑部的话》，《文艺报》1950 年第 2 卷第 4 期。

② 毛泽东：《中国社会各阶级的分析》，《毛泽东选集》第 1 卷，人民出版社 1991 年版，第 3 页。

级的意识形态，还要在我国长期存在。”[①] 1962 年 8 月在北戴河召开的中央工作会议上，毛泽东进一步提出阶级斗争要“年年讲，月月讲，天天讲”的党的基本路线。紧接着在北京举行的八届十中全会上，毛泽东又提出“千万不要忘记阶级斗争”的口号。阶级论的文学批评思想由于受政治路线的影响而一步步走向极端。

黄修己曾经是北大中文系 1955 级学生，他和同学在编撰《中国文学史》以及受周扬委托的《马克思主义与文艺》时，多次与周扬近距离接触，也曾经多次在北大听他的文艺报告。就他个人的观察，他认为周扬在坚持毛泽东文艺路线的同时，对于文艺问题也有自己的理解。“我从周扬的零零碎碎的言谈中，又隐隐约约地感到周扬的文艺思想也有与毛泽东不尽相同的地方。例如文艺要为政治服务，这一点周扬绝对与毛泽东保持一致；但是怎么服务呢？毛泽东强调的是作家要改造思想。在立场上、感情上实现‘从一个阶级到另一个阶级’的转变。周扬却很少谈这样的问题，我感觉他更倾向于‘间接服务’。他多次赞美俄罗斯的别林斯基、车尔尼雪夫斯基、杜勃洛留波夫三位革命民主主义批评家，总是说他们不是单纯的文艺批评家，而是革命家；只因为在沙皇的严酷统治下，他们无法向政治方面发展，只能把自己的智慧、才干运用到文艺上去，从文艺方面求发展。他们的理论是间接地、曲折地、终极地为着政治斗争的。我觉得在周扬眼里，文艺与政治有关联，受政治的支配，为政治所渗透；但政治与文艺的关系有时是隐蔽的，政治隐藏在文艺的后面支配着文艺，而不是直接地站在文艺的前面指挥它。这在平时谈话中多所流露。”[②] 遗憾的是，周扬的独特理解难以找到被容许的空间。“那时哪能知道恰是他尚存的一些独特性，恰是这敢于在某种程度上表达与众不同的见解的那一点勇气，不久就让周扬陷入没顶之灾！”[③] 黄修己作为历史亲历者，他认识到个人叙述具有一定的主观性，对周扬的评价不同的人存在太大的差别。他提出了书写历史的基本方法：“先把这些事情一件件搞清楚，然后做出自己的分析。而且，这种分析不应该只为了表达自己对谁好谁坏的评判，无论对鲁

① 毛泽东：《关于正确处理人民内部矛盾的问题》，《毛泽东文集》第 7 卷，人民出版社 1999 年版，第 231 页。

② 吴敏：《我所认识的周扬——黄修己先生访谈录》，《现代中国文化与文学》（第 13 辑），巴蜀书社 2014 年版，第 222 页。

③ 同上书，第 223 页。

迅还是对周扬，最好还是从中国知识分子与中国现代历史、与中国政治革命历史的关系，这样的角度来论述。”[①] 首先是弄清历史基本事实，其次尽量排除个人的主观偏见，最后要从宏大的时代格局和思想背景去审视和评价历史人物。

第二节　古代文学遗产评价的基本问题

1961 年 2 月 14 日，《文学评论》第 1 期开辟《关于文学上的共鸣问题和山水诗问题的讨论》专栏。该刊第 1 期至第 6 期，以及不少报刊发表了许多讨论文章，就鉴赏过程中是否有共鸣现象、共鸣与阶级性的关系、山水诗画是否有阶级性，以及阶级性如何表现等问题，展开了讨论。

一　文学遗产继承与批判的纠缠

20 世纪 50 年代初期，曾经在不同的程度上和一定的范围内出现强调批判、忽略继承的现象，而且被强调的“批判”实际是一种简单化的批评方法。如有一篇评论文章中说：“至于杜甫，在中国旧社会里，固然被推为诗圣，但是在现在看来，不过是一个趋炎附势，汲汲于想做大官的庸俗诗人罢了。他的一生，并无革命事迹的表现，脑子里充满着忠君、立功、个人主义的思想……”[②] 这篇文章当时未必产生过多大影响，但它有一定的代表性，因为那个时候类似的观点不少，蒋祖怡的《中国人民文学史》把李白、杜甫等许多作家都摒弃在外，把他们贬之为“人民文学的旁支”和“人民文学的支流发展到最后的没有灵魂的骸骨”。[③] 这种对古代文化遗产不进行历史的辩证分析的态度，在陈伯达等人发起的“厚今薄古”思想与“大跃进”中进一步恶性发展。“厚今薄古”的“薄古”并不等于反古，而是要搞所谓“古为今用”，借此以矫正传统的厚古薄今

---

① 吴敏：《我所认识的周扬——黄修己先生访谈录》，《现代中国文化与文学》（第 13 辑），巴蜀书社 2014 年版，第 225 页。

② 《评冯至〈杜甫的家世和出身〉》，《文艺生活》杂志新五号。

③ 蒋祖怡：《中国人民文学史》，北新书局 1950 年版。

学风，清算“资产阶级学术思想”，但它作为一个口号提出来以后，产生了极其恶劣的影响。

“古代文学”是在新中国成立后被“现代文学”这一学科概念制造出来的，因为没有“古代”就无所谓“现代”，“现代”这一时间概念成立的合法性必须以承认“古代”为前提。对于当时来讲，“古代”是什么，其实决定于“现代”如何将它命名的问题。问题首先是，如何看待历史？如何对待历史继承和批判中的具体问题？对于这些问题的回答，程千帆和翦伯赞之间的一段争鸣是有代表性的。

翦伯赞批评了那种“以今天的眼光来说明历史事实，而不以历史发生时的条件来说明历史事实，因此歪曲了真实的历史”的某些理论。但针对古代文学研究中有些人认为应该站在今天现实需要的高度来学习杜甫诗中的政治态度、生活态度和创作态度时，他有不同的看法：“我们可不可以向杜甫白居易学习呢？可以向他们学习，因为从他们的作品中，可以看到中国古典文学的优良传统。但是必须指出，我们今天的时代已经不是杜甫和白居易的时代，因而我们今天所要求的文艺作家的政治态度、生活态度、创作态度，就不是杜甫那样的态度；我们今天所要求的战斗精神，也不是白居易那样的战斗精神。今天的文艺作家所学习的，应该是工农兵，因为他们的政治态度和斗争精神，才是全心全意为人民服务的典范。学习他们才可以作为鼓舞为祖国而忘我的劳动战斗的源泉。只有在他们身上，才可以看到劳动人民的革命英雄主义。”[①] 显然，翦伯赞将古今历史联系生硬割裂了。程千帆肯定了翦伯赞“以历史发生时的条件来说明历史事实”的看法。[②] 然而，程千帆指出：“注重历史发生时的条件，并不等于可以把这些条件孤立起来，或将历史事实的传承关系割断。因为，历史的传承关系，正是产生新的历史事实的必要条件之一。”“所谓‘创造性’，其实是相对的说法。今天人民的艺术比起封建时代的艺术，尽管很有区别，但就某些方面而论，却有一定的传统关系。不论我们愿不愿意接受遗产，实际上我们已经受到它的滋养。不管自觉不自觉，新作品都不能不受旧作品的影响。我们不能割断历史，孤立地谈创造。……创造是革

① 翦伯赞：《关于历史人物评论中的若干问题》，《新建设》1952 年第 9 期。

② 程千帆：《关于对待祖国文化遗产问题的意见》，《文艺报》1953 年 2 月 28 日第81 期。

新，而不是白手起家。”[①] 程千帆的批驳切中肯綮，辩证中允。

胡念贻认为：“我国古代文学遗产十分丰富，情况又很复杂，在批判当中，不能不遇到许多问题。”他重点论述了“一个带根本性的问题是对于遗产如何掌握批评标准的问题”。[②]

首先，胡念贻辩证地指出，文化遗产既有糟粕也有精华。“在批判当中，是要否定一部分遗产的。那是因为这一部分遗产除了封建性的糟粕外什么也没有。但是，我们不能把那些有用的遗产也任意抛弃，仅仅因为这些遗产里面夹杂了某些糟粕和不健康的东西。我们遇到精华和糟粕并存的作品，对于其中糟粕是要严格批判的，但是在批判的时候，不能把精华和糟粕一齐抛去。而是要取出它的精华。”实际上这种说法在当时也是一种常识，难能可贵的是，胡念贻认为值得重视的不仅仅是作品思想内容方面的进步意义，还有艺术成就。“我们这里所说的，除‘民主性的精华’外，还应该包括艺术性方面有价值的东西……对于古代文学作品，我们还可以从艺术的角度去衡量。如果一部作品，它不是很反动，也说不上具有民主性，但在艺术方面有成就，我们还是要适当肯定它。因为一切有益的东西，我们都应该批判地吸收。”[③] 在文学遗产的继承方面，学术界往往过于强调思想标准，甚至有时候以此为唯一标准。胡念贻认为，如果作品“不是很反动”，甚至“说不上民主性”，但是有艺术成就的话，那么，值得适当肯定，并且认为一切有益的东西都应该批判地吸收。他这种观点在当时具有一定的开放性和探索性。其次，胡念贻提出，对于“思想不健康”但是“政治不反动”的作品，应该有所肯定。他说：“对于古代一部分文学遗产的消极抵制态度。除了表现在用形式主义的帽子等全盘否定一些作家和作品外，还表现在对某些思想感情不健康的作品不敢肯定它的艺术性。”[④] 他具体辨析了思想不健康与政治上反动这二者之间的区别。“至于思想感情不健康，这和‘政治上根本反动’是两回事。当然，思想感情不健康，也可能给今天的青年读者带来毒害，这应该批判，而不必排斥。思想感情不健康也有程度的区别，如果仅仅是露骨地表现色情或严重

---

① 程千帆：《关于对待祖国文化遗产问题的意见》，《文艺报》1953 年 2 月 28 日第81 期。

② 胡念贻：《谈谈我国古代文学遗产的批判继承问题》，《新建设》1962 年第 7 期。

③ 同上。

④ 同上。

的颓废思想没有其他可取之处，而又带有艺术性的，毒害就很大，对于这样的作品，排斥是没有什么可惜的。但是，像陶渊明的《饮酒》、李清照的《声声慢》，晏几道和秦观的词，以及大量像这类的作品，虽然在思想感情上都有某些不健康的东西应该批判，但它们却不是政治上根本反动，甚至也没有表现色情或严重的颓废思想，又为什么要排斥呢？"[①] 从上述分析可以看出，第一，胡念贻认为当时学术界对于文学遗产的继承标准过于苛刻，批判得过于严厉。第二，他认为一些教条化的原则因为脱离了文学批评的实践，往往遮蔽了文学丰富多样的复杂性。他列举了陶渊明、李清照等诗人的作品，认为他们的思想感情并不应该全盘否定。这些来自例证的说明，亲切可信。最后，胡念贻不仅从艺术性和思想感情的角度为文学遗产辩护，而且他提出了一条建设性的路径，也就是通过解读作品，从而积极引导读者的阅读。"我们如果过于担心古代文学作品中的消极作用和毒素，造成了一种因噎废食的现象，因而在古代文学遗产中划出许多禁地，这也是不必要的。有毒素的东西在古代许多作品里都难免存在。其实，与其对它们消极地禁止，不如积极地有指导地让人们阅读，这就是在允许阅读的同时，对那些作品作认真的批判。"[②] 他主张打破禁区，放开阅读，不失为批判继承的有益办法。

文学的发展必须立足于扎实、深厚的基础，第三次文代会上强调了对文学遗产的正确评价，文学的继承与批判问题一时成为焦点。[③]《新建设》杂志的《谈谈我国古代文学遗产的批判继承问题》[④] 与《红旗》杂志的《不能把糟粕当作精华》[⑤] 两篇文章首先发起了这场讨论。

这次讨论主要有如下两个问题：

第一，对民主性精华和封建性糟粕的理解，区分"民主性精华"和"封建性糟粕"是否是唯一的标准。有人提出"民主性"和"封建性"是"属于政治范畴的概念"，因此不能视为唯一的标准，因为对古代文学作品，还需要从艺术的角度去衡量。"封建性糟粕"和"民主性精华"的区分是列宁的"两种文化"理论提出来的，现在看来，这种分法带有鲜

① 胡念贻：《谈谈我国古代文学遗产的批判继承问题》，《新建设》1962 年第 7 期。
② 同上。
③ 《关于学习遗产的问题》，《光明日报》1961 年 3 月 26 日。
④ 《谈谈我国古代文学遗产的批判继承问题》，《新建设》1962 年第 7 期。
⑤ 《不能把糟粕当作精华》，《红旗》1963 年第 1 期。

明的时代特点，简单方便，但是当文学的传播环境、读者对象与社会需要发生变化时，其偏颇之处就显露了。如果把这种说法中的“政治范畴的概念”理解作“政治和思想范畴的概念”，那这种说法无可厚非。

第二，如何理解《在延安文艺座谈会上的讲话》中提出的“无产阶级对于过去时代的文学艺术作品，也必须首先检查它们对待人民的态度如何，在历史上有无进步意义，而分别采取不同态度”。有人进一步提出，“在历史上有无进步意义”应包括内容和形式两者，认为如果一位古代作家在文学创作的形式方面提供了新的东西，就是有进步意义。例如，谢灵运的山水诗给当时的玄言诗所形成的沉闷空气注入了新的气息，使齐梁时代出现的讲究格律的诗歌在形式上有新的发展，因而都有进步意义。这种见解看到了艺术形式作为文学遗产的重要性，是很有意义的。

周扬在第三次文代会的讲话中说：“我们必须继续整理和研究一切优秀的文学艺术遗产，包括理论遗产。在我国历史上出了不少卓越的文艺理论批评家，他们总结了某一时代或某一方面丰富的创作经验，发表了许多对艺术创作的精辟见解。我们应当批判地继承这份遗产，把它们作为建设我国的马克思主义文艺理论所必须研究和运用的资料。”① 他重点强调了整理文学理论遗产的重要性，希望以本国传统遗产为基础，建立具有中国化的马克思主义文艺学。

北京师范大学中文系学生张恩和记叙了北京师大中文系四年级学生针对古典文学的教学问题而“大闹革命”的情形。当时学生们认为：古典文学教学领域“存在着严重的厚古薄今的资产阶级观点，资产阶级专家打着‘人民性’、‘继承遗产’的招牌向学生散布了大量毒素。他们赞扬反动的资产阶级唯美主义观点，甚至赞扬封建士大夫的腐朽道德。”② 他们决定制定出一份“红色的教学大纲”来。于是，“中四的二十六位同学在党总支的直接领导下，与三年级部分同学共同组成了中国古典文学教学改革小组。大纲初稿写成，并不等于取得了最后胜利，还需要进一步修改和补充，更重要的是这份大纲要与老教师写的大纲正式会面比武。这次写

---

① 周扬：《我国社会主义文学艺术的道路》（一九六〇年七月二十二日在中国文学艺术工作者第三次代表大会上的报告），《人民日报》1960 年 9 月 4 日。

② 张恩和：《在古典文学教学中大闹革命》，中国青年出版社编：《怎样又红又专——做个共产主义劳动者》，中国青年出版社 1958 年版，第 87 页。

古典文学大纲贯彻‘三结合’的方针是以唱对台戏的形式出现的。在同学们写大纲的同时，老教师也在写。这样，就决定了一场必然的激烈的讨论和争辩。同学们热情虚心却又抱着极大信心地迎接辩论。开始的许多次小型讨论会上，老教师一方面承认学生写的这份大纲的优越性，但另一方面在许多具体问题上提出了否定意见。有一些意见是正确的，同学们便很快地接受了，但有不少意见还是过去的观点。如依旧是以唯美的观点、消极颓废的感情来肯定反现实主义的词人柳永、李清照的作品，恭维李义山等，他们力图让这些资产阶级观点在大纲中‘复辟’。这是些原则性的问题，关系到大纲是否要革命。年轻人对这些意见是决不肯让步的。于是党总支组织了全系的大辩论，发动广大群众对两份大纲进行评比，最后又接连开两天的全系辩论大会。但是，红色毕竟是红色，白色毕竟是白色，广大同学一致指出，学生写的大纲虽然还只是粗制品，但肯定是一面革命的红旗，而老教师的大纲并没有革命，一些资产阶级观点还顽强地或者改头换面地被保留着。终于，就是与学生唱对台戏的老教师也只得承认：‘我们的戏唱砸了，因为唱的还是老词儿。’‘我们的大纲只是一件修修补补的破布丁衫儿。’”① 从上述描述可以看出，这是一场师生同台竞技的学术擂台赛，但是从如下几个方面得知，这并非遵循学术公平规则的对台戏。第一，从话语权力来看，“中四的二十六位同学”由党总支直接领导，这就决定了并非平等的学术对话，而是由行政权力来控制比赛结果。第二，从比赛规则来看，担任裁判的并非第三方代表，面对分歧的时候，其裁决结果是由党总支组织广大群众参与的全系大辩论来裁定，最后决出“红色”和“白色”文学史教学大纲的胜负高下。第三，从评判的标准来看，是否“革命”是唯一的准则。“学生写的大纲虽然还只是粗制品，但肯定是一面革命的红旗”，因此获胜；“而老教师的大纲并没有革命”，因此落败。

文学所学者胡念贻是历史的当事人，他后来反思道：“特别是一九六三年或一九六四年以后，报刊上很少提百花齐放、百家争鸣，这时提出要

① 张恩和：《在古典文学教学中大闹革命》，中国青年出版社编：《怎样又红又专——做个共产主义劳动者》，中国青年出版社 1958 年版，第 88 页。

对资产阶级进行批判。”[①] 而具体的批判方式充满了不容置辩的火药味，其效果也几乎是毁灭性的。“我们报刊上的一些批判文章，自以为抓到了别人论著中的资产阶级、修正主义思想时，就劈头劈脑地打下去，而且不许申辩。申辩的文章即使刊登，那也是准备更大的打击。申辩一次，升级一次。申辩、升级；再申辩，再升级；务必把被批判的一方打得抬不起头来，从此销声匿迹为止。”[②] 这种学术批判的潜意识实际上是政治斗争中的敌情论，将学术问题视作政治是非，因而对不同见解毫不留情、除恶务尽。

二 古代文学的社会意义：“扩大论”与“缩小论”及其他[③]

1955 年的李煜词的讨论，1959 年的李清照及其词作的讨论等，都涉及我们今天应该如何正确地看待他们的阶级出身、特殊的生活经历和思想感情的问题。进入社会主义时代，又应如何评价这份文学遗产，是摆在现实面前的课题。古代文学作品的社会意义问题是 1959 年 4 月至 1960 年末同时在《光明日报》副刊《文学遗产》上展开讨论的，引起过当时的古典文学研究界和教育界的广泛注意和兴趣。讨论也是在前几年对古代文学中一些有争议的作家及其作品的讨论的基础上形成的。1959 年开始的“中间作品”问题的讨论，又直接引导出古代作品社会意义的问题。核心问题是：古代文学的社会意义是“扩大”了，还是“缩小”了呢？

1960 年，林筠对古代作品的社会意义谈了几点补充的看法，首先，他认为应该实事求是评价古代作品的“进步”意义和“消极”意义：“至于如何地批判地继承问题，我认为除了给予正确的评价和实事求是、不夸大古代作品的进步意义外，还应该指出优秀的古代作品中消极、落后的一面（即使这些消极、落后的东西在当时是由于时代的局限所造成）。”其次，提出继承古代文学遗产的人民性标准。“应该肯定古代文

---

① 胡念贻：《研究古典文学与批判继承遗产——三十年来古典文学研究的回顾》，《文艺百家》1979 年第 1 期。

② 同上。

③ 本论题的某些材料参考了卢兴基主编的《建国以来古代文学问题讨论举要》，齐鲁书社 1987 年版。

学遗产在今天仍有可以继承的东西……具体到中国的封建社会，被剥削阶级文化主要应该是指优秀的进步的人民大众的文化（当然也应该包括出身于剥削阶级的进步作家所写出来的有人民性和进步性的作品）。”最后，就如何在新时代重新焕发古代作品的生机，也就是如何“古为今用”的问题，他提出了两条路径，第一，采用新的观点重新阐释。“一方面是在古代作品原有的思想教育意义的基础上，以马克思列宁主义观点赋予新的解释，使之具有完全新的含义。起着新的思想教育作用。”第二，转化性创造的思路。“另一方面就是利用古代作品原有的内容和形式加以改造，使之为无产阶级政治服务。”[①] 在当时这些观点既不逾矩，又有一定的合理性。

钱锺书早在20世纪30年代关于郭绍虞《中国文学批评史》上册的书评中就说过，对于一个有着“历史观念”的人来说，“他也爱恋着过去，他能了解过去的现在性（The presentment of the past），他知道过去并不跟随撕完的日历簿而一同消逝”。又说：“我以为史学的难关不在将来而在过去，因为，说句离奇的话，过去也时时刻刻在变换的。我们不仅把将来理想化了来满足现在的需要，我们也把过去理想化了来满足现在的需要。”[②] 钱锺书深刻地揭示了历史发展的内在联系。“或许，最重要的是，尽管充满了变化，现代生活的大部分仍处在与那些从过去继承而来的法规相一致的、持久的制度之中；那些用来评判世界的信仰也是世代相传的遗产的一部分。”[③] 当时学者对这一问题的讨论，虽没有太大的学理价值，却给我们揭示了当时的文化氛围与学者的批评心态。

三　古代文学的阶级性与人民性问题

王瑶在1954年曾对20世纪50年代初古代文学研究的现状问题进行归纳。他认为这几年介绍的古典作家作品可以粗略地分为两个阶段，第一阶段以白居易、杜甫、《水浒传》为代表，第二阶段以李白、陶渊明、

① 林筠：《略谈如何批判地继承古代文学遗产问题——关于古代作品社会意义的几点补充意见》，《光明日报》1960年7月10日。

② 钱锺书：《论复古》，《大公报·文艺副刊》1934年10月17日。

③ ［美］希尔：《论传统》，傅铿、吕乐译，上海人民出版社1991年版，第2页。

《红楼梦》为代表。“前一阶段中，尽管大家理解的深度仍有不同，但那些作品中的人民性是可以从字面看到的，因此争论就不多；虽然很多问题也并未真正解决。”王瑶指出第二阶段面临的问题，“这些作家和作品大家也都以为是一定要肯定的，但对如何肯定就很有分歧了；因为这些作品中的人民性的表现是复杂的和曲折的，需要作具体的分析，因此直到现在似乎还仍在讨论的阶段”。[①] 可见古代文学研究界在运用历史唯物主义与毛泽东的文艺思想这些方法论工具时，对如何运用还存在着困难。王瑶预见，古代文学研究的“第三阶段也许就是苏轼和《三国演义》等作家作品了，因为这都是大家目前感到困难而不敢去碰的问题”。他认为，研究困境的根源在于，“反映了我们古典文学研究领域的现有水平，对人民性的理解还有些狭隘的倾向”。[②] 为了透视王瑶提到的当时的理论困境，下面首先阐述人民性问题的理论基础，其次分析当时的批评者们对这一问题的理解所具有的理论与实践意义。

毛泽东在著名的《论人民民主专政》中说：“‘你们独裁。’可爱的先生们，你们讲对了，我们正是这样。中国人民在几十年中积累起来的一切经验，都叫我们实行人民民主专政，或曰人民民主独裁，总之是一样，就是剥夺反动派的发言权，只让人民有发言权”，“人民是什么？在中国，在现阶段，是工人阶级，农民阶级，城市小资产阶级和民族资产阶级。这些阶级在工人阶级和共产党的领导之下，团结起来，组成自己的国家，选举自己的政府，向着帝国主义的走狗即地主阶级和官僚资产阶级以及代表这些阶级的国民党反动派及其帮凶们实行专政，实行独裁，压迫这些人，只许他们规规矩矩，不许他们乱说乱动。”[③]

在具体的文学批评中对人民性这一标准的运用有不同的意见。何其芳的看法是具有代表性的中允的看法。“我想，这就是我们评价古代作品的政治标准。但在应用这个标准的时候，还有一些值得探讨的问题。在文学史上，在同情人民和反对人民之间，在明显的进步和明显的反动之间，还有大量带有中间性的作品。它们并没有表现出反对人民，但其中也找不到

---

① 王瑶：《谈古典文学研究工作的现状》，《文艺报》1954 年 12 月 30 日第 24 期。

② 同上。

③ 毛泽东：《论人民民主专政》，《毛泽东选集》第 4 卷，人民出版社 1990 年版，第 1475 页。

同情人民的内容。它们并不反动，但进步意义也不明显。”①

李泽厚对古代文学研究中存在的一些问题提出了自己的看法。第一，他指出了“对古典作品中的人民性的内容和成因缺乏了解或根本忽视”的错误倾向，即，“用对作家个人生活和主观思想情况的研究来替代或引申出对作品形象世界中客观的人民性内容的研究，把两者完全混同起来”。张芝先生的《陶渊明新论》② 的特点之一就是作者企图集中主要力量通过对诗人的家族、血统、成分、经历的细节探讨，总结出诗人的“政治态度”和“思想态度”，再根据诗人的这些个人情况、论证其每首作品的隐秘的政治含义和创作上的直接的政治原因。李泽厚认为，这种研究方法“不惜生硬地歪曲和破坏作品中活生生的优美的艺术形象，主观主义地断章取义来牵强附会”。可见，李泽厚认为对人民性的理解更应该着重于对作品本身的形象世界中客观的人民性的研究。李泽厚重视文本诗学的研究方式在下文有进一步的阐述：

> 何其芳本文中有一个论点我觉得是还值得商榷的。何其芳说：“用马克思列宁主义研究文学艺术的时候，就不能限制于只考察作者和作品本身，必须了解当时的社会经济情况、阶级的情况、政治情况、以及文化思想情况，然后才可能判断作品所表现的思想是属于什么阶级或什么阶层，然后才可能判断它在当时是进步的还是反动的。”在关于李白的讨论中，何其芳也说：“切实的办法，应该比较全面地研究他（按指李白）的全部作品的思想内容，研究当时的社会情况，当时各个社会阶级的政治要求和思想状况，然后才有可能明确看出他的作品中所反映的思想到底主要代表什么阶级或什么阶层的，然后才有可能作出综合的判断。”（以上着重点皆为引者所加）作为带有指导性研究方法的提出，这种说法是有缺点的。因为研究作品主题思想的阶级内容固然很重要，但在仔细研究作品本身和它的社会时代背景以后，对作品的“综合的判断”，就主要更应该根据作品

① 何其芳：《文学史讨论中的几个问题——1959年6月17日在中国作家协会和中国科学院文学研究所召开的文学史问题讨论会上的发言》，《文学遗产选集》第三辑，中华书局1960年版，第55页。

② 张芝：《陶渊明新论》，棠棣出版社1953年版。

是否和怎样反映了生活的真实，反映了社会和时代的真正的面貌、实质和它发展的规律和动向来看，而不能仅仅根据或满足于去划定和判断作品的思想到底属于某种阶级或某个阶层。强调作品思想的阶级性，强调它在当时的历史作用，就有容易滑到忽视作品的人民性的庸俗社会学派的道路上的危险。①

对于作品思想内容的认识，李泽厚与何其芳的共同看法是，应该仔细地研究作品的思想内容本身和当时的历史背景。然而，分歧在于，何其芳认为应该看“作品中所反映的思想到底主要代表什么阶级或什么阶层的”，才进行“综合判断”。李泽厚认为这种“强调作品思想的阶级性，强调它在当时的历史作用，就有容易滑到忽视作品的人民性的庸俗社会学派的道路上的危险”。

因为，具有深刻的美学价值的伟大作品，正具有着深刻的人民性，它常常是反映着广大人民——常常包括了各个不同阶层，不同阶层的劳动人民，有时也包括还起着进步的历史作用的剥削阶级的思想、情绪、愿望、要求。它同时也超出了时代限制，为不同时代不同阶层的广大人民所传诵和热爱。更重要的是，这种作品思想人民性，它所揭示出的生活的真理甚至有时就还超出了当时存在着的任何阶级任何阶层的进步思想范围。例如深刻揭示封建社会制度的罪恶，反映封建社会的没落和崩溃的必然趋势的《红楼梦》就是如此。而这也就正是许多古代的伟大作品的内容和真价必须等到马克思主义历史唯物论出现以来，才能得到最充分最正确的认识和解放的缘故。所以苏联文艺学者就从不去强调和死抠某种作品的思想是属于某阶级某阶层，这是值得我们注意的。②

反对将人民性作为阶级性理解的观点，林庚与李泽厚的看法是基本一致的。林庚说：“把人民性理解得非常狭隘，这就造成把人民性束之高阁无

① 李泽厚：《评古典文学研究中的一些错误观点》，《光明日报》1955 年 4 月 10 日第 2099 号。

② 同上。

从谈起的结果，例如在古典文学研究中把人民性的理解只限于反映农民的斗争或农民的生活疾苦，那么中国古典文学研究中就很少是有人民性的。于是有了两种办法：一种办法可以说是以反映社会黑暗面来代替人民性，那就是把一切优秀的古典作品都解释为是反映黑暗的。”[①] 林庚认为：“人民性之所以如此棘手，又由于把古代人民的含义只限于农民阶级，而其他都不算人民；这样的阶级分析就成了作茧自缚一筹莫展的局面；其结果人民性就被软禁起来。”林庚进一步深入分析了人民的含义，他认为：“其实人民的含义绝不简单的限于一个阶级，马克思、恩格斯所著《德国意识形态》说：进行革命的阶级——单就它与另一阶级的对立面而言——从最初起，就不是作为一个阶级出现的，而是作为整个社会的代表者而出现的，它以社会的全体公众的资格，去对抗唯一的统治阶级。”社会中进步的力量不一定全是以阶级的形式出现的，“它可以‘以社会的全体公众的资格’，以‘整个社会的代表者’的姿态而出现”。[②] 最后，林庚指出：我觉得广大阶层或者正是古代封建社会中“人民”的含义，也许更稳妥些，可以说具有相当于《俄国文学史》中所说的“公民精神”（见《杰尔查文的公民精神》）中“公民”的含义，而“公民精神”无疑是具有人民性的。庸俗社会学正是把作家局限在阶级出身里（虽然阶级出身也是应当研究的），而忽视了更重要的，作家本身在社会生活（包括写作生活）中所采取的身份与所处的地位。[③]

第三节　政治化文学批评的教训与反思

毛泽东的阶级斗争学说，其哲学基础来自于矛盾论。毛泽东在讲矛盾的斗争性和同一性时说，斗争性是绝对的，同一性是相对的。文学研究领域只强调矛盾的对立性的话，就容易陷入简单片面的困境。

---

① 林庚：《关于中国古典文学史研究上的一些问题》，1956 年 12 月 30 日《光明日报》文学遗产栏目第 137 期。又见《文学遗产选集》第三辑，中华书局 1960 年版，第 60 页。

② 同上书，第 61 页。

③ 同上书，第 62 页。

一 政治化文学批评存在的问题

1958年，原中国科学院文学研究所古代文学组的部分学者通过集体讨论，对新中国成立十年以来的古典文学研究和整理工作进行了全面的回顾和反思，揭示了大量存在的问题，提出了许多中肯的见解。这篇文章至今看来，具有十分重要的认识价值。他们指出的问题主要包括如下六个方面。

（一）简单地理解文学反映社会生活的原理。他们指出的流弊是：对文学经典作品的阐释，“简单地理解文学反映社会生活的原理，不是从对于具体的作品的研究出发，而是只从一般的社会情况出发就去随便判断作品的思想内容，以为一个时代的社会现实中重大的或比较重大的主题，在那时产生的作品中必然有所反映。例如，凡是产生在异族统治的朝代里的一些重要作品，几乎都有人认为它们表现了民族思想。如对元代关汉卿的杂剧作品《窦娥冤》，分明看不出民族思想，却要硬说它所描写的窦娥的贞节观念以及她从这种观念出发责备她婆婆再嫁，是‘对当时那些无耻的变节降敌的人们的讽刺与责骂’，也就是对‘没有民族气节的人们底龌龊的灵魂’的批判”。[①] 这种概念先行的做法往往导致牵强附会的强制阐释，如果用巴赫金的话来分析其原因的话，那就是：“把文学仅仅局限于这样的反映，也就是贬低文学，认为它只起其他意识形态的简单的附庸和传播者的作用，几乎完全忽视了文学作品的自身意义的效用及它们的意识形态的独立性和独特性。”[②] 不仅仅因为机械反映论导致简单理解文学，而且忽视了文学作为一种艺术存在的事实。“把对意识形态视野的反映看作是对现实存在本身和生活本身的直接反映。没有考虑到，内容所反映的也只是本身作为对现实存在的折射反映的意识形态视野。揭示艺术家所描

---

① 吴晓铃、胡念贻、曹道衡、邓绍基：《十年来的古典文学研究和整理工作》（本文系根据中国科学院文学研究所古代文学组部分同志集体讨论的意见，由吴晓铃等最后执笔写成），《文学评论》1959年第5期。

② 巴赫金：《巴赫金全集》第二卷，《文艺学中的形式主义方法》，李辉凡等译，河北教育出版社1998年版，第129—130页。

写的世界，还不意味着深入到真正的生活现实中。”[①] 上述问题的出现有如下几个原因：第一，没有熟练掌握科学的学术方法，或者说在学风上比较浮躁，只是看到问题的表面就贸然做结论。第二，深受意识形态的影响与制约，往往带着政治的“有色眼镜”评价文学作品，急于从作家意识和作品内容中寻找符合先验理念的蛛丝马迹。第三，有些人的文学批评并不是建立在生命体验与艺术经验的基础之上，而是受时代的功利性、实用性目的的驱动，通过符合政治正确的结论来获得某种奖赏或者认可。

（二）简单套用阶级论来分析文学作品。“简单地理解在阶级社会里文学具有阶级性的原理，在分析作品时，生硬地去为作品里面的人物定阶级成分，或者从唯成分论出发来评论人物形象。”他们列举的实例是：“如研究乐府诗《陌上桑》时，争论罗敷的阶级成分究竟是劳动妇女或是贵族，讨论《西游记》时有人说妖魔代表恶霸地主，有人又认为代表农民。”[②] 阶级论本来是一种社会学的分析方法，如果直接用来分析文学作品中人物的身世、地位乃至思想、情感、趣味，甚至认为一定的阶级地位必然形成一定的人物性格，势必将复杂的精神现象图解化、概念化，或者将人完全理解为经济的、政治的动物。

（三）生硬地运用一些概念来解释古代作品。“如说李煜词有‘反封建’和‘爱国主义’内容等。貌似严肃庄重的不刊之论，实际则是内容空虚的纸老虎。”[③] 对于反映论痼弊深有研究的巴赫金认为：“把艺术家反映在内容中的意识形态因素教条化并使之最后定形，使生动的、正在形成的问题变成现成的原理、论断和决定——哲学的、伦理的、政治的、宗教的。没有理解和考虑一个极其重要的因素：文学在内容的基础上只反映正在形成的意识形态，只反映意识形态视野形成的生动过程。”[④] 这种文学批评所造成的后果是：“把独立的、独特的意识形态——文学——归结为

---

① 巴赫金：《巴赫金全集》第二卷，《文艺学中的形式主义方法》，李辉凡等译，河北教育出版社1998年版，第129—130页。

② 吴晓铃、胡念贻、曹道衡、邓绍基：《十年来的古典文学研究和整理工作》（本文系根据中国科学院文学研究所古代文学组部分同志集体讨论的意见，由吴晓铃等最后执笔写成），《文学评论》1959年第5期。

③ 同上。

④ 巴赫金：《巴赫金全集》第二卷，《文艺学中的形式主义方法》，李辉凡等译，河北教育出版社1998年版，第129—130页。

其他意识形态，使之完全溶化于其中。文学分析的结果，从艺术作品中榨出的是一种不好的哲学，轻佻的社会政治宣言，模棱两可的道德，风行一阵的宗教学说。这样榨取之后剩下的东西，亦即文学作品中最主要的东西——它的艺术结构——则干脆被作为其他意识形态的简单支架而忽略了。”① 文学批评作为一种鉴赏的、科学的、反思性的研究活动，固然离不开概念、术语等表达工具，但是，概念的提出、观念的抽象应该建立在对于作家、作品认识理解的基础之上，而不是主观臆断、任意命名、术语轰炸。他们列举的实例是：“不从作品的基本内容和完整的艺术形象出发，而是用罗列乃至是摘句的方法在作品中寻找一些现象作为评论作品的主要依据。如不注意《长生殿》的整个思想主题，只是以暴露现实明显的《进果》、《酒楼》等出来论说作品的成就；又如着意寻找一些经济现象，并夸大其重要性认为元杂剧的第一条成就是‘元杂剧的作者曾强烈地抒写了高利贷给予人民的痛苦’。”②

（四）过分强调分析作家的思想，而忽略从文学作品分析中寻找思想依据。他们认为，根据抒情类与叙事类作品的差异，作品思想与作家思想之间存在两种情况：“从抒情的诗歌来说，作品的思想性常常就是作家思想的表现，在十年来关于古代诗歌的研究中，许多论文往往谈的是作家的思想。从小说和戏曲来说，作品的思想性不完全和作家的思想等同，作品的思想性是从形象中表现出来的，它可以大于作家的思想。”③ 其实，这两者关系的具体情形，完全视不同的作品而定，需要一定的实证性分析。总之，他们认为文学研究应该以文本分析为中心。“在研究作品时，不能用作家的主观意图的研究来代替作品的整个的形象分析，尤其不能把作者主观意图中的某一点说成是作品的全部的客观意义。”④

（五）过分强调作品的思想内容，而忽视作品的艺术分析。他们揭示了一个新中国成立前后文学批评的有趣的现象：“在文学传统性的问题

---

① 巴赫金：《巴赫金全集》第二卷，《文艺学中的形式主义方法》，李辉凡等译，河北教育出版社 1998 年版，第 130 页。

② 吴晓铃、胡念贻、曹道衡、邓绍基：《十年来的古典文学研究和整理工作》（本文系根据中国科学院文学研究所古代文学组部分同志集体讨论的意见，由吴晓铃等最后执笔写成），《文学评论》1959 年第 5 期。

③ 同上。

④ 同上。

上，十年来对它的认识和解放前有根本的不同。解放以前一些人在讲到某个作家受某个作家的影响时，主要是从艺术形式和技巧上的问题着眼，如语言、风格等。解放以后讲传统继承，主要是从作品的思想内容上去找结论。"① 也就是说，新中国成立以后，有些人的文学批评的方法不是从作品本身出发，分析社会意义、文体形式、审美意蕴、风格范畴、情感内涵等，而是从预设的马克思主义的认识论出发，以阶级性、人民性为标准，框定文学经典的范围，测度文学价值的高低，认为共同的价值规范比个人化的艺术创造更重要。这种重艺术到重思想的转型，与文学批评功能的变化、意识形态控制的状况等因素有关。讨论艺术问题，容易被人视为有唯心主义、形式主义或者厚古薄今的倾向，谈思想问题则只要与现实政治不冲突则可以高枕无忧。

（六）关于"民间文学主流说"与"现实主义主流说"这"两个公式"的问题。他们明确指出这"两个公式"存在无法自圆其说的问题。第一，"如民间文学主流说，不能概括文学历史的现象，事实上历代许多伟大作家的文学，不能不是主流。"第二，"现实主义和反现实主义斗争说也有问题。根据这一看法，也就难于显出积极浪漫主义的重要性。再加上有些高等学校的同学们的做法有许多简单化的地方，将不少历来人们所喜爱的作家如王维、孟浩然、李贺、李商隐、杜牧、李清照等一律划入'反现实主义作家'之列。"总之，他们认为："这一年多的讨论中，使我们明白了这样'两个公式'的缺点，它们不能用来概括我国文学发展的历史。"②

最后，他们集中指出了庸俗社会学的弊端及其产生的原因。"庸俗社会学观点，其实质是一种机械论的思想，对文学艺术的特性缺乏了解。之所以出现这种情况大抵有两个方面的原因，一是有些人的主观愿望是为了学习运用马克思主义，但理解、运用得不妥当。二是有的人不认真学习马克思主义，对待理论问题缺乏严肃的态度只是援引个别字句来作装饰。庸俗社会学观点不利于批判地继承文学遗产，因此，批评庸俗社会学倾向，

① 吴晓铃、胡念贻、曹道衡、邓绍基：《十年来的古典文学研究和整理工作》（本文系根据中国科学院文学研究所古代文学组部分同志集体讨论的意见，由吴晓铃等最后执笔写成），《文学评论》1959年第5期。

② 同上。

也正是为了正确地继承文学遗产。”①

以上的讨论是原中国科学院文学研究所古代文学组部分学者针对古代文学批评状况的总结，观点明晰、态度严谨、逻辑严密、有理有据。他们指出的这些存在的弊端实际上在现代文学、外国文学领域都有着共性。

在20世纪50年代的政治氛围中，人与人之间的关系通过阶级关系、政治关系，颠倒地表现为政治概念之间的关系，从而造成政治拜物教的盛行。韦伯从历史发展的角度强调“合理性”。他认为，工具合理性行动是指以能够计算和预测后果为条件来实现目的的行动；价值合理性行动，则指主观相信行动具有无条件的、排他的价值，而不顾后果如何、条件怎样都要完成的行动。价值合理性行动和卡里斯马式行动都有“非常态”、革命的性质，因而可以成为打破传统习惯、推动理性化进程的动力；工具合理性之所以具有“合理性”，是因为这种行动符合人们理性思维的常态。但反之，由于行动只为追求功利的目的所驱使，势必漠视人的情感和精神价值的存在。进一步说，我们也应看到，“合理性和非理性是相对而言的，任何一个现实的行动都含有这两者的因素”。② 人们通过阶级斗争这一“合理性”行动进行社会革命从而实现无产阶级自身解放时，殊不知在这理性化过程中非理性因素也渗透其中。对传统的激烈否定、对乌托邦世界的感性渴求，留下了失误与教训。

虽然古代文学作品备受批判，但是从当时批判者的实际喜好而言，当代作品并不受欢迎，而古典作品很有市场。《人民日报》报道，上海市的28位出版、社会文化界人士在上海市委召开的座谈会上，提出了出版工作中的许多重要问题。“上海文化出版社社长胡炎谈到他们调查26个工厂、学校，读者都喜爱阅读古典文学，主要原因是故事性强；而反映现实的通俗文艺作品受读者欢迎的就不多，主要原因是作品公式化、概念化。他希望作家多多创作近代的通俗的文艺作品。”③

---

① 吴晓铃、胡念贻、曹道衡、邓绍基：《十年来的古典文学研究和整理工作》（本文系根据中国科学院文学研究所古代文学组部分同志集体讨论的意见，由吴晓铃等最后执笔写成），《文学评论》1959年第5期。

② 苏国勋：《理性化及限制——韦伯思想引论》，上海人民出版社1988年版，第98页。

③ 《出版界的内部矛盾需要解决——上海市委召开文化、出版界座谈会》，《人民日报》1957年5月5日。

二 如何看待文学批评的政治性?

总结关于文学的阶级问题，可以看出这一时期的古代文学经典的批评贯穿着这样一条线索，山水诗的阶级性问题—李煜词的讨论涉及的情感共通性即阶级之间的共鸣问题—阶级性与人民性的纠缠引发的“中间作品”论问题。这些问题的讨论都反映了在用文学阶级性的批评标准对经典作品进行阐释时遭遇的尴尬局面。“对于当时文学界的‘主流力量’来说，困难之处在于，如何既保护这些作品的‘经典’地位，但在阐释上又符合（至少是不发生矛盾）当时确立的‘经典’尺度。这是那个时期遇到的普遍性难题。”①

如何看待文学的政治属性？有人认为，根据当时的历史条件，要求文艺为政治服务是正确的、必要的；只是到了今天，它因有碍于拓宽文艺的道路而使自己难以为继，才必须有所改变。又有人认为，文艺从属于政治，只有在政治路线发生错误的时候，才成为问题，否则按文艺的性质它就应该如此，没有理由受到质疑。从政治的角度看，这些观点自有其合理之处。然而，如果从美学的角度看，则无论在怎样的情况下，要求艺术创造这种人类特殊的精神活动绝对服从政治，都有违反艺术创造规律的一面。如果忽视文学的本质属性与自律性规律，就会丧失文学对社会现实生活批判与反思的功能。

王瑶在20世纪50年代初关于古代文学的反思是有启示性的。他认为，对于某些带有一般性的问题如果有理论性的分析文章，是多少能够推动研究工作的进展的。有些“作家当然不是劳动人民出身，又和掌握实际政权的贵族地主之间有矛盾，他的作品又受到人民的喜爱，但这些因素是否就可以说他是中小地主的代表呢？所谓中小地主阶层在中国历史的发展上究竟有无进步意义”？有些文章在论述一个作家时常常说他某一方面是进步的，而另一方面是落后的，好像是量体裁衣一样；“但作为一个作家的主要精神和他思想中的各种因素之间的关联却往往被忽略了，因而不能给人以完整的印象。在讲到宋元和清代的作家时，常常企图在字里行间

① 洪子诚：《问题与方法》，生活·读书·新知三联书店2002年版，第244页。

来找出作家的民族思想，而对作品的具体内容反而多有忽略”。[①]

关于文艺与政治的关系问题。“我们不但否认抽象的绝对不变的政治标准，也否认抽象的绝对不变的艺术标准，各个阶级社会中的各个阶级都有不同的政治标准和不同的艺术标准。但是任何阶级社会中的任何阶级，总是以政治标准放在第一位，以艺术标准放在第二位的。”[②] 上述讲话中，政治标准第一、艺术标准第二，看似没有偏废艺术性，然而在现实操作中，由于强调阶级性的无处不在并统驭文学艺术批评标准的性质，实际后果就是坚持政治标准而排除了不符合这一标准却有精湛艺术价值的作品，而且，艺术为政治服务的极端性推进导致艺术性成了修饰教条的空壳。

1959 年 6 月 17 日，何其芳在中国作家协会和中国科学院文学研究所召开的文学史问题讨论会上发言，就文学史讨论中的几个关键问题提出了自己独特的见解，他在发言的结尾阶段重点论述了毛泽东《在延安文艺座谈会上的讲话》中的“政治标准”问题，提出了个性化的阐释。

何其芳首先充分肯定了文学批评需要有政治标准，并且认为政治标准的内容也应该与时俱进。“政治标准是我们评价今天和过去的作品都首先要用的。但第一，世界上没有什么抽象的绝对不变的政治标准。评价今天的作品和评价过去的作品的政治标准应该有差别。第二，政治标准第一，这是我们必须坚持的。”[③]

他强调这一前提，既与毛泽东《在延安文艺座谈会上的讲话》保持一致，当然也是个人衷心认可的批评原则。然而，他结合当时文学史的批评实践，重点指出艺术性原则的不可偏废甚至取消。

第一，何其芳以北京大学中文系 1955 级学生所写的《中国文学史》为例，深入分析了艺术批评的重要性以及方法论。何其芳说：“但如果只有政治标准，没有或忽视艺术标准，那仍然是不完全的，片面的。文学艺术要求的并不仅仅是内容的正确。北大的文学史并没有忽视艺术方面的评价，这是一个优点。就我通读一遍后的印象来说，虽然在艺术分析艺术评价上有不少正确的意见，但有些地方还是有比较简单、比较一般化的缺

① 王瑶：《谈古典文学研究工作的现状》，《文艺报》1954 年 12 月 30 日，第 24 期。

② 毛泽东：《在延安文艺座谈会上的讲话》，《毛泽东论文艺》（增订本），人民文学出版社 1992 年版，第 58 页。

③ 何其芳：《文学史讨论中的几个问题——1959 年 6 月 17 日在中国作家协会和中国科学院文学研究所召开的文学史问题讨论会上的发言》，《文学遗产》1959 年第 273 期。

点。这说明要进行科学的艺术分析艺术评价也是不容易的。”[①] 第二，艺术分析应该与思想内容相结合。“这或许和书上总是把思想和艺术分开来讲也有关系。要具体地深入地分析作品的艺术，有些时候是很难离开它们的思想内容的。离开了具体作品的内容来谈艺术性，就容易谈得比较一般化。我想，我们最好既能对重要作家的代表作进行比较具体比较深入的艺术分析，又能切实地而不是公式化地概括他们的创作总的艺术特色，艺术成就。”[②] 第三，何其芳反对过高评价“民间文学和被划为现实主义的作家”，而对“被划为反现实主义的作家”则评价过低。“书上用的艺术标准好像不统一。对于民间文学和被划为现实主义的作家往往肯定得充分一些，有时甚至过高；对于被划为反现实主义的作家往往肯定得不够一些，有时甚至抹杀。比如对于王维、李贺、李商隐、杜牧、李煜、李清照、姜夔、马致远等艺术上有特色的作家，书上不但否定了他们的全部或大部分作品的内容，对他们在艺术方面的成就也是评价得不够的。”[③] 何其芳尽力为这些“反现实主义作家”的艺术价值而辩护。他说：“要知道，一个作家的作品从内容到艺术都有它的独创性，而且这种独创性受到了历来不少读者的喜爱，这是不容易的。这样的作家文学史上并不很多。这样的作家不一定是大作家（虽然这种独创性是大作家必须具备的条件之一），然而却常常是比较重要的作家。忽视艺术方面的独创性是不妥当的。”[④] 何其芳的理由是，上述作家的创作有独创性价值，而且得到古往今来无数读者的喜爱，如果评价过低的话不符合文学史规律和事实。

三 反思政治批评

在民族斗争和阶级斗争都十分尖锐的20世纪40年代，无产阶级对艺术只能提出从属于、服务于它的要求，毛泽东在当时的阶级斗争思想也是源于历史的需要。新中国成立以后，大规模的疾风暴雨式的群众性阶级斗

① 何其芳：《文学史讨论中的几个问题——1959年6月17日在中国作家协会和中国科学院文学研究所召开的文学史问题讨论会上的发言》，《文学遗产》1959年第273期。

② 同上。

③ 同上。

④ 同上。

争过去了，但冷战格局依然僵持，朝鲜战争、中苏同盟关系破裂、越南战争等强化着意识形态领域的对峙。“在观察和处理社会主义发展进程中出现的政治、经济、文化等方面的新矛盾新问题时，容易把已经不属于阶级斗争的问题仍然看作是阶级斗争，并且面对新条件下的阶级斗争，又习惯于沿用过去熟悉而这时已不能照搬的进行大规模疾风暴雨式群众性斗争的旧方法和旧经验，从而导致阶级斗争的严重扩大化”。其消极后果是不言自明的。因而“从属说”和“服务说”尽管曾经产生过积极的影响，但正如邓小平1980年在《目前的形势和任务》中所说：“我们坚持‘双百’方针和‘三不主义’，不继续提文艺从属于政治这样的口号，因为这个口号容易成为对文艺横加干涉的理论根据，长期的实践证明它对文艺的发展利少害多。但是，这当然不是文艺可以脱离政治。文艺是不可能脱离政治的。”①

文本诗学的立场与阐释困境中的突围。如果说“十七年”文学经典的批评可以找到文学的政治意识形态这一条主线的话，那么是否可以说相对而言，有另外一条追求艺术纯粹自主的潜在线索呢？笔者认为未必。文学的政治功利性事实上是当时人们的共识，对文学权威标准的叛逆和挑战，也只是以这一确信为前提的艰苦盘旋。通过以文学经典的批评作为考察的中心对象，我们可以发现在文学批评中时时奔突着挣脱政治羁绊的颠覆力量。第一，如何解释古代文学作品一直具有经久不衰的魅力；第二，具有经久不衰的艺术魅力的文学经典，实际上彰显着文学具有解放心灵、情感共通的功能；第三，在批判经典的批评标准之下，新的经典何以解决历时短促，以及实际存在的公式化、概念化现象？

最后，应该看到，从当时古代文学经典的研究状况来看，其文化生态并不是我们所想象的是一元化权威话语的天下。一元化的政治哲学虽然占绝对主导地位，但文本诗学并没有被彻底贬黜到历史边缘。如果承认文学的定义并不是唯一的，那么就应该能容忍，实际上也无法回避文学经典的批评应具有的历史感、开放性。古代文学研究中自由、民主的争鸣风气相对来说是有坚定的学术立场的。

---

① 邓小平：《目前的形势和任务》（1980年1月16日），《邓小平文选》第2卷，人民出版社1994年版，第241页。

中国古代文学经典的批评中所存在的问题根源在机械论和庸俗社会学。这是我国极左文艺思潮、路线的理论支柱，它来源于苏联的“拉普”文艺思想、程朱理学和政治上左倾思潮的糅合。它运用社会学、政治学来机械地解释文艺问题，讲文艺“从属于政治”，以政治代替文艺，以政治学代替文艺学，否认艺术的独立性和特殊性。具体文艺批评运作往往凸显党性、阶级性、人民性，这一时期的古代文学批评对基于文学自律性发展为中心的语言特色、审美价值、艺术成就等关注不够，带有强烈功利色彩的社会历史批评成为笼罩学术界的主导意识形态，也成为研究者的自觉的意识形态追求。实际上是以对作家个人生活和主观思想感情的研究来替代或引申出对作品形象世界的客观意义或美学特色的研究，许多研究者操着这套半生不熟的理论术语，力图把作品研究还原为作家个人主观的政治态度和思想态度的理论表白。这样的文学研究已经和真切准确地理解阐释中国古代文学的原貌有了相当大的距离。通过对这一时期学界发生争鸣的热点问题进行历史性的梳理和内在学理的逻辑分析，我们可以看出论争的动因在于如下几个方面：一是资产阶级唯心主义思想与社会主义现实主义批评之间的矛盾，例如新中国成立初期关于《红楼梦》、胡适文学批评思想的大讨论；二是不同类型的知识分子之间，由于立场、经历、趣味等方面的差异而导致文艺观念与实践的冲突；三是马克思主义文学批评思想与国家意识形态批评之间的内部矛盾。对于批评动因的复杂性认识有利于我们采取历史主义的态度在清理批评理论与实践的失误时，同时看到解决历史问题的、可能的革命性的因素。

第四节　古代文学研究的美学问题

蔡仪曾经在20世纪40年代出版了《新美学》，他提出的建立在唯物主义反映论基础上的客观论美学，成为一种国家主义的美学理论。他首次给“美”作了一个真正的本质定义：“美是客观事物显现其本质真理的典型”，这在美学方法论上无疑是一个飞跃。然而，这一美学方法在具体的文学批评实践中的运用，其效果并不很理想。

下面具体结合古代文学经典与外国文学经典的批评分别予以阐述。在中国古典文学研究方面，“双百方针”期间，学院派的批评家贴近文学的形式与审美特性指出了当时存在的问题与解决的途径。

一 关于李煜词的评价

(一) 何其芳的李煜词研究

北京大学文学研究所古代文学组集体讨论如何评价李煜的词，何其芳发表了一番结论性的意见，涉及四个层面。

1. 李煜词的内容分类

何其芳认识到李煜的词作从内容上来说十分丰富庞杂，因此眉毛胡子一把抓的话，往往会将研究对象过分简单化；或者攻其一点，不计其余的话，也容易直接肢解词作本意。因此，何其芳紧扣作品题材，把李煜的词按照内容分为三类来分别论述。

何其芳在思考问题的方法论上，指出了非黑即白、非对即错这种绝对冲突论思维的弊端。他说："第一类，反映宫廷生活的。以直接描写宫廷生活为主要内容的有四五首。这些词当然不能说有较高的思想性，但也不能说它就是反人民的反动作品。"既然不是"反人民的反动作品"，那么全盘否定就显得不留余地。

"我们会上有同志说文学既然是上层建筑，不是人民的便是反人民的，这正像过去有人说'不革命就是反革命'一样。这种简单的公式是十分错误的。文学当然是上层建筑，但文学这种上层建筑有它的特点，并不像政治法律那样。"① 何其芳在指出对立论思维的荒谬性的同时，还区分了作为上层建筑之一的文艺具有与政治、法律不同的属性。

针对当时人民性的文艺评价标准盛行于批评界，何其芳认为即使李煜词够不上人民性，但是也不是没有社会历史的认识价值。"第二类，描写男女生活和描写女子的生活及感情的，这类词相当多。当然，也找不出人民性来。这里面本来没有什么值得特别称赞的思想性。也不妨当作一幅古代的图画看待。我们对于故宫博物院珍藏的许多类似这类内容的古代的图画从来没有发生争论，为什么对于这类文学作品就另眼相看，不是给它们

① 乔象钟整理：《如何评价李煜的词》（北京大学文学研究所古代文学组集体讨论），《光明日报》1956 年 5 月 20 日第 3 版。

加上‘反人民’的罪名，就一定硬要从它们找出‘人民性’来呢?”[1] 何其芳的这一番机智的辩解，实际上大大扩充了古代文学作品的阐释空间。

何其芳指出，李煜词的思想内涵十分复杂，需要有区分地对待。“第三类，描写亡国之恨的。这类作品也不少。这是李煜词中最有思想性的部分。但看看究竟有些什么思想呢？大致是这样一些：‘往事’、‘故国’、“愁”、‘恨’、人生如梦，等等。从这样一些思想内容看来，不能讲这些词有很高的思想性。这样的内容，不能说这里面有很高的思想性。但其中的某些部分，如别离之情，如人生愁恨，在旧社会里是普遍存在的，是有典型性的事物，因而能引起历代读者的同情和共鸣。就是说，这些内容还是比较好的。再加上在艺术表现方面他把这些内容表达得很好，很动人，这样就赢得很多读者的衷心的喜爱了。”[2] 何其芳在上述分析中提出了情感共通性，即共鸣的美学问题。他含蓄地从读者喜闻乐见的实际情况，指出了古今读者在人生共同的命题上，是存在对话性的，而且应该宽容对待。

2. 李煜词的艺术成就

当时有学者认为，学术界对于李煜词的艺术性重视不够，对此何其芳表示赞同。他说：“正如同志们所说的，他的有些词的概括性很高，概括了人生中一些典型的、共同的、容易打动人的东西。尽管李煜的离愁和亡国之恨和人民的愁恨的具体内容是有差别的，然而因为有些词的概括性很高，人们就只感到共同之处而无从或很难觉得有差异了。”紧接着，何其芳提出李煜词艺术性的三个方面：(1)“李煜的许多词形象性都很强，特别是富于诗歌的形象性的特点。”(2)“他的那些成功的词都是语言很精练，很优美，很自然，容易被一般读者所接受。这一点和许多堆砌辞藻的有形式主义倾向的词很不相同。”(3)“整个作品形式的和谐，完整，几乎句句精彩，感觉不出来格律的拘束，这也是李煜的那些成功的词的艺术特点。”[3] 何其芳紧扣词作的形象、语言、形式进行具体的美学分析，具有很强的说服力。

---

① 乔象钟整理：《如何评价李煜的词》（北京大学文学研究所古代文学组集体讨论），《光明日报》1956年5月20日第3版。

② 同上。

③ 同上。

也许何其芳预料有人会批评他只是偏重李煜词的艺术性而忽视其思想内涵，他直接指出："李煜的词的内容并不怎样反动"，"并不怎样"这样的判断很有弹性，为自己留下了辩护的余地。何其芳说："大家喜爱李煜的词，是和它的艺术性很高分不开的。当然，如果内容反动，就是艺术性很高，我们也是决不会喜爱的。但李煜的词的内容并不怎样反动，其中有一部分还可以引起人们的同情和共鸣。在这样的条件下，艺术性高就很有助于它的内容的丰富、生动和感染人。"① 上述分析中，何其芳进一步指出李煜的词有一部分能够引起人们的"同情和共鸣"，并且认为其高超的艺术魅力更好地传达了所要表达的思想内容。

3. 李煜词的艺术性与思想性的关系

在上面的论述中，何其芳已经提到李煜词的艺术性与思想性存在相得益彰的统一性关系，但是为了加强论证的严密性，何其芳又指出二者的关系存在着四种不同的情况。"有同志认为像李煜的词这种流传很久的作品，它的思想性与艺术性便一定是一致的，这并不符合事实。文学作品的艺术性与思想性虽说不可截然分开，两者是互为影响的，但在这个问题上，还是存在着不同的情况的。我想，可以有这样几种作品：（一）思想性和艺术性都很高的作品，如屈原、李白、杜甫的诗歌和《水浒》、《红楼梦》等小说都是；（二）思想性不很高，但也不反动，而且拥有一些能够引起人民共鸣的东西，但艺术性却很高，如李煜的词便是这样的作品；（三）思想不好，但也有较高的艺术性，如波德莱德的诗和散文诗；（四）思想性和艺术性都相当低或很低的作品。不承认有这样的客观事实，是说不通的。"② 上述四种类型基本上概括了艺术性与思想性的各种可能性。

4. 李煜词的现实主义问题

何其芳直接提出一个命题："李煜的词是不是现实主义的作品？是不是有人民性？"他的表述和措辞非常准确而又谨慎，他说："他的那些成功的作品（也有一些不成功的作品）是具备了一些现实主义的特点的。尽管反映的生活很狭窄，但有真实性和典型性。有真实性和典型性的作品应该承认是现实主义的。"何其芳认为李煜的"那些成功的作品"具备

① 乔象钟整理：《如何评价李煜的词》（北京大学文学研究所古代文学组集体讨论），《光明日报》1956 年 5 月 20 日第 3 版。

② 同上。

“一些现实主义的特点”；言外之意是指，并非所有作品都具有完整的现实主义特征。他的理由是，尽管有些作品反映的生活范围很狭窄，但是具有真实性和典型性。那么，有现实主义特点，是不是一定具有人民性呢？何其芳很明确地指出：“至于是不是有人民性，我想可以这样肯定地说，人民性绝不是李煜的特色。不能把人民性作为现实主义的条件。如果这样，非把人民性的概念弄得糊涂起来不可。”[①] 何其芳在此的理论贡献是，他用实例清晰地区分了现实主义与人民性的边界，他之所以这样做是因为学术界关于古代文学经典作品的评价方面存在着许多概念模糊或者理解的误区。

何其芳列举了这种错误判断的类型：“有同志说：‘难道用人民性、爱国主义等来评价作品，这就错了吗？抛弃了这些概念，我们还有什么尺度呢？’”对此，何其芳陈述的理由是：“并不是说这些名词就不可以用。问题在于第一，有些同志对‘爱国主义’、‘人民性’的概念的了解就是模糊的。自己以为用来衡量的是一个标准尺，实际上却是各人私造的差别很大的尺。第二，有些同志的研究方法是教条主义的，牵强附会的。不是客观地实事求是地去研究李煜的全部的词，去分析它们的思想内容和艺术成就，去找出它们的主要的特点，然后得出科学的结论，而是从概念出发，而是以为一切好的作品都必然有人民性和爱国主义，而是作品本身本来没有这些特点，却不惜牵强附会地去把它们制造出来。”[②] 何其芳指出，主要的错误是概念模糊和教条主义。他痛心疾首地指出：“如果不抛弃这样的研究方法，我们的学术水平是很难提高的。这种凭几个概念（而且是对它们本身的了解都还很模糊的概念）就去评价文学作品的简单化公式化的错误倾向现在是颇为严重的。除了‘人民性’、‘爱国主义’、‘人道主义’这样几个概念而外，应该指出，今天还有一些很流行的廉价的标签，那就是‘民族思想’、‘市民思想’、‘资本主义萌芽’、‘新兴人物’等等。”[③] 正因为在双百方针的自由氛围中，何其芳才有可能畅所欲言。允许思想的自由，才有思想的解放与创造。

---

① 乔象钟整理：《如何评价李煜的词》（北京大学文学研究所古代文学组集体讨论），《光明日报》1956年5月20日第3版。

② 同上。

③ 同上。

何其芳上述关于李煜词的分析，其文字记录来自乔象钟在讨论会上的整理，因为这是何其芳的现场讲话，因而对于问题的判断开门见山，单刀直入，语气上带有急切的批评口吻；作为口头表述自然而真实，袒露了个人的真知灼见。他的上述讲话堪称“十七年”文学细读批评的典范之作，充分体现了他作为诗人文学感觉的敏锐性，作为文艺理论家清晰的概念表述与严谨的推理能力，以及作为学术界领导倡导民主、追求真理的科学精神。

（二）徐懋庸关于李煜词的评价

徐懋庸认为人类有共同的人性，在阶级社会里人性就带有阶级性。这种观点在20世纪60年代的人性论讨论中并不见得很特殊。他的独特之处在于：

第一，他指出：“在阶级社会里一般人性被阶级性排挤到人性的次要地位，而且往往因阶级性而变质，特别在阶级斗争剧烈的时候，一般人性常常似乎完全消失了。”这对于纠正因为坚持阶级性而否定人性论有补救时弊的意义。

第二，徐懋庸认为“赤子之心”是人民性的基础。徐懋庸不同意根本否认人性存在的阶级性，因为这样的理论解释不了社会生活中的许多实际问题；特别解释不了李后主的词为什么能够感动人民之类的文艺问题，“至于在实践上，那些不承认人性而自以为无产阶级性极强的人们，则不过使自己的行为变成矫情，并且不能懂得别人的心理；而在创作上，也只会使得作品中的人物显得不合情理”。①

徐懋庸坦承自己无论过去还是现在，都很爱读李后主的词，深受感动。他追问背后的缘由：“李煜的词里面，总有一些什么东西，与一般人的生活经验和思想情感有某些共同的地方，不管那是不是爱国主义或人民性。”② 他不同意有些人为了证明李煜的词有爱国主义和人民性，就说南唐的经济是发展了，因而李煜的政治是进步的。他认为李后主的词有王国维所说的“不失赤子之心”，而他的作为皇帝的短处，却成为“词人所长

---

① 徐懋庸：《徐懋庸右派言论摘要》，《中国科学院右派分子言论材料汇集（二）内部资料》，中国科学院整风领导小组办公室编印，1958年10月。

② 同上。

之处”。徐懋庸认为正是“赤子之心”——“尚未形成的儿童的那种心理状态，在阶级意识形成以后，这种心理状态似乎也多少会留下一点，而使不同阶级的人们普遍相通的，好像也就是这东西。这东西不能叫做人民性，但它是人民性的基础。”①

第三，李煜的词是有爱国主义、人民性和真挚的爱情的。有的人说李煜既然是皇帝，一定不会有爱国主义和人民性，而且不会有真挚的爱情。徐懋庸认为，既然《红楼梦》里面的“贾宝玉对林黛玉可以有真挚的爱情，而李后主对小周后却不能有呢？为什么，大贵族出身的曹雪芹的作品可以有人民性，而且那么高，而李后主一定不能有呢？大贵族的公子哥儿，同皇家的太子和皇帝，从阶级观点上看来，到底有什么本质的区别呢？同是皇帝，俄国的彼得大帝可以有爱国主义，而李后主为什么一定不能有呢？莫非因为，李后主是在亡国以后才爱起国来的，所以不能算数么?”② 白居易的《长恨歌》里的“唐玄宗对杨贵妃的爱情之处，也是动人的地方，使我们觉得虽是皇帝，也还是可以有真挚的爱情的。倘不承认这一点，那么，《长恨歌》也得重新估价了。”③

徐懋庸固然不同意王国维说李后主的词“真所谓以血书者也”，还说他“仅有释迦基督担荷人类罪恶之意”，他认为这种评价太高了。“但是我现在也不能同意对李煜的词的思想内容贬得一钱不值，只给他留下一个没有思想或只有反动思想的很高的艺术性。”④

在不同的场合和语境中，周扬的观点往往并不一致，他的书面文字字斟句酌，而现场讲话中往往与主流观点跟得不够紧，显露出自己的部分真实心意。1959 年 4 月 17 日，周扬讲话指出：“去年的学术批判、破除迷信……是有过分的……人民能欣赏古代作品，这就是古为今用，山水诗、画不一定有阶级性……你们在座的同志也是做了很多的工作，尽管你们的工作受到了批评，但还是有好处，给了人们知识。”并提出今后“多作学术上平等、自由的讨论，不管地位如何，在学术问题前面一律平等”。他号召

① 徐懋庸：《徐懋庸右派言论摘要》，《中国科学院右派分子言论材料汇集（二）内部资料》，中国科学院整风领导小组办公室编印，1958 年 10 月。

② 同上。

③ 同上。

④ 同上。

大家“要有勇气，不怕批评，不要有‘后顾之忧’”。[①] 周扬在激进的文艺理念的支配下，在揣摩高层意图、贯彻政策的同时，往往又力不从心。

二　文学史研究的“百家争鸣”

1956年7月15日《光明日报》发表了《笔谈“百家争鸣”》[②]。王瑶提出：要使大家能够积极从事研究，那我们对古典文学研究的范围的理解，就不能过于狭隘。对某一具体作品进行思想性和艺术性的分析固然是极重要的，但这绝不能说是关于古典文学研究的全部范围。举例来说，对于产生作品的时代背景的研究，对于某一文体形式的特点和发展过程的研究，对于作家生平事迹和他的创作过程的研究，对于某些史实和作品文字的考订，以及关于文学史的分期、体例等许多方面的研究都是非常需要的。其中有一个最突出的问题是，传统文学关注考据、讲求史料的研究方法，被批判为形式主义、唯心主义。王瑶认为文学形式与形式主义是有区别的：

> 我们不能认为研究文学形式就一定是形式主义，研究历史背景就一定是庸俗社会学，这需要作具体分析。仅由研究的对象或问题的本身并不就能直接断定研究者的观点和方法，研究同样一个问题可以是马克思主义的，也可以是唯心主义的。

王瑶针对学界某些强词夺理、盛气凌人的研究风气，提出了要保持扎实、诚恳的研究态度。他总结道，“百家争鸣”并不取消批评，我们不但提倡“鸣”，而且还要“争”。但学术批评也应该建立在研究的基础上，不能过于简单化。如果认为别人是错误的，最好自己也有正面的看法。[③]

苏仲翔指出了研究美学风格这一文学传统继承的重要性。他认为“发掘传统”，应该“先立其大”。首先要对什么是“中国古典文学的优良

---

① 王平凡口述，王素蓉记录：《文学所早期大事记》，《中国作家》2010年第22期。

② 《光明日报》文学遗产栏目《笔谈“百家争鸣”》，1956年7月15日。刊登了王瑶、李嘉言、唐弢、舒芜、苏仲翔、施蛰存、隋树森、傅庚生、霍松林的讨论文章。

③ 王瑶：《对在古典文学研究领域贯彻“百家争鸣”方针的意见》，《光明日报》1956年7月15日。

传统’这一问题”，“必须在最大的一致上予以确定”。“人民性和现实主义传统，当然是不错的；但仅仅指出这点，还是不够。”“无论古今中外，诗词剧曲，凡是真能反映生活、批判现实、启发人生的，都是如此。”更重要的是，“必须更进一步，从不同的角度，指出它的风格面貌，精神实质”。他具体指出：到底诗经的“美刺比兴”的诗教、楚词的“芬芳悱恻”的风格，建安文学“苍凉激越”的情感，和乐府诗“一唱三叹”，“徘徊流转”的情调，给了后人什么影响？李白的“飘逸”和杜甫的“沉郁”，又有哪些不足？他们俩在古典诗坛上所开辟出来的道路，在整个文学史上又起了哪些作用？从“东山”、“采薇”到屈原的“离骚”，蔡琰的“悲愤”，乃至杜甫的“北征”；从曹植的“赠白马王彪”到“西洲曲”、“春江花月夜”，其间有什么线索可寻？从司马迁、嵇康、杜甫、关汉卿、罗贯中、吴敬梓到鲁迅，那批判的现实主义传统，又是怎样继承和发展的？过去关于这方面，谈得不多。①

霍松林指出了当时新著的几部文学史的显著问题：许多从事古典文学研究的人认为只应该研究现实主义作品，对于反现实主义作品则不敢接触。他进一步分析了当时文学研究存在的问题：“古典文学研究不仅没有达到应有的广度，而且没有达到应有的高度。”具体表现是：

> 许多古典文学的研究者，有的简单地根据作家的主观意图或阶级出身判断作品的进步性或反动性；有的用考证、用对历史情况的分析或对作家传记的分析代替对作品的分析；有的分析作品了，但只分析其中的某些具有社会意义的历史现象而不去分析艺术典型；有的分析典型了，却简单地给人物划阶级成分，而不去从典型环境中分析人物的典型性格及其思想意义；有的用随手拈来的“人民性”、“现实主义”、“爱国主义”、“人道主义”、“市民思想”等等任意地贴在作家和作品身上；有的用理论、教条硬套作品……

他总结道，能用马克思列宁主义的立场观点方法具体地、历史地分析、评价作家和作品的思想和艺术的人，虽然非常需要，但暂时还几乎没有。因而在古典文学研究领域中，起初是没有批评，没有争论；《红楼

① 苏仲翔：《莺啼处处同》，《光明日报》1956 年 7 月 15 日。

梦》问题引起讨论以后，虽然好一些，但或者一篇批评就成了法院的判决书，或者发生了争论，而争来争去，争论的双方都在原地踏脚，争不出结果，《长恨歌》和李煜词的讨论就是这样的。霍松林认为要改变这些情况，有一种工作是特别重要的，那就是，领导部门和报刊编辑部应该结合对古典文学研究的十二年规划，有计划地培养“专家”。每一个古典文学研究者，应该在具有一般知识的基础上着重地、深入地研究某些作家和作品，使自己成为精通某些作家和作品的“专家”。①

在研究中国文学史和评论古代作家作品时，何其芳坚持历史唯物主义原则，从客观实际出发，对作家的思想、生活和全部作品进行了综合研究，并放在当时的历史条件下加以考察。他不拘于前人的结论，而是从自己的深思熟虑中作出应有的判断。他的文章观点鲜明，立论坚实，分析精确，很有理论水平。1959 年，高等院校编写了几部中国文学史，把中国文学的发展概括为现实主义和反现实主义的斗争，把民间文学说成是中国文学的主流。何其芳对这些重大的文艺理论问题，进行了认真的研究，提出了自己不同的看法。何其芳提出，文学史的编写原则应当是，“一，准确地叙述文学历史的事实；二，总结出文学发展的经验和规律；三，对作家和作品评价恰当”②。在外国文学的研究方面，杨周翰的探索具有重要的启示价值。

据新华社报道说，全国综合大学一百多位文学史学专家根据百家争鸣的方针审订教学大纲。这次之所以全国范围内审定大纲，受到当时思想氛围影响，因为有人敢于发出改革的呼声。“‘百花齐放，百家争鸣’的方针提出后，曾经有教授认为教学大纲对教师的约束性太大，限制教师发挥自己的见解，因此应该取消教学大纲。有的教授认为可以有教学大纲，但只能作为参考。”③ 专家们就教学大纲的存废展开了热烈的争论，在肯定大纲功能的同时，也指出了教学大纲产生的限制性问题。“这次会上，专家们首先接触到的问题是高等学校的教学要不要教学大纲？教学大纲和‘百家争鸣’有没有矛盾？经过讨论，一致认为教学大纲一定要，而且是

① 霍松林：《百家争鸣与古代文学研究》，《光明日报》1956 年 7 月 15 日。

② 何其芳：《文学史讨论中的几个问题》，《何其芳文集》第 6 卷，人民文学出版社 1984 年版，第 91 页。

③ 新华社：《全国综合大学一百多位文学史学专家根据百家争鸣的方针审订教学大纲》，《人民日报》1956 年 7 月 24 日。

教学中重要的指导性文件。专家们认为，近几年来，高等学校学生的一般水平有普遍提高。各校采用了统一的教学计划、教学大纲，使学生能够接受比较完整和系统的科学知识，这是原因之一。但是，过去的缺点是把教学大纲‘法律化’了，因此影响了‘百家争鸣’。对于一些学术问题的阐述，只谈一种意见，不介绍别的意见，使学生的眼界不开阔，不能充分发挥他们独立思考的能力。”[①] 最后的解决办法是，同意审订现有的教学大纲，并且允许大纲的多元化。“经过讨论，专家们得出的一致意见认为，某些课程有重大意见分歧时，除了这次审订的教学大纲外，还允许有第二、第三个教学大纲；学校只要经过教研组讨论，得出一个系统的说法来，向高等教育部备案后，就可以不采用前一种教学大纲。教师在课堂教学时，除了应该忠实地按照大纲教学外，还允许谈他自己的看法。如果个别教师还有不同的看法，还可以允许在高年级开讲座，让研究生和高年级学生来研究他的学说。专家们认为，这样，不仅可以保证学生一定的质量，没有限制‘百家争鸣’，还可以防止在教学中只讲授某一学派的见解，抹杀其他学派的成就这些缺点。”[②] 难能可贵的是，这次讨论认为，教学活动在遵循大纲的同时，也允许不同意见的存在，从而既保障了教学内容的统一性，也承认了教学、科研一定程度的自由性。

在《中国文学史》教学大纲的编撰中，编年史和体裁史的形式都受到了认可。“讲授中国文学的教授和研究中国古典文学的专家，在审订《中国文学史》的教学大纲时，也展开了热烈的论争。对于《中国文学史》的编写，存在着按年代编写和按体裁编写两种看法，最后一致同意按年代编写，并且指出按体裁编写使人不能了解一个作家的主要成就等一些缺点。不过，文学史不同于经济史、政治史、哲学史，所以在掌握这个编写原则时，专家们认为还需要有灵活性。如有的不能判断年代时，还可以按体裁编写。他们认为高等学校讲授《中国文学史》，主要是让学生了解中国古典文学发展的面貌，培养他们研究古典文学的能力，因此讲授时必须重点突出。”[③] 教学大纲的制定，既是教育活动有序进行的保障，同

---

① 新华社：《全国综合大学一百多位文学史学专家根据百家争鸣的方针审订教学大纲》，《人民日报》1956年7月24日。

② 同上。

③ 同上。

时也是国家意识形态部门控制知识生产与传播的手段。这次教学大纲的重新审订，实事求是解决了中国文学史教学的现实问题，同时也激活了思想的自由。

三　乔象钟论古典诗歌研究的艺术分析问题

1959年10月4日，《光明日报》发表北京大学学者乔象钟的《关于古典诗歌研究中的艺术分析问题》一文。乔象钟是著名美学家蔡仪先生的夫人，其学习历程十分丰富。她于1944年就读于重庆中央大学，1954年毕业于北大政治经济研究生班。曾经任中央美院政治经济学教师，最后的工作单位是中国科学院（即后来的中国社会科学院）文学所研究员。据笔者对于"十七年"中国古典文学研究的考察，乔象钟的学术贡献和特色没有获得应有的重视。她的古代文学研究坚持历史唯物史观，从文本事实出发，言必有据，言之成理，很少有理论先行，以论带史的问题。尤其值得肯定的是，她的文学研究十分重视艺术性的分析，更贴近文学的本身。她从艺术的角度对新中国成立十年以来古典诗歌研究中取得的成绩和存在的问题，进行了中肯的评价和分析。

乔象钟对新中国成立十年以来的古典诗歌研究成就作了总体的概括，她认为，运用马克思列宁主义的思想观点可以使诗歌研究，"得到比较正确的理解，作出比较正确的评价"。"研究者大致能够从社会观点、阶级观点来研究古代诗歌，并能从反映现实的角度来探索那些至今受人喜爱的作品的人民性、爱国主义等方面的成就。由于这一正确的基本方向的引导和研究者的潜心钻研，不少论著在这方面作出了好的成绩。应该说，这是十年来古典诗歌研究中成绩的主要方面。"① 尽管如此，乔象钟要讨论的重点不是现有诗歌研究在思想性层面所取得的成果，她发现"和考察诗歌的思想性的文章相较，讨论诗歌形象艺术的文章较少；而且一般说来，讨论得也不够深入细致。这说明了研究者对这方面的问题可能还重视不够；然而却不是没有成绩，而且对所取得的成绩也不能估计过低。"② 尽管她表示并不能过低评价古代诗歌艺术研究的成就，但是乔象钟显然认为

① 乔象钟：《关于古典诗歌研究中的艺术分析问题》，《光明日报》1959年10月4日。
② 同上。

也还存在诸多不足的地方。她总结了学术界在古代诗歌研究的表现技巧、形象和典型方面所取得的成就，同时指出了存在的问题及其成因。

（一）关于表现技巧

乔象钟认为，我国文艺理论史上对于诗歌艺术性的探讨有着悠久的优良传统。“例如刘勰的《文心雕龙》、钟嵘的《诗品》以至宋代以后发展起来的诗话，对诗歌的艺术分析，无论是关于遣词、造句、音韵、格律，以至诗的形式和意境的创造，或一篇诗的风格的清新或典雅，都有不少讨论的意见。”她提到这些古代文论的艺术研究的成果，是为了给自己谈诗歌的艺术问题确立一种学术史的依据。从当时的历史语境来说，如果没有这样的铺垫的话，有可能给人以“形式主义”、“唯心主义”研究的口实。同时，也为了避免有人攻击她过高评价古人的艺术研究成就，她不忘补充说：“古代作家所留下来的这些意见还缺乏条理，不够完整，有些不免带着形式主义的观点，然而毕竟还是有许多很好的意见，值得我们重视的。”① 在辩证说明古人成就的同时，乔象钟也适当肯定了新中国成立以来学术界的研究进展。“解放后，有些研究者能承继我们前人的这一优良传统，在一些文章中论到诗歌的语言、音调、描写技巧及风格特点，等等。有的比过去的议论还较为切实而全面，这不能不看作是一个进步。”② 乔象钟谈古论今的时候，多方观照，面面俱到，唯恐留下漏洞，除了思虑的严谨性之外，我们作为后人应该明白乔象钟的苦心，她提出诗歌艺术这一话题，在当时的学术批评气氛中存在一定的风险。正如本书多处地方所说明的，当时的文学研究偏重于作品的思想性，而较为忽视美学分析。在进入具体的评述之前，乔象钟又从学理的角度正面指出研究诗歌艺术的本体价值，她说：“在文学中，诗歌的特点是带着鲜明的韵律和节奏，特别要求语言精练，并富于形象性。因此在谈诗歌的艺术性时谈语言、音调，的确是有着它的特殊的重要意义的。”③

乔象钟列举了许多诗歌艺术研究的范例，笔者实录如下，也借此了解“十七年”期间学术界研究诗歌的贡献。

---

① 乔象钟：《关于古典诗歌研究中的艺术分析问题》，《光明日报》1959年10月4日。

② 同上。

③ 同上。

> 冯至所写《杜甫诗选》的序言和萧滌非的《杜甫研究》中，对杜甫诗歌在语言艺术的造诣上，都谈得比较详细。他们认为杜诗的语言在“概括”、“准确”、“变化”等方面都达到了十分精练的程度，但又十分自然，能把散文的“自然”完美无缺地熔铸在整齐的诗句里又加以音乐化。另一方面，杜甫能适应各种形式的诗体，使得每个形式在他的手里都得到发展。毫无疑问，他们对杜诗的形式美是作了比较认真的研究与分析的。又如齐治平在《陆游传论》一书中，对陆游诗歌在语言、韵律、对仗、描写等方面也作了细致的分析与评论。他认为陆游很善于炼字琢句，又能大量采用提炼民间的口头语入诗以增强自己的表现力。在格调方面，陆游也善于从天籁和音乐中去领悟，所以他的诗读起来既清新而又转折自然，又由于陆游巧于对仗、比喻，写景诗又能仔细刻划，着意渲染，所以他的诗结构凝练而色泽鲜明。①
>
> 如余冠英在《汉魏六朝诗选》的前言中对阮籍、陶潜等诗人都有较为概括的评论。在谈陶诗时，把陶潜的生活、思想简要介绍后，说陶诗“把深郁的感情表现得很平淡，风格是淳朴的”。看来虽然简单，但很中肯。比苏东坡所谓“质而实绮，癯而实腴”更容易使人理解。②
>
> 又如在《宋诗选注》的诗人小传中，选注者钱锺书十分注意对诗人艺术特征的分析，其中的《苏轼小传》是最有代表意义的。他认为苏轼的诗在风格上的特色是比喻的丰富、新鲜和贴切，用多方面的描写和衬托的方法，使得被描写的对象的本相毕露。并说：“上古理论家早已着重诗歌语言的形象化，很注意比喻；在这一点上，苏轼充分满足了他们的要求”。③

在此基础之上，乔象钟指出，谈诗歌艺术的表现技巧不能脱离作品的内容。“虽然许多文章都谈到古代诗歌的表现技巧，而情况也很不一样，有的所谈不能很好地结合内容，因此不仅显得空洞，而且给人一个印象，

① 乔象钟：《关于古典诗歌研究中的艺术分析问题》，《光明日报》1959年10月4日。

② 同上。

③ 同上。

似乎表现技巧可以离开内容，单纯地作为文艺评价的标准，也就是还表现了旧的形式主义的残留痕迹。另外有些是结合着作品的内容和思想性来谈的，这样所作的评价，自然也就比较具体而切实。”① 乔象钟的这一观点在下面的总结部分也有提及。

（二）关于形象

乔象钟认为：“文学艺术是以艺术形象来反映现实，形象性是文学艺术的根本特征，这是我们所熟悉的。解放后不少研究者企图从诗歌作品中的形象来探索它的艺术成就或作家的创作特征，这自然是很有意义的事。”②

乔象钟列举了如下一些可圈可点的范例。第一，开拓了诗歌中的女性形象研究。“李白诗歌中有不少是描写妇女形象的。在历史上虽曾受到有些人的责难，解放后，我们的研究者们就有了显然不同的看法。如胡国瑞的文章曾谈到李白诗歌中各种类型的妇女形象，并从分析中使我们可以了解李白的人道主义精神和他对当时重大问题的态度。”③ 第二，从诗歌艺术形象的角度研究李煜词，突破了只谈人民性与爱国主义等思想内容而无法全面评价李煜创作的缺陷。她说，在李煜词的评论中，“我们可以看到最初只是谈人民性和爱国主义，而且主要是从作者方面来谈，没有从作品来谈，因此不能得到一致的意见。以后逐渐明确到应该主要从作品所描写的形象及其意义来评价。在后来几次的讨论中，大家一致认为李煜词感染人的，主要是他通过高度艺术技巧，真切地写出了具有特点和意义的形象。李煜所写的虽然是个人生活小圈子，但它富有一般特征。他的一些描写感时怀旧、别恨离愁的作品所以被人称道，不仅是因为他描写了这种题材，更因为他以自然生动有感人力量的形象描写了别离的情感。虽然在他的词中，表现别离情感的真切和深刻依然有程度的不同，但是作为词人来说，他较之其他也同样描写这个题材的人的成就是杰出的。这当然由于他对于离愁别恨的感受是真切的，深刻的。李煜词的形象性都很强，特别富于诗歌的形象的特点。”乔象钟这里反复强调的是，虽然李煜词的生活范

① 乔象钟：《关于古典诗歌研究中的艺术分析问题》，《光明日报》1959 年 10 月 4 日。
② 同上。
③ 同上。

围不够开阔，但是李煜词的艺术价值在于：（1）真切地写出了具有鲜明特点和丰富意义的形象。（2）李煜词的艺术形象真实、感人而深刻。（3）李煜在同类型诗人中取得了杰出的成就。归根到底，乔象钟认为李煜词的成功是因为他体现了诗歌艺术的美学本质，即艺术形象的真实、深刻、独特而感人。因此，乔象钟认为："即以李煜词的讨论而言，从李煜的身家和南唐社会状况如何来确定李煜词的人民性和爱国主义问题，进而谈李煜词的艺术形象的效果，当然就是把问题推进了一步。"①

（三）关于典型

针对当时学术界关于典型理论是否适合抒情诗评价的问题，乔象钟没有正面做出回答。"在谈形象的基础上，有些研究者也进而研究了抒情诗的典型问题。虽然对于这个问题的理解还不一致，值得进一步的探索，不过这个问题却是非常重要的。研究者们在这方面的努力也很值得注意。"她结合何其芳的批评实践认为，在现有诗歌艺术研究中，典型论的分析方法所取得的成就不可忽视。

第一，屈原作品的艺术形象具有独创性。"1953年屈原逝世二千二百三十周年纪念时，何其芳所写的《屈原和他的作品》一文，便是最初谈到这个问题的文章。何文认为屈原的作品内容，不止对当时社会生活的重要方面，有它的独特意义；而且他的艺术成就也突过了当代以至若干时代的水平，表现出极大的独创性。屈原在艺术方面的贡献，首先在于第一次创造了十分有个性的诗歌，而且大大地扩大了诗歌的表现力。作者以《离骚》为例，分析了屈原作品的形象意义，他认为《离骚》是很政治化的，但是屈原在《离骚》中却以丰富动人的形象构成了一个雄伟的整体。"第二，屈原创作了奇幻而丰富的艺术形象，构建了"完整的巨大的"，具有崇高美的艺术"建筑物"。"他表达他的理想不能实现而无人了解的痛苦的时候，不只是作了直接的叙述，而且以一些想象中的经历的描写来加强艺术的效果。《离骚》就是这样含混着事实的叙述和幻想的描写，内容丰富而又结构完美地在我们面前构成一个完整的巨大的形象，构成一个具有美学中所说的那种崇高美的不朽建筑物。"第三，屈原创造了自然和人生中最具情感魅力和语言表现力的典型形象。"作者还认为屈原

① 乔象钟：《关于古典诗歌研究中的艺术分析问题》，《光明日报》1959年10月4日。

的某些短小作品也善于从自然和人生里面捕捉那种最有典型性的形象，最能唤起读者的想象和情绪的活动的形象，而又用十分单纯十分优美的诗的语言去表现出来。”① 乔象钟还引用李嘉言的《屈原“离骚”的思想与艺术》一文，说明“屈原所创造的典型是一个对祖国热爱，对‘仁政’理想的追求，坚持自我锻炼，不与恶势力妥协，以至宁死不屈的典型形象。诗人所塑造的典型的艺术价值及其感人魅力之深之大，具体就表现在这里，表现在对于典型人物的内心世界，内心矛盾的深刻刻画上面。”②

（四）古典诗歌艺术研究存在的问题

乔象钟认为：“十年来由于对古代诗人进行了较为深入细致的研究，因此他们都或多或少地探索出这些作家在创作上的一些艺术特点。不过，十年来在古典诗歌的研究论著中，谈到艺术分析的还是为数不多。”③ 她认为产生这些问题的原因是：“这大约因为就我国传统来说，系统而又全面地对作家进行艺术分析还是一件比较生疏的工作。”④“我国古代叙事诗不太发达，现在留存的绝大部分的诗歌都是抒情诗，所以这里说的对古典诗歌的评价问题，或者也可以说是对抒情诗的评价问题。对于抒情诗应该怎样进行分析、评价，在长时期内，一直是一个未能解决的问题。”⑤ 乔象钟着重探讨了这一问题的两种现象。

第一，她针对一种流行的看法，即“叙事诗中既要有典型人物或典型性格，抒情诗（以及抒情和叙事相结合的诗体）中也要有典型人物形象”。“这个理论主张在研究抒情诗时，应该重视典型形象的创造问题，而所谓典型形象，主要便是诗人自己的形象。”⑥

对此，乔象钟认为：“问题在于现实主义艺术要求创造典型形象，却不等于说一切现实主义艺术都必须创造典型人物形象或典型性格。抒情诗中，固然有不少是体现了诗人的性格，如我们在读杜甫《北征》或李白某些《古风》时，都能分明看出来。不过，这并不意味着一切抒情诗都

① 乔象钟：《关于古典诗歌研究中的艺术分析问题》，《光明日报》1959年10月4日。
② 同上。
③ 同上。
④ 同上。
⑤ 同上。
⑥ 同上。

能表现出典型环境的典型性格，不管是诗人自己的性格或者其他人物的性格。一般抒情诗大多数是较短的，而且许多都是即景生情、睹物感怀之作。这样的诗的确能写出作者的情感，但却不能说一定写出了人物的性格特征，更不能说是写出了典型环境的典型性格。这样的例子很多，就以现在正在引起争论的孟浩然的《春晓》来说，我们认为是一首优美的抒情诗，它写出了作者在春天这个季节中的某种的生活情景，但却不能说这首小诗写出的便是孟浩然自己的形象。"[1] 乔象钟紧扣作品美学特质的论述，拓展了关于现实主义与典型理论的理解。

第二，针对有些研究者的看法，即"对于占我国古代诗歌数量最多而传诵也较为广泛的抒情小诗避而不谈"，她认为，这是没有正确理解现实主义这一定义的原故。"有些人认为，凡是现实主义或具有人民性的作品，就要求反映社会的重大事件，特别是阶级斗争的情况，而且必须是典型地反映，而不是细节个别地反映。于是谈李白诗时，便只举《古风》八、二十四和《丁都护歌》等那些明显地抨击当时统治阶级的诗歌，并从而决定李白是现实主义诗人；谈杜甫时也多半举《三别》、《三吏》、《赴奉先咏怀》等诗；谈白居易便只谈《新乐府》。至于这些诗人的其他诗歌，仅在谈到诗人的语言艺术技巧时当作例子来提提。似乎我们应该承继的遗产，主要的只有《丁都护歌》、《三吏》、《三别》、《新乐府》这一类的诗。更甚的是根本把一些文学史上的优秀作家贬入反现实主义的行列，许多作家都大有被淘汰的危险。如伟大诗人陶渊明之所以引起历时甚久的争论，就是因为在这个关键问题上发生了分歧。有人以为陶渊明在他的诗歌中没有反映当时现实中的主要问题，'远远不能反映'他那个'时代的阶级斗争'的情况，并从而判定'陶渊明基本上是反现实主义的诗人'。"[2] 乔象钟很直接地指出："事实证明，这样粗暴的判决，在很大程度上是因为没有进行全面仔细研究的结果。"

针对这一问题，接下来乔象钟给出的理由是，第一，艺术形象既是内容又是形式。"在具体的文学作品中，艺术形象本身是作为一部文学作品的内容和形式的统一体而出现的。艺术形象，它既是内容又是形

① 乔象钟：《关于古典诗歌研究中的艺术分析问题》，《光明日报》1959年10月4日。

② 同上。

式，我们通过形象所认识的不但有主题思想，也有结构语言、表现手法等等。”第二，艺术形象的分析不能脱离作品具体的思想内容。“当我们分析文学作品的思想性时，不可能不是根据作品里的情节和语言而谈；同时当我们分析作品的艺术性时，又不可能不看到它究竟是表现了一种什么思想内容。所以思想与艺术本来是不可分割的统一体，离开了哪一方面，似乎都无法谈另外一方面的意义如何。”第三，将内容和形式割裂开来认识，往往无法贴近作品的实际内涵。“迄今为止，在研究古典诗歌的论文中，很大部分的文章是把思想和艺术分开来评论的。在谈作品的思想时，势必要从形象所表现的意义来分析，其结果是所谓谈艺术，便只是谈语言的运用、结构、韵律等一些表现手法。而把这些问题和思想、形象割裂来谈，也是不容易谈得好的。”① 乔象钟上述分析所体现的学术思路是，她从文学批评的实践效果来反思、检验批评理论的合理性与说服力，虽然她并没有创立某种理论，但是可以从文学批评角度检验某种理论的真伪。

从“十七年”古典文学研究学术史来看，乔象钟的如上论述具有如下三个特点。第一，她个人在这一时期的研究选题具有一定的独特性，与某些学者响应政治宣传的需要而写作的大量应景之作相比较，乔象钟的研究体现了学院派学者学术态度的严谨、深刻以及较为纯粹的学术性追求。第二，在学术方法上，乔象钟很少先入为主的概念轰炸和以论带史、硬套时髦术语的学风，而是尽可能从作品本身的分析中提出思想和艺术的命题，从历史语境的客观事实中理解作家和作品的限度和可能。第三，在学术争鸣中态度温和，不给对方戴帽子，不打棍子，不揪辫子，体现了良好的学人风范。

① 乔象钟：《关于古典诗歌研究中的艺术分析问题》，《光明日报》1959年10月4日。

结　语

本书主要对“十七年”文学批评的历程与问题进行了叙述与分析，可以看出“十七年”期间始终贯穿着学术理念与政治运动之间的应和与矛盾。对于教训与成就都要辩证地、历史地看待。

“十七年”文学批评始终是政治运动主宰的产物，《红旗》杂志的社论认为：“建国十七年来，文艺战线上的一场接着一场的惊心动魄的阶级斗争，就是围绕着政权这个轴心进行的。为党内最大的走资本主义道路当权派竭力支持的思想文化战线上的一批反革命修正主义分子，例如陆定一、周扬、齐燕铭、夏衍、林默涵，旧北京市委反革命修正主义的头头彭真，他们在戏剧、电影、小说和文艺理论方面进行的活动，都是为推翻无产阶级专政制造舆论。在伟大领袖毛主席领导下，无产阶级的革命战士在文艺战线上所进行的斗争，则是为着铲除反革命修正主义的舆论，巩固无产阶级专政。”① 王蒙更细致地概述了新中国成立之后，毛泽东发起的一系列政治运动。“从1949年，他几乎没有一年、没有一个月、没有一个星期好好反思一下调整一下休息一下过。他马不停蹄，不断策划，不断发动，不断号召。他左一拳右一脚，左一掌右一推拿：‘镇反’、‘肃反’、土改、抗美援朝、思想改造、‘三反五反’、批判胡适、批判胡风、批判《武训传》、批判俞平伯、批判丁玲、批判赫鲁晓夫、‘反右’、反‘右倾’机会主义、批彭黄张、批合而一的杨献珍、批时代精神汇合论的周谷城、批文联与所属各协会已经滑到了裴多菲俱乐部的边缘、批周扬并说准备派一个团把周扬轰下去。农村也绝对不是世外桃源：一年一年的整社、农村‘四清’（清工分、清账目、清仓库、清财物，后来又发展到清政治、清经济、清组织，也不知还要清什么），中国的历朝历代，从没有

① 《伟大的真理，锐利的武器》，《红旗》1967年第9期。

哪个政权能如此深入村落与农户抓政治运动的。此外城市“三反”、批《海瑞罢官》、批周信芳、批前苏联导演丘赫莱依，阶级斗争，一抓就灵，阶级斗争，要天天讲月月讲年年讲。”①“十七年”文学批评取得了很多成就，也走过了很多弯路。这段历史本身就具有极其复杂的多重因素，需要从不同层面进行剖析和反思。笔者以为，纵观“十七年”文学批评，如下两个角度的理解值得重视。

一 “十七年”文学的断裂与延续

本书考察的时间段为1949—1966年，那么，文学批评的经典化是否由于与前代文学观念绝对断裂而从1949年开始呢？对文学“断裂”的讨论涉及对现、当代文学的历史划分的问题。洪子诚认为：“研究‘当代文学’从1949年开始。这不只是知识背景，或者只是问题的溯源。”“‘当代文学’自然要对延安文学，对左翼文学的情况有深入了解。我这里说的，是一种‘实体性’的研究。至少应该从1945年，就是抗战结束开始。当代文学的生成或发生，在时间上，应该是40年代下半期到50年代这样一段时间。”②“转折”和“断裂”，“不仅仅是表现为一种‘新’的文学观念和文学形态的出现。当然也包含这样的因素，但是并不完全是这样”。这个“转折”和“断裂”还表现为，“40年代不同的文学成分、文学力量之间的关系的重组，位置、关系的变动和重构的过程”。③可见，洪子诚对“历史的过程”与“过程的历史”的重视，不是以凝固、静止的方式探询事物的本质，而是从流变角度追索事物的形成过程。比较这一时期文学经典批评背后的知识系统、价值系统、意识形态系统和审美系统，我们可以发现其中的嬗变轨迹。

立足于1966年这一历史拐点，回首“十七年”关于文学经典的批评，我们发现，它是整个左翼文艺运动的一个有机组成部分，它既有作为文学批评历程的过渡性，又反映了历史上批评观念伴随国家政权建立而随之变迁以至具有的共同性规律。其过渡性含义体现在它既是延安文艺思想

---

① 王蒙：《中国天机》，安徽文艺出版社2012年版，第100页。

② 洪子诚：《问题与方法》，生活·读书·新知三联书店2002年版，第132页。

③ 同上书，第133页。

的继续，又是“文化大革命”文艺思想的肇始；既具有革命文学激进的先锋性和实验性，又具有阶级论文艺观的封闭性和保守性。这一阶段的文学批评观念凸显了左翼文学或革命文学内在的矛盾和分裂，从而陷入不可复返的自我否定。革命历史的辩证法就是如此，促成革命成功的因素在新的时空条件下有可能成为障碍性的因素，对此问题认识不清，必然大大增加了从革命向执政转化的困难。而这种转化的迟滞一定会给国家的发展和人民的生活带来消极的影响。这种革命历史的辩证法也可以用历史理性的悖论来解释。康德发现历史理性有一个内在矛盾——历史理性悖论，即历史的合规律性和历史的合目的性之间的矛盾。

二　“十七年”关于文学经典的批评观念的历史定位

在对“十七年”文学经典的批评进行学术史考察之后，笔者认为，任何一种简单肯定或否定这段历史的看法都是有失偏颇的，如下几点认识有助于我们合理考量这段批评历史。

我们只有从整体来考察中国左翼文学观念的嬗变过程，才能看出各个历史时期之间批评思想千丝万缕的联系。中国左翼文学和左翼文化的传统向前至少可以追溯到20世纪初共产主义思想在中国的传播以及中国共产党的成立。左翼文化在不同的历史阶段其内涵是有变化的，它与“五四”文化的精神并非彼此绝缘。当年“五四”运动打着“启蒙”的旗号登上思想舞台。由于“五四”内含的左翼激进的革命文化内核逐渐膨胀，所以与“五四”运动夹杂在一起的自由、人权等遭到左翼激进政治文化的压制。我们既要看到这一时期文学批评观念上积极的探索与创新，又要看到使批评矛盾加深、激化的时代性因素。将批评观念与事件不断语境化、历史化，是我们逼近历史真相、获得真理的可能性途径。

通过考察文学经典的批评状况，试图回答国家意识形态文学批评的观念是什么、是如何形成的、它遭遇了哪些宿命般的矛盾、产生了什么样的社会影响，文学批评者经历了一个什么样的复杂精神历程。笔者的重点并不是想对某种批评观念作简单的或褒或贬的判断，因为在特定历史时期作为工具与武器出现的文学批评观点毕竟有其现实土壤和历史需要；也不想根据本文的研究得出一个恒定的原则或真理作为未来文学批评的指针，因为批评观念只是历史性地产生，因此也只能依据历史语境而不是教条式地搬用已有的说法。我们要质疑的不是观念本身，而是观念实践的形式、目的与效果。只有拷问这个问题才能避免其他具有相同目的和作用的批评观念取代它们。以文学批评的经典化为对象、以国家意识形态文学批评为主线，然而我们可以清晰地发现国家意识形态文学批评本身矛盾重重、国家意识形态文学批评与非国家意识形态文学批评之间歧见迭出，这些“矛盾”、“歧见”及其解决正反映了历史深处的裂隙。另外，“我们在历史研究中也应注意各种不同性质的偶然，它所带来的种种后果，和对必然的影响和关系，这样历史才能成为活生生的有血有肉的人所创造的历史而不是些呆板的公式和枯燥的规格，也才不是宿命论或自由意志论”。① 在历史选择的十字路口，我们能否通过历史必然与偶然之间的裂隙发现文学批评的另一种可能呢？毕竟我们不能超越历史，我们只能从这“可能”之处重新思考批评的起点与走向。中国革命的历史成果是经验与先验、自由与必然、逻辑与历史共同创造的结果，已经从先验变成了经验，沉淀为人类历史积累层中最可宝贵的一个层面。如果要从文明积累中抽去这一层面，中国现当代文学史必然是一堆碎片。

基于以上方面的考虑，概而言之，既要张扬启蒙精神，又要以现代思想作为解构历史理性的工具。表面看来，“后现代”与“启蒙”是两个相互矛盾的反题，后者正是前者要解构的对象。但是，在中国特殊的历史语境下，我们首先要审理、辨析文学批评对象的复杂性，从而确定相应的“批判的武器”。过于片面地批判现代性的普适性价值并不合乎历史状况和今天的社会现实，毕竟传统的思维方式、意识形态、习俗、制度等精神价值如影随形，深刻影响当代文学史的进程。同时，又要看到晚清以来全球化变革力量在政治、经济、文化、军事等方面的猛烈冲击之下，中国现代性作为一种诱发型的形态已然渐次形成。因此，一方面，我们要借助中国传统文化与西方文化精神资源中的启蒙价值张扬个人、自由、主体、民主等现代观念，对文学批评中的封建性因素进行清理和批判。另一方面，我们又需要借助批判与反思精神对中国当代文化、制度方面的现代性元叙事，诸如历史理性、启蒙理性、目的论、乐观主义等乌托邦想象进行解构，寻找现代性的迷误，发掘多样现代性的存在价值。

---

① 李泽厚：《中国近代思想史论》，天津社会科学院出版社 2003 年版，第 473 页。

参考文献

一　专著（按照作者姓氏音序排列）：

1. 程光炜：《文化的转轨——“鲁郭茅巴老曹在中国”1949—1976》，光明日报出版社 2004 年版。
2. 邓小平：《邓小平文选》第 2 卷，人民出版社 1994 年版。
3. 方兢：《中国当代文学理论潮流三十年：1949—1978》，中国文联出版社 2004 年版。
4. 方兢：《中国当代文学理论体系研究》，中国文联出版社 2005 年版。
5. 冯友兰：《中国现代哲学史》，生活·读书·新知三联书店 2009 年版。
6. 冯雪峰：《论民主革命的文艺运动》，《冯雪峰论文集》（中），人民文学出版社 1981 年版。
7. 古远清：《中国当代文学理论批评史·（1949—1989）·大陆部分》，山东文艺出版社 2005 年版。
8. 黄曼君主编：《中国 20 世纪文学理论批评史 》（上、下册），中国文联出版社 2002 年版。
9. 洪子诚：《问题与方法》，生活·读书·新知三联书店 2002 年版。
10. 何其芳：《何其芳文集》第四卷，人民文学出版社 1983 年版。
11. 李明生：《文化昆仑：钱锺书其人其文》，人民文学出版社 2000 年版。
12. 李泽厚：《中国近代思想史论》，天津社会科学院出版社 2003 年版。
13. 毛泽东：《毛泽东选集》第 2 卷，人民出版社 1991 年版。
14. 毛泽东：《毛泽东论文艺》，人民文学出版社 1992 年版。
15. 毛泽东：《毛泽东文集》第 3 卷，人民出版社 1996 年版。
16. 毛泽东：《毛泽东文集》第 8 卷，人民出版社 1999 年版。

17. 毛泽东:《毛泽东选集》第 3 卷，人民出版社 1991 年版。
18. 毛泽东:《毛泽东选集》第 4 卷，人民出版社 1991 年版。
19. 毛泽东:《毛泽东早期文稿》，湖南人民出版社 1990 年版。
20. 钱锺书:《宋诗选注》，人民文学出版社 1989 年版。
21. 唐小兵主编:《再解读——大众文艺与意识形态》，香港牛津大学出版社 1993 年版。
22. 汪晖:《死火重温》，人民文学出版社 2000 年版。
23. 吴三元、季桂起:《中国当代文学批评概观》，知识出版社 1994 年版。
24. 许道明:《中国现代文学批评史新编》，复旦大学出版社 2002 年版。
25. 萧冬连:《国步艰难：中国社会主义路径的五次选择》，社会科学文献出版社 2013 年版。
26. 朱寨:《中国当代文学思潮史》，人民文学出版社 1987 年版。
27. 张闻天:《张闻天文集》，中共党史出版社 1994 年版。
28. 支克坚:《周扬论》，河南大学出版社 2004 年版。
29. 赵超构:《赵超构文集》第 2 卷，文汇出版社 1999 年版。
30. 周扬:《周扬文集》第 3 卷，人民文学出版社 1985 年版。

二　论文（按照作者姓氏音序排列）:

1. 卞之琳等:《十年来的外国文学翻译和研究工作》，《文学评论》1959 年第 5 期。
2. 陈伯达:《批判的继承和新的探索》，《红旗》1959 年第 13 期。
3. 陈伯达:《五四运动与知识分子的道路》，《人民日报》1949 年 5 月 4 日。
4. 陈平原:《花开花落浑闲事——怀念黄海章先生》，《读书》1993 年第 9 期。
5. 程千帆:《关于对待祖国文化遗产问题的意见》，《文艺报》1953 年 2 月 28 日第 81 期。
6. 陈涌:《论鲁迅小说的现实主义》，《人民文学》1954 年第 11 期。
7. 陈涌:《认真向鲁迅学习——纪念鲁迅先生逝世十九周年》，《人民日报》1955 年 10 月 19 日。
8. 陈涌:《伟大的唯物主义的思想家》，《人民日报》1956 年 10 月 19 日。

9. 陈涌：《为文学艺术的现实主义而斗争的鲁迅》，《人民文学》1956 年第 10 期。
10. 曹干刊：《莫把艺术趣味庸俗化》，《解放日报》1962 年 11 月 22 日。
11. 陈晓明：《现代性与文学的历史化——当代中国文学变革的思想背景阐释》，《山花》2002 年第 1 期。
12. 承学：《黄海章教授谈治学》，《学术研究》1986 年第 4 期。
13. 邓绍基：《斯世当以同怀视之——记中国社科院文学所前辈学者之间的情谊》，《光明日报》2003 年 10 月 15 日。
14. 丁权：《演员们在成长》，《大众日报》1962 年 3 月 14 日。
15. 董之林：《史与言——“当代小说十七年”纵论》，《江海学刊》2003 年第 6 期。
16. 冯雪峰：《鲁迅和果戈理——为果戈理逝世百年纪念而作》，《人民日报》1952 年 3 月 4 日。
17. 冯雪峰：《伟大的奠基者和导师——纪念鲁迅逝世十七周年》，《人民日报》1953 年 10 月 19 日。
18. 冯雪峰：《鲁迅和俄罗斯文学的关系及鲁迅创作的独立特色》，《文艺报》1954 年第 11 期。
19. 冯雪峰：《论〈野草〉》，《文艺报》1955 年第 19—20 期。
20. 范文澜：《历史研究必须厚今薄古》，《人民日报》1958 年 4 月 28 日。
21. 范文澜：《研究历史应当厚今薄古：风气与条件》，《历史研究》1958 年第 5 期。
22. 郭沫若：《关于厚今薄古问题——答北京大学历史系师生的一封信》，《光明日报》1958 年 6 月 10 日第 1 版。
23. 郭沫若：《关于厚今薄古问题》，《人民日报》1958 年 6 月 11 日。
24. 洪子诚：《关于五十至七十年代的中国文学》，《文学评论》1996 年第 2 期。
25. 洪子诚：《当代文学史写作及相关问题的通信》，《文学评论》2002 年第 3 期。
26. 洪子诚：《20 世纪 40 至 70 年代文学研究：问题与方法》，《中国现代文学研究丛刊》2004 年第 2 期。
27. 何其芳：《正确对待文学遗产，创造新时代的文学——一九六〇年八月二日在中国作家协会第三次理事会扩大会议上的发言》，《文学评论》1960 年第 4 期。
28. 何其芳:《回忆、探索和希望》,《文学研究》1957 年第 2 期。
29. 何其芳:《文学艺术的春天》,《文艺报》1959 年第 18 期。
30. 何直(秦兆阳):《现实主义——广阔的道路——对于现实主义的再认识》,《人民文学》1956 年第 9 期。
31. 胡乔木:《文艺工作者为什么要改造思想?——十一月二十日在北京文艺界学习动员大会上的讲演》,《文艺报》第五卷,1951 年 12 月 10 日,第 4 期。
32. 黄海章:《谈严羽的“沧浪诗话”》,《光明日报》1958 年 3 月 9 日。
33. 黄海章:《在古典文学教学中不可能出社会主义之新》,《学术研究》1964 年第 2 期。
34. 黄海章:《中国文学批评简史》,广东人民出版社 1962 年版。
35. 黄肃秋:《清除古典文学选本中的资产阶级观点——评钱锺书先生“宋诗选注”》,《光明日报》1958 年 12 月 14 日。
36. 胡念贻:《评“宋诗选注”序》,《光明日报》1958 年 12 月 14 日,第 6 版。
37. 胡乔木:《中国为什么犯 20 年的“左”倾错误》,《中共党史研究》1992 年第 5 期。
38. 洪黄海:《章作学习毛主席爵洞的报告》,《中山大学学报》(哲学社会科学版)1964 年第 1 期。
39. 霍松林:《百家争鸣与古代文学研究》,《光明日报》文学遗产栏目,《笔谈“百家争鸣”》1956 年 7 月 15 日。
40. 翦伯赞:《关于历史人物评论中的若干问题》,《新建设》1952 年第 9 期。
41. 姜弘:《从〈讲话〉到“文革”——重读〈在延安文艺座谈会上的讲话〉》,《领导者》2012 年总第 46 期。
42. 李何林:《鲁迅五四时代所受无产阶级思想的影响》,《新建设》1950 年第 2 期。
43. 李泽厚:《评古典文学研究中的一些错误观点》,《光明日报》1955 年 4 月 10 日。
44. 刘乃崇:《充满了生活气息的曲剧〈啼笑姻缘〉》,《北京日报》1962 年 2 月 15 日。

45. 刘绍棠：《我对当前文艺问题的一些意见》，《文艺学习》1957 年第 5 期。
46. 李泽厚：《思想史的意义》，《读书》2004 年第 5 期。
47. 陆侃如：《加紧改造思想，迎接新的战斗任务》，《人民日报》1952 年 2 月 4 日。
48. 陆定一：《陆定一代表中共中央和国务院在全国文学艺术工作者第三次代表大会上致祝词》，《人民日报》1960 年 7 月 22 日。
49. 林默涵：《更高地举起毛泽东文艺思想的旗帜（在一个学习会上的发言）》，《人民日报》1960 年 1 月 21 日。
50. 吕绍宗：《何其芳二三事——写于何其芳诞辰 100 周年》，《 中华读书报 》2012 年 3 月 7 日第 7 版。
51. 李杨：《当代文学史写作及相关问题的通信》，《文学评论》2002 年第 3 期。
52. 罗荪：《论鸳鸯蝴蝶派对戏曲的思想影响》，《光明日报》1963 年 12 月 3 日第 3 版。
53. 欧麟、宛毓英、孔德明、彭鹤松：《评黄海章“中国文学批评史”讲义》，《光明日报》1958 年 11 月 30 日第 6 版。
54. 钱锺书：《模糊的铜镜》，《随笔》1988 年第 5 期。
55. 乔象钟：《关于古典诗歌研究中的艺术分析问题》，《光明日报》1959 年 10 月 4 日第 3 版。
56. 乔象钟整理：《如何评价李煜的词》（北京大学文学研究所古代文学组集体讨论），《光明日报》1956 年 5 月 20 日第 3 版。
57. 沈雁冰：《为实现文化艺术工作的更大更好的跃进而奋斗：文化部部长沈雁冰的发言》，《人民日报》1960 年 4 月 5 日第 2 版。
58. 沈雁冰：《不断革命，争取文化艺术工作的持续跃进：沈雁冰在全国文教先进工作者代表大会文化工作系统会议上的讲话》，《人民日报》1960 年 6 月 15 日。
59. 舒芜：《从头学习〈在延安文艺座谈会上的讲话〉》，《人民日报》1952 年 6 月 8 日。
60. 舒芜：《忠贞的灵魂》，《读书》1982 年第 10 期。
61. 天方：《当观众蜂拥而至时》，《文汇报》1962 年 9 月 11 日。
62. 汤大民：《简评〈中国文学批评简史〉》，《学术研究》1963 年第 5 期。

63. 唐弢：《略谈历史主义》，《光明日报》（《文学遗产》栏目第 331 期）1960 年 9 月 18 日。
64. 童庆炳：《文学研究如何深入历史语境——对当下文艺理论困局的反思》，《探索与争鸣》2012 年第 10 期。
65. 王水照：《文学所“何其芳时代”杂忆》，《东方早报·上海书评》2013 年 12 月 1 日。
66. 王平凡：《文学所风云纪事：在政治风雨侵袭下曲折行进》，《北京青年报》2010 年 8 月 16 日。
67. 王瑶：《毛主席“讲话”在现代文学史上的重大意义》，《人民文学》1957 年第 5—6 期。
68. 吴晓铃、胡念贻、曹道衡、邓绍基：《十年来的古典文学研究和整理工作》，《文学评论》1959 年第 5 期。
69. 王水照：《文学史谈往》，《书城》2008 年第 9 期。
70. 王瑶：《谈古典文学研究工作的现状》，《文艺报》1954 年 12 月 30 日第 24 期。
71. 王瑶：《对在古典文学研究领域贯彻“百家争鸣”方针的意见》，《光明日报》的《文学遗产》栏目，《笔谈“百家争鸣”》1956 年 7 月 15 日。
72. 吴晗：《厚今薄古和古为今用》，《前线》1959 年第 12 期。
73. 谢冕：《重视对五十年代文学的研究》，《南方日报》2000 年 10 月 29 日。
74. 夏承焘：《如何评价〈宋诗选注〉》，《光明日报》1959 年 8 月 2 日。
75. 余英时：《我所认识的钱锺书先生》，《学习博览》2010 年第 7 期。
76. 姚雪垠：《在〈文艺报〉邀请的文艺界人士座谈会上的书面发言》，《文艺报》1957 年第 8 期。
77. 游国恩：《我在解放前走的是怎样一条道路》，《人民日报》1951 年 12 月 11 日。
78. 杨春时：《现代民族国家与中国新古典主义》，《文艺理论研究》2004 年第 3 期。
79. 以群：《从“后来者居上”说起》，《文汇报》1958 年 6 月 5 日。
80. 郁文哉：《略谈苏联文艺界最近的思想斗争》，《人民日报》1949 年 6 月 20 日。

81. 袁可嘉:《略论美英“现代派”诗歌》,《文学评论》1963 年第 3 期。
82. 杨周翰:《欧洲文学史研究工作中的一些问题》,《文学评论》1963 年第 1 期。
83. 周扬:《我国社会主义文学艺术的道路》(一九六〇年七月二十二日在中国文学艺术工作者第三次代表大会上的报告),《人民日报》1960 年 9 月 4 日第 5 版。
84. 周扬:《坚决贯彻毛泽东文艺路线——在中央文学研究所的讲话》,《文艺报》1951 年第 4 卷第 5 期。
85. 周扬:《社会主义现实主义——中国文学前进的道路》,《人民日报》1953 年 1 月 11 日。
86. 周扬:《为创造更多的优秀的文学艺术作品而奋斗》,《文艺报》1953 年第 19 期。
87. 周扬:《文艺战线上的一场大辩论》,《人民日报》1958 年 2 月 28 日。
88. 周扬:《整顿文艺思想,改进领导工作——十一月二十四日在北京文艺界整风学习动员大会上的讲演》,《文艺报》1951 年第 5 卷第 4 期。
89. 周扬:《一个伟大的民主主义现实主义者的路——纪念鲁迅逝世二周年》,《解放》1938 年第 56 期。
90. 周扬:《发扬“五四”文学革命的战斗传统》,《人民文学》1954 年第 5 期。
91. 朱光潜:《自我检讨》,《人民日报》1949 年 11 月 27 日。
92. 朱光潜:《最近学习中几点检讨》,《人民日报》1951 年 11 月 26 日。
93. 周汝昌:《读“宋诗选注”序》,《光明日报》1958 年 12 月 28 日第 6 版。
94. 张真:《旧社会艺人的血泪史——谈曲剧〈啼笑姻缘〉》,《戏剧报》1962 年第 3 期。
95. 诸葛文谦:《试从三个剧目谈沪剧的“西装旗袍戏”》,《上海戏剧》1962 年第 12 期。

三 报刊杂志

1. 《人民日报》(1949—1966 年)
2. 《红旗》(1949—1966 年)

3.《解放军报》（1956—1976 年）

4.《文艺报》（1952—1966 年）

5.《光明日报》（1949—1966 年）

6.《文汇报》（1958—1964 年）

后　记

这本书终于写完了，多年来压在心上的沉重终于可以稍稍松弛。然而，我曾经为之苦思冥想的问题未必得到满意的解决。前面的路还很漫长，这本书算是一个暂时的停顿吧。日后，我将继续作些探索，希望给自己一个聊以慰藉的交代。

人们从纯文学的审美立场去看待“十七年文学”，所以往往对“红色经典”颇多责难，在文学史研究方面也重视不够。然而，如果从思想史角度来看，“十七年文学”时期，既是无产阶级左翼文学、延安文学的承传，又是社会主义文学的定型阶段，还是“文革”文学的源头。这一时期文学思想的复杂性蕴藏着文学发展的多重可能性，但激进政治力量的极端推进确立了“样板戏”“经典”的一统天下。为了进一步探索“十七年”与“文革”文学之间的断裂与延续，我对“样板戏”经典的定型过程进行了较为深入的解读，① 试图继续分析国家意识形态文学批评的持续推进所形成的悖论境遇。

近二十年来，学术界的“十七年”文学史与批评史研究已经取得了很大的进展，出现了不少的专著、论文以及硕士和博士学位论文。然而，与这一领域的丰富复杂程度相比，现有的成果显然还存在一定的差距。主要原因是，第一，当代史各个领域的文献挖掘还不到位，仍有大量的档案文献、口述历史值得整理。第二，微观层面的问题、人物、事件的个案研究还不够精细深入，具有典范意义的研究案例尚不多见。第三，当代史以及批评史上成熟的概念、范畴以及理论还有待进一步建构起来，从而逐渐

① 参见笔者《“样板戏”编年史前篇·1963—1966》，秀威资讯科技股份有限公司2011年10月版；《“样板戏”编年史后篇·1967—1976》，秀威资讯科技股份有限公司2012年版；《红舞台的政治美学》，黑龙江人民出版社2013年版。

形成宏观的结构性历史框架。葛兆光先生在谈到研究中国思想史的困难时说："中国思想史难做，不仅是因为处理的材料非常广泛，而且要用穿透纸背的方法去分析材料，要看到史料背后的动机、观念，这些东西可能不是在字面上找到。"① 批评史作为思想史的组成部分，面临的困难、需要的功力都有一定程度的相似性。比巨细无遗展现事实更困难的是，要能够解释问题的起源、原因及其机制，而这需要研究者具有各个学科领域的知识积累、阅世的经验以及合理的想象力。笔者虽然力图有所作为，但是正如本书所展现的，在文学批评史的史料、个案、结构方面尚且暂不充分，要能形成健全、中允、扎实的"史论"，实际上勉为其难。本书的写作目前只是一种尝试，作为本书工作的延续，将来我计划在个案研究和史料阐释方面做些事情。惭愧之余，敬请学界前辈、同仁多多指教。

之所以选择这个话题，缘于洪子诚先生的课堂讲演录《问题与方法》② 给我的巨大启示，尤其是读到其中第六讲《当代文学的"经典"》，这堂课别开生面、饶有兴味，于是我试图将这一思路往深处和广处延伸。在当代文学研究领域，洪子诚先生在宏观的思路与方法，微观的个案解读与史料阐释方面给我很多启迪。他在现代西方文学理论方面有深厚的积累，但是并不挟洋自重、生搬硬套、以论带史，往往将西学的思想视野化入个人的精神体验与文学史料，背后的理论与方法如同羚羊挂角无处可寻，而呈现出来的是个人原创性的观点。

十三年来的学习与工作，充满了紧张与艰辛、焦虑与压抑。毕竟走过来了。回首来路，最幸运的是，在博士生导师张荣翼先生的谆谆教诲、细心关照下，我由原来的懵懵懂懂变得稍微懂事了。张先生渊博的学识、深厚的学养、宏阔的视野、敏锐的眼光，每每令我叹服。最为难得的是，先生对每一个学术问题往往有自己独特的思想创见，最少陈言庸见。如果没有张先生对我的厚爱和提携，我的些许进步都是很难取得的。借本书出版之际，还要特别感谢我的学术研究引路人——硕士研究生导师卢斯飞先生，他以博大的学识、亲切的慈爱培育我，使我略窥学术堂奥。

没有家人对我一如既往的宽容、理解和支持，现在我也不可能以一种

① 李怀宇：《葛兆光：去掉脉络化，去掉熟悉化》，《北京青年报》2014 年 3 月 14 日。

② 洪子诚：《问题与方法：中国当代文学史研究讲稿》，生活·读书·新知三联书店 2002 年版。

平静的心境享受思考的乐趣。我的父亲是一位忠厚、善良的赤脚医生。他那近乎偏执的顽强，不达目的绝不言败的精神是我心中永远的丰碑。他为家庭的平安、幸福拼尽了最后的心力，而我却丝毫未能尽孝。如果说眼前有一种最大的压力的话，我希望自己将来多学些东西，不辜负父亲对我呕心沥血的付出。

如果不是中国社会科学出版社的李炳青女士反复督促、精心校订，本书恐怕难以顺利面世，因此向李编辑谨致谢忱。

李　松

2016 年 7 月 30 日定稿于武汉大学